어느 가문의 비극

| 일러두기 |

1. 이 책에서 번역한 작품들의 저본은 다음과 같다.
   * 고사카이 후보쿠의 「연애 곡선(戀愛曲線)」과 「투쟁(鬪爭)」, 고가 사부로의 「호박 파이프 (琥珀のパイプ)」와 「꾀꼬리의 탄식(黃鳥の嘆き)」은 『日本探偵小說全集 1』(創元社, 1984).
   * 오시타 우다루의 「연(鳶)」과 쓰노다 기쿠오의 「어느 가문의 비극(高木家の惨劇)」은 『日本探偵小說全集 3』(創元社, 1985).
2. 인명과 지명 등의 고유명사는 처음 나올 때 괄호 안에 원문을 표기하였다.
3. 고유명사의 우리말 발음은 〈일본어 외래어 표기법〉을 따랐다.

일본 추리소설 시리즈

⑤

어느 가문의 비극

고사카이 후보쿠 · 고가 사부로 · 오시타 우다루
쓰노다 기쿠오 — 엄인경 옮김

이상

차례

연애 곡선

고사카이 후보쿠

친애하는 A 군!

자네의 일생일대 성대한 의식을 축하하기 위해 나는 지금 내 마음을 다해 만든 기념품 '연애 곡선'이라는 것 을 보내려고 하네. 이런 선물은 결혼식 때는 물론이고 그밖에 어떤 경우에도, 일본은 말할 것도 없고 중국에서든 서양에서든 아니 천지가 개벽을 한 이래로 아직껏 누구 손으로도 시도된 적이 없었을 것임에 나는 몹시도 자부심을 느낄 수밖에 없어. 가난한 일개 의학자인 내가 전 재산을 털어 산 물건이라도 백만장자 집안의 맏아들인 자네에게는 결코 만족감을 줄 수 없으리라는 생각이 들어 숙고에 숙고를 거듭한 결과 이 연애 곡선이라는 것을 생각해 냈고, 이거라면 충분히 자네 마음을 움직일 수 있으리라 예상하며 편지를 쓰면서 나는 난생처음으로 경험하는 가슴의 두근거림을 느끼네. 자네가 결혼하려는 유키에(雪江) 씨는 나와도 모르는 사이가 아니기에, 자네와의 영원한 행복을 바라 마지않는 나는 이

참에 자네에게 공손히 연애 곡선을 바치고, 이로써 미흡하게나마 내 뜻을 표하고 싶어. 자네는 나같이 투박하기만 한 과학자가 연애라는 말을 사용하는 것조차도 골계라고 느낄지 모르겠군. 하지만 나는 자네가 생각하는 만큼 '냉혈'이 아니라 다소나마 따스한 피가 흐르고 있단 말이지. 따스한 피가 흐르기 때문에 자네 결혼에 대해 무관심하게 그냥 있을 수 없어 머리를 짜내어 행운이라도 따라붙을 만한 이름을 지닌 이 선물을 생각해 낸 것이라네.

내일로 다가온 자네 결혼식을 앞두고 오늘 밤 이렇게 급하게 편지를 쓰는 것은 몹시 예의 없는 일일지 모르지만, 연애 곡선 제조는 오늘 밤이 아니면 이루어질 수 없는 것이라 마음을 졸였는데, 가까스로 내일 아침이면 자네 손에 닿게 될 걸세. 필경 자네는 분주하기 짝이 없겠지. 하지만 나는 자네가 아무리 바쁜 와중이라도 내 이 편지를 끝까지 읽어줄 것이라고 굳게 믿고 있다네. 그래서 어차피 폐를 끼치게 된 김에, 나는 연애 곡선이 무엇인지 충분히 설명해 두려고 하는 걸세. 한마디로 연애의 극치를 곡선으로 표현한 것인데, 천지개벽 이래로 아무도 시도조차 하지 못했을 이 선물의 유래를 이야기하지 않는다면 자네도 뭔가 부족한 느낌이 들 것이고 나도 적잖이 유감으로 남을 테니, 귀찮더라도 참고 읽어 주기 바라네.

이 연애 곡선의 유래를 가장 명료하게 이해시키기 위해서 우선 자네 결혼에 대한 내 심정을 한바탕 풀어 놓아야겠어. 자네를 마지막으로 보고 나서 약 반 년, 그사이 소식이 딱 끊겨 연락도

하지 않던 내가 갑자기 자네에게 이다지도 진귀한 선물을 하는 것에 대해 뭔가 깊은 이유가 있을 것이라고 진작 추측했을 거야. 아니지, 총명한 자네니 한발 더 나아가 그 이유가 무엇일지 어쩌면 다 간파했을지도 모르겠군.

자네가 이른바 '차가운 피밖에 흐르지 않을 것'이라고 여기는 내가, 사랑의 패배자라는 것을 자네는 너무도 잘 알고 있겠지. 그러니 사랑의 승리자인 자네는 내 선물이 얼마나 슬픈 추억으로 채워져 있을지 한편으로 충분히 인정해 줄게야. 허나 자네는 많은 여자에게 실연을 안겨준 경험은 있어도 자네 스스로는 실연의 고통을 맛본 적이 없었을 테니, 어쩌면 동정심이 일지 않을지도 모르겠군. 정말 자네는 여자에 관해서는 불가사의한 힘을 가진 사내야. 자네 눈으로는 그저 여자 한 명을 빼앗겨 실연의 늪에 빠진 나 같은 놈의 존재가 오히려 기괴하게 여겨졌겠지. 하지만 어찌 생각하든 상관없네. 나는 여전히 자네의 그 불가사의한 힘이 부러워서 견딜 수가 없거든. 특히 자네의 재력에 관해서는 부러움을 넘어 원망스럽기까지 하다네. 그 재력 앞에 가장 먼저 유키에 씨 부모가 무릎을 꿇었고, 이어서 유키에 씨도 어쩔 수 없이 넘어갔지. …… 아니, 이런 말을 쓰면 아무래도 내가 자네에게 엄청난 적의를 가지고 있는 것처럼 비칠지 모르겠지만, 나는 원래 의지가 약한 인간이라 남에게 적의를 못 품는다네. 만약 정말로 적의를 품고 있다면 이런 선물도 하지 않을 테니까. 자네에게 적잖이 예를 잃는 일일 수도 있지만, 지금도 여전히 유키에 씨에게 강한 애착을 지닌 내가 유키에 씨의 남편이 될 자네에게 어떻게 적의를 품을 수 있겠나. 나는 이 편지를 쓰면서도 여전히 두 사람의 진정한 행복에 관해 계속 생각하고 있다는 말일세.

반 년 전 실연의 아픔을 겪은 나는 이후에 세상과의 교류를 끊고 연구실에 들어박혀 오로지 생리학 연구에만 매달렸지. 그 이후로는 연구 자체가 내 생명이고 또 애인이었어. 때로는 비 오기 전에 오래된 늑막염 자국이 아프기 시작하듯 마음의 오래된 상처가 욱신거릴 때도 있었지만, 다 지난 일이라 체념하고 연구에 매진하다 최근에서야 겨우 슬픈 기억을 덮을 수 있었고 자네들 결혼 날짜까지 깜빡 잊어버릴 뻔했는데, 며칠 전 우연히 어떤 사람으로부터 자네가 드디어 내일 결혼한다는 편지를 받고는 덮었던 기억이 엄청난 기세로 다시 떠오르는 바람에 마침내 이번 선물을 계획하기에 이른 것이라네.

자네는 사업가니 과학자라는 사람들이 어떤 생활을 하고 어떤 생각을 하며 어떤 연구를 하는지 어쩌면 모를 수도 있겠군. 외견상 과학자의 생활이란 너무도 냉랭하고 또 그 연구 내용도 너무 살풍경하기 짝이 없는 듯 보이긴 해도, 진정한 과학자는 항상 인류 동포를 염두에 두고 인류에 대한 지상(至上)의 사랑을 가지고 활동을 하는 것이니, 진정한 과학자에게는—사이비 과학자라면 몰라도—아마도 누구보다 따뜻한 피가 흐르고 있을 게 분명하다네. 정말 누구보다 따뜻한 피가 흐르지 않고서는 진정한 과학자라 할 수 없지.

그러던 내가 실연의 고통을 맛보고 나서 선택한 연구 제목이 무언지 아나? 자네, 웃지 말게. 심장의 생리학 연구라네. 그래도 내가 브로큰 하트(broken heart)라는 말에 이끌려서 이 제목의 연구를 선택한 것은 결코 아니야. 그 정도의 장난기까지는 나에게 없지. 찢어진 심장을 고치기 위해 심장 연구에 착수했다면 퍽 소설적이기는 하겠지만, 나는 그저 학생시절부터 심장 기능에 관해 큰 관심을 가지고 있었기 때문에 좋아하는 주제를 제목으로 선택한 것에 불과해. 하지만 이렇게 우연히 선택한 연구 제목이 예상과 달리 꽤나 쓸모 있었던 덕에, 자네 평생에 가장 축하할 만한 의식에 이 연애 곡선을 선물하기에 이른 셈이지.

연애 곡선! 지금부터 드디어 이 연애 곡선에 대한 설명으로 들어가고자 하네만 그 전에 한마디, 심장이 보통 어떤 방법으로 연구되는지를 설명함세. 심장 기능을 완전히 알기 위해서는 심장을 체외로 꺼내 검사하는 것이 가장 좋은 방법이지. 설령 심장을 몸 밖으로 꺼냈다고 해도 적당한 조건만 유지하면 아무렇지 않게 박동을 지속하거든. 그냥 열등한 동물의 심장뿐 아니라, 일반 온혈동물부터 인간에 이르기까지 그 심장은 몸을 떠나서도 독립적으로 확장과 수축 두 가지 운동을 반복한다는 말이지. 심장을 잘라 꺼내면 그 개체는 죽어. 하지만 개체는 죽어도 심장은 계속 움직인다고! 아주 불가사의한 현상이지 않은가? 시험 삼아 지금 자네 심장을 꺼내어 박동시켜 보면 어떤 상태일까? 혹은 시험 삼아 지금 유키에 씨의 심장을 꺼내어 박동시켜 보면 어떤 상태일까? 거기에 자네 심장과 유키에 씨의 심장을 나란히 박동시킨다면 어떤 현상이 보이려나? 자네! 손발과 몸통을 갖춘 인간에게는 거짓이 많지만 심장은 문자 그대로 적나라해서 무엇

에든 개의치 않고 박동을 지속할 것이 틀림없기 때문에, 결혼을 앞둔 자네의 심장을 떠올리면서 이러한 말도 안 되는 상상을 하며 나는 지금 이 편지를 계속 쓰는 거라네.

　나도 모르게 글이 옆길로 빠졌네만, 동물의 심장은 물론 인간의 심장도 그 개체가 죽은 후에라도 이를 꺼내어 적당한 조건 아래 두면 다시 움직이기 시작한다는 말이야. 크라브코라는 사람은 사후 20시간이 지난 사람의 시체에서 심장을 꺼내 박동시켜 보이기를 약 1시간, 분명히 계속 움직였지. 사람이 죽어도 심장만이 홀로 20시간이나 쓸데없이 살아 있는 광경은 보기에 따라 심장이 삶에 대해 얼마나 집착이 강한 것인지 알게 해주기에 충분할 걸세. 옛날 사람들이 연애의 심벌로서 하트를 선택한 것도 우연이 아닌 느낌이지. 그러니 생각하기에 따라 심장이라는 것에 인생의 온갖 신비가 숨겨져 있다고 해도 좋을지 몰라. 이러니 인생의 신비를 찾으려고 생각한 내가 심장을 연구 대상으로 삼은 것도 다 이유가 있는 것이라 할 수 있겠지.

　연애 곡선의 유래를 말하려면 어떻게 심장을 꺼내서 어떠한 방법으로 박동시키는 것인지 우선 말해 두어야겠군. 자네가 아주 바쁘리라는 것은 충분히 잘 알지만 편지를 쓰는 나도 이 편지를 끝냄과 동시에 연애 곡선을 제조해야 하기 때문에 나름 마음이 급하다네. 하지만 거듭 말한 대로 나는 자네가 충분히 이해하기를 바라기 때문에 할 수만 있다면 자네 심장 표면에 이 편지 문구를 새기고 싶을 정도니 잠시만 참고 읽어 주게나.

　처음에 나는 개구리 심장을 꺼내 연구했는데, 의학은 두말할 필요도 없이 인간을 대상으로 하는 학문이기 때문에 가능하면 인간에 가까운 동물을 택하고 싶어서 나중에는 주로 토끼 심장에 관해 연구를 진행했지. 하지만 개구리 심장보다 토끼 심장이 취급하기 훨씬 복잡해서 꽤나 숙련을 요했고 처음에는 조수가 필요할 지경이었지만 나중에는 혼자 다 할 수 있게 되었다네. 우선 토끼를 집토끼 고정기에 눕혀 묶고는 에테르로 마취를 하지. 토끼가 충분히 마취된 때를 잘 노려서 메스와 가위를 가지고 흉벽 심장부를 가능한 한 넓게 자르고 그다음 심장 주머니를 절개하면, 거기에 활발히 활동하고 있는 심장이 나타난다네. 가슴속 깊이 숨겨진 심장은 외부에 노출되어도 아무렇지 않은 얼굴로 계속 움직여. 이보게! 심장은 정말 희한한 녀석이라네. '하트는 마음대로 되지 않는다'고 누군가 말했지만 정말 말 그대로야. 마침내 심장이 드러나면 이제 그것을 잘라내야 하는데, 그대로 메스를 대면 출혈 때문에 수술할 수 없게 되니 대정맥, 대동맥, 폐정맥, 폐동맥 등 대혈관을 모조리 실로 묶고 그런 다음 메스로 그 대혈관들을 잘라내는 거지.

잘라낸 심장은 일단 곧바로 섭씨 37도 내외로 데운 록씨액이 담긴 그릇 안에 넣는 거야. 밤 한 톨 정도 크기의 토끼 심장은 아니나 다를까 축 늘어져 일시적으로 박동이 멈춰. 그때 재빨리 폐동맥과 폐정맥 자른 곳을 묶고 대동맥과 대정맥 자른 곳에 유리관을 연결한 다음에 꺼내서 특별히 마련한 한 자 입방* 정도 되

---

* 한 자는 약 30센티미터이고, 입방은 세제곱을 말하므로 30㎝³의 부피를 일컬음.

는 상자 안 적당한 장소에 유리관을 연결해서 섭씨 37도로 덥힌 록씨액을 통하게 하면 심장은 멋지게 박동하기 시작한다고. 이 록씨액이라는 것은 1퍼센트의 염화나트륨, 0.2퍼센트의 염화칼슘, 0.2퍼센트의 염화칼륨, 0.1퍼센트의 중탄산나트륨 수용액이라 거의 혈액 속 염류성 분량과 일치하기 때문에 심장은 혈액이 들어오는 것과 마찬가지 상태가 되어 박동을 지속하게 된다고. 하지만 이 액체를 통하게 하는 것만으로는 심장이 결국 지쳐버린다네. 아무리 삶에 집착이 강한 심장이라도 밖에서 에너지를 받지 못하면 계속 움직이지 못 해. 비근한 말로 먹을 것이 부족해 움직이지 못하는 상태지. 그래서 보통 이 액체 속에 에너지원, 즉 심장의 먹거리로서 소량의 혈청 알부민 혹은 포도당을 첨가하면 심장은 오랫동안 박동을 유지할 수 있어. 가장 좋은 것은 록씨액 대신 진짜 혈액을 통하게 하는 것이지만, 통상적인 실험에는 록씨액만으로 충분해. 계속 심장을 자유롭게 활동시키려면 산소가 필요하니까 보통 록씨액에 산소를 포함시켜 통하게 하지.

심장을 작동시키는 상자 안의 온도 역시 섭씨 37도 내외로 해 둔다네. 그리고 록씨액은 상자 위에서 흘러들고 심장을 통과한 다음의 액체는 상자 아래로 떨어지게 되어 있지. 상자 안에서 심장 혼자 움직이는 광경은 자네가 도저히 상상도 못 할 만큼 엄숙한 느낌을 준다네. 잘려 나온 심장은 그 자체로 하나의 훌륭한 생물체라는 말일세. 장미 같은 붉은색에 노란 소국의 꽃가루를 뿌린 듯한 육체를 가진 마성의 생물이 바닷가로 헤엄쳐오는 해파리처럼 수축과 확장이라는 두 운동을 율동적으로 반복하지. 가만히 그 운동을 들여다보고 있노라면 심장은 마치 자기의 자유의지를 가지고 움직이는 것처럼 보인다네. 어떤 때는 그 심장에 작은 눈코가 생겨서 모체로부터 잘려 나온 것을 원망하는 것처럼 보였다가, 또 어떤 때는 또 이 세상 공기와 접촉하게 된 것을 기뻐하는 것처럼도 보이고, 또 어떤 때는 심장만 잘라내서 생물 본래의 심장 기능을 연구하려는 과학자의 어리석음을 비웃는 것처럼도 보이지. 하지만 이건 그저 나의 환각에 불과하고, 원래 심장은 체내에 있든 체외로 잘려 나와 있든 전력을 다해 움직임으로써 all or nothing(모 아니면 도) 법칙을 엄연히 행하는 셈이라네. 다시 말해 심장은 일단 움직이려고 결심하면 전력을 다해 움직인다는 말이야. 이른바 심장만큼 충실하게 제 일을 해 나가는 것이란 좀처럼 보기 힘든 법이라고.

나는 이 점에서 심장이 연애의 심벌이 되기에 가장 적합하다고 생각해. 다시 말해 어떤 자극이 오든 자극의 많고 적음에 따라 박동을 달리하지 않고, 박동하면 전력을 다하고 박동하지 않을 때는 결단코 안 하는 심장의 성질이란, 비단 재력이나 기타 외부의 힘에는 끄떡도 하지 않는 진정한 연애의 성질에 비견될 수 있겠지. 진정 사랑하는 사람들끼리는 설령 어떤 장애물이 그 사이에 가로놓여 있다 한들 라디오 전파가 통하듯 그 심장 박동의 파동이 서로 통한다고 생각해. 실제로 자네가 알고 있는지 아닌지 모르겠지만, 심장은 움직일 때마다 전기를 발생시키므로 그 전기를 연구하기 위해 심전도계라는 것이 고안되었다네. 그리고 이 심전도계야말로 소위 내 연애 곡선의 제조원이라고 할 수 있지.

하지만 심전도계 설명을 하기 전에, 지금까지 말한 것과 같이 잘라낸 심장의 운동을 어떻게 분석하고 연구하는지를 이야기해 두어야겠어. 단지 육안으로 관찰하는 것만으로는 정확한 비교연 구를 할 수 없기 때문에 아무래도 그 운동을 적절히 기록해야겠 지. 그 운동을 기록하는 것이 바로 '곡선'이란 말일세. 따라서 연 애 곡선이라는 말은 연애 운동의 기록을 의미하지. 자네는 지진 이 지진계에 의해 곡선으로 기록된다는 말을 들어본 적이 있을 거야. 검댕을 바른 종이를 원통으로 말아서 그것을 규칙적으로 회전시키고, 운동하는 물체로부터 돌출된 가는 지렛대 끝을 그 종이에 닿게 하면 그 물체가 운동함에 따라 특수한 곡선이 종이 위에 하얗게 나타나지. 심장 운동도 이와 같은 방법으로 검댕이 묻은 종이에 그려지게 할 수 있는데, 나는 특히 심장이 발생시키 는 전기에 관심이 있어서 앞에서 말한 것처럼 주로 심전도계를 이용해 연구를 추진했지.

모든 근육이 운동할 때는 반드시 전기가 다소간 발생한다네. 소위 동물전기라는 것이 이것인데, 심장도 근육으로 만들어진 장기니, 박동할 때마다 전기가 발생하지. 그리고 그 전기가 발생 하는 모습을 곡선으로 드러내려는 기계가 심전도계라는 말이야. 이 기계를 맨 처음 발명한 사람은 네덜란드의 아인트호벤이라 는 인물이라네. 곡선이라고 해도 앞에서 말한 것처럼 간단한 게 아니라 그 원리는 다소 복잡해. 심장에서 나오는 전기를 일정한 방법으로 뽑아내서 그것을 거미줄보다도 가는 백금(플래티넘)으로 도금한 석영사(石英絲)*에 통과시키고 실 양쪽에 전자석을 놓아두면 실을 통과하는 전류의 양에 따라 그 실이 좌우로 흔들리고 그 실을 아크등으로 비추면 실의 그림자가 좌우로 크게 움직이게 되니, 그것을 가는 틈을 통해 사진용 감광지에 직접 감지시킨 다음 현상하면 심장 전기의 소장(消長)을 나타내는 곡선이 하얗게 드러나는 이치라네. 감광지는 활동사진 필름처럼 감겨 있기 때문에 20분, 30분 동안 심장 운동 모양도 자유롭게 연속적인 곡선으로 드러낼 수 있어. 내가 자네에게 보내려는 연애 곡선도 바로 이 감광지에 드러난 곡선이지.

그런데 나는 우선 내 연구를 위한 준비로 잘라낸 심장에 대한 여러 종류의 약물 작용을 연구했다네. 다시 말해 맨 처음 록씨액을 심장에 통과시키고 보통 상태의 곡선을 사진으로 찍은 다음, 시험하려고 한 약품을 록씨액에 섞어 통과시키고 그때 일어나는 심장 변화를 곡선으로 촬영하는 것이지. 육안으로 보는 것만으로는 그다지 변화가 없는 듯하지만, 곡선을 서로 비교해 보면 분명한 변화를 인식할 수 있고 그로써 이 약물이 심장에 어떤 식으로 작용했는지를 알 수 있어. 디기탈리스(digitalis)제, 아트로핀(atropine), 무스카린(muscarine) 등의 맹독부터 아드레날린, 캠퍼(camphor), 카페인 등의 약제에 이르기까지 심장에 작용하는 독물과 약물의 거의 모든 것에 대해 나는 각각의 곡선을 만

* 석영으로 만든 선. 석영이란 규산염 광물로 유리 광택이 나며 석영 중 무색의 순수한 것이 수정(水晶).

들어 냈어. 하지만 이 정도는 특별히 새로운 연구가 아니라 이미 많은 사람들에 의해 시도되었던 것이니 요컨대 내 본격적인 연구를 위한 대조시험에 불과했지.

그렇다면 나의 본격적인 연구가 무엇일지 궁금하지 않나? 한마디로 말해 각종 정서와 심장기능의 관계라네. 즉 흔히 말하는 희로애락의 정서가 발현되었을 때 심장이 그 전기발생 상태에 어떠한 변화를 초래하는가 하는 것이지. 누구나 경험하듯 놀랐을 때나 화가 났을 때에는 심장 고동이 변화해. 나는 적출한 심장을 통해 그것을 이른바 객관적으로 관찰하고자 계획했지. 공포스러울 때 혈중에 아드레날린이 증가하는 사실은 이미 다른 학자들이 인정한 것이니 공포스러울 때의 혈액을 적출한 심장에 통과시킨다면 아드레날린을 통과시킨 때와 같은 변화가 곡선상에 드러나야 하는 거야. 이 사실에서 유추할 때 공포 이외의 다른 온갖 정서를 느낄 때도 혈액에 뭔가의 변화가 있어야 하고, 따라서 동물에게 희로애락의 감정을 일으켜서 그때 혈액을 꺼낸 심장에 통과시켜 심전도계로 곡선을 찍어내면 각종 정서가 발현될 때 혈액 중에 어떠한 성분 물질이 배출되는지 추정할 수 있는 셈이지.

하지만 이러한 연구에는 말할 것도 없이 수많은 난관이 수반되는 법일세. 이상적으로 말하자면 심장을 잘라 꺼내 동일한 동물을 화나게 하거나 괴롭히거나 해서 그 혈액을 통과시켜야만 하는데 그건 불가능한 이야기지. 그러니 어쩔 도리 없이 갑(甲) 토끼에게서는 심장, 을(乙) 토끼에게서는 여러 종류의 정서 발현시 혈액을 채취하는 식으로 연구하기로 했다네. 다음으로 역시 꽤 곤란한 일이 토끼를 화나게 하거나 슬프게 하는 일이지. 토끼는 원래 무표정하게 보이는 동물이니 그 표정에서 희로애락의 정서를 인식할 수 없다 보니, 화나게 할 작정이었는데도 토끼가 의외로 화를 내지 않거나, 또 기쁘게 할 작정이었더라도 토끼가 의외로 기뻐하지 않을지 모른다는 사실은 퍽이나 당혹스러울 수밖에 없었다네.

그래서 나는 토끼 실험을 중지하고 개를 대상으로 실험하기로 했다네. 즉 갑 개에게서 심장을 적출하고 그다음 을 개를 화나게 하거나 또는 기쁘게 해서 그 혈액을 채취하여 통과시켰지. 그렇게 해서 곡선을 만들 수는 있었지만, 이 역시 이상적이지는 못했다네. 왜냐하면 기껏 개를 기쁘게 해놓고도 정작 피를 채취하려고 하면 몹시 화를 내니 결국 분노 곡선에 가까운 것이 만들어지고, 그렇다고 개를 마취시켜 버리면 무정서 곡선밖에 얻을 수 없는 셈이니 그저 분노할 때, 또는 공포를 느낄 때의 곡선만이 비교적 이상에 가까운 것으로 만들어졌거든.

이런 이유로 여러 종류의 정서 발현 때 혈액이 심장에 미치는 영향을 이상적으로 곡선에 그려내기 위해서는 인간을 놓고 실험하는 수밖에 없었어. 인간이라면 화가 났을 때의 혈액, 슬플 때의 혈액, 기쁠 때의 혈액을 비교적 용이하게 채취할 수 있기 때문이지. 그렇지만 인간을 실험할 때 곤란한 것은 인간의 심장이 쉽사리 입수되기 어렵다는 점일세. 죽은 사람의 심장도 좀처럼 손에 넣기 어려우니 하물며 살아 있는 사람의 심장이야 더

했지. 그래서 어쩔 수 없이 나는 토끼 심장으로 실험하기로 했다네. 또 혈액에 관해서인들 아무도 기꺼이 혈액을 제공해 주는 사람이 없으니 나는 내 피로 실험하기로 했지. 곧바로 나는 여러 소설을 읽고 슬퍼하고, 분노하고, 기쁜 감정을 가졌고 그때마다 주삿바늘로 왼쪽 팔의 정맥에서 5그램씩 혈액을 빼내 실험을 했다네. 토끼나 개의 경우도 마찬가지지만, 일단 혈액을 채취할 때는 응고를 막기 위해 주삿바늘 안에 일정량의 수산나트륨을 넣어 두지.

이렇게 얻은 곡선을 연구해 보니 기쁠 때, 슬플 때, 괴로울 때에 따라 그 곡선에 분명한 차이가 인지되더군. 두려울 때의 곡선은 역시 아드레날린을 흘려보낼 때의 곡선과 유사하고, 쾌락의 곡선은 모르핀을 흘려보냈을 때의 곡선과 유사했는데, 그건 그저 유사한 것에 불과하였고 미세한 점에서도 각각 특수한 차이가 인지되었지. 그리고 나는 연습을 거듭하여 나중에는 어느 것이 공포의 곡선이고 어느 것이 유쾌한 때의 것인지, 어느 것이 아드레날린 곡선이고 어느 것이 모르핀 곡선인지, 곡선을 보기만 해도 구별할 수 있게 되었다네. 또한 이 곡선은 토끼 심장을 이용하든, 개의 심장을 이용하든, 아니면 새로이 양의 심장을 이용하든 같은 변화를 초래한다는 것을 경험했다고.

하지만 학문 연구에 종사하는 자는 누구나 연구 욕구가 깊어지게 마련이어서 토끼나 개, 양에 관해서도 같은 결과가 나오면 그것으로 만족해야 하는데, 나는 한 발 나아가 어떻게든 인간 심장으로 실험을 해보고 싶다는 생각을 갖게 되었지. 앞에서 쓴 것처럼 인간 심장은 사후 20시간이 지나도 여전히 박동시킬 수 있기 때문에, 하다못해 죽은 사람 심장이라도 좋으니 손에 넣고 싶다고 병리해부 교실과 임상과 교실 사람들에게 부탁해 두었다네.

그러다 최근에 운 좋게도 어떤 여자의 심장을 하나 입수할 수 있었어. 그 여자는 열아홉 살로 결핵 환자였지. 그녀는 사랑하는 남자에게 버림받고 절망한 나머지 건강을 해치고 내과에 입원했다가 불귀의 객이 된 것인데, 생전에 그녀는 입버릇처럼 '내 심장에는 분명 큰 주름이 져 있을 거예요. 내가 죽으면 부디 심장을 해부하여 의학의 참고가 되도록 해 주세요'라고 했다더군. 마침 내 친구가 그 담당 의사였기 때문에 그녀의 유언에 따라 내가 그 심장을 받게 된 거라네.

지금까지 토끼나 개나 양의 심장을 떼어내는 것에 익숙했던 나지만, 아무리 시체라도 그 여자의 밀랍처럼 차갑고 하얀 살갗에 손을 대고 메스를 찔렀을 때는 일종의 이상한 전율이 손가락 끝 신경부터 온몸의 신경으로 전파되더군. 하지만 얇은 지방층, 지나치게 붉은 근육층, 늑골을 순차적으로 자르고 흉곽을 열어 심낭을 찢고 심장을 꺼냈을 때에는 다시 평소의 냉정함을 되찾았지. 그녀 말처럼 심장에 주름이 잡혀 있지는 않았지만 심장은 현저하게 말라 있었다네. 지금까지 동물의 산 심장만 목도해 온 내 입장에서는 처음에 심장답다는 느낌조차 일어나지 않았지. 사후 15시간을 거쳤지만, 지나치게 서늘한 느낌에 나는 잘라낸 심장을 손에 든 채 잠시 멍하게 있었다네.

퍼뜩 정신을 차리고 나서 따뜻한 록씨액 안에 넣어서 심장을 잘 씻은 다음 상자 안에 장착하고 록씨액을 흘려보내니, 처음에 심장은 마치 잠들어 있는 듯했지만 잠시 후에 쿵덕쿵덕 움직이기 시작하더니 곧 기세 좋게 박동을 시작했어. 예상한 일이기는 했지만 내게는 마치 그 여자가 소생이라도 한 듯 느껴져서 뭐라 표현할 수 없는 장엄한 감동을 받는 바람에 어느새 실험이라는 것도 잊고 그 미묘한 운동을 하염없이 바라보았지. 그리고 그 심장 주인에 대해 생각했어. 실연! 얼마나 슬픈 운명인가. 나는 그것이 남의 일 같지 않게 여겨졌다네. 나 또한 마찬가지로 실연의 괴로움을 맛본 인간이 아닌가. 예전에 심장 주인이 살아 있었을 때 이 심장은 얼마나 격하고 또 슬프게 박동했을까. 그 오랜 괴로움의 기억도 이제 록씨액에 의해 다 사라진 것처럼 보였고, 아무런 망설임도 없이 수축, 확장의 두 운동만을 반복하고 있었지. 어쩌면 그녀의 실연 이후 이 심장은 하루도 평정하게 박동하지 못했을 거야. 뛰어라! 뛰어라! 록씨액은 얼마든지 있으니 뛰어, 뛰어, 끝까지 뛰면 된다.

문득 정신을 차리고 보니 심장은 그 힘이 현저히 약해졌더군. 무리도 아니지. 박동을 시작하고 나서 대략 1시간이 경과했으니까. 예상치 못한 공상으로 시간을 허비하며 정서 연구를 잊었던 나는 과학자로서 냉정함을 상실한 것을 부끄러워하며 모처럼 귀중한 재료를 얻고도 이를 헛되이 하는 것이 아깝다는 생각이 들었네. 그때 순식간에 생각해 낸 것이 실연이라는 정서의 연구였어. 실연한 사람의 심장에 실연을 한 내 혈액을 통과시켜 그 곡선을 취한다면 그야말로 이상적인 실연 곡선을 얻는 게 아니겠나.

나는 재빨리 여느 때처럼 내 왼팔에서 혈액을 뽑아 그것을 이 심장 안으로 흘려보내고 심전도계를 작동시켰지. 점점 약해지던 심장은 내 피가 닿자마자 급속히 기세를 더하더니 약 30회 정도 격렬히 박동했지만, 다시 곧 힘을 잃고 이번에는 탁 멈춰 버리더군. 즉 심장이 죽어 버린 걸세. 영구히 죽은 셈이지. 하지만 곡선 만은 선명히 현상되어 분석 연구해 보니 비애, 고통, 분노, 공포 그 어느 것과도 유사하지 않더군. 그러면서 그 모두와 비슷한 성질을 가지고 있기도 했어.

그런데 이렇게 실연 곡선을 만들게 된 나는 실연의 반대 정서인 연애 곡선을 얻고 싶다는 생각에 이르게 되었네. 아마도 질릴 줄 모르는 과학자의 욕망이겠지. 하지만 예전에는 연애 감정을 느꼈어도 지금은 실연 감정밖에 느끼지 못하는 내가 어떻게 연애 곡선을 만들 수 있겠나. 도저히 말이 안 되는 일이지. 그런데 이런 생각에 체념하려고 하면 할수록 더욱 만들어 보고 싶다는 충동을 견딜 수가 없게 되더군. 나중에는 일종의 강박관념이 되어 버렸다네. 자네에게 몹시 실례되는 말일 수도 있지만, 자네와 달리 유키에 씨 외에 아무에게도 사랑의 감정을 느끼지 못하는 내가 이제 와서 누구에게 진실한 사랑을 느낄 수 있겠나. 실제로 나는 진실한 사랑을 유키에 씨 외의 다른 사람에게는 느낄 수 없단 말이지. 그러면 도저히 연애 곡선은 얻을 수 없는 셈이야. 그렇게 생각은 했지만 일단 강박관념이 된 충동은 역시 쉽사리 사라지지 않더군. 그래서 하는 수 없이 실연을 바꾸어 연애로 만들 방법은 없는 것인지 나는 열심히 궁리에 궁리를 거듭했다네. 생각을 너무하다 한 때 이러다 미치는 것이 아닌가 싶을 정도로 생각을 거듭했단 말일세.

그러다 우연히 며칠 전 어떤 사람으로부터 자네와 유키에 씨가 마침내 결혼한다는 통지를 받은 거라네. 그러자 마치 불타는 말뚝에 기름을 부은 듯 실연의 슬픔이 내 몸 안에서 맹렬히 불타오르기 시작했어. 말하자면 실연의 절정에 도달한 것이지. 그때 나는 이 절정에 달한 실연을 그대로 응용하면 연애 곡선을 만들 수 있을 것이라는 신념을 얻었다네.

자네는 수학에서 마이너스와 마이너스를 곱하면 플러스가 된다는 것을 배웠을 거야. 나는 이 원리를 응용해서 실연을 연애로 바꾸기로 한 것이지. 즉 실연의 절정에 도달한 나의 피를 실연의 절정에 도달한 여자의 심장에 통과시킨다면 그때 그린 곡선이야말로 연애의 극치를 나타낼 것이라고 생각해낸 거라네. 이렇게 말하면 자네는 실연의 절정에 도달한 여자를 어디에서 데려올 거냐고 묻겠지. 하지만 그런 염려는 불필요해. 왜냐하면 내가위와 같은 원리를 생각해 낸 것도 사실은 실연의 절정에 도달한 여자를 이미 발견했기 때문인데, 그 여자는 다름 아닌 자네와 유키에 씨 결혼을 내게 알려준 편지의 주인이라네.

자네는 필시 마음 짚이는 데가 있겠지. 그 편지의 주인이야말로 자네 결혼으로 실연의 극치에 도달했거든. 자네는 많은 여자를 사랑했으니 여자의 마음도 다소 알겠지만, 그 여자도 내가 유키에 씨 한 사람만을 생각했듯 오직 한 남자에게만 진실한 사랑을 느꼈기 때문에 자네들 결혼으로 실연의 절정에 도달했지. 마찬가지로 자네들 결혼으로 실연을 느낀 나와 그 여자가 하나의 곡선을 그려낸다면 그거야말로 앞에서 말한 원리에 의해 진정한 연애 곡선이 되지 않겠나. 더구나 그 여자는 절망한 나머지 죽으려고 했다네. 이보게, 죽음보다 더 강한 것이 세상에 있겠나. 나는 그 여자의 결심을 듣고 내 실연의 정도가 오히려 약해서 부끄러웠다네. 나는 그 여자 때문에 굉장히 용기를 얻었어. 그리고 오늘 밤 그 여자를 직접 만나 그녀의 결심을 듣고 내 속마음 이야기를 했더니, 그녀는 기꺼이 죽을 테니 제발 심장을 꺼내 내 혈액을 통과시키고 그렇게 만들어진 곡선을 기념으로 자네에게 보내 달라고 했어. 그래서 나도 결심하고 마침내 연애 곡선 제조를 시작했다네.

이보게! 나는 지금 이 편지를 연구실 심전도계 옆에 놓인 책상에서 쓰고 있어. 설마 생리학 연구실에서 심야에 연애 곡선 제조가 이루어지리라고는 꿈에도 생각하는 자가 없을 테니 아무에게도 방해받지 않고 계획을 수행할 수 있지. 밤은 고요하게 깊어가. 실험용으로 기르던 개가 마당 한구석에서 아까 두세 번 짖은 후로는 겨울에 가까워진 밤바람이 연구실 유리창에 작은 소리를 낼 뿐이지. 나에게 심장을 제공한 여자는 지금 내 발밑에서 깊은 잠에 빠져 있네. 아까 내가 연애 곡선 제조의 순서와 계획을 다 말하고 나자 그녀는 기뻐하며 용감하게 다량의 모르핀을 마셨어. 그녀는 이제 다시 소생하지 않을 테지. 그녀가 모르핀을 마시자마자 나는 록씨액의 온도를 높이기 시작하고 심전도계 준비를 마친 다음 이 편지를 쓰기 시작한 거라네. 모르핀을 마시고 나서 그녀는 기쁜 듯이 내가 준비하는 모습을 보고 있다가, 이 편지를 쓰기 시작할 무렵 마침내 죽음의 잠에 빠졌어. 이 얼마나 아름다운 죽음인가. 지금 그녀는 가볍게 숨을 쉬고 있지만 이제 두 번 다시 그녀의 목소리를 들을 수 없다고 생각하니 편지를 쓰는 손이 자꾸만 떨리는군. 내가 필경 종잡을 수 없이 내용을 썼을 테지만, 지금 편지를 다시 읽어볼 여유는 없네. 지금부터 그녀의 심장을 꺼내야 하니까.

　4, 5분 걸렸군. 마침내 지금 그녀의 심장을 꺼내어 상자 안에 장착시켰고 록씨액을 통과시키고 있다네. 수술할 때 그녀 심장은 여전히 지속적으로 박동하고 있었어. 이는 그녀 생전의 희망에 따른 걸세. 그녀는 연애 곡선을 완전하게 만들기 위해 심장이 아직 움직이고 있을 때 잘라내 달라고 희망했지. 메스를 댔을 때 혹시 그녀가 눈을 뜨지는 않을까 했지만, 심장이 꺼내질 때까지 그녀는 안락하게 계속 잠을 잤어. 지금도 여전히 가볍게 숨을 쉬고 있는 것이 아닐까 여겨질 정도였지. 전등불에 비친 그녀의 죽은 모습은 오로지 아름답다고밖에 할 수 없어.
　심장은 지금 아주 유쾌하게 움직이고 있네. 빨리 내 피를 통과시켜 달라기라도 하듯 움직이고 있지. 자, 이제부터는 내 혈액을 채취할 순서인데, 연애 곡선을 완성하고 싶은 마음과 그녀의 비장한 희망을 만족시키기 위해 나도 아직 한 번도 시도하지 않은 혈액 통과법을 시도하려고 한다네. 지금까지는 주삿바늘로 왼쪽 팔 정맥에서 피를 뽑았지만, 이번만큼은 내 왼쪽 요골(橈骨)* 동맥에 유리관을 꽂아 넣고 그대로 고무관에 연결해서 동맥에서 내 피가 직접 그녀 심장 안으로 흘러 들어가도록 하려고 하네. 그녀가 산 심장을 제공해 준 후의(厚意)에 대해 이 정도로 보답하는 것이야 당연한 일이지. 또한 연애 곡선을 완성하기 위해서도 필요한 일이야.

20분 걸렸네.
마침내 내 동맥혈을 그녀 심장 안으로 보낼 수 있었어. 혈액은 기세 좋게 달려나갔기 때문에 전혀 응고되지 않았고 실험은 흠잡을 데가 없네. 심장은 용맹하게 춤을 추고 있어. 그 춤추는 모습을 보고 있노라니 왼손에 약간 있던 통증도 느껴지지 않아. 왼손 상처에서 조금씩 피가 배는군. 그 피를 닦기 위해 펜을 놓고 거즈로 닦아야겠어. 이런, 종이를 피로 더럽혔네. 용서하게. 그녀 심장으로 주입된 피는 다시 돌아오지 않아. 내 혈액은 시시각각 감소해가겠지. 머릿속은 선명해졌네. 잠깐 펜을 놓고 그녀의 심장을 관찰하며 옛 생각에 잠겨야겠어.

10분 경과했군.
전신에서 땀이 배어 나와. 빈혈 때문일 걸세. 자, 이제부터 스위치를 돌려 아크등을 켜고 감광지를 회전시켜야지. 내가 가만

* 아래팔에서 엄지손가락 쪽에 있는 긴 뼈.

히 있어도 스위치가 비틀리도록 준비해 두었다네. 전등이 켜져 있어도 곡선 제조에는 지장이 없어.

심전도계가 작동하고 있다네. 심전도계 소리 외에 귀에 묘한 소리가 들려. 이것도 빈혈 때문이겠지!

곡선은 지금 만들어지고 있다네. 자네에게 바쳐야 할 연애 곡선이 지금 만들어지고 있지. 하지만 나는 그 곡선을 현상할 수가 없어. 왜냐하면 나는 이대로 내 온몸의 피를 다 쏟아낼 작정이니까. 혈액이 다 빠져나와 내가 쓰러지면 아크등과 사진장치, 실내 전등 스위치가 모두 고스란히 꺼지게 해 두었으니 곧 두 사람의 시체는 어둠에 휩싸일 거야.

펜을 든 손이 몹시도 떨리는군. 눈앞이 어두워지기 시작했어. 그래서 나는 마지막 용기를 내어 자네에게 마지막 한마디를 써서 보내네. 사실 이 편지를 쓰기 전에 교실 주임과 동료들 앞으로 편지를 썼으니 이것이 나의 마지막 유서가 되는 셈일세. 연애 곡선은 내일 아침 동료들 손으로 현상되어 자네에게 보내질 것이니 영원히 보존해 주게.

자네는 이미 나에게 심장을 제공한 여자가 누군지 추측했겠지. 나는 지금 무한한 기쁨을 느끼네. 나 자신은 곡선을 볼 수야 없겠지만, 진정한 연애 곡선이 만들어지고 있다는 것을 나는 굳게 믿어 의심치 않아. 내 피가 다하면 그녀의 심장은 정지하겠지. 이것이 연애의 극치가 아니고 무엇이겠는가.

…… 이런, 내 피가 이제 얼마 남지 않았는지 그녀의 심장은 지금 정말 정지하려고 하는군. 이보게! 자네와 사랑 없이 금력에 의해 결혼하는 것이 싫다며 진정한 연인이었던 나에게로 달려 온 유키에 씨 심장이 지금 정말로 정지하려고 한단 말일세…….

《신청년》 1926년 1월호 발표

투쟁

고사카이 후보쿠

K 군.

친절한 문안 편지 기쁘게 읽었네. 나는 어떻게 해야 좋을지 모르겠군. 장례식이다 뭐다 해서 꽤나 바빴는데, 겨우 이삼일 틈이 생기면서 허탈한 마음이 들던 차에 자네 편지를 받고 눈물이 날 듯한 감격을 느꼈지. 자네가 말한 대로 모리(毛利) 선생님을 여읜 우리 법의학교실은 암담하다네. 그뿐만 아니라 모리 선생님을 잃은 T 대학은 맥없이 적적해졌어. 더구나 모리 선생님을 잃은 일본 학계는 갑자기 불안해졌지. 먼저 가리오(狩尾) 박사님을 보내고 이제 다시 모리 선생님의 상을 당하게 되었으니 이 무슨 일본의 불행이란 말인가. 모리 선생님과 가리오 박사님은 일본 정신의학계의 쌍벽이었을 뿐 아니라 공히 세계적으로도 유명한 학자셨지. 그런 두 분이 겨우 한 달 남짓한 사이에 잇따라 병사하셨다는 것은 슬퍼하고도 남을 일이야.

K 군.

자네는 현재의 내 심정을 충분히 살펴줄 수 있겠나? 왠지 나도 선생님과 똑같이 폐렴에 걸려 죽을 것 같은 심정이 들어 견딜 수 없다네. 예전 중학교 시절에 아버지를 여의었을 때 당장에 나도 죽을 것 같은 생각이 들었는데, 그와 똑같은 기분을 지금 절절히 느낀다는 말일세. 학교에 출근해도 아무 일도 손에 잡히지를 않아. 다행히 까다로운 감정(鑑定) 작업이 없으니 다행일망정 만약 난해하고 급한 감정 명령이라도 떨어지면 무슨 실수를 할지 알 수 없지. 집에 돌아와서 그저 멍하니 있기만 한다네. 그러면서도 무언가를 하지 않고는 못 견딜 기분에 쫓겨. 만약 나에게 창작 능력이 있었다면 아마 단편소설 두 편이나 세 편은 써냈을 게 틀림없어. 하지만 유감스럽게도 그건 나에게 불가능한 일이지. 그저 다행히 편지 정도야 쓸 수 있으니 오늘 밤 자네를 향해 조금 긴 편지를 답장 겸 쓰려고 한다네.

자네 편지에도 쓰여 있는 것처럼 모리 선생님은 최근에 분명 우울했어. 자네뿐 아니라 다른 친구들도 그걸 알고는 선생님 살아 계실 때 곧바로 나를 찾아온 사람이 있지. 나는 선생님의 우울증의 원인, 특히 죽음 직전의 1개월 남짓한 기간에 극단적으로 우울해했던 원인을 잘 알고 있다네. 선생님이 살아 계시는 한에는 나도 그 원인을 절대로 다른 사람에게 말하지 않을 생각이었어. 하지만 이제는 이야기해도 될 뿐 아니라, 한편으로는 이야기하지 않고 그냥 둘 수 없다는 생각도 들어. 그래서 그에 관해 지금부터 가능한 한 상세히 쓰려고 하네.

그리고 이야기하는 김에 또 하나, 자네가 필시 듣고 싶어할 예의 그 신문광고 말일세. 갑자기 말을 꺼내 모를 수도 있겠지만 지금부터 1개월 반 정도 전에 도쿄 내의 주요 신문 세 줄짜리 광고란에 보였던 그 이상한 광고,

PMbtDK

이 글의 비밀을 밝히려고 하네. 이렇게 말하면 자네는 분명 이상하게 여기겠지만 그 광고는 사실 내가 낸 거야. 자네, 놀라지 말게나. 파고들기 좋아하는 자네는 그 당시 내 교실에 자주 와서 누가 무엇 때문에 이런 광고를 냈고 어떤 의미가 있을 것인지 이리저리 추정해서 나에게 들려주곤 했잖은가. 나는 자네에게 들키지 않으려고 애써 모르는 얼굴을 가장하고 있었지만, 그건 바로 선생님의 우울증 원인과 관계가 있었고, 당시에는 절대 비밀을 요하는 일이었기 때문에 나 자신도 감탄스러울 정도로 자제를 했다네. 하지만 이제는 자유롭게 말할 수 있지. 자네도 필시 기뻐하겠지만 나도 기쁜 마음이 든다네.

K 군.

자네는 잘 기억하고 있을 걸세. 교외 M에 문화주택*을 마련해 두고 살던 젊은 실업가 기타자와 에이지(北澤榮二)의 자살 사건을. 일단 자살로 처리되었다가 경찰 조사로 미망인 마사코(政子)와 그 연인으로 글을 쓴다는 미도리카와 준(綠川順)이 타살 혐의로 강제 연행되고 시체를 재부검하게 되었는데, 부검 결과 역시 자살로 결론 나고 두 사람이 방면된 다음 사건은 비교적 평범하

---

* 1920년대 일본에서 유행하기 시작한 주거로, 서양식 생활양식을 도입하여 일반인을 대상으로 보급한 집.

게 정리되었지. 그 부검을 주도한 것이 나였는데 사실 그 사건 저변에는 더 내막이 깊은 무언가가 숨겨져 있었고 그것이 곧 그 수수께끼 광고와 밀접한 관계를 가지고 있었어. 이쯤 되면 사려 깊은 자네는 그 사건이 역시 타살이었나 생각하겠지. 그렇다네. 과감하게 말하자면 역시 일종의 타살이랄 수 있어. 하지만 분명 히 보통 경우와는 달랐기 때문에 결국 수수께끼 광고로 이어진 것인데, 어쨌든 이런 이유로 모리 선생의 우울증은 간접적으로 기타자와 사건 때문이라고도 할 수 있지.

어쨌든 내 이야기는 선생이 죽음 직전 극도로 우울했던 상태 를 말하는 것이고, 이미 그 이전부터 모리 선생은 우울하기는 했 었어. 나는 정확히 5년 동안 선생님을 사사(師事)했는데, 처음 4년 동안 선생님은 말 그대로 쾌활하고 피로라는 것을 전혀 모 르는 학자셨지. 쉰을 넘긴 사람이라고 여겨지지 않는 검은 머리 와 넓은 이마에 깊이 들어간 눈, 굳게 다문 입술은 보기에도 총 명함이 드러났고, 특히 선생님이 법의학적, 또는 정신병리학적 감정을 하시는 태도는 옷깃을 여밀 정도로 엄숙했지. 그도 그럴 것이, 선생님의 감정 결과는 단순히 한 개인의 생명과 관계될 뿐 만 아니라 사회에도 중대한 영향을 끼쳤으니 이른바 인간의 지 적 능력의 한계를 다하여 종사하신 거라네. 그러한 의무적 관념 에서 열심이었을 뿐만 아니라 진심으로 흥미를 가지고 종사하 셨던 셈이지.

하지만 지난 1년 정도는 어찌된 영문인지 선생님이 예전만큼 일에 흥미를 가지시지 않게 되었어. 아무리 작은 감정에라도 반드시 자신의 숨결을 불어넣지 않으면 성미가 풀리지 않던 선생님이 최근에는 거의 우리 조수들에게 다 맡기셨지. 다 맡기셨다고는 해도 물론 감정서는 반드시 검토하시고 조수들 능력에 버거울 법한 문제에는 결코 노력을 아끼지 않으시긴 했지만, 아무리 관찰해도 이전만큼의 열의는 없이 교실에서 멍하니 시간을 보내실 때가 종종 있었다네. 후진을 키우기 위해 일부러 손대시기를 사양하려는 것인가 생각도 해보았지만, 결코 그런 것만은 아니었어. 왜냐하면 선생님 얼굴에 점점 우울한 그림자가 비쳤기 때문이지.

나는 처음에 그 우울의 원인이 선생님께 뭔가 세간의 일반적 마음속 고민거리가 생겨서는 아닐까 여겼다네. 몹시 실례되는 말이지만 선생님이 독신이시기 때문에 연애 문제에라도 직면하신 게 아닐까 생각해 보기도 했지. 물론 지금은 그런 잘못된 추측에 대해 후회하지만 어쨌든 한때는 그렇게라도 생각할 수밖에 없었어. 하지만 점점 깊이 관찰하다 보니 우울한 원인의 전부는 아닐지언정 선생님이 일종의 권태라고 할 만한 상태임을 알았다네. 권태라는 말이 아무래도 느낌이 꽤 별로이기는 하지만 달리 좋은 말을 찾지 못하겠으니 하는 수 없이 사용하네만, 이른바 일종의 정신 활동 이완 상태를 의미해.

생리학을 전공하는 자네에게 이런 이야기를 하는 것은 어울리지 않겠네만, 심장 혈압 곡선을 관찰하면 트라우베 헤링(Traube Hering) 씨의 이장(弛張)*이라는 현상이 있지. 심장은 태어나서 죽을 때까지 박동을 지속해야 하기 때문에 한 쌍씩 존재하는 기관, 예를 들어 신장처럼 한쪽이 활동하는 동안 다른 쪽이 쉴 수는 없다네. 그래서 활동에 이장이 초래되는 것이고 그것이 이른바 '트라우베 헤링 씨의 이장'이라 명명되었는데, 나는 정신적 활동에도 동일한 현상이 있을 수 있다고 생각해. 평범한 작용밖에 못 하는 뇌수에서는 이장이 눈에 띄지 않지만, 정신적 활동이 격하면 격할수록 긴장 상태 후에 오는 이완 상태가 현저해진다고 보는 거지. 나는 예전에 이 견해를 바탕으로 역사 속 수재들의 전기(傳記)를 연구한 적이 있다네.

아니나 다를까 대다수의 수재에게는 정신적 활동기의 중간에 현저한 갭이 있다는 것을 알아냈어. 예로부터 전기학자들은 그 갭을 여러 가지로 설명하고 있는데, 요컨대 그것은 생리적인 것, 이른바 자연적으로 생기는 것이며 수재들 스스로가 의식적으로 그 갭을 만드는 것은 아니지. 그렇게 그 시기와 마주치게 된 수재들은 반드시 우울감에 빠지는 거라네. 활발했던 정신활동 시기를 회고하며 점점 깊은 우울에 빠지는 거란 말일세.

때로는 육체적 결함이 이 이완 상태를 일으키는 경우도 있다네. 폐결핵이 초기에는 도리어 정신적 활동을 촉진하지만 나중에는 이완상태를 일으키는 것과 같이 말이야. 만성 신장염 등은 이완 현상이 현저하지. 그래서 나는 선생님이 뭔가 병에 걸리신 것은 아닌가 생각도 했지만, 역시 그건 아니었고 수재들에게 생리적으로 일어난 우울 상태로 보는 것이 지당했던 거야.

---

* 늦추어지다가 죄다 하는 신축 운동.

지금 생각해 보면 한 학자의 입장으로서는 무엇보다 당연하고 무엇보다 고상한 고민들도 있었겠지만, 그것이 원인이었다기보다는 단순히 그 시기에 병존했다고 보는 것이 지당하겠지. 어쨌든 모리 선생님은 선생님 스스로도 어떻게 할 수 없는, 하물며 우리도 어찌할 도리 없는 우울 상태에 빠지신 거라네.

그러나 그 우울에서도 우연히 탈출할 수 있게 된 사건이 생겼지. 나중에 보니 그것은 일시적 현상이었고 모리 선생님은 그 후에 더 심한 우울에 빠지셨지만, 만약 선생님의 논적(論敵)이자 선생님과 함께 일본 정신의학계의 쌍벽으로 일컬어지는 가리오 박사님이 뇌내출혈로 급사하시지 않았다면 선생님은 그대로 종전 활동 상태로 복귀하셨을지도 몰라. 그리고 어쩌면 선생님의 죽음도 이렇게 빨리 다가오지는 않았을지도 모르지. 하지만 이제 와서 후회해도 소용없는 일이야. 또 내 후회를 늘어놓으며 자네를 따분하게 만드는 것도 미안한 일이지. 그래서 선생님을 일시적으로나마 우울에서 구한 사건을 빨리 이야기하려고 하네. 말할 것도 없이 그것이 바로 기타자와 사건이었지.

K 군.

기타자와 사건은 그 당시 신문에 상세히 보도되었으니 자네도 대강은 알고 있을 거야. 서른일곱 살의 실업가 기타자와 에이지는 교외에 문화주택을 짓고 부인 마사코와 둘이서 완전히 서양식으로 살고 있었는데, 지금으로부터 두 달 전인 10월 하순의 어느 날, 부인이 부재중일 때 그가 서재에서 권총 자살을 했어. 그날 부부는 오후 1시에 점심을 들고 곧 부인은 장을 보러 나갔는데, 여러 볼일을 보고 5시 반쯤 돌아오니 남편이 서재 책장 앞에 의자와 함께 바닥에 피범벅이 되어 죽어 있어서 놀라 전화로 경찰에게 알렸지.

취조 결과 책상 위에는 유서로 볼 만한 것이 놓여 있었고 타살로 보이는 흔적이 전혀 발견되지 않았기 때문에 이튿날 매장이 허가되었다네. 보통이라면 화장을 해야 했는데 특별히 매장으로 한 것은, 유서로 보이는 글이 본인 스스로 써낸 것이라기보다는 본인 자필이기는 하지만 작년에 자살한 청년문학가 A 씨의 「어느 옛 친구에게 보내는 수기(手記)」라는 글의 맨 첫 구절을 그대로 베낀 것이었기 때문이야. 즉 경찰에서는 거기에 후일의 수사 여지를 남긴 셈이지.

그러자 정말 약 한 달 후에 경찰서로 투서가 날아온 거야. 그것은 '기타자와 에이지의 사인(死因)에 수상한 점이 있다'라고만 쓰인 엽서였는데, 그 때문에 경찰이 몰래 미망인을 감시했더니 미망인에게 미도리카와 준이라는 젊은 소설가 애인이 있다는 것을 알게 되었고, 애인의 집을 급습하여 수사하자 마침 기타자와가 자살에 사용한 것과 똑같은 권총이 발견되었으며, 또한 당연한 일이지만 '유서'에 언급된 작가 A의 전집도 있었기 때문에 경찰은 모살(謀殺) 혐의가 있다고 보고 미망인과 미도리카와를 강제 연행하여 시체 재부검을 우리 교실로 의뢰해온 것이라네.

부검 의뢰를 위해 온 사람은 경시청의 후쿠마(福間) 경부였지. 우리에게는 낯익은 사람이었어. 나는 경부로부터 부검의 중요 항목과 모든 사정을 다 듣고 발굴되어 운반된 시체를 인수

한 다음, 후쿠마 경부를 되돌려 보내고 모리 선생님 방을 찾아갔지. 그 날이 당장에라도 비가 쏟아질 듯 이상하게 음울한 날씨였던 탓도 있었는데, 선생님 얼굴에는 평소 보지 못했던 어두운 표정이 꽉 차 있었어. 내가 서류를 손에 들고 들어갔더니 선생님은 읽다 만 잡지를 그대로 두고 고개를 들며

"또 부검인가?"

뱉어내듯이 말씀하셨지.

"네."

"어떤 부검?"

그래서 나는 후쿠마 경부로부터 들은 모든 이야기를 했는데, 1년 전이라면 눈을 빛내며 들으셨을 선생님께서, 게다가 자살인가 타살인가 하는 부검 결과에 따라서 두 사람 목숨이 좌우될 정도로 중대한 사건이었는데도 선생님은 그저 '음, 음' 하며 끄덕이시기만 하고, 나쁘게 말하면 마치 남의 일처럼 생각하고 계신 게 아닐까 여겨질 정도로 시큰둥한 태도였다네. 내가 이야기를 마치니,

"그래서, 부검 사항은?"

"세 가지입니다. 첫째는 위장(胃腸) 내용물로 사망 시간을 결정하는 것. 둘째는 현장 및 유서의 혈흔이 자연스러운 것인가, 혹은 인공적으로 안배된 흔적이 있는가 하는 점. 셋째는 권총이 어느 정도의 거리에서 발사되었는가 하는 점입니다."

"그 유서를 가지고 있나?"

나는 종이봉투에 담긴 유서를 꺼내 선생님에게 내밀었지. 그

것은 두 번 접힌 하늘색 편지지였는데 바깥쪽으로 몇 군데 혈흔이 묻어 있고, 안쪽에는 펜으로 「어느 옛 친구에게 보내는 수기」의 맨 첫 구절이 쓰여 있었어. 좀 길어지겠지만 나중 설명을 위해 그 전문을 써 두겠네.

아직 자살자 자신의 심리를 있는 그대로 쓴 사람은 아무도 없다. 그것은 자살자의 자존심이나 혹은 그 자신에 대한 심리적 흥미 부족에 의한 것이리라. 나는 자네에게 보내는 마지막 편지 속에 분명하게 이 심리를 전달하고 싶다. 하지만 내가 자살하는 동기는 특별히 자네에게 전달하지 않아도 괜찮겠지. 레니에(Régnier)는 그의 단편 속에 어떤 자살자를 그렸다. 이 단편의 주인공이 무엇 때문에 자살하는지 그 자신조차 모른다. 자네는 신문의 사회면 기사 같은 데에서 생활고라든가 병이라든가, 또는 정신적 고통이라든가 하는 여러 자살의 동기를 발견할 수 있겠지. 하지만 내 경험에 의하면 그것은 동기의 모든 것이 아니다. 그뿐만 아니라 대개는 동기에 이르는 과정을 보여줄 따름이다. 자살자는 대개 레니에가 그린 것처럼 무엇 때문에 자살하는지를 모른다. 그것은 우리가 행동하는 것처럼 복잡한 동기를 내포하고 있다. 하지만 적어도 내 경우는 그저 막연한 불안이다. 자네는 어쩌면 내 말을 신용할 수 없겠지. 하지만 십 년간의 내 경험은 내 가까운 사람들이 나와 비슷한, 같은 처지에 놓이지 않는 한 내 말은 바람 속의 노래처럼 사라질 것을 알려주고 있다. 따라서 나는 자네를 탓하지 않는다. ……

선생님은 이 구절 전부를 읽으셨어. 그리고 다 읽으신 다음, 이렇게 물으셨지.

"이 필적은 본인임이 틀림없나?"

"그건 틀림없다고 합니다."

말할 것도 없이 선생님은 필적 감정의 권위자셨지. 이전의 선생님이라면 이렇게 이상한 유서에 흥미를 가지셨을 게 틀림없지만,

"그런가."라고 대답하셨을 뿐이었어. 그리고 나에게 종이를 되돌려주면서,

"그렇다면 와쿠이(涌井) 군, 자네가 이 사건 감정을 하는 것으로 하지."라고 내뱉으시고는 다시 잡지 쪽으로 눈길이 향하셨다네.

나중에 알게 된 일이지만 모리 선생님이 그 잡지 쪽에 마음을 빼앗기신 것도 무리는 아니었지. 거기에는 지난번 학회에서 선생님과 대대적인 토론을 벌인 가리오 박사의 논문이 게재되어 있었기 때문이야.

이참에 모리 선생님과 가리오 박사님의 관계를 이야기해 두도록 하지. 두 분이 일본 정신의학계의 쌍벽이었다는 것은 이미 말했는데, 모리 선생님이 당상(堂上)에 오른 사람으로 비유된다면 가리오 박사는 야인이었지. 이미 그 학력부터가 모리 교수님은 대학 출신인데, 가리오 박사님은 제생학사(濟生學舍)＊를 나와 곧바로 영국으로 건너가 고학을 한 분이었다네. 그리고 가리오 박사는 S 구(區)에 큰 뇌병원을 경영하며 활발히 새로운 연구를

＊ 1876년에 도쿄에 창설된 메이지(明治) 시대의 사립학교로 1900년 전문학교령에 의해 폐교되었다.

발표했지. 그 풍채만 해도 모리 선생님은 근엄했지만, 가리오 박사는 대머리에다 어딘가 장난기가 있었어.

더구나 이 학설에 이르러서는 전혀 상반된 입장이었다네. 모리 선생님은 독일파를 계승했는데 가리오 박사님은 영국, 프랑스파를 계승했지. 그리고 만년에는 두 사람 모두 외국에도 필적할 사람이 없을 정도의 독특한 학자가 되어, 모리 선생님은 소위 '뇌질학파'를 대표하고, 가리오 박사님은 이른바 '체액학파'를 대표했다네. 뇌질학파란 인간의 정신 상태를 뇌질에 의해 설명하는 것에 반해, 체액학파는 체액 중에 특히 내분비액으로 설명하는 것이지.

가리오 박사의 체액학파는 내분비파 또는 체질파라고도 일컬어졌고, 가리오 박사님이 주장하는 바에 따르면 모든 정신이상은 체질에 의해 정해지는 것이며, 또한 그 체질이라는 것이 당장은 인력으로 어떻게 할 수 없는 것이라는군. 예를 들어 살인자의 체질을 가진 자는 반드시 어느 시기 동안 살인을 저지른다는 것이지. 때문에 그 시기에 들어갔다는 것을 알아낼 수 있다면 약간의 암시적 자극에 의해서도 살인을 일으키게 할 수 있다는 거야. 다시 말해 일견 정신이 건전해 보이는 사람도 체질에 따라 무서운 범죄를 고의로 일으킬 수 있다는 말로, 가리오 박사는 그 자극을 지금까지의 suggestion(암시)과 혼동되지 않도록 incendiarism(교사)이라 명명했지.

이 설에 대해 모리 선생님은 정신이상은 뇌질에 변화가 일어나야 비로소 드러난다고 보고 뇌질에 변화가 일어나지 않는 한,

다시 말해 정신병적 징후가 드러나지 않는 한 암시에 의해 살인을 일으키는 일 따위는 절대 불가능하다고 주장하셨지. 지난번 학회에서도 이 점에 관해 격론이 일었어. 사실대로 말하자면 그때 모리 선생님 입장이 다소 불리했지. 그러자 가리오 박사는 "모리 군 어떠신가?"라며 너무도 비꼬는 어조로 몇 번이고 선생님을 추궁했다네. 하지만 인간에게 직접 실험해서 증명해 보이지 못하는 한 선생님도 순순히 항복할 수밖에 없는 일이었지. 그래서 결국 토론은 그 상태로 끝나 버렸어. 그때 가리오 박사님의 연설이 잡지에 실렸기 때문에 모리 선생님은 시체 부검보다도 그쪽에 더 신경을 쓰고 계셨던 거라네.

K 군.

이렇게 해서 기타자와 사건의 재부검은 내가 맡게 되었지. 우리 교실은 설령 부검 사항이 국소적이라도 반드시 전신을 정밀하게 해부하게 되어 있어서 그날 곧바로 주의 깊게 해부를 실행했다네. 그 결과 기타자와 에이지라는 사람은 흉선 임파 체질이라는 것을 알게 되었지. 다시 말해 자살자에게 거의 항상 보이는 체질이었어. 그리고 두부의 총상과 골절의 관계를 조사하고 위장 내용물을 조사했는데, 그 결과 권총은 오른쪽 관자놀이로부터 약 5센티미터 정도 떨어진 곳에서 발사되었고 사망 시간은 점심 후 한 시간 내지 두 시간 후였다는 것을 확인했다네. 그리고 나는 기타자와의 집으로 출장을 가서 현장 상태를 조사하고 또한 유서상의 혈흔을 조사했는데, 인공적으로 배치된 흔적이라고는 하나도 발견할 수 없었지.

그 사이 이루어진 위장 내용물 검사는 여러 재미있는 사실을 알려 주었어. 물론 그것은 사건과 관계있다기보다는 소화생리학적 측면에서 볼 때 흥미로웠는데, 그 상세한 내용을 지금 도저히 다 쓸 수 없으니 다른 날 교실로 와서 감정서를 봐주게나. 어쨌든 내 부검 결과로는 타살로 볼 근거는 무엇 하나 발견되지 않았다네.

다음 날 나는 모리 선생님의 방을 찾아가 해부 결과와 기타 사항을 일단 보고했지. 물론 그때는 열심히 들어주셨는데 내 보고가 끝나자마자 선생님은,

"그렇다면 자살이라고 생각해도 지장이 없겠군. 만약 그게 타살이라면 분명 기적이겠지."라고 말씀하셨어.

그러나 K 군. 그 기적이라는 것이 공교롭게도 그로부터 한 시간 후에 일어났단 말일세. 이렇게 말하면 좀 이상하겠지만, 사실 후쿠마 경부가 찾아와서 용의자 미도리카와 준이 기타자와를 살해했다고 자백하였으니 모리 선생님께서 경시청으로 와 미도리카와를 심문하고 그 정신감정을 해 주십사 의뢰했기 때문이라네.

그 말을 들은 모리 선생님의 태도가 갑자기 변했지. 선생님은 그 순간 이전의 모리 선생님이 되신 걸세. '타살이라면 분명 기적일 거야'라고 단정하실 만큼 타살설이 끼어들 여지가 없는 정황이었는데, 타살을 자백했으니 모리 선생님이 갑자기 흥미를 가지고 스스로 취조해 보시고자 하는 마음이 든 게 틀림없어.

"후쿠마 군. 미도리카와가 자백한 것을 아직 기타자와 미망인

에게 알리지는 않았겠지."

"알리지 않았습니다."

"좋아. 그렇다면 지금 당장 나가지."

우리 세 사람은 곧바로 경시청으로 자동차를 몰았네. 자동차 안에서 모리 선생님은 후쿠마 경부에게 미도리카와가 자백하던 당시의 분위기를 물으셨어. 경부 이야기에 따르면 예전 미도리카와가 기타자와 부인과 연인 관계였는데, 기타자와 부인으로부터 기타자와가 권총을 샀고 장난 반으로 문학가 A 씨 유서의 일부를 베껴 가지고 있다는 것을 듣고, 자기도 똑같은 권총을 사서 부인에게는 비밀로 기타자와를 없애기로 결심하고 그날 부인이 장을 보러 나간 다음 몰래 숨어들어 서재로 가니, 기타자와가 의자에 걸터앉아 식후 잠깐 낮잠을 자고 있어서 잘 됐다 싶어 뒤로 살며시 다가가 자기 권총으로 쏘아 죽이고 쓰러지는 것을 지켜본 다음 손에 그 권총을 쥐여주고, 책상 서랍에서 기타자와의 권총과 유서를 꺼내 권총은 자기 주머니에 넣고 유서는 책상 위에 둔 다음 다시 몰래 나왔다는 거야.

"미도리카와는 어디에 살고 있지?"라며 모리 선생님은 경부의 설명을 다 듣고 물으셨어.

"기타자와 집에서 4, 5정(町)* 떨어진 곳에 작은 문화주택을 짓고 혼자 살고 있습니다."

경시청에 도착하자마자 모리 선생님과 나는 취조실로 들어가

---

* 거리의 단위로 1정은 약 109미터를 말한다.

미도리카와가 연행되어 오기를 기다렸지. 모리 선생님은 무슨 생각을 하셨는지 후쿠마 경부를 다른 방으로 보낸 다음 미도리카와에게 범행 상황을 이야기하라고 했다네. 내용은 후쿠마 경부가 자동차 안에서 들려준 것과 전혀 다르지 않았지.

"그렇다면 이 책상 앞에서 그때 기타자와 씨의 모습을 재현해 주시오."라며 모리 선생님은 일어서서 자기가 앉아 있던 의자를 미도리카와에게 주고 방구석에 있던 얇은 돗자리를 가지고 와서 바닥에 까셨어.

미도리카와는 머뭇머뭇 의자에 앉았지.

"자, 눈을 감고 낮잠 자는 모습을 해 주십시오. 내가 그 당시의 당신 역할을 하겠습니다. 됐습니까? 이렇게 탕 하고 권총을 쐈다. 그리고 기타자와 씨는 어떻게 됐나요?"

"어쨌든 흥분한 상태여서 자세한 동작은 잘 기억이 나지 않습니다. 분명 이런 식으로 일어섰던 것 같습니다. 그리고 몸을 이렇게 확 구부려서 아래로 쓰러졌고, 이런 식으로 누웠습니다."

이렇게 말하며 일일이 그 동작을 보여주었어.

"좋소. 미안하지만 다시 한 번 해 주지 않겠습니까?"

다시 한 번 실험이 이루어졌지.

"누웠을 때의 자세가 그렇게 된 것이 틀림없습니까?"

"그건 분명히 기억하고 있습니다."

"좋습니다. 원래 있던 방으로 돌아가십시오."

이렇게 말하고 선생님은 후쿠마 경부를 불러 미도리카와를 데리고 가게 했지.

"와쿠이 군. 자네가 어제 기타자와 집에 조사하러 갔을 때 후쿠마 경부에게 기타자와가 어떤 식으로 죽었는지 연기해서 보여주었나?"

"네."

"그럴 줄 알았네."

이윽고 후쿠마 경부가 되돌아오자,

"후쿠마 군. 자백이라는 것은 이쪽에서 가르쳐 주고 시키는 게 아니라네. 저쪽이 하는 말을 잠자코 들어야 하는 거지."

"미도리카와가 뭔가 말한 겁니까?"

"지금 미도리카와에게 재연시켜보니 자네가 가르쳐준 대로 했을 뿐이고 사실대로 연기하지 않았네. 그런 식으로 일어서다니 완전히 거짓말이지. 다만 쓰러지고 나서는 제대로였어. 본인도 일어선 다음부터 몸을 숙여 쓰러질 때까지는 흥분한 상태에서 아무래도 잘 기억나지 않는다고 하면서도, 누운 자세만은 분명 기억하고 있더군. 미도리카와의 자백은 허위야."

"그렇다면 왜 그런 허위자백을 한 걸까요?"

"그건 나중에 알게 되겠지. 미망인을 데리고 와 주게."

곧 검은 양장의 상복을 입은 기타자와 미망인이 들어왔지. 눈가가 확연히 검어서 한층 매력적으로 보였지만 서른을 넘었다는 것은 피부 결로 알 수 있었어.

앞에서처럼 후쿠마 경부가 물러나자 선생님은,

"당신은 남편분이 자살하신 날 몇 시쯤 일을 마치고 돌아오셨나요?"

"5시 반쯤이었다고 기억합니다."

"그렇지 않을 겁니다. 4시나 4시 반쯤이었을 거예요."

"아뇨, 분명 5시⋯⋯ ."

"사실을 말하십시오. 이쪽은 다 알고 있으니까요."

"⋯⋯."

"당신은 4시쯤 돌아와 시체를 발견하고 놀라서 미도리카와 씨가 있는 곳으로 달려갔고 그다음 미도리카와 씨를 불러와서 둘이서 꼼꼼히 의논하고 나서야 비로소 경찰에게 신고했을 겁니다."

"아니요⋯⋯."

"그래서 미도리카와 씨는 당신이 남편을 죽인 것이 틀림없다고 믿고 당신을 감싸려고 오늘 자기가 죽였다고 자백을 한 거지요."

이 말에 그녀는 부르르 몸을 떨며,

"그게 정말이에요? 그렇다면 다 말씀드리겠어요. 완전히 말씀하신 그대로예요. 미도리카와 씨가 죽인 것도 아니고 또 제가 죽인 것도 아닙니다. 제가 4시에 돌아왔을 때 이미 남편은 죽어 있었어요. 그리고 나는 1시에 집을 나와 그때까지 미도리카와 씨 집에 있었어요."

"좋습니다. 지금 당신이 말씀하신 것을 진실이라고 인정하겠습니다."

이렇게 말하고 모리 선생님은 경부를 불러 부인을 데려가게 했지.

"와쿠이 군." 하고 선생님은 자못 기쁜 듯 말씀하셨어. "진실을 안다는 것이 의외로 편할 때도 있군. 나는 미도리카와가 재연하는 과정에서 그가 시체를 보았음에 틀림없다고 추정했는데 정말 그랬더군. 그건 그렇고 사랑이란 참으로 무서운 게 아닌가. 부인의 죄를 덮으려고 허위 자백을 해서 굳이 자신을 희생양으로 삼다니."

K 군.

나는 새삼스럽게도 선생님의 예리한 안목에 놀랄 수밖에 없었다네. 선생님 앞에서는 '허위'가 늘 고개를 숙일 수밖에 없지.

"자." 하며 선생님은 팔짱을 끼고 말씀하셨다네.

"이로써 두 사람에게는 죄가 없다는 것을 알았고 기타자와는 자살한 것으로 결정이 났네. 그런데 뭔가 아직 사건이 정리되지는 않았군."

"네에."라며 대답은 했지만 나로서는 전혀 짐작이 가지 않았어.

후쿠마 경부가 들어오자 선생님은 심문 결과를 알려주고 두 사람을 방면해야 한다고 주장하시고 마지막으로,

"어제 내가 자세히 물어보지는 않았네만 원래 기타자와 사건의 이번 재조사는 경찰서로 날아온 무명의 투서에 의해 시작되었다고 하지 않았나?"

"그렇습니다."

"자네 그 투서에 관해 조사해 보았나?"

"아니요, 투서야 자주 있는 일이라 특별히 상세히 조사하지는 않았습니다."

"그 투서 아직 보관하고 있겠지?"

"있습니다, 가지고 올까요?"

경부는 나가더니 금방 엽서를 가지고 왔다. 거기에는 '기타자와 에이지의 사인에 수상한 점이 있다'고 펜으로 쓰여 있었는데, 나는 그것을 본 순간 앗 하는 생각에 선생님 얼굴을 보았더니 선생님의 눈은 이미 번쩍번쩍 빛을 내고 있었지.

"와쿠이 군. 유서를 꺼내게."

선생님은 유서와 투서의 필적을 비교하시고 이렇게 말씀하셨어.

"이 유서와 투서는 같은 날 같은 펜과 잉크로 같은 사람에 의해 쓰였다!"

K 군.

그 순간 나는 분명 일종의 귀신에 홀린 듯한 느낌에 휩싸였다네. 후쿠마 경부도 너무 놀라 한동안 말이 나오지 않는 모양이었어.

"후쿠마 군. 수고스럽겠지만 다시 한번 기타자와 부인을 데려와 주지 않겠나?"

경부가 나가자마자 나는 말했지.

"선생님, 그렇다면 기타자와 씨 자신이 두 사람에게 죄를 씌우기 위해 그런 간계를 쓴 걸까요?"

"그랬다면 더 타살다운 증거를 만들어 두었겠지."

"타살다운 증거를 만들다가 도리어 간파당할 염려가 있으니 투서만 누군가 믿을 수 있는 사람에게 맡겨 두었다가 나중에 우체통에 넣어달라고 한 게 아닐까요? 실제로 유서를 자신의 내용으로 쓰지 않은 것도 역시 깊은 계략에서 나온 게 아니겠습니까?"

"그럴지도 모르지. 하지만 기타자와라는 사람이 과연 그런 짓을 할 수 있는 사람이었을까? 어쨌든 부인에게 물어보지 않으면 모를 일이야."

부인을 데려오자 선생님은 유서를 보이며 그것이 과연 남편 필적인지 아닌지를 물으셨다네.

부인은 긍정했지. 그러자 후쿠마 경부도 기타자와의 다른 필적과 비교했다며 증거로서 가지고 온 두세 개의 필적을 꺼내어 보여주었어.

선생님은 열심히 추궁하셨지만 더 이상 의심할 여지가 없었다네. 유서와 투서 모두 기타자와 그 사람이 동시에 쓴 것이었어.

"이 유서를 남편이 쓰신 게 언제쯤의 일인가요?"

"분명 죽기 20일 정도 전이었다고 생각합니다."

"어디에서 썼지요?"

"그건 모르겠습니다만 어느 날 밤 저에게 그것을 보여주며 이제 이것으로 유서가 생긴 셈이니 언제 죽어도 괜찮다며 농담을 했습니다."

"그렇다면 자살할 것 같다는 징후는 없었습니까?"

"전혀 없었어요. 평소에 비교적 쾌활한 사람이라 설마 싶었습니다."

"권총은 언제 사들이셨습니까?"

"그와 비슷한 무렵이었지요. 강도가 출몰해서 뒤숭숭하다며 샀습니다."

"남편분은 평소 장난치기를 즐겨 하셨습니까?"

"어쨌든 제멋대로 자란 사람이라 가끔은 장난도 쳤는데, 때로는 무턱대고 들뜨는 게 아닌가 싶다가도 때로는 입을 꾹 다물고 이삼일 말을 하지 않은 적도 있었어요."

"남편분에게는 친한 친구가 없었나요?"

"없었어요. 원래 친구 만들기를 싫어해서 자기와 관계가 있는 회사에도 좀처럼 얼굴을 내밀지 않았지요. 다만 M-클럽에만은 자주 다녔습니다."

"M-클럽이라면?"

"영국 런던에 머무른 적이 있는 사람들끼리 모여 조직한 영국식 클럽으로 마루노우치(丸の內)*에 있습니다."

이렇게 모리 선생님은 심문을 마치고 미망인을 돌려보낸 다음,

"아무리 들어도 알 수가 없군." 하며 중얼거리듯 말씀하셨지.

"그럼 투서한 사람을 찾아내 볼까요?"

후쿠마 경부가 말했다.

"지금 찾아내 본들 자살설이 변하는 것도 아니고, 또 저쪽에서 나서지 않는 한 찾아낼 수 있지도 못할 걸세. 어쨌든 이로써 사건은 매듭지어졌어."

K 군.

아무튼 이렇게 기타자와 사건은 정리되었네. 그것은 신문을 통해 자네도 알고 있는 바와 같아. 하지만 정리되지 않은 것은 선생님의 마음이었지. 다시 종전의 활동 상태로 돌아가신 선생님으로서는 사건 밑바닥의 밑바닥까지 캐묻고 따지지 않으면

---

* 도쿄 내의 지명으로 1920년대에 들어 비즈니스 거리로 급속히 발전한 곳이다.

그만두시지 못했다네. '그쪽에서 나서지 않는 한 찾아낼 수 있는 것도 아닐 걸세'라고 말씀하셨지만 그것은 경찰에게 한 말이고 선생님은 이미 그때 찾아낼 자신이 있었음에 틀림없지. 그뿐 아니라 선생님은 그 사건의 진상을 경찰에게 알리면 재미없어지리라는 사실마저 직감하신 것 같아.

경시청을 나설 때,

"이 유서와 투서를 잠시 빌리고 싶네. 좀 알아보고 싶어서."라며 선생님은 그 둘을 가지고 교실로 돌아오셨는데 곧 나를 교수실로 불러서는,

"와쿠이군, 자네는 어떻게 생각하나?"

이렇게 갑자기 질문하셨지.

내가 뭐라 답해야 좋을지 망설이고 있으니 모리 선생님은 설명하시듯,

"단순히 경찰서로 투서가 있었던 것뿐이라면 물론 조사할 필요는 없어. 또 설령 죽은 본인의 자필 투서라고 하더라도 그 역시 그리 신기할 정도의 일도 아니고. 세상에는 꽤 나쁜 장난을 치는 사람도 많으니까 경찰을 대대적으로 떠들썩하게 만들어 놓고 구석에서 비웃어 주겠다고 계획하는 경우도 있겠지. 또한 유서 내용이 자작한 문장이 아니라 다른 사람 것을 베낀 것이더라도 이 역시 따로 깊이 파고들 일은 아니야. 이러한 예는 지금까지 꽤 여러 번 있었지. 하지만 조사를 필요로 하지 않는 이 두 개의 상황이 합해지면서 비로소 여기에 알아볼 가치가 있는 사정이 생겨 버렸어. 이 경우에는 자살자가 유서와 투서를 같은 때에

썼다는 사실이 적어도 어떤 목적, 더구나 단 하나의 목적을 위해 쓰인 셈이 된 거야. 따라서 그 목적을 알아낼 필요가 생기지."

"그 목적은 역시 부인과 그 애인을 범죄에 빠뜨리기 위해서가 아닐까요?"

"그렇다면 더 타살다운 증거를 만들었어야 해."

"그럼 단순히 소동을 일으키기 위한 장난일까요?"

"장난치고는 궁리를 지나치게 했지. 실제로 이 투서는 자칫 버려질 수도 있었어. 이 투서를 못 봤다면 나도 이렇게 관심을 갖지 않았을 테지."

K 군.

정말 나로서는 뭐가 뭔지 알 수 없었다네. 그리고 모리 선생님도 그때는 전혀 모르고 계셨을 거네.

"이 수수께끼는 도저히 단시간에 풀 수 없어. 자네는 이제 돌아가도 좋아. 나는 지금부터 이 두 가지를 충분히 조사해 보려고 하네."

K 군.

이렇게 해서 나는 꽤나 피곤한 상태로 집으로 돌아왔는데, 선생님에게 들은 수수께끼가 머릿속에 들러붙어 그날 밤은 좀처럼 잠을 잘 수가 없더군. 나는 여러 생각을 했지. 하다하다 문학자 A 씨 전집을 펼쳐서 그 유서의 첫 구절 문장이며 의미에서 뭔가 해결의 실마리를 얻을 수 없을까 고민해 보았지만, 결국 아무것도 얻을 수 없었어.

다음 날 수면부족의 눈을 비비면서 교실로 가니 선생님은 이미 교수실에 계셨다네. 그 얼굴을 봤을 때 선생님이 밤을 새우고 연구를 하신 걸 직감했지.

"와쿠이 군. 마침내 문제를 풀었네."

내 얼굴을 보자마자 선생님은 갑자기 말을 거셨는데, 평소에 문제를 푸셨을 때처럼 기쁨이 드러나지 않아서 뭔가 선생님 입장에서 불유쾌한 해결이었나 싶었어.

"푸셨습니까?"

그렇게만 말하고 나는 다음 말을 잇지 못했지. '그거 잘 됐습니다'라는 말은 도저히 나오지 않았거든. 그러자 선생님은 책상 위에 있던 작은 종잇조각을 들어 올려,

"이게 그 해답이네."라며 건네주셨지. 보니 거기에는

PMbtDK라고 쓰여 있었어.

"자네, 상당히 수고스럽겠지만 그것을 도쿄 내의 주요 신문에 그리 눈에 띄지 않게 광고를 좀 내주게나."

나는 당황했지.

"이건 암호입니까?"

"이유는 자네가 돌아온 다음에 이야기하지."

나는 그대로 잠자코 물러난 다음 각 신문사를 돌며 광고를 의뢰하고 교실로 돌아왔는데 그건 오후 1시쯤이었어. 도중에 나는 선생님이 건네주신 암호—물론 나는 처음에 그것을 암호라고 생각했다네—를 여러모로 머리를 굴려 풀어보려 했지만 마치 구름을 잡는 듯했지. 또한 무엇 때문에 선생님이 신문 같은 데에 광고를 내시는지, 그리고 이것이 대체 기타자와 사건과 어떠한

관계가 있는지 전혀 몰랐네. 그래서 교실에 돌아왔을 때 빨리 선생님으로부터 설명을 듣고 싶어서 그야말로 나는 호기심 덩어리 자체가 되어 있었지.

교수실에 들어서자 선생님은 일어서서 입구 쪽으로 걸어가 문의 열쇠구멍에 열쇠를 끼우고 돌리셨어.

"너무 큰 목소리로 이야기하면 안 되거든."

이렇게 말하시고는 다시 책상 앞에 앉으시더니

"그런데 와쿠이 군, 자네는 니체를 읽은 적이 있나?"라며 뜬금없이 질문하셨지.

"네에. 이전에 읽은 적이 있습니다만……" 하며 내가 미적미적 대답하자 선생님은 그 말을 막으며,

"무리도 아니지. 지금 니체 따위를 이야기하는 것은 웃음거리가 되는 일일지 모르지만, 만약 그것이 천재가 저지른 일이라면 설령 비인도적이라도 자네는 용서할 마음이 들지 않겠나?"

"글쎄요, 어떨지 잘……."

"갑자기 이렇게 물어보면 자네도 대답하기 망설여질 텐데, 요즘 민중의 힘이라는 것이 자주 주장되지만, 적어도 과학 영역에서는 평범한 사람이 몇 만 명 있은들 한 사람의 천재에 미치지 못한다는 것을 자네는 인정할 걸세."

"인정합니다."

"그러면 과학이라는 것이 인간의 복리를 증진하는 것인 이상 과학적 천재가 벌인 일이 비인도적일지라도 자네는 그것을 용서할 마음이 들지 않겠는가?"

실로 큰 문제였어.

"더 깊이 생각해 봐야 알겠습니다만……."

"그것을 긍정하지 못하면 자네에게 아까의 약속대로 설명을 해 줄 수가 없네."

그러면 안 되지. 반드시 기타자와 사건의 해결을 들어야 했으니까.

"용서해도 좋을 것 같다는 마음이 듭니다."

"좋아. 그렇다면 설명해 주지."라며 의외로 선생님은 쉽게 이야기를 해 주셨지.

"어젯밤 나는 이 두 장의 종이를 나란히 놓고 결국 밤을 새워 버렸네. 추리를 점차 거듭한 다음 비교적 일찍 사건의 밑바닥에 감춰진 비밀을 알아내긴 했지만 그 확증을 잡는 데에 꽤나 고심을 했지.

나는 어제 자네가 돌아간 다음 이 두 가지, 즉 유서와 투서를 책상 위에 나란히 놓고 어떤 순서로 연구해 나갈지를 생각했어. 그 결과, 처음에는 우선 마음을 백지상태로 돌려놓고 과연 이 두 필자가 기타자와라는 사람인지 아닌지를 궁리했지. 하지만 이미 그 사실에는 의문의 여지가 없었어. 기타자와의 다른 필적과 여러모로 비교해 보았지만 절대 다른 사람일 수 없다는 것을 알았지.

그렇다면 기타자와는 왜 이러한 계획을 수행했을까, 무슨 목적으로 했을까를 그다음으로 생각해 보았네. 이야말로 수수께끼의 중심점이었고 자네와도 이야기를 나누었지만 결국 어제는 해결하지 못한 채 헤어졌던 큰 문제일세. 어제도 말했던 것처럼 유서와 투서는 따로 놓고 보면 여러 목적을 생각할 수 있겠지만, 두 가지를 합해 놓으면 단 하나의 목적밖에 떠올릴 수 없게 되지. 따라서 그 단 하나의 목적을 찾아내면 모든 정황이 얼음 녹듯이 밝혀질 것이었지만, 어쨌든 딱 이 두 종이에 의해서만 해결해야 하는 것이라 상당히 어려웠다네.

기타자와가 누구에게 투서를 의뢰했는지 모르겠지만 어쨌든 투서는 기타자와가 계획한 대로 투함된 게 틀림없어. 로맨틱한 자네는 틀림없이 기타자와의 투서 의뢰를 받은 사람이 누구인지 알고 싶을 게야. 그 사람을 찾아내서 그 사람으로부터 기타자와의 진의를 듣고 싶겠지. 물론 그 투서가 우연히 무관계한 사람 손에 들어갔으리라고는 생각할 수 없으니 분명 기타자와에게 의뢰받은 사람이 있는 게 분명해. 그리고 그 사람은 실제로 어딘가에서 경찰이나 우리의 소동을 웃으면서 보고 있을 게 틀림없어. 그걸 생각하면 자네는 분통이 터질지도 모르지만 나는 기타자와가 투서를 의뢰했다는 사람에게는 조금도 관심이 없다네. 그보다도 기타자와의 유일한 목적을 알고 싶어 견딜 수가 없었지.

그러나 그 목적은 결코 단순히 소동을 일으키기 위해서가 아니야. 왜냐하면 만약 단순한 소동을 일으킬 목적이었다면 더 간단하고 더 효과적인 방법이 있었을 테니까. 그래서 기타자와에게는 더 장엄한 하나의 목적이 있다고 볼 수밖에 없었지.

하지만 그런 중요한 목적을 이루기 위해서라고 보기에는 기타자와의 계획이 적잖이 불투명했어. 그것은 어제도 말한 것처럼 만약 내가 주목하지 않았으면 투서는 자칫 버려질 참이었지. 자살을 감행하면서까지 이루려고 한 중요한 목적의 수행치고는 너무 거친 계획이었고, 도저히 실수라고 넘어갈 수 없는 부분이었어.

그러고 보니 이 투서가 버려질 위험도 미리 계획에 들어가 있던 것이라 해야겠군. 그러니 기타자와는 그 투서가 당연히 내 눈에 띌 것을 예상하였다고 봐야 해. 알겠나? 와쿠이 군. 지금 이렇게 이야기를 하니 아무렇지도 않은 일 같지만, 내가 이 추리에 도달하기까지 상당한 시간을 소비했단 말일세.

유서에 자작으로 문장을 쓰지 않은 것은 경찰이 매장 허가를 내줄 수밖에 없게 만들 계획이었지. 이것은 의심할 여지가 없는데, 투서를 경찰에게 보내면 재부검이 이루어질 것이고 당연히 내가 그 투서와 유서가 같은 사람에 의해 같은 시각에 쓰인 것을 발견할 것도 의심의 여지 없이 예상된 계획이었다고 할 수 있단 말이네.

다시 말해 기타자와는 내가 투서와 유서의 동일 필적이라는 점에 관심을 가지고 조사하여 그 결과 그 목적이 무엇이었는지를 발견하기까지 매우 고생하리라는 것 역시 예상했던 거라고. 와쿠이 군. 자네는 필시 이 이야기를 이상하게 여기겠지만, 기타자와는 투서가 내 손에 들어올 것을 확신했으니 이 정도를 예상하는 것은 일도 아니었을 걸세. 즉 모든 일은 기타자와의 계획대로 이루어진 셈이야. 바꿔 말하면 기타자와는 이미 그 목적을 이루게 된 셈이라네.

알겠나? 내가 열을 올리며 알아낸 기타자와의 목적은 바로 나에게 기타자와의 목적을 알아내게 하는 데에 있었다는 말이라고.

그렇다면 다음 문제는 왜 기타자와가 그렇게 간단한 목적을 위해 자기 목숨까지 희생했는가 하는 것이지. 기타자와라는 사람은 이번 사건으로 처음 나와 교섭했을 뿐이고 생전에는 생판 모르는 남이었네. 그런 사람이 그런 짓을 하다니 있을 수 없는 일이겠지.

이렇게 있을 수 없는 일이 벌어진 것에 관해서는, 그 안에 이를 정당하게 설명할 수 있는 이유가 있어야 하는 법이야. 그리고 그것을 설명할 수 있는 유일한 방법은 기타자와 자신은 적어도 그것을 몰랐어야 하는 거지. 결국 기타자와 자신이 투서와 유서를 쓴 목적을 몰랐다고 할 수밖에 없는 거라네.

더구나 투서와 유서는 기타자와 자신의 필적이지. 그렇게 보면 이 두 가지를 기타자와는 무의식 상태에서 쓴 것이 틀림없어. 그런데 유서는 생전에 이미 부인에게 보여주었을 정도니 기타자와 자신은 쓴 것을 의식하고 있었을 거야. 그럼 기타자와가 무의식중에 쓰면서 의식하고 쓴 것처럼 여겼다는 거지.

와쿠이 군. 무의식으로 쓰면서 그것을 의식해서 쓴 것처럼 생각하는 것은 최면 상태에서 쓰고 나중에 그것을 의식해서 쓴 것이라 암시를 받는 경우에만 한할 수 있다네. 그렇게 되면 기타자와는 어떤 사람 때문에 무의식중에 쓰고 그 다음 암시를 받았다고 생각해야 한다는 말일세.

이렇게 내 추리 안으로 비로소 제삼자가 들어오게 되지. 다시 말해 기타자와 사건에 지금까지 전혀 얼굴을 내밀지 않았던 사람이 등장하기에 이른 셈이야. 그리고 그 제삼자야말로 나에게 기타자와의 투서와 유서를 조사하게 만들었으며, 그 사람이 지금까지 기타자와가 한 일이라고 이야기했던 계획을 모조리 세운 거라고. 그리고 기타자와 자신은 그에 관해 전혀 몰랐던 거지.

와쿠이 군. 그 제삼자가 과연 누굴까? 우선 다른 사람의 유서 문구를 베낀 유서를 쓰게 만들고, 시체를 매장하고 그다음 동일 필적의 투서를 경찰에 보내 재부검이 이루어지게 하고, 자살이라는 것을 확증시켜서 오직 나만이 그 투서를 보고 사건의 수수께끼를 잡아낼 수 있도록 노력할 것임을 예상한 사람은 누구겠나? 무엇 때문에 그 사람은 나에게 밤을 새울 만한 고생을 시켰을까?

와쿠이 군. 자네는 이미 그것이 누구일지 어렴풋하게나마 추측할 수 있겠지. 하지만 그 사람이라고 단정할 수 있는 증거가 대체 어디에 있을지 또 생각했지. 이렇게까지 계획을 세운 사람이니 반드시 그 증거가 될 만한 것이 어딘가에 틀림없이 마련되어 있을 거라 상상했어. 게다가 어쩌면 이 투서와 유서 둘 중에 그 증거가 숨겨져 있을 것이라 생각했지.

그래서 내가 새삼 두 종이를 검사하기 시작한 거라네. 예를 들어 투서의 문구가 열쇠가 되어 유서 쪽에서 무슨 문구가 나오지는 않을까 하는 생각도 해보았는데, 그런 흔적은 없더군. 그래서 이번에는 유서의 문구, 즉 A 씨 수기의 첫 번째 문구 안에 뭔가의 의미가 포함되어 있는 것은 아닐지 여러모로 궁리해 보았는데 그렇지도 않았다네. 그러다 겨우 새벽녘에 이르러 마침내 유서 속에서 확실한 증거를 파악하기에 이른 거야.

와쿠이 군. 자네는 잘 기억하고 있을 거야. 지난 학회에서 나와 가리오 군이 격론을 벌인 것을. 그때 분명 나는 수세에 몰렸어. 그랬더니 가리오 군은 "모리 군, 어떠신가?"라며 비아냥거리는 어조로 나에게 따졌지. 그때 나는 "인간에 관해 직접 실험을 할 수 없는 한 자네의 설에 굴복할 수는 없네."라고 하고는 토론을 마쳤어. 그러고 나서 나는 인간에 관한 연구는 반드시 인간실험을 하지 않으면 철저할 수 없다고 여겼고, 그것이 불가능하다 간주했기 때문에 이전부터 있던 우울이 한층 심해진 걸세.

하지만 가리오 군은 마침내 그 인간실험을 감행한 거라네. 기타자와는 자네 부검에 따르면 흉선 임파 체질이었으니 가리오 군은 그가 조만간 자살형에 속할 것을 알았고, 마침 기타자와는 이른바 그 '특별한 시기'에 들어가 있었지. 그것을 안 가리오군은 소위 incendiarism(교사)을 통해 기타자와를 자살하게 만들어 그로써 나에게 자신의 설이 옳다는 것을 보여준 거라네.

기타자와가 자살하기 이전에는 자살 같은 짓을 저지르지 않을까 하는 염려나 징후가 전혀 없었지. 만약 있었다면 권총을 사거나 유서를 썼으니 부인이 경계를 해야 했어. 그렇게 보면 정신 이상 징후는 전혀 드러나지 않았던 것이고 그러한 시기에는 설령 암시를 부여받아도 자살을 하지 않는다는 것이 나의 설이었지. 하지만 가리오 군이 그 설을 인간 실험으로 깨버린 거야. 그리고 그것을 나에게 깨닫게 해 주려고 유서와 투서 계획을 세운 것이지.

미망인의 이야기에 따르면 기타자와는 M-클럽에 자주 갔다고 하는데, 런던을 제2의 고향으로 삼은 가리오 군이 그 멤버였다는 것을 추정하기란 어렵지 않았지. 어쩌면 가리오 군은 거기에서 자기와 생판 모르는 남인 기타자와를 관찰하고 최면상태에서 A씨의 수기를 받아쓰게 하고 또 투서 문구까지 쓰게 만들어 그것만 자기가 보관해 두었을 테지. 권총을 사게 한 것 역시 가리오 군일지 몰라. 그리고 멋지게 자기 설이 옳다는 것을 증명하고 아울러 그것을 나에게 보여준다는 목적을 달성한 거지. 물론 그 유서와 투서, 권총이 incendiarism의 역할을 했음은 말할 것도 없으니, 기타자와 사건 자체는 실로 천재적 과학자가 행한 인간 실험이었지."

여기까지 이야기한 선생님은 후 하고 한숨을 내쉬셨어. 나는 선생님의 추리가 명확한 것에 이른바 도취되어 귀를 기울이고 있었는데 마지막 부분에 이르러 섬뜩한 무언가가 등줄기를 타고 내리더군.

"그렇다면 선생님, 설령 직접 손을 쓰지 않고도 기타자와는 가리오 박사님이⋯⋯."

선생님은 손짓으로 "조용!" 하고 경고하셨어.

"그러니 처음에 자네에게 양해를 구하지 않았나. 가리오 군은 천재야. 도저히 내가 미칠 수 없는 차원이 다른 천재라고. 이렇게 과감한 실험은 아카데믹한 사고방식에 사로잡힌 우리는 결단코 해낼 수 없는 일이야. 그것은 세간의 일반적인 사고로 보자면 나쁜 의미로도 받아들여지겠지만, 어쨌든 과학의 힘으로 자연을 정복해 나가려면 이 정도의 일은 태연히 해치워야 하겠지.

아니야, 이 일에 관해서는 이 이상 깊이 논하지 않겠네. 그것을 논하기에는 내가 너무 지쳤어. 그러니 마지막으로 내가 유서 안에서 발견했다는 증거에 관해 이야기해 주지.

보게나. 이 유서의 문자는 꽤나 깨끗이 쓰여 있기는 하지만 잘 보면 군데군데 막대나 점이 이중으로 보이는데, 다시 말해 한 번 쓴 다음 그 위에 또 한 번 쓴 글자가 있다는 것을 알 수 있지. 나는 그 점을 눈여겨보고 그 문자를 따로 적어 보았네. 그랬더니

쓴 사람은 아무도 없다. (書いたものはない。)의 모(も)

의한 것이리라. (よるものであろう。)의 우(う)

분명하게 이(はっきりこの)의 리(り)

특별히 자네에게 전달하지 않아도(特に君に傳えず)의 군(君)

그렸다. (描いている。)의 이(い)

자살하는지를(自殺するかを)의 카(か)

하지만 적어도(が、少くとも)의 가(が)

불안이다. (不安である。)의 데(で)

신용할 수(信用することは)의 스(す)

이 글자들을 합해서 읽으면 '모리 군 어떠신가(もうり君いかがです)'라는 말이 되지. 이 말을 할 사람이 가리오 군 외에 달리 누가 있겠나.

그래서 나는 가리오 군의 이러한 부름의 말에 대해 답을 한

것이야. 그것이 바로 자네를 번거롭게 만든 신문광고의 글자였다네. PMbtDK란 특별히 암호도 무엇도 아니었고,

Prof. Mohri bows to Dr. Kario.의 머리글자를 딴 것이네. 물론 가리오 군은 한눈에 금방 그 의미를 알 수 있었을 걸세. 나로서는 이것이 현재 내 심정의 전부일세."

K 군.

이로써 기타자와 사건은 진정한 해결을 본 셈이라네.

이러한 일이 있은 다음부터 모리 선생님은 계속 쾌활한 상태를 유지하고 계셨는데 그로부터 2주일도 지나지 않아서 돌연 가리오 박사님의 뇌내출혈에 의한 급사 소식이 전해지자 선생님은 이전보다 더 심한 우울에 빠져 버리신 거야.

학자가 그 논적, 즉 투쟁 상대를 잃는 것만큼 쓸쓸한 일은 없지. 아마 선생님의 우울함도 그 때문이었을 거라고 생각하네만, 실로 극단적인 우울 상태였다네. 그리고 마침내 폐렴에 걸려 가리오 박사님의 뒤를 따르고 마셨어.

이렇게 일본은 보기 드문 수재를 한 번에 두 사람이나 잃게 되었다네. 이렇게 화려한 투쟁이 언제 다시 이루어질지, 언제 다시 정신병리학이 이렇게 진보를 이룰지 생각하면 마음이 좁여지네. 지금 이 사건을 다 적고 되돌아보니 몇 세기나 예전에 일어난 일인 듯한 기분마저 드는군.

K 군, 건재하게나!

《신청년》 1929년 5월호 발표

호박 파이프

고가 사부로

나는 지금도 그날 밤 광경을 떠올리면 소름이 끼친다. 그것은 도쿄에 대지진*이 있고서 얼마 되지 않은 무렵이었다.

　그날 오후 10시가 넘자 정말로 하늘이 수상해지더니 태풍 소리와 함께 툭툭 큰 빗방울이 떨어졌다. 나는 아침 신문에 '오늘 밤 안에 태풍이 제국의 수도를 습격할 것이다'라고 쓰여 있는 것을 보았으므로 관청에 있으면서도 내내 날씨 걱정을 하고 있었는데, 불행하게도 기상대의 관측은 멋지게 적중하였다. 내가 걱정한 이유는 그날 밤 12시부터 2시까지 야경(夜警) 근무를 해야 했기 때문이었는데, 폭풍우 속에서 야경 근무를 하는 것이 아무래도 달가운 일은 아니다. 애당초 이 야경이라는 것은 바로 한 달 정도 전에 있던 도쿄의 대지진 때부터 시작되었는데, 당시 온갖 교통기관이 두절되고 여러 풍문이 일어났을 때 불타버린 야

* 1923년 9월 1일 도쿄(東京) 요코하마(橫濱)를 위시한 간토(關東) 지역을 강타한 간토 대지진을 일컬음.

마노테(山の手)* 사람들이 손에 손마다 노획물을 들고 이른바 자경단(自警團)을 조직한 것이 그 시작이다.

고백하건대 나는 여기 시부야(澁谷) 거리 높은 곳에서 멀리 서민 마을 쪽 하늘에 화르르 오르는 흰 연기를 보고 발아래로는 도겐자카(道玄坂) 언덕 위쪽으로 계속 도망쳐 오는 버선발에 흙이 묻은 옷을 입은 피난민들 무리를 보았을 때 정말 세상이 어떻게 되려나 보다 했다. 그리고 여러 흉흉한 소문에 겁을 먹고 대낮에도 가문 대대로 전하는 큰 칼을 옆에 찬 채 집 주위를 돌던 한 사람이었다.

자경단이 며칠 경과되는 사이에 근근이 인심도 안정되고 흉기 소지도 곧 금지되면서 이윽고 대낮 경계는 사라지기는 했지만, 고약하게도 야간 경계는 좀처럼 없어질 기미가 없었다. 다시 말해 자경단이 어느샌가 야경단이 되었으며 몇 채씩 그룹을 지어 집마다 한 사람씩 남자를 내보내 하룻밤에 몇 명씩 규칙적으로 순서를 정해 그 그룹에 속한 집들 주위를 경계하였고, 나중에는 경시청 쪽에서도 폐지를 찬성했고 단원들 중에도 반대하는 자들이 꽤나 많았는데도 불구하고, 투표를 해 보면 결과가 항상 다수 의견으로 존속 판정이 났다. 나 같은 사람도 ××성(省)의 서기로 근무하며 이제 슬슬 연금도 붙으려는 마흔 몇 살의 몸임에도 불구하고, 집안에 달리 남자라고는 없으니 적잖이 곤혹스러움을 느끼면서도 대략 일주일에 한 번꼴로 한밤중에 딱따기

---

* 높은 지대의 주택지를 일컫는 말로 도쿄에서는 요쓰야(四谷)나 아오야마(靑山), 이치가야(市ヶ谷), 혼고(本鄕) 일대를 가리킴.

를 두드리며 다녀야 했다.

그런데 그날 밤 일이다. 12시 교대 무렵부터 폭풍우가 점점
더 본격적으로 세차게 변했다. 내가 교대시간에 약간 늦게 나갔
더니 벌써 이전 담당자는 귀가해 버린 뒤였고, 퇴역 육군 대위
인 아오키 신야(青木進也)와 신문기자라 자칭하는 마쓰모토 준
조(松本順三)라는 청년이 어설픈 순찰 오두막에 외투를 입은 채
로 걸터앉아 나를 기다리고 있었다. 이 아오키라는 사람이 이른
바 야경단 단장이 되는 인물이고, 기자는—아마 탐방기자일 것
이다—우리 집 두세 채 앞집 사람인데 서민 마을에서 피난 온
사람이었다. 야경단의 유일한 이점이라 할 만한 것이라면, 야마
노테의 소위 지식계급이라고 칭하며 조개껍데기—커 봐야 소라
크기 정도, 작은 것은 대합 크기 정도밖에 안 되는—같은 집에
손바닥보다 더 좁은 마당을 울타리로 치고, 이웃집 마당이 훤히
내다보이면서도 안 보이는 척하며 이웃끼리 이야기조차 나누지
않던 계급이, 관습을 깨고 어쨌든 한 구획 내에 사는 남자들끼리
아는 사이가 되었다는 사실, 그리고 각지에서 피난을 온 사람들
까지 더해졌으므로 여러 직업에 종사하는 사람들로부터 다양한
지식을 얻을 수 있다는 사실 정도일 것이다. 그러나 이 지식은
별로 정확한 것이 아니어서 나중에는 '아, 야경에서 들은 이야기
라고?' 하는 정도로 끝나 버렸지만.

아오키는 연배가 나보다 조금 위인가 싶은 인물이었는데, 열
성적인 야경단 지지자였으며 또한 군비 확충론자이기도 했다.
마쓰모토는 젊은 만큼 야경단 폐지의 급선봉, 군비 축소론자였

으므로 이를 못 견뎌 했다. 두 사람은 삼십 분마다 딱따기를 두드리며 도는 동안 휘휘 마구 불어대는 거센 바람에도 지지 않을 듯한 기세로 말다툼을 했다.

"아니 당연한 거 아닌가?"

아오키 대위가 말했다.

"어쨌든 그 지진이 한창이던 때 죽창이나 칼을 든 자경단 백 명이 다섯 명의 무장한 군대만 못하지 않았냐고."

"그렇다고 군대가 필요하다고는 할 수 없어요."

신문기자가 말했다.

"다시 말해 지금까지 육군이 너무 정병(精兵)주의였으니 군대만 훈련받으면 된다고 생각했던 겁니다. 우리 민중은 별로 훈련을 하지 않았어요. 특히 야마노테 쪽 지식인 계급들은 입만 살아서 서로 다른 사람 밑에서 일하기를 싫어하고 단체 행동 같은 것을 잘 못 하지요. 자경단이 쓸모없다는 사실과 군대가 필요하다는 사실은 별개 문제라고요."

"하지만 아무리 자네라도 지진 후에 군대가 어떤 일을 했는지는 인정하겠지?"

"그야 인정하고말고요."

기자 청년은 말했다.

"하지만 그 때문에 군비 축소는 좀 생각해 봐야 한다는 논의는 말이 안 됩니다. 어처구니없게도 이번 지진으로 물질문명이 취약하여 자연에 패배했다는 논의가 있는 모양이던데, 말도 안 되는 소리입니다. 우리가 가진 문화는 이번 지진 정도로 파괴되는 게 아니라는 말입니다. 실제로 꿈쩍도 하지 않고 남아 있는 건물이 있지 않습니까? 우리가 가진 과학을 완전히 적용만 한다면 어느 정도까지는 자연의 포악함을 견딜 수 있다는 말입니다. 우리는 진정한 문화를 제국의 수도에 구축하지 못했던 거예요. 어쩌면 러일전쟁 후에 낭비된 군사비의 반이라도 제국 수도의 문화시설에 썼다면 도쿄도 지금처럼 참담한 피해를 보지는 않았을 겁니다. 이제 앞으로는 군비축소만 남았다고요."

나는 청년의 이 엄청난 논리를 폭풍우 소리와 섞어 들으면서 꾸벅꾸벅 졸고 있었다. 그러다 갑자기 아오키의 큰 목소리가 들려서 잠이 확 깨어 버렸다.

"아니야, 아무래도 야경단을 폐지할 수는 없어. 특히 좋고 나쁘고야 어찌 되었든 간에, 어느 집이든 희생을 해서 야경 근무를 하는데 후쿠시마(福島)라는 놈은 몹쓸 녀석이야. 차라리 그런 놈 집은 그냥 불에 몽땅 타버리는 게 나아."

대위는 야경 문제로 또다시 마쓰모토에게 반박을 당했다. 그 불똥은 항상 그의 조롱의 대상이 되는 후쿠시마라는, 아오키 집과 딱 등을 마주한 최근 신축하여 꽤나 큰 집의 주인에게 튀는 모양이었다.

나는 깜짝 놀라 싸움이라도 하면 중재하러 나서야 하나 생각하고 있었지만 마쓰모토 쪽에서 입을 다물어 버렸기 때문에 아무 일도 일어나지 않았다.

그리고 1시 35분이 넘어 두 사람은 나를 오두막에 남겨두고 마지막 순찰을 나섰다. 폭풍우는 정말 절정에 이른 것처럼 보였다.

1시 50분—왜 이렇게 정확히 시각을 기억하고 있는가 하면, 오두막에 마침 시계가 있었고 달리 할 일이 없었기 때문에 무슨 일만 있으면 재깍 시계를 보았기 때문이다—딱따기를 치면서 마쓰모토가 혼자 오두막으로 돌아왔다. 물어보니 아오키가 잠깐 집에 들렀다 온다며 그의 집 앞에서 헤어졌다는 것이다. 2시에 아오키가 돌아왔다. 곧 다음 순찰자들이 왔으므로 잠깐 이야기를 나누고 나와 마쓰모토는 순찰 오두막 왼쪽으로, 아오키는 오른쪽으로 갈라섰다. 우리가 마침 집 앞 근처까지 왔을 때 멀리에서 마구 불어대는 폭풍 속으로부터 누군가의 절규를 들은 것 같았다.

둘은 달려갔다. 순찰 오두막 사람들도 뛰어나왔다. 보니 아오키 대위가 미친 듯이 "불이야!"를 외치고 있었다. 나는 문득 설탕이 타는 듯한 냄새를 맡았다. 설탕이 탄 것이라고 여겼다. 우리는 근처에서 달려온 사람들과 함께 미리 준비해 두었던 양동이에 물을 퍼서 거친 바람 속에서 불끄기에 진력했다.

많은 사람의 힘으로 불길은 크게 번지지 않고 꺼졌는데, 불에 탄 것은 문제의 후쿠시마 집이었다. 부엌에서 발화했는지 부엌과 다실(茶室), 하녀들의 방을 태우고 다다미 깔린 객실 쪽에는 전혀 불길이 닿지 않았다고 했다.

불끄기에 지친 사람들은 큰일로 번지지 않은 것을 다행이라고 하면서 안도의 숨을 쉬었다. 나는 집 안이 너무 조용한 것이 이상해서 회중전등을 비추면서 객실 쪽으로 들어갔는데, 마침 거실과의 경계로 보이는 부근에 시커먼 무언가가 누워 있었다.

전등을 비추자 한 남자임을 분명히 알 수 있었다. 나는 다음 순간 나도 모르게 악! 소리를 지르며 두세 걸음 뒤로 물러났다. '시체다!' 다다미는 뚝뚝 떨어진 핏물로 시커멓게 되어 있었다.

불을 진압하고 안심하고 있던 사람들이 내 비명에 곧 왁자지껄 들어왔다.

사람들이 든 불빛에 의해 분명 그것이 참혹히 살해된 시체라는 사실이 분명해졌다. 누구 하나 다가가는 사람이 없었다. 그 와중에 누군가 높이 든 등불 빛으로 방 안쪽을 보니 거기에는 잠자리가 마련되어 있었는데, 한 여자와 어린아이가 이불 밖으로 기어 나오는 듯한 모습으로 쓰러져 있는 것이 보였다. 곧 그곳에 모인 사람들 입에서 죽은 사람들은 이 집을 봐주던 부부와 그 아이라는 이야기가 흘러나왔다. 후쿠시마 일가는 모두 고향 마을로 피난했고 주인만 남았는데, 그도 어쨌든 오늘 저녁 고향 마을로 돌아간 상태라고 했다.

이렇게 말하는 사람들의 속닥거림에 귀를 기울이면서 문득 시체 쪽을 보았더니 놀랍게도 어느 사이엔가 마쓰모토가 와서 마치 시체를 끌어안듯이 하여 조사를 하는 것이었다. 그 모습이 탐방기자로서 지극히 익숙하다는 식이었다.

그는 회중전등을 비추면서 안쪽 방으로 들어가 더 자세히 조사했다. 나는 그 대담함에 완전히 탄복해 버렸다.

그러는 동안 희뿌옇게 날이 밝아왔다.

곧 마쓰모토는 시체 쪽 조사가 끝났는지 안쪽 방에서 나왔는데, 앞에 있는 나에게 눈길도 주지 않고 이번에는 거실 쪽을 둘

러보았다. 나도 그의 눈을 쫓으면서 어느 정도 밝아진 창을 둘러
보니, 구석 쪽 다다미가 한 장 들려 있고 마루 판자도 들려 있는
것을 알아차릴 수 있었다. 마쓰모토는 마치 나는 새처럼 그리로
달려갔다. 나도 모르게 그의 뒤를 따랐다.

따라가 보니 마루 판자를 들어 올린 주변에 한 장의 종잇조각
이 떨어져 있었다. 재빨리 그 종이를 발견한 마쓰모토는 잠시 놀
란 모습으로 일단 주우려고 하다가 갑자기 멈추고 주머니에서
수첩을 꺼냈다. 나는 그의 옆에서 마루 위의 종잇조각을 살짝 들
여다보았는데 뭔지 영문을 알 수 없는 부호 같은 것이 쓰여 있었
다. 그리고 그의 수첩을 보니 이미 종잇조각과 똑같은 부호가 거
기 옮겨 적혀진 것이 아닌가.

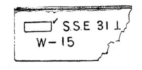

"아, 당신이었군요."

내가 들여다보는 것을 알아차린 마쓰모토는 서둘러 수첩을
덮으면서 말했다.

"어때요? 불이 난 곳을 둘러보시지 않겠어요?"

나는 잠자코 그를 따라 불이 난 쪽으로 걸어갔다. 반쯤 탄 기
물들이 무참하게 흐트러져 있고 검게 그을린 나무는 타닥타닥
하며 흰 연기를 뿜고 있었다. 불씨가 시작된 곳은 분명 부엌인
것 같았고 방화 흔적이라 여겨지는 이상한 물건은 하나도 보이

지 않았다.

"어때요, 역시 설탕이 탔군요."

마쓰모토가 보여준 것은 윗부분은 없고 밑바닥만 남은 큰 유리단지로 바닥에는 검은색을 띤 넓적한 것이 들러붙어 있었다. 나는 속으로 아오키가 지른 소리를 듣고 달려왔을 때 "설탕이 타는 냄새군" 하며 내가 혼잣말 한 것을 똑똑히 듣고 있었던 청년의 기민함에 놀라면서, 단지 안의 것은 설탕이 탄 것임이 틀림없음을 긍정할 수밖에 없었다.

그는 주위를 면밀히 조사하기 시작했다. 그러면서 주머니에서 솔을 꺼내 수첩을 찢은 종이 위로 뭔가를 바닥에서 쓸어 모았는데 소중한 것인 양 그것을 들어 올려 나에게 보여주었다. 그것은 종이 위를 데굴데굴 구르고 있는 몇 개의 하얗고 작은 구슬이었다.

"수은이군요." 내가 말했다.

"그렇습니다. 아마 이 안에 들어 있었겠지요." 그는 그렇게 답하면서 직경 육칠 밀리미터 정도의 유리관 파편을 보여주었다.

"온도계가 망가진 거 아닌가요?" 나는 그에게 일종의 우월감을 느끼면서 말했다.

"아니면 불이 난 것과 뭔가 관계가 있는 건가요?"

"온도계 같은 거로는 이 정도로 수은이 남지는 않습니다."

그는 말했다. "화재와 관계가 있는지 없는지는 모르겠습니다."

그렇다, 알 턱이 없다. 나는 이 청년의 눈부신 활약을 보고 문득 비밀의 열쇠라도 발견한 양 여겼다.

바깥쪽이 소란스러웠다. 많은 사람이 와자한 소리를 내며 들어왔다. 검사와 경관 일행이었다.

나와 청년 기자는 한 경관에게, 우리는 이날 밤 야경 근무를 섰고 화재의 최초 발견자인 아오키가 소리를 질러 달려온 것이라 답했다. 우리 둘은 잠시 기다리고 있으라는 말을 들었다.

남자 쪽은 연령이 마흔 정도로 어지간히 격투를 한 흔적이 남아 있었다. 예리한 날—그것은 현장에 유기된 껍질 벗기기용 소형 식칼이 틀림없었다—그것으로 왼쪽 폐를 일격에 당한 것이다. 여자 쪽은 서른 두세 살로 잠자리에서 일어나 아이를 안으려고 하는 것을 뒤에서 한칼에 역시 푹 왼쪽 폐를 관통당해 죽었다. 다실과 방—세 사람이 누워 있는 방—경계의 후스마(襖)*는 식칼로 마구 난도질당했다. 머리맡의 책상 위에 과자 상자와 쟁반이 있었다. 쟁반 안에 자기 전에 먹은 듯한 사과 껍질이 있었다.

그밖에 특이한 것은 아까 그 바닥 널빤지가 들려 있다는 사실과 수상한 종잇조각이 남아 있다는 것이다.

심문이 시작되었다. 가장 먼저 아오키다.

"야경을 교대하고 나서 그럭저럭 2시를 20분이나 지났을까요? 집 쪽으로 돌아가기까지." 아오키는 말했다. "바깥 길로 돌아가면 조금 멀어서 후쿠시마 집 마당을 빠져나가 우리 집 뒷문으로 들어가려고 하다 보니 부엌 천장에서 벌건 불이 보이는 게 아닙니까. 그래서 크게 소리를 지른 겁니다."

---

* 맹장지를 발라 빛이 통하지 않게 한 미닫이 문.

"마당 뒷문은 열려 있었나요?" 검사는 물었다.

"야경 때 가끔 마당 안으로 들어가기 때문에 뒷문은 원래 열어 둡니다."

"불을 발견하기 전에 순찰한 것은 몇 시쯤입니까?"

"2시 조금 전이었을까요? 마쓰모토 군." 아오키는 마쓰모토를 돌아보았다.

"그럴 겁니다. 순찰이 끝나고 오두막으로 돌아왔을 때가 5분 전이니 이 집 앞에서 아오키 씨와 헤어진 것이 10분 정도 전일 거예요."

"이 집 앞에서 헤어진 이유는 무엇인가요?"

"아, 함께 순찰하다가 이 앞에서 저는 잠깐 집에 들렀기 때문에 마쓰모토 씨만 오두막으로 돌아간 겁니다."

"역시 마당으로 빠져나갔습니까?"

"그렇습니다."

"그때 이상한 점은 없었다는 거죠?"

"없었습니다."

"무슨 일로 집에 가셨나요?"

"별일 아니었습니다."

그때 경관이 검사 앞으로 왔다. 검시 결과 살해가 대략 오후 10시경 벌어진 것임을 알아냈다고 한다. 아이의 시체는 외부에 아무런 이상도 없어서 부검에 부쳐지게 되었다. 그와 동시에 과자 상자도 감정과로 넘겨졌다.

시간 관계로 보아 살인과 화재가 관련이 있는지 없는지가 형사들 사이에서 논점이 되었던 모양이다.

어쨌든 어떤 흉한이 남자와 격투를 벌인 다음 머리맡에 있던 과도로 찔러 죽이고 아이를 데리고 도망치려는 여자를 뒤에서 죽였다. 그다음 시체를 은폐하려고 마루 널빤지를 뜯었지만 생각대로 되지 않았다. 장지문을 밴 것은 장작으로 삼아 시체를 태울 작정이 아니었을까?

"하지만 엄중하게 야경을 도는 중이었는데 어떻게 들어와서 어떻게 도망친 걸까?" 형사 중 한 사람이 말했다.

"그야 쉬운 일입니다." 마쓰모토가 입을 열었다. "야경을 시작하는 것은 10시부터이니 그 이전에 몰래 숨어들었을 수도 있고, 화재 소동이 있었을 때 많은 사람 틈에 섞여 도망칠 수도 있었을 거예요. 어쩌면 순찰과 다음 순찰 사이에도 도망갈 수 있었을 겁니다."

"자네 대체 뭔가?" 형사는 신경에 거슬린 듯 "아주 잘 아는 척을 하는데, 어떻게 가해자가 도망치는 것이라도 보았나?"

"봤다면 잡았겠지요." 마쓰모토는 대답했다.

"흥" 형사는 더더욱 거슬린다는 듯이 "건방진 소리 그만하고 뒤로 물러나게."

"물러나 있을 수 없습니다." 마쓰모토는 태연히 대답했다. "아직 검사님께 말씀드려야 할 것이 남아 있어서요."

"나에게 할 말이 뭐지?" 검사가 물었다.

"형사님들은 조금 오해를 하시고 있는 듯합니다. 저는 아이에 대한 것은 잘 모르겠습니다만, 저 두 사람은 동일 인물에게 살해된 것이 아니라고 봅니다. 여자를 죽인 자와 남자를 죽인 자는 다릅니다."

"뭐라고?" 검사는 큰 소리를 냈다. "뭐가 어떻다고?"

"둘을 죽인 사람이 따로따로라는 말입니다. 둘 다 같은 흉기로 당했습니다. 그리고 둘 다 분명 왼쪽 폐를 찔렸지요. 하지만 한 사람은 앞에서 찔리고, 또 한 사람은 뒤에서 찔렸습니다. 뒤에서 왼쪽 폐를 찌르기란 상당히 어렵지 않겠습니까? 게다가 장지문이 잘린 것을 보십시오. 모두 일자로 그어져 있고 왼쪽에서 오른쪽으로 되어 있습니다. 보통 칼을 찔러 넣은 곳에 크게 구멍이 나고 죽 베어가면서 선이 얇아지니 보면 알 수 있습니다. 그리고 당신들은." 형사 쪽을 돌아보면서 "사과 껍질을 보셨나요? 껍질이 꽤 길었는데 왼쪽에서 깎여 있습니다. 사과 껍질을 깐 것이 왼손잡이, 장지문을 자른 것도 왼손잡이, 여자를 죽인 것도 왼손잡이, 하지만 남자를 죽인 것은 오른손잡이입니다."

검사와 형사, 나, 아니 그 자리에 있던 모든 사람이 반은 멍하게 이 청년이 딱히 잘난 척하는 듯도 않으면서 조리 있게 설명하는 말을 경청했다.

"과연 그렇군." 침묵은 곧 검사에 의해 깨졌다.

"다시 말해 여자는 저기 죽어 있는 남자에게 찔린 것이라는 말이지?"

"그렇습니다." 청년은 간단히 답했다.

"그런데 남자 쪽은 자기가 가지고 있는 무기로 누군가에게 다시 찔린 셈이로군."

"누군가라기보다는" 청년은 말했다. "아마 그 남자라고 하는 편이 좋겠지요."

그 자리에 있던 사람들이 다시 놀랐다. 모두 잠자코 청년을 바라보았다.

"경부님, 당신은 그 종이쪽지를 본 기억이 없습니까?"

"글쎄." 경부는 잠시 생각을 하더니 신음하듯 말했다. "맞아, 그렇게 말하니 떠오르네. 그건 분명 그 남자 사건 때……."

"맞습니다." 청년은 말했다. "저도 당시 별 볼일 없는 탐방기자로서 사건에 관계되어 있었는데, 그 종잇조각은 바로 '수수께끼 사내의 도둑질 사건'으로 알려져 있지요. 이와미 게이지(岩見慶二) 방에서 본 적이 있습니다."

이와미라는 말을 듣고 나도 놀랐다. 이와미! 그 남자가 또다시 이 사건과 관련이 있다는 것인가. 나도 당시 대문짝만 한 제목으로 기사가 났던 이와미 사건에 적잖이 흥미를 가지고 기사를 열심히 읽었다. 그렇군. 그래서 마쓰모토는 아까 수첩에 적어둔 부호와 비교해보고 있었던 것이다!

나는 당시 신문에 실린 이야기를 그대로 여러분에게 전달하고자 한다.

이 회사원 이와미 게이지라는 이름의 수수께끼 청년의 이야기는 다음과 같다.

작년 6월 말 어느 맑은 날 오후였다. 이와미는 흰 줄무늬바지에 검정 알파카 상의, 밀짚모자에 흰 구두, 넥타이는 물론 나비

넥타이였는데 마치 당시 어느 젊은 회사원이나 하고 다닐 듯한 한 치의 빈틈도 없는 복장으로 득의양양 가슴을 쫙 펴고 다녔다. 그의 가슴팍에는 이번 달 월급봉투와 또 하나, 바로 올 여름에 못 받을 것이라 체념하고 있던 생각지 못한 보너스가 들어간 봉투가 함께 들어 있었다. 특별히 집에서 기다려주는 사람도 없는 혈혈단신이었으니, 양복 가게의 월부금과 하숙집 여주인에게 줄 대금을 빼고도 남을 정도의 돈을 계산해 보고는 정작 사지도 않겠지만 사고 싶은 것들을 떠올리며 한 발짝 한 발짝 천천히, 긴자(銀座) 거리의 이쪽 쇼 윈도 다음 쇼 윈도를 둘러보며 걷고 있었다.

원래 산책에는 돈이 필요 없다. 하지만 품속에 마음대로 쓸 수 있는 돈을 지니고 결코 사지도 않으면서도 사고 싶은 것들을 쇼 윈도로 들여다보는 '즐거움'은 경험이 없는 사람이라면 절대 모를 일이다. 이와미도 지금 그 '즐거움'에 빠져 있는 것이었다.

그는 어떤 양품점 앞에서 발길을 멈추었다. 그때 만약 그를 기민하게 관찰하는 자가 있었다면 그가 윗옷의 소매를 살짝 당긴 것을 알아챘을 것이다. 그것은 그가 이 창문 안에 동료들 모두가 가지고 있으며 예전부터 갖고 싶던 황금제 커프스 버튼을 들여다보았을 때, 문득 가난한 자신의 커프스 버튼이 부끄러워져서 무의식적으로 숨긴 행동이었다.

과감히 그 창문에서 떨어진 그는 신바시(新橋) 쪽으로 더 걸어가서 이번에는 큰 시계가게 앞을 서성였다. 그는 다시 금테 시계를 갖고 싶다고 생각했다. 그러나 물론 살 것은 아니다. 그리고 그는 약간 발길을 서두르며 갖가지 '사지 않을 물건'을 생각하면서 신바시를 건너 다마기야(玉木屋)*의 모퉁이에서 오른쪽으로 꺾어져 2백 미터 정도 가다가 어떤 골목을 왼쪽으로 들어섰다. 그때 그는 문득 오른손을 상의 주머니에 넣었다. 왠지 기억이 없는 작은 물건이 손에 잡혀서 '어라?' 생각하면서 꺼내보니, 작은 종이 포장이다. 서둘러 열어보니 앗! 아까 갖고 싶다고 생각하던 황금제 커프스 버튼이 아닌가. 그는 눈을 비볐다. 그 순간 왼쪽 주머니에서도 어쩐지 무게감이 느껴졌다. 왼쪽 주머니에서 나온 것은 금테 시계였다. 그는 뭐가 어찌 된 것인지 알 수 없었다. 마치 옛날이야기에 나오듯 마법사 덕분에 무엇이든 갖고 싶다고 생각한 것이 그 자리에서 솟아 나오는 것과 마찬가지 일이었다. 하지만 언제까지고 망연히 있을 수만은 없었다. 갑자기 그 시계를 들고 있던 손이 뒤에서 튀어나온 튼튼한 손에 꽉 붙들렸다. 그의 뒤에는 덩치가 큰 낯선 사내가 서 있었다. 그는 이 낯선 사내와 함께 아까의 양품점에 어쩔 수 없이 가야 했다. 그가 어찌 된 영문인지 전혀 이해하지 못하는 사이에 가게 주인과 점원들은 이 분이 틀림없지만, 특별히 아무것도 분실한 것은 없다고 답했다. 다음에 시계 가게로 연행되어 갔을 때 이와미도 드디어 조금씩 이해가 되는 듯한 느낌이 들었다. 시계가게 주인은 그를 보자마자 이 녀석이 틀림없다고 했다. 형사—이 덩치 큰 사내는 물론 형사였다—는 곧바로 이와미의 몸을 조사하기

* 1782년에 창립한 유명한 일본식 반찬가게로 신바시 교차로에 있음.

시작했고 허리 주머니에서 반지를 하나 꺼냈다. 그것은 정말 대단히 반짝거리는 물건이었다.

"별로 본 적이 없는 놈인데." 형사는 이와미를 향해 말했다. "아마추어가 아니군."

"농담하지 마십시오." 이거 큰일이다 싶은 이와미는 열심히 이야기했다. "뭐가 뭔지 전혀 모르겠군요. 대체 어떻게 된 일인가요?"

"이봐 이봐, 그만하지." 형사는 말했다. "너는 커프스 버튼을 사거나 시계를 사긴 했겠지만 그 참에 다이아몬드 반지를 슬쩍한 거야. 그러면 곤란하지. 헌데 솜씨가 정말 좋구먼."

"저는 시계도 반지도 산 기억이 없습니다." 그는 변명했다. "우선 돈을 조사해 보시면 압니다."

그가 자신의 결백을 증명하고자 안주머니에서 월급봉투와 보너스 봉투를 꺼내다가 그만 안색이 바뀌고 말았다. 봉투는 뜯겨있었다.

그 모습을 보고 형사가 영문을 알 수 없게 되어 목소리를 누그러뜨리며, "어쨌든 경시청까지 오게."라고 말했다.

경시청으로 가서도 이와미는 기죽지 않고 자신에게 기억이 없다고 말했다. 청년이 말하는 것을 다 듣고 나서 경부는 머리를 갸우뚱했다. 청년의 말이 사실이라고 한다면 실로 묘한 사건이다. 이때 문득 경부의 머리에 떠오르는 일이 있었다. 이와미 청년이 ××빌딩 내의 동양보석상회의 사원이라는 말을 듣고 뜻밖에도 이삼 개월 전에 일어난 대낮의 강도 사건을 떠올린 것이다.

즉시 이와미를 심문해 보니 놀랍게도 그가 그 사건과 가장 관계 깊은 한 사람이라는 것을 알아냈다.

대낮의 강도 사건은 다음과 같은 사건이었다.

벚꽃도 이제 이삼일 후면 가장 볼 만해진다는 4월 초순이었다. 묵직하게 흐린 날 정오에 ××빌딩 10층의 동양보석상회 지배인실에서 지배인은 당일 지점에서 도착한 다이아몬드 몇 알을 담아 두려고 금고를 열었다. 지배인실은 사원 전원이 사무를 보는 직사각형의 큰 방의 일부가 움푹 들어가 있어서 그 방으로 통하는 쪽으로만 입구가 있었다. 그리고 입구 근처에는 서기인 이와미가 앉아 있었다. 지배인이 금고 쪽으로 향하는 순간 뭔가 소리를 들은 듯해서 돌아보니 복면을 한 남자가 권총을 들이대고 서 있었고, 발밑에는 한 남자가 쓰러져 있다. 긴장으로 뻣뻣하게 얼어버린 지배인을 노려보며 범인은 점점 다가와서 책상위의 보석을 잡으려고 했는데 그 순간 뒤에서 이상한 외침이 들렸다. 그것은 쓰러져 있던 남자—이와미 서기의 입에서 흘러나온 것이었다. 그때 범인은 느닷없이 입구 쪽으로 물러섰다. 다음 순간 방에 있던 사원들이 와 하고 지배인실 입구로 달려왔다. 그때 안에서 "지배인이 당했다! 의사를 불러!"라며 이와미가 뛰어나온 것이었다. 그리고 사원들은 방으로 들어가려는 순간 새파래진 얼굴의 지배인과 딱 마주쳤다.

"범인은 어떻게 되었나!" 지배인은 소리쳤다. 사원들은 무슨 일인지 알 수가 없었다. 이와미는 지배인이 당했다며 뛰어나왔다. 다음에 지배인이 범인은 어떻게 되었느냐며 또 뛰어 나왔다. 그리고 안으로 들어간 사원들은 세 번째로 놀랐다. 왜냐하면 거기에는 숨이 끊어질 듯한 이와미가 쓰러져 있었던 것이다.

　결국 판명된 사정은 이와미와 꼭 닮은, 또는 이와미로 변장한 괴한이 정오에 사람이 한산해진 사원실에 이와미의 얼굴을 한 복면을 쓴 다음 기회를 기다리고 있었다. 그리고 지배인이 금고를 열기 위해 등을 보인 순간 이와미에게 덤벼들어 권총 개머리판으로 그에게 일격을 가하고, 이어서 지배인에게 다가갔는데 쓰러진 이와미가 앓는 소리를 냈으므로 결국 범인은 목적을 이루지 못하고 도망친 것이었다.

　지배인은 범인이 도망치자 서둘러 도둑맞지 않은 보석을 금고 안에 던져 넣고, 금고를 잠그자마자 범인을 쫓아 나온 것이다.

　대부분의 사원이 달려왔을 때에는 괴한이 이와미 모습으로 변장하고 지배인이 부상이라도 당한 양 외쳐대면서 방을 뛰어 나왔으므로, 사원 일동은 모조리 속아 넘어가 방 안으로 들어갔다가 다시 이와미를 보자마자 아연실색했던 것이다. 범인은 결국 놓쳐 버렸다. 하지만 지배인은 어쨌든 보석을 잃어버리지 않은 것을 기뻐하며 소란스러워진 사원들을 우선 진정시키고 자기 방에 돌아가 혹시나 싶어 다시 금고를 열어 조사해 보았는데, 지배인이 급히 서둘러 금고에 던져 넣은 보석 중 하나인 시가 수만 엔짜리 다이아몬드가 한 알 부족했다. 기민한 범인이 지배인이 금고로 들어가기 전에 이미 훔쳐낸 것이라 보였다.

　급보를 전해 듣고 출동한 담당관도 대체 어떻게 해야 좋을지 알 수 없었다. 지배인과 이와미는 엄중히 조사를 받았지만 지배인의 말은 신용하기에 충분한 것이었고, 이와미도 당시 거의 인사불성 상태였으므로 이 또한 의심할 여지는 없었다.

긴자 거리의 도둑질 용의자인 이와미가 바로 이 대낮 강도사건의 관계자라는 것을 안 경부는 한층 더 엄중히 심문했지만, 그는 끝끝내 물건을 산 기억이 전혀 없다고 항변했다. 그러나 어쨌든 실제로 장물을 품에 지니고 있었으므로 구류 처분을 받고 구치소에 가게 되었다.

그러나 또다시 사건이 일어났다. 한밤중인 1시경, 구치소의 보초가 순찰할 때 특별히 기이한 청년이니 충분히 주의하라는 명령을 받고 조심했는데, 놀랍게도 이와미는 어느샌가 유치장에서 모습을 감춘 것이었다.

경시청에는 큰 소동이 났다. 중대 범인을 놓치면 안 된다며 순식간에 비상선이 깔렸다. 그러나 그 상태로 날이 밝았다. 그리고 오전 10시경 그 이와미는 그의 하숙집에서 손쉽게 체포되었다.

형사는 소용없을 것이라 생각하면서 그의 하숙집에 잠복하고 있었는데 10시경 그는 멍한 얼굴로 집에 온 것이었다.

그의 답변은 또다시 담당관들의 의표를 찌르는 것이었다. 11시 가까운 시각에 순사가 유치장으로 와서 잠깐 와보라며 그를 꺼내주고, 혐의가 풀렸으니 방면하겠다고 밖으로 내보내 주었단다. 밤도 깊었고 마침 품에 돈도 있어서, 한편으로는 너무 말도 안 되는 일에 한판 거하게 마시자 싶어 그는 그대로 전차를 타고 시나가와(品川)에 도착하여 모 술집에서 여자들과 놀고 오늘 아침 돌아오는 길이라 했다.

"대체 당신들은" 그는 불만스러운 듯 말했다. "나를 도망가게 했다가, 체포했다가, 마치 나를 장난감처럼 취급하는군요!"

××순사가 금방 호출되었는데, 청년은 이분이라고 대답했지만 순사는 전혀 모르겠다고 답했다. 한편 시나가와의 모 술집도 조사를 해보았는데, 시간도 모든 점에서 청년이 말하는 바와 같았다. 지능범 담당자와 강력범 담당자들이 머리를 맞대고 회의했다. 그 결과 이번에도 이전 강도 사건처럼 누군가 아무것도 모르는 이와미를 조종하는 것이 아닌가라는 결론에 이르러 이와미는 무죄일 것이라는 설이 다수에게 퍼졌다.

하지만 이 불행한 청년은 결국 방면되지 못했다. 왜냐하면 ××순사가 자신으로 변장한 악한에게 이용당했다는 사실에 분노하여, 어쩌면 자기 결백을 증명할 수도 있겠다 싶어 이와미의 하숙집을 조사하다 기괴한 부호가 적힌 한 종잇조각을 발견한 것이다. 그리고 보석 사건은 증거 불충분으로 무죄가 되었으나 절도 사건은 어쨌든 현물을 소지하고 가게 주인과 점원들도 이와미를 보고 맞는 사람이라고 증언했기 때문에 결국 기소되어 징역 2개월에 처해졌다.

○ ○ ○

"저는 당시 한 탐방기자로서" 마쓰모토는 말했다. "이 사건에 크게 관심을 가지고 이와미의 하숙집을 한 번 조사한 적이 있습니다만, 이 기괴한 부호는 지금도 기억하고 있습니다. 종잇조각의 지문을 채취하신다면 더욱 분명할 것입니다."

검사는 그의 의견에 따랐다. 바깥에서 한 순사를 따라 뚱뚱하게 살이 찌고 야비한 얼굴을 한 쉰 살 가까워 보이는 신사가 검사와 경관들의 회의를 하는 곳으로 들어왔다. 이 사람이 이 집 주인 후쿠시마였다.

그는 그곳에 쓰러져 있는 시체를 보고 파랗게 질려 떨기 시작했다. 검사는 돌연 긴장하며 심문을 시작했다.

"맞습니다. 집을 지키라고 한 부부가 틀림없습니다." 겨우 정신을 차리면서 그는 대답했다. "그는 사카타 오토키치(坂田音吉)라고 하며 이전에 우리 집에 드나들던 목수입니다. 아사쿠사(淺草) 하시바(橋場) 출신 사람입니다만 제자도 두세 명 있고 왼손잡이 오토키치로 동료들에게는 좀 알려진 인물인 모양입니다. 일에는 정성을 다하고 성격도 온화한 사내였지요. 그런데 이번 지진으로 열 살짜리 첫째를 비롯한 네 명의 자식 중에 위의 셋이 행방불명되고, 가장 막내인 두 살 된 아이만 애 엄마가 꼭 끌어안고 도망치는 바람에 살았다고 합니다. 얼마나 낙담했는지 불쌍할 정도였지요. 그래서 저는 가족 모두를 일단 시골 마을로 피난시켰으니―저만 업무 거래 문제로 그렇게 가버릴 수가 없어서 여기 남아 이따금 시골에 다녀왔지요―다행이다 싶어 이 부부를 집에 들이게 된 것입니다. 저는 어제저녁부터 시골 쪽에 가 있다가 오늘 아침 다시 온 겁니다."

"어제 두 사람에게 특별히 이상한 모습은 보이지 않았나요?"

"특별히 이상한 점은 없었습니다."

"요즘 피난 가 계신 곳에 사카타 쪽에서 찾아오는 거나 하는 일도 없었습니까?"

"없었습니다."

"당신 뭔가 다른 사람에게 원한을 사거나 한 일이 없나요?"

"원한을 살 만한 일은 없었다고 생각합니다." 이렇게 말하면서 그는 옆에 있던 아오키를 보고 "아니, 사실은 요즘 이 마을에서 꽤나 미움을 받고 있습니다. 그건 제가 마을 야경 근무에 나서지 않겠다고 했기 때문인데, 여기 계신 아오키 씨 같은 분이 가장 언짢아하시면서 우리 집 같은 것은 태워 버리는 게 낫다고까지 말씀하셨다더군요."

검사는 힐끗 아오키를 보았다.

"괘씸한." 아오키는 벌써 시뻘게져서 말을 더듬으며 "우, 우리가 방화라도 저질렀다는 건가?"

"아니, 그런 게 아닙니다." 그는 냉랭히 대답했다. "그저 당신이 그런 말을 했다고 말씀드리는 것뿐입니다."

"아오키 씨, 당신 그런 말을 한 적이 있습니까?"

"예, 그건 순간 격앙되어 나온 말입니다."

"당신이 불이 난 것을 발견하신 것이 몇 시였습니까?"

"그게 아까 말씀드린 대로 2시 10분 정도입니다."

"불이 번진 모습으로 보아서는 아무래도 방화 후 2, 30분 경과한 것 같습니다. 그런데 당신은 그 앞에 2시 10분 전에 이 집 마당을 통과하고 계셨어요. 그렇지요?"

"그렇습니다." 아오키는 불안한 듯이 대답했다. "하지만 설마 제가—"

"아니, 지금은 사실 조사를 하는 것입니다." 검사는 엄하게 말하더니 이번에는 후쿠시마를 향해 물었다. "화재보험에 들어 두었습니까?"

"네, 가옥이 만오천 엔, 동산이 칠천 엔, 합계 이만이천 엔 계약이 되어 있습니다."

"가재도구는 그대로 놓여 있나요?"

"짐차를 쓸 수 없어서 정말 신변의 것들만 시골로 가지고 갔고, 나머지는 모두 여기에 두었습니다."

"살인에 관해서는 아무런 짐작 가는 내용이 없습니까?"

"글쎄요, 특별한 기억은 없습니다."

그때 한 형사가 검사 옆으로 와서 뭔가를 속삭였다.

"마쓰모토 씨" 검사는 청년 기자를 불렀다. "시체 부검과 그 밖의 결과를 알아냈다고 합니다. 이건 담당관 이외에는 알릴 수 없는 내용이지만, 당신이 아까부터 유익한 조력을 해 준 것에 감사하는 의미로 이야기할 테니 잠시 이쪽으로 나오시지요."

검사와 마쓰모토는 방구석으로 가서 낮은 목소리로 이야기를 했다. 나는 가장 가까운 위치에 자리를 차지하고 있었으므로 드문드문 그 이야기를 들었다.

"에! 염산가리 중독, 저런." 마쓰모토가 말하는 것이 들렸다.

이야기하는 모습으로 보아 책상 위에 있던 과자 상자 안에는 찹쌀 과자가 들어 있었고, 그 안에는 소량의 모르핀이 들어 있었다는 것이다. 과자 상자는 당일 오후 2시경 시부야 도겐자카(道玄坂)의 아오키도(青木堂)라는 과자 가게에서 산 것으로, 산 사람의 풍채가 이와미와 매우 닮았다. 하지만 찹쌀 과자는 손대지 않았고 아이는 염산가리 중독으로 쓰러진 것이었다.

곧 검사는 원래 자리로 돌아와 다시 심문을 시작했다.

"아오키 씨, 당신이 야경 교대 시간이 얼마 남지 않았는데 집에 돌아갔던 이유를 알고 싶습니다."

"아, 그건." 아오키는 대답했다. "특별히 별것도 아닌 일로, 콕 집어 말할 정도의 이유는 없습니다."

"아니, 그 이유를 말하지 않으면 당신에게 불리해집니다."

대위는 잠자코 대답하지 않는다. 나는 걱정스러워 견딜 수 없었다.

"아까 하던 이야기로는" 후쿠시마가 말했다. "아오키 씨는 화재 시각에 우리 집에 계셨다는 겁니까?"

"그런 건 당신이 질문하지 않아도 됩니다." 검사가 대신 답했다. 이때 마쓰모토가 옆방에서 뭔가 상당량의 책들을 안고 나왔다.

"아, 후쿠시마 씨, 당신은 예전에 약학을 공부하셨다고 하더니 상당한 책을 가지고 계시는군요. 저도 예전에 약간 그 쪽을 공부했었는데, 야마시타(山下)* 씨의 『약국법 주해(註解)』는 참 좋은 책이지요. 저야 이제 거의 잊어버렸는데 이 책을 보고 생각이 났습니다. 더구나 염소산칼륨 중독이란 드문 일인데 싶어서 말입

* 근대 일본의 약학계 발전에 기여한 시모야마 준이치로(下山順一郎)를 모델로 삼아 말한 것으로 보임.

니다."

마쓰모토는 자신의 당돌함에 약간은 당황한 검사를 향해 말했다.

"야마시타 씨의 『약국법 주해』를 보았는데, 염소산칼륨의 주해 부분에 양이 많을 때는 죽음에 이른다고 쓰여 있는데 아이였으니 중독되었을 것입니다. 그런데." 그는 책을 펼친 채 검사에게 보여주면서

"이런 것을 발견했습니다."

"뭔가, 이건?" 검사는 이상하다는 듯이 마쓰모토의 손가락이 가리킨 부분에 눈길을 주었는데, 거기에는 '크롤산칼륨. 이산화망간, 산화동 등과 같은 산화 금속을 섞어 가열하면 260도 내지 270도에서 산소를 방출하고, 이것이 본 물질이 고온에서 가장 강력한 산화약인 이유이다……. 또한 본 물질에 2배되는 양의 자당(蔗糖)을 혼합하여 이 혼합물에 강한 유산(硫酸)을 한 방울 떨어뜨리면 발화하게 된다'라고 쓰여 있었다.

"우리가 맨 먼저 불을 발견했을 때 설탕이 타는 냄새를 맡았습니다. 그런데 현장을 조사해 보니 커다란 유리로 된 설탕 단지가 있었고 그 깨진 바닥에는 시커멓게 재가 들러붙어 있었습니다. 즉, 제 생각으로는 이 염산가리가 유산에 의해 분해되고 과산화염소를 낳는 성질을 이용한 것이 아닐까 생각합니다."

"그렇군." 검사는 처음으로 끄덕였다. "그렇다면 가해자가 방화 목적으로 설탕과 염산가리를 혼합하여 유산을 떨어뜨린 것이군."

"아니요, 저는 아마도 가해자가 한 짓이 아니리라 생각합니다. 왜냐하면 살인과 방화 사이에는 상당한 시간 거리가 있고, 게다가 이 약품의 조합은 어쩌면 상당히 이전, 아마 저녁 정도에 이루어진 것으로 보이기 때문입니다."

"왜지?"

"다시 말해 아이가 죽은 것은 어머니가 아마 우유나 뭔가에 설탕을 넣었는데, 그 설탕 속에 이미 염산가리가 들어 있었기 때문일 겁니다. 그 때문에 아이는 중독된 것이지요."

"흠." 검사는 수긍했다.

"그래서 저는 본 사건이 약간 해결될 기미가 보인다고 생각합니다. 아이가 중독으로 괴로워하기 시작하다 마침내 죽었다고 가정해 보지요. 그것을 본 아버지는 먼저 지진으로 세 아이와 집을 잃고, 이제 또다시 마지막 아이를 잃었으니 아마 제정신이 아니었을 겁니다. 갑자기 발광하여 엄마를 뒤에서 찔러 죽이고, 돗자리 장지문 할 것 없이 마구 베어대며 난동을 부렸다. 그러던 차에 마침 문제의 이와미가 무언가 때문에 몰래 숨어들었을 때 그를 벤 것일 것입니다. 그래서 싸우게 되고 마침내 이와미 때문에 칼에 찔려 죽게 된 것이 아닐까 생각합니다. 방화는 이와미가 한 짓이 아니라는 근거는, 그에게는 아마도 약품에 관한 지식이 없었을 것이라는 점, 또한 그때 특별히 그런 에두른 방법을 쓰지 않아도 되었을 것이라는 점입니다."

"그렇다면 방화 범인은 누구라는 건가?"

"아마 이 집이 불타기를 바라는 자였겠지요. 꽤나 보험도 들어

두었다고 하니."

"터무니없는 말 하지 마!" 지금까지 잠자코 듣고 있던 후쿠시마가 화를 내며 소리쳤다. "아무 증거도 없이 마치 보험금 목적으로 방화를 했다는 듯이 말하다니 고약하군. 우선 그날 밤 나는 집에 없지 않았는가."

"집에 있으면서 방화를 한다면 염소산칼륨까지 이용할 필요도 없었겠지요."

"아직도 그런 말을 떠벌리다니. 검사님 앞이지만 가만 두지 않겠어."

검사도 이 청년 기자의 차분한 태도에 경의를 표하는 것인지 특별히 말리려고도 하지 않았다.

"당신이 그렇게 말한다면 제가 대신 검사님께 설명하겠습니다. 아, 당신 생각이 교묘하다는 점에는 저도 감탄했습니다.

나는 현장에서 유리관 파편과 약간의 수은을 주웠습니다. 지금까지 아무것도 찾아내지 못했지만, 아이가 염소산칼륨 중독으로 죽었다는 이야기를 듣고 『약국법 주해』를 조사하기 시작해서 진상을 알았지요. 검사님." 그는 검사를 향해 말을 이었다. "염산가리와 설탕 혼합물에는 한 방울의 유산, 그렇습니다, 단 한 방울의 유산만 떨어뜨리면 어마어마한 기세로 발화합니다. 한 방울의 유산, 그것을 적당한 시기에 자동으로 떨어뜨릴 방법이 있을까요? 수은주를 이용한 것은 놀랄 만한 고안입니다. 직경 1센티미터의 유리관, 정확히 이 파편 정도의 유리관을 U자형으로 구부려 한쪽 끝을 닫아두고 기울이면서 다른 한쪽으로부터 서

서히 수은을 넣어 닫아둔 쪽의 관 전부를 수은으로 채웁니다. 그리고 다시 U자 관을 원래 위치에 되돌리면 수은주는 조금 내려갑니다. 만약 양쪽 모두 열어두면 수은주는 좌우 똑같은 높이로 정지하게 되는데, 한쪽 끝이 막혀 있기 때문에 공기 압력에 의해 수은주는 일정한 높이를 유지하고 좌우의 차이가 약 760밀리 생기지요. 즉 이것이 대기의 압력입니다. 그렇기 때문에 만약 대기의 압력이 감소하면 수은주의 높이가 내려가는 것이 자명한 이치이지요. 어젯밤 2시경 도쿄는 사실 저기압 중심에 들었기 때문에 기상대의 조사에 따르면 오후 5시경에는 기압 750밀리, 오전 2시는 730밀리였습니다. 즉 20밀리의 차이가 생긴 셈이지요. 다시 말해 한쪽 수은주는 10밀리 내려가고 또 한쪽 열린 수은주는 10밀리 올라갔습니다. 그렇다면 열린 쪽 입구의 수은 위로 약간의 유산을 채워두었다면 어떻게 되는 걸까요? 당연히 유산이 흘러나오게 되었겠지요. 후쿠시마 씨."

마쓰모토는 파랗게 질려 아무 말도 못 하는 후쿠시마를 돌아보며 말했다.

"당신은 겨우 수만 엔의 돈을 차지할 생각으로 잘못 마음을 먹고 가장 먼저 집을 봐주는 사람들의 아이를 죽이고, 다음으로 그 엄마를 죽이고, 결국 그 아버지까지 죽였습니다. 그리고 당신은 당신의 그 무서운 죄를 아오키 씨에게 뒤집어씌우려 하고 있습니다. 너무도 많은 죄에 죄를 거듭하고 있는 것 아닙니까? 어떻습니까? 똑바로 자백하는 게."

후쿠시마는 전혀 저항하지 못하고 손을 들어 버렸다.

검사는 청년 기자의 명쾌한 판단에 혀를 내두르며,

"아니, 마쓰모토 씨, 당신은 참 놀라운 사람이군. 당신 같은 분이 우리 경찰계에 들어와 준다면 정말 좋겠는데. …… 그래서 어떻게 됩니까? 이와미가 숨어들어온 이유, 독약이 들어간 과자상자를 가지고 온 이유는 어떻게 설명되나요?"

"그 점은 사실 저도 판단하기 어렵습니다."

청년 기자 마쓰모토는 딱 부러진 어조로 대답했다.

○ ○ ○

그로부터 이삼일 지나 신문은 이와미의 체포를 보도했다. 그가 자백한 내용은 마쓰모토의 말과 딱 맞아떨어지는 것이었다. 하지만 그 역시 후쿠시마의 집에 숨어든 이유에 관해서는 한 마디도 입을 열지 않았다.

그 후 나는 마쓰모토를 만날 기회가 없었다. 나는 다시 원래 생활로 되돌아가 매일매일 전쟁터처럼 복잡한 시부야 역을 오르내리며, 관청으로 출퇴근했다. 어느 날 평소처럼 터덜터덜 언덕을 올라가다가 누군가 부르는 소리에 멈춰 섰다. 보니 마쓰모토였다. 그는 싱글싱글 웃으며 잠깐 물어보고 싶은 일이 있으니 저기까지 같이 가달라고 해서 그를 따라 다마가와(玉川) 전차의 누상(樓上) 식당에 들어갔다.

"이와미가 체포되었다고 하더군요." 내가 입을 열었다.

"마침내 잡힌 모양입니다." 그가 대답했다.

"당신이 추정한 그대로군요." 나는 그를 칭찬하듯 말했다.

"우연히 맞아떨어진 거지요." 그는 별것 아니라는 듯 대답했다. "제가 물어보고 싶은 것은 그 후쿠시마 집 말입니다. 그게 언제쯤 세워진 건가요?"

"그거요, 어 — 그러니까 분명 올 5월경부터 시작해서 지진이 나기 조금 전에 완성되었지요."

"그때까지는 공터였나요?"

"네, 꽤 오랫동안 공터였습니다. 원래 벼랑은 돌담으로 잘 쌓고, 돌계단 같은 것은 다 만들어져 있었습니다만."

"아, 그렇습니까?"

"뭔가 사건과 관계가 있는 건가요?"

"아니요. 그저 좀 참고로 하고 싶은 내용이 있어서요."

그러고 나서 그는 더 이상 이와미 사건에 대해서는 조금도 언급하지 않고 기자로서 자신의 여러 가지 경험을 재미있게 이야기해 주었다. 그리고 주머니에서 호박(琥珀)에 금으로 된 고리를 끼운 멋진 파이프를 꺼내 담배를 피우면서 자랑스러운 듯이 나에게 보여주었다.

그와 헤어지고 집으로 돌아가 옷을 갈아입으면서 문득 주머니에 손을 넣었는데 작고 단단한 것이 잡혀서 꺼내 보니 아까 마쓰모토의 파이프였다. 이것저것 생각해 보았지만 이것이 내 주머니에 들어갔을 가능성을 생각해낼 수가 없었다.

나는 당혹스러웠다. 어떻게 마쓰모토에게 돌려줄 것인가 생각했다. 그리고 며칠 동안 마쓰모토에게 돌려주어야지, 돌려주어야지 생각하다가 결국 그럴 기회가 없어 그대로 지나가 버렸다.

어느 날 한 통의 두꺼운 봉투가 배달되었다. 뒤를 보니 보낸 사람은 마쓰모토였다. 서둘러 봉투를 열어 읽다가 나는 나도 모르게 앗! 하고 소리를 내버렸다.

편지 내용은 다음과 같았다.

한동안 뵐 수 없겠습니다. 이제 아마 영원히 만나지 못할지도 모르겠습니다.

저는 드디어 그 이와미라는 인물의 기괴한 행동과 암호의 의미를 풀 수 있게 되었습니다. 당신은 이 사건에 대단히 관심을 가지고 계셨으니 처음부터 이야기해 드리겠습니다.

우선 예의 그 도난 사건부터 이야기하지요. 그 사건에서 아마 이와미 군은 무죄일 것입니다. 왜냐하면 그에게는 그런 교묘한 기량이 없을 뿐 아니라 전후의 사정을 보더라도 그가 취한 행동은 모두 그의 무죄를 증명하고 있습니다. 그렇다면 그가 소지하고 있던 물건은 어떻게 된 것일까요? 당신은 ××빌딩의 대낮 강도 사건에서 괴한이 이와미로 변장했었다는 것을 기억하시겠지요. 긴자 사건에서도 역시 이와미로 변장한 악한이 활약했습니다. 이 악한은 이와미가 양품점에 멈춰 서서 커프스 버튼을 갖고 싶어하는 것을 보고 이와미가 떠난 후에 그 가게에 들어가 버튼을 샀습니다. 그다음 마찬가지로 시계를 사고 이와미의 주머니에 던져 넣었던 거지요. 시바구치(芝口) 근처에서 이와미가 처음으로 커프스 버튼을 보고 망연해하는 틈에 보너스 봉투를 빼냈습니다. 그다음 이와미가 시계를 보고 두 번째로 깜짝 놀라는 사이에 봉투에서 돈을 꺼냄과 동시에 다시 그의 주머니에 되돌려 넣고, 재빨리 훔친 보석을 바지 주머니에 던져 넣고 물러난 것이지요. 그러고 나서 그다음에는 그가 형사에게 잡혀 주인에게까지 증언을 받게 되었습니다. 이 괴한이 일단 자신이 함정에 빠뜨린 이와미를 한밤중에 다시 형사로 둔갑하는 위험을 저지르면서까지 데리고 나간 것은 무엇 때문일까요? 그것은 아마도 이와미의 뒤를 밟기 위해서였을 겁니다. 만약 이와미가 뭔가 부정한 짓을 저질러 훔친 물품을 어딘가에 숨겼다고 한다면 그가 절도 혐의로 체포되어 다시 석방되었을 때가 걱정이 되어 그 숨긴 장소로 보러 가지 않았겠습니까? 그것이 괴한의 목적이었던 것입니다. 이와미는 무엇을 숨기고 있었을까요? 그것은 그 유명한 사건에서 분실된 보석 한 점입니다. 상회에 들어간 괴한은 정말로 이와미가 내지른 소리 때문에 물건을 얻지 못하고 도망쳤던 것입니다. 그리고 지배인이 당황하여 책상의 보석을 잡고 금고에 넣을 때 그 안에서 가장 가치 있는 보석 하나가 아래로 떨어진 것이지요.

지배인이 도둑을 쫓아가자 이와미는 그 보석을 발견하고 나쁜 마음을 일으켜 순식간에 깔개 같은 것 아래에 숨겼습니다. 그리고 거짓으로 쓰러진 척 가장하고 있었던 것이 틀림없습니다. 신문에서 보석의 분실을 알게 된 도적은 이와미의 소행이라고 보았을 것입니다. 그래서 괴한은 그의 계획이 어긋나 그 보석을 빼앗긴 것을 알았을 때 어떻게든 그것을 되찾겠다고 맹세했을 것입니다. 물론 그로서는 가능한 한 모든 조사를 했을 것이 틀림없지요. 그리고 그 묘한 부호가 분명 보석이 숨겨진 장소를 나타내는 것임을 간파했습니다. 하지만 그것은 단순히 이와미의 짐작에 불과하며 어떤 지점 — 그것은 이와미 입장에서는 쉽게 기억할 수 있는 지점이며, 그다음은 암호에 의해 기억해 둔 것이므로 암호가 풀린다 한들 그 지점을 알 수 없기 때문에 어찌할 방법이 없는 것입니다. 그래서 그 괴한은 이와미를 일단 경찰의 손에 체포시키고, 그다음 스스로 방면시켜 주는 고육지책을 선택한 것이지요. 하지만 그것도 이와미가 시나가와로 가버리는 우스꽝스러운 행위를 저질렀으니 못쓰게 된 것입니다. 나중에 생각하니 이와미의 비밀 장소는 이와미조차 어떻게 할 수 없는 상태가 된 것이지요.

하지만 괴한은 우연히 보석의 소재를 알게 되었습니다. 이번 사건에서 이와미가 어떤 집에 숨어들었다고 하는 사실에서 보석은 분명 그 집 어딘가에 숨겨져 있다는 것을 안 것이지요. 그다음은 쉽습니다. 직사각형 한쪽 끝의 화살표를 한 부호는 돌계단의 모퉁이를 가리킵니다. S, S, E는 자석의 남남동 방향을 말하지요. 31은 물론 31자(尺), 뒤집힌 정(丁)자 형은 직각을 뜻합니다. W-15란 서쪽으로 15자 이치를 말하지요. 즉, 돌계단 모퉁이에서 남남동으로 31자 지점에서부터 직각으로 서쪽으로 15자라는 말입니다. 이와미가 보석을 숨겼을 때는 그 땅이 공터여서 돌계단만 먼저 만들어져 있었는데, 그 일대가 원래 초원이었다는 사실은 당신이 잘 알고 계실 것입니다. 이와미가 도둑 사건에서 금고형을 받고, 보석을 꺼낼 기회를 놓치던 중에 그 땅에 후쿠시마의 집이 세워진 것이지요. 그래서 그는 출옥하자 후쿠시마 집을 주시하며 기회를 기다리고 있다가 결국 집을 지키는 사람들에게 모르핀이 든 과자를 보낸 것입니다. 그러나 상대가 모르핀으로 잠이 들기는커녕, 자신이 마구잡이로 칼에 베이게 되는 처지가 되었지요. 바닥 널빤지가 올라와 있었던 것은 그런 이유, 즉 보석을 찾으려 한 것입니다.

하지만 보석은 어떻게 되었을까요?

그것은 제가 확실히 챙겼습니다. 이제 알아차리셨을 것이라 생각합니다만, 제가 ××빌딩 대낮 강도의 장본인입니다.

놀라지 마시기를. 하나는 저의 수완을 증명하기 위해서, 또 하나는 저의 영원한 기념을 위해서, 당신의 안주머니에 그 호박 파이프를 넣어두었습니다. 수상한 물건이 아닙니다. 그러니 부디 안심하고 사용하십시오.

《신청년》1924년 6월 발표

꾀꼬리의 탄식

후타가와(二川) 가문의
살인사건

고가 사부로

1

비밀스럽고도 비밀스럽게 진행한 일이었지만 신문기자가 덤벼들면 당할 재간이 없는 법, 금방도 냄새를 맡아 버렸다.

자작(子爵) 후타가와 시게아키(二川重明)가 노리쿠라다케(乘鞍岳)*의 히다(飛驒)산 정상 근처의 수백 정보(町步)**나 되는 땅을 매점한 것뿐이면 몰라도, 그곳 눈이 녹지 않는 큰 계곡을 인부 수십 명을 써서 파내기 시작했다는 것은 뉴스 가치가 백 퍼센트였다.

후타가와 가문은 자작이라는 직함이 드러내 주듯 다이묘(大名)***로서는 육, 칠만 석(石)으로 규모가 작은 편이었지만, 지난

* 일본의 북알프스 남단에 있는 산들의 총칭으로 표고 3,026m의 높고 험한 산맥.
** 넓이의 단위로 1정보는 3,000평으로 약 10,000㎡에 해당.
*** 만 석(石) 이상의 땅을 소유한 막부(幕府) 직속의 고위 무사.

막부(幕府) 시절 유복했던 데다가 메이지(明治) 시대가 되고서도 재산 증식하는 방식이 탁월했는지 지금은 화족(華族) 중에서도 굴지의 부호였다. 하지만 당주(當主) 시게아키는 이제 겨우 스물여덟 살 청년이고 사업 같은 것에는 전혀 흥미가 없었으며 제국대학 문과를 나오고 나서는 거의 집 안에만 틀어박혀 사는, 굳이 어느 쪽인가 하면 편벽한 사람이었는데, 무슨 생각을 한 것인지 삼천 미터 가까운 높은 산의 눈 쌓인 계곡을 파기 시작했으니, 신문사들이 재미있고 신기하게 여겨 기사를 써댄 것은 무리도 아닌 일이었다.

후타가와 시게아키의 유일한 친구라고 해도 좋을 노무라 기사쿠(野村儀作)는 시게아키와 같은 해에 제국대학 법학과를 나와 아버지 뒤를 이어 변호사가 되었고, 지금은 어떤 선배의 사무소에서 견습 중이다. 학교시절 무렵부터 심술궂은 친구들을 만나면 곧바로 후타가와 시게아키 때문에 놀림을 받곤 했기 때문에 그 점에 관한 한은 손을 들었다.

노무라의 심술궂은 친구들은 후타가와에 관한 내용을 노무라에게 말할 때 꼭 '너의 화족 친구'라고 했다. 이 말은 친한 친구들 사이에서 이루어지며 상대가 싫어하는 언행을 해서 즐거워하는 심술이 듬뿍 들어간 유머이기도 했지만, 동시에 그들이 '화족' 계급에 대한 일종의 해석—어쩌면 선망과 경멸이 교차—을 표명하는 것이기도 하다는 것을 노무라는 잘 알고 있었다.

그래서 노무라는 심술궂은 친구들로부터 후타가와에 대한 말을 듣는 것을 그다지 좋아하지 않았다. 노무라는 후타가와를 친구로 두고 있다는 것을 딱히 자랑으로도 창피로도 여기지 않았으며, 후타가와를 특별히 존경도 경멸도 하지 않았지만, 그것을 사람들이 이상하게 왜곡해서 여기는 것이 약간 불쾌했다.

게다가 노무라와 후타가와는 성격이 정반대라고 해도 좋을 정도로, 노무라는 극히 밝은 성격이었고 후타가와는 뜨뜻미지근하고 소극적인 사내였다. 이러한 두 사람이 친하게 지낸 것은 성격 차이나 지위 차이를 초월한 역사에 의한 것이었다.

자세히 말해 후타가와 시게아키의 죽은 아버지 시게유키(重行)는 역시 이미 고인이 된 노무라 기사쿠의 아버지 기조(儀造)와 어릴 적부터 학교 친구였으며, 나중에 기조는 후타가와 가문의 고문변호사가 되었다. 그러한 관계로 노무라와 후타가와는 아주 어릴 적부터 친하게 지냈고 소학교에서는 학습원(學習院) 동급생이었으며 중학교는 서로 떨어졌다가, 나중에 제국대학에서 과는 달라도 다시 얼굴을 자주 보는 사이가 되었으며 학교가 다른 때에도 서로 왕래는 했으므로 이른바 부모 때부터 대를 걸친 친구였다. 졸업 후에는 노무라도 시간 여유가 그리 없었기에 빈번히 후타가와를 방문할 수는 없었지만, 후타가와에게는 노무라가 유일하다고 해도 좋을 친구였으므로 이미 아버지와 어머니를 여읜 그는 외로워하며 전화나 편지로 자주 찾아와 달라고 요구했다. 노무라도 후타가와에게 친구가 적다는 것을 알고 있어서 세 번에 한 번 정도는 그의 요구에 응해 방문하곤 했다.

처음부터 그런 교우관계였지만 후타가와가 돌연 이상한 짓을 시작했기 때문에 노무라는 다른 친구들의 반은 조롱 섞인 질문

공세를 당할 수밖에 없었다.

"이봐, 너의 화족 친구가 일본 알프스의 땅고르기를 시작했다고 하던데."

"도대체 눈 속을 파서 무슨 짓을 할 생각인 거지?"

"너의 화족 친구 돌아버린 거 아냐?"

이런 질문이 대표적이었다.

이 세 가지 대표적 질문 중에 첫 번째는 의미 없는 단순한 놀림에 불과했으므로 노무라는 그저 쓴웃음으로 답할 뿐이었다.

두 번째 질문에는 약간의 의미가 담겨 있다. 놀리는 말 속에 어느 정도의 호기심을 섞어 눈 쌓인 계곡을 파는 목적을 묻는 것이었다.

눈 계곡을 파는 목적에 관해서는 당사자인 후타가와가 분명하게 말하지 않았으므로 억측 섞인 소문이 파다하게 퍼졌다. 어떤 사람은 광맥을 찾기 위해서라고 하고, 어떤 사람은 온천을 파기 위해서라고 했으며, 어떤 사람은 등산철도라도 깔 생각이 아니냐고 했다. 하지만 노무라는 그런 뜬소문들을 전혀 믿지 않았다. 왜냐하면 후타가와 시게아키는 철도라든가 온천이라든가 광산이라든가 하는 기업 일에는 전혀 관심을 갖지 않는 인물이기 때문이다. 또한 등산 같은 것에도 전혀 취미가 없었으며 아마도 오백 미터 이상 되는 산에 오른 일조차 없을 터였다. 그러나 노무라도 그런 사람이 왜 갑자기 일본 알프스의 눈 계곡을 파기 시작했는가 하는 이유는 전혀 알 수 없었다.

따라서 두 번째 질문에는 단순히 모른다고 답할 수밖에 없었다.

세 번째 질문이 가장 불쾌했다. 이 질문을 받으면 노무라는 화들짝 놀라지 않을 수 없었다.

왜냐하면 노무라도 사실 후타가와가 미친 것은 아닌지 내심 의문스러운 생각을 품고 있었기 때문이었다.

후타가와는 이전부터 몸이 마른 편이었고 별나게 회의적이며 주뼛대는 인물이기는 했지만, 허옇고 갸름한 얼굴에는 어딘가 귀족적 품위가 있었고, 의심이 많은 듯한 큰 눈 안에는 동시에 사려가 깊어 보이는 철학자의 섬광이 있었으며, 때로 겁을 먹은 듯한 태도 속에 어딘지 모르게 침착하면서도 서두르지 않는 무언가 있었는데, 최근 이삼년 동안 그런 점들은 완전히 일변했다.

심각한 불면증에 빠진 것이 원인인 것 같았는데, 뺨은 쑥 들어가고 머리만 커졌으며 눈은 침착하지 못하게 이리저리 움직이며 일종의 이상한 빛을 발하고 끊임없이 누군가에게 위협을 받는 듯 흠칫댔다.

이러한 증상은 분명 심한 신경쇠약으로, 그 행동이나 말에 특별히 지나친 모순은 드러나지 않았기에 노무라가 어느 정도 안심은 하고 있었지만, 노리쿠라다케의 눈 계곡을 매점해서 파 들어가는 지경에 이르자 아무래도 정말 미쳐 버린 것이 아닐까 의심하지 않을 수 없었다.

한여름이 되어도 남아 있는 눈이 넓이 수십 정보, 깊이는 몇 미터일지도 모를 거대한 눈 계곡을 판다는 것은 상상 이상의 어려운 일로, 도저히 인간이 해낼 수 있는 일이 아니었다. 일본에는 정확한 의미의 만년설이 없다고는 하지만, 아마도 이 부근의 눈은 수세기 동안 녹지 않는 상태였을 것이다. 천고의 눈이 쌓인 아래의 신비를 탐색하는 것은 인간에게 허락되지 않는 일이 아닐까? 게다가 후타가와는 신비의 문을 열고 거기에서 무엇을 찾아내려고 하는 것일까?

집안사람들 반대를 단호하게 물리치고 유일한 친구인 노무라에게조차 그 목적을 말하지 않고 이 무모한 일을 감행하는 후타가와는 미친 것이라고밖에 노무라로서는 달리 생각할 길이 없었다.

세 번째 질문에는 노무라가 이렇게 대답했다.

"음, 약간 미치광이 같기는 하지. 하지만 뭔가 목적이 있을 거야"

후반부의 말은 질문자에게 대답한다기보다는 오히려 스스로를 안심시키기 위해 들려주는 말인 셈이었다.

2

7월의 오후 5시, 여전히 쨍쨍 해가 내리쬐고 있다. 노무라는 휴일 낮잠에서 깨어나 등나무 의자에 길게 드러누운 채 석간신문을 보았다. 그리고 후타가와 시게아키의 자살을 알게 되었다.

자살 기사가 눈에 들어온 순간 노무라는 드디어 저질렀군 생각했다. 다음 순간에는 머리만 크고 눈을 이리저리 움직이며 요상한 빛을 띤 시게아키의 얼굴이 가까운 허공에 떠오른 듯 느껴졌다.

노무라는 정말 오싹한 느낌이 들었다. 그것은 친구의 죽음을 애도한다든가 슬퍼한다든가 하는 분명한 감정이 아니라, 자기 자신이 시커먼 묘지 안으로 끌려 들어가는 듯한 일종의 공포와 비슷한 불쾌감이었다.

노무라는 납처럼 무거운 잿빛 공기를 뒤집어쓴 기분으로 한동안 숨 쉬는 것조차 잊은 듯했다.

하지만 곧 깊은 한숨과 더불어 친구를 애도하는 마음이 갑자기 끓어올랐다.

후타가와는 노리쿠라다케의 눈 계곡을 파기 시작하면서 이전보다 더욱 용태가 나빠졌다. 극도의 불면증과 식욕 감퇴로 살이 현저히 빠졌으며 그 초조한 태도는 똑바로 바라볼 수 없을 정도였다. 머지않아 미치든지 아니면 자살, 둘 중의 하나가 아닐까 노무라는 두려워했다.

그러다가 눈 계곡을 파 들어가는 작업에 착수하더니 십삼 일째 만에 자살로 결론이 나고 말았다.

노무라는 유일한 친구로서 후타가와의 자살을 막지 못했다는 사실에 자책을 느꼈다. 후타가와에 대한 우애가 부족했다는 사실이 깊숙이 그의 마음을 책망했다.

그와 동시에 그는 문득 꽤나 중대한 사실을 알아차렸다. 그것은 그가 후타가와 가문으로부터 시게아키의 자살 통지를 받지 않았다는 사실이었다.

노무라는 다시 한번 석간신문을 보았다.

─노리쿠라다케의 거대한 눈 계곡을 파고들어 가며 문제를 야기한 후타가와 자작은 극도의 신경쇠약으로 괴로워하였는데, 오늘 아침 10시 침실에서 싸늘하게 죽어 있는 것이 발견되었다. 사망의 원인은 다량의 수면제를 복용했기 때문인 것으로 보이며 그것이 자살 목적으로 복용한 것인지 과실에 의한 것인지는 불분명하나 아마도 전자일 것으로 보인다. 또한 자작 가문에서는 자살설을 부인하고 복상(服喪)을 숨기고 있다.

과연 화족이라는 신분을 의식해서인지 그다지 선정적인 기사는 아니었고, 아주 간단히 끝맺기는 했지만 죽은 것을 발견한 시간은 오전 10시라고 명기하고 있다. 지금까지 노무라에게 통지가 오지 않았다는 것도 이상한 일이다.

무엇보다 자작 가문에서 복상을 숨기고 있다니 발표를 미루고 있는 것이겠지만, 아무리 그러기로서니 생전의 유일한 친구인 노무라에게 알리러 오지 않은 것이 이상했다. 과실사가 아니라 자살이라면 혹시 노무라 앞으로 보낸 유서가 있을지도 모를 일이다.

노무라는 시게아키의 숙부인 후타가와 시게타케(重武)가 뚱뚱한 몸집으로 집안사람들에게 이것저것 지시하는 모습을 떠올렸다. 부모도 없이 아내도 맞지 않고 물론 자식도 없는 시게아키에게는 숙부 시게타케가 유일한 육친이었다. 시게타케는 시게아키의 할아버지인 시게카즈(重和)가 첩에게서 낳은 자식으로 아버지 시게유키에게는 이복형제에 해당했다. 시게유키와는 나이가 열 살 정도 터울이 있었으므로 시게아키와는 오히려 그리 나이 차이가 많지 않았다. 올해 쉰두세 살이 되었는데, 시게아키와는 전혀 닮지 않은 뚱뚱하게 살찐 붉은 얼굴에 앞이마가 약간 벗어지고 딱 보기에도 여자를 밝힐 것 같은 남자였다.

시게아키는 이 숙부를 몹시도 싫어했다. 노무라도 물론 시게타케를 좋아하지 않았다. 젊을 때 아주 방탕한 생활을 경험한 만큼 화족 출신치고는 어울리지 않게 세상물정에 밝고 꽤나 붙임성이 좋아 남의 비위를 건드리지 않았는데, 노무라에게는 그런 점이 몹시도 교활해 보여 불쾌했다.

시게타케는 후타가와 집에서 몇 번 만난 적이 있고 그가 노무라와 시게아키의 관계를 모를 리도 없을 텐데, 노무라는 시게아키가 죽었다는 것을 알리러 오지 않은 것이 이 숙부가 시킨 일인 듯한 느낌이 들었다. 노무라 쪽에서 좋은 감정을 가지고 있지 않았으니 시게타케 입장에서도 겉으로야 어떻든 속으로는 그다지 노무라를 달가워하지 않았던 듯했다. 그래서 일부러 통지하지 않은 것이 틀림없다.

'후타가와 가문도 앞으로 저 숙부 뜻대로 돌아가겠군.'

이렇게 생각하니 노무라는 한층 마음이 횅했다. 시게아키에게 더 힘이 되어 주지 못한 것이 점점 후회되었다.

통지를 받지는 못했지만 석간신문 기사를 본 이상 가만히 있을 수는 없는 노릇이었다. 숙부가 만약 자신을 귀찮은 존재라고 여긴다면 일방적으로 찾아가는 것이 썩 내키지는 않았지만, 그렇다고 모르는 척하고 있을 수도 없었으므로 노무라는 나설 준비를 했다.

그런데 마침 외출 중이던 어머니가 돌아왔으므로 석간을 보여주니 어머니는,

"어머" 하고 깜짝 놀라면서 "그런데 알리러 오지 않는 게 이상하구나."라며 고개를 갸웃했다.

집을 나와 1엔짜리 택시를 불러 세워 그 안에 올라타자 노무라의 머리에는 딱히 별 이유도 없이 어릴 적 일이 떠올랐다.

맨 처음 후타가와의 동그랗고 귀여운 어릴 적 하얀 얼굴이 떠올랐다. 어머니인 아사코(朝子)와는 닮지 않았지만 아버지 시게유키를 쏙 빼닮은 것이라고 했다.

나중에 듣게 된 이야기로 기억이 강화된 것이겠지만, 아버지인 자작이 눈에 넣어도 아프지 않다는 듯 물끄러미 눈에 힘을 풀고 시게아키가 아장아장 걷는 것을 한없이 지켜보던 모습이 어렴풋하게 노무라의 뇌리에 비쳤다.

다음은 시게유키 장례식 당일의 기억이다.

시게유키의 죽음은 사실 갑작스러웠다. 분명 시게아키가 다섯 살이 되던 해로 시게유키는 서른아홉이었다. 그는 어느 쪽인고 하니 살이 찐 편으로, 이 점은 동생 시게타케와 닮았지만 나이와 맞지 않게 선천적으로 심장이 나빴던 모양인지 심장병으로 급사했다는 것이다.

장례식 날 시게아키의 어머니가 새하얀 기모노를 입고 그 기모노보다 더욱 하얘 보일 만큼 창백한 얼굴로 필사적으로 슬픔

을 참으면서—이것은 나중에 알아챈 것이지만—단정히 앉아 있던 처절한 모습이 떠올랐다. 어머니 아사코는 대단히 아름답고 상냥한 여인이었다. 하지만 병이 있어 항상 얼굴이 창백했다. 하지만 장례식 날에는 한층 더 창백했고 아름다웠다. 노무라는 아이의 눈으로도 굉장하다고 생각했다. 한동안 아사코 미망인 옆에 가는 것이 두려울 정도였다.

추억의 장면은 확 바뀌어 장례식 전날인가 전전날쯤 후타가와 집안이 어수선하던 중에 일어났던 일로 옮겨간다.

시게아키와 노무라는 아직 죽음이라는 것을 잘 이해하지 못했으므로 집안의 소란도 외면하고 둘은 마당에서 놀고 있었다. 그러다 유모에게 호되게 야단을 맞았다.

유모의 성이 무엇이었는지는 기억나지 않지만, 시게아키는 오키요(お淸) 아줌마라고 불렀다. 아사코가 병이 있어 시게아키를 키울 수 없었으므로 시게아키가 태어난 당시부터 와 있던 유모인데 마침 아사코와 동년배였고, 외모도 지지 않을 정도로 아름다웠으며 아주 상냥하고 좋은 여인이었다. 노무라도 그녀가 귀여워해 주었던 것을 기억하고 있다.

유모가 그때는 정말 무서웠다.

"도련님, 이런 데에서 놀고 있으면 안 돼요. 빨리 집 안으로 들어가세요."

크게 질책을 받았는데, 그때 유모가 눈이 새빨갛게 부어서 흑흑 우는 소리를 냈으므로 노무라는 이거 정말 큰일이 일어났구나 생각했다.

그 유모는 시게아키가 열 살인가 열한 살 되는 해에 작별을 고하고 떠났다. 그때 그녀는 노무라에게,

"우리 집 도련님하고 언제까지고 사이좋게 지내주세요. 어른이 되면 서로 힘이 되어 주세요. 우리 도련님은 친구가 별로 없으니 정말로 언제까지고 변치 말아야 해요."

이렇게 조용히 말했다. 아이 마음에도 노무라는 뭔가 이상한 기분이었다.

'그 유모는 어떻게 지내실까. 정말 상냥하고 좋은 분이었는데.'라며 추억함과 동시에 지금까지 이런 일을 떠올리지도 않고 시게아키에게 크게 힘이 되어 주지 못했던 것을 이제야 다시금 몹시 미안하게 여겼다.

후타가와 집안은 아주 혼잡했다. 신문기자 같은 사람이 두세 명 들이닥친 상태였다. 과연 가문의 격이 있는 만큼 연고 있는 사람이나 옛날 번(藩)* 사람들이 많이 와 있었다.

노무라는 물론 금방 안으로 들여보내 주었다.

그가 상상한 대로 숙부 시게타케가 모든 일의 지휘권을 휘두르고 있었다.

노무라가 통지를 받지 못했다는 이야기를 하자 시게타케는 예의 그 사람 비위를 상하게 하지 않는 말투로,

"통지는 아무 데도 하지 않았습니다. 지금 와계신 분들은 모두 석간신문을 보고 오신 것입니다. 사실 신문 쪽도 적극적으로 움

---

* 에도(江戸) 시대 영주가 다스리던 통치지역을 일컫는 말.

직여 보기는 했지만 아무래도 막을 수는 없더군요─"

그리고 노무라는 상세한 이야기를 들을 수 있었다.

오늘 아침 열 시쯤 평소보다 잠이 늦게 깨는 것 같아서 잔심부름 하는 지즈루(千鶴)가 침실을 들여다보니 시게아키는 반신을 잠자리 밖으로 내놓고 두 손을 큰 대자로 뻗고 있었다. 아무래도 이상해서,

"나리, 나리." 하고 두세 번 불러보았는데 전혀 답변이 없었다.

그래서 덜덜 떨면서 옆에 다가갔다가 그녀는 뒤로 자빠질 듯이 놀랐다. 시게아키는 죽어 있었던 것이다.

그리고 큰 난리가 났다.

곧바로 담당 주치의 오타(太田) 의학박사가 달려왔지만 죽은 지 이미 열두 시간 정도 경과하여 어젯밤 열 시 전후에 이미 숨이 끊어진 것이므로 도저히 방법이 없었다. 열 시 전후라면 정확히 시게아키가 잠자리에 들었던 무렵이며, 그는 침실에 들어가면 곧바로 수면제를 먹는 습관이 있었고 어젯밤에도 분명 그렇게 했던 흔적이 있었다.

수면제는 오타 박사가 조제하는데 박사는 조심하는 마음에 이틀분씩밖에 건네주지 않았다. 시게아키는 이 년 이상 불면증에 시달려 수면제를 계속 먹었기 때문에 이제는 점점 센 약제를 다량으로 섭취하게 되어 보통 사람 같으면 일 회분만으로도 위험할 정도의 수준이었다. 그러나 시게아키라면 이 회분을 한꺼번에 먹어도 생명에 위험을 주는 일은 없었을 터였다. 만약 몇 회분을 한꺼번에 먹는다면 위험하겠지만 시게아키가 오타 의사

로부터 받은 수면제를 먹지 않고 보관해두는 기색은 전혀 없었다. 하루 걸러 잔심부름하는 지즈루가 오타 의원에 가서 받아오는 이틀치를 정확히 두 번에 나누어 먹었던 것이다.

따라서 시게아키의 사인이 오타 의사가 준 수면제가 아니라는 것은 명백했다. 하지만 수면제는 분명 먹은 흔적이 있으므로 어쩌면 그와 동시에 섭취한 다른 독약 때문에 죽은 것일 수도 있었다(물론 자연사가 아니다). 후타가와 가문에서는 과실로 다량의 수면제를 먹었기 때문일지 모른다고 신문기자들에게 이야기했지만, 그것은 대외적으로 표명을 위한 일종의 편의적 대응이었을 뿐 과실은 전혀 있을 수 없는 일이었다. 각오한 자살이라고 할 수밖에 없는 것이다.

"어떤 독극물을 먹은 것인지 모르니 오타 씨는 부검해 보는 게 좋겠다고 말씀하시지만, 그게 어떨지 싫어서요."

시게타케는 덧붙였다(결국 나중에 경찰 측에서 요구하여 부검하게 되었다).

"유서는 없었나요?"

노무라가 묻자 시게타케는 눈썹을 찌푸리며,

"네, 유서 같은 것은 전혀 보이지 않았습니다."

"그거 이상하군요."

"그럼요. 머리가 어떻게 된 것이 아닐까 생각이 듭니다만."

노무라는 문득 떠오르는 생각에,

"그러고 보니 그 눈 계곡을 파던 일 말입니다. 그게 어떤 목적이었는지 알고 계시는 바 없으신가요?"

"모릅니다. 난 역시 머리가 이상해진 탓이 아닐까 생각하고 있는데요—"

"하지만 뭔가 목적이 있었겠지요."

"본인에게는 있었겠지요. 하지만 아무래도 제정신으로 한 생각은 아닐 거예요."

"눈 속에 뭐가 묻혀 있기라도 하다고 생각한 걸까요?"

시게타케는 힐끗 탐색하듯 노무라의 얼굴을 보고,

"글쎄요."

"뭔가 망상을 품은 걸까요?"

"예, 그게 틀림없을 겁니다."

"노리쿠라다케라니, 어떻게 거기를 생각했을까요? 물론 후타가와 군이 간 적은 없을 거라고 봅니다만."

"지도를 펼쳐 놓고 생각한 것이겠지요. 그 녀석은 산이라는 이름이 붙은 곳에는 가본 적도 없으니까요."

"그러고 보니" 노무라는 다시 문득 생각이 나서 "숙부님은 젊었을 때 여행가였다고 하던데요."

"예, 여행가라고 할 정도는 아닙니다. 그저 방랑이지요."

"등산도 꽤나 하셨다고 하던데요. 일본 알프스 방면에서는 파이오니아(개척자)라고 하더군요."

"말도 안 됩니다. 호사가(好事家)라 아직 남들이 별로 가지 않았을 시절 올라 본 적은 있습니다만, 파이오니아라니, 그런 대단한 게 아닙니다 — 잠깐 실례하겠습니다."

마침 다른 조문객이 왔으므로 시게타케는 그쯤에서 이야기를 끊고 저쪽으로 갔다.

노무라는 시체가 안치된 방으로 가서 선향(線香)을 올리고 초를 켠 다음 밤샘을 하기로 했다.

3

노무라는 다음 날 아침 집으로 돌아가자 너무 피곤해서 아무 생각도 할 여유 없이 푹 잠들어 버렸다.

정오가 되기 조금 전에 잠을 깨서 식사를 마치고 다시 한번 후타가와 집으로 갈지, 아니면 잠깐 사무소에 얼굴을 내비칠지, 아예 오늘은 쉬어 버릴지 망설이고 있는 차에 어머니가 들어왔다.

어머니는 평소에 없던 엄숙한 표정을 하고 있었다.

"좀 이야기하고 싶은 게 있구나."

노무라는 어머니 모습이 너무 진지해서 자기도 모르게 자세를 고쳐 앉았다.

"무슨 일이죠? 어머니."

"돌아가신 아버지가 일러두신 말인데, 만약 후타가와 집안에 뭔가 변고가 생기거나 아니면 시게아키가 죽게 되었을 때 기사쿠 너에게 이것을 건네주라고 하면서 써서 남기신 게 있단다—"

이렇게 말하며 어머니는 손에 들고 있던 크고 두툼한 서류 봉투를 내밀었다.

거기에는 아버지 기조의 필적으로 '후타가와 가문에 관한 서류'라고 적혀 있었고 따로 붉은 글자로 '극비'라고 쓰여 있었다.

노무라는 놀라며 그것을 받았다.

어머니는 그 내용에 관해 다소 알고 있는 듯,

"천천히 읽으렴. 오늘은 사무실에 나가지 않아도 괜찮지 않겠니?"

"네."

노무라가 다니는 법률사무소는 아버지가 뒤를 봐준 이른바 제자가 경영하는 곳으로 그는 무급으로 견습을 하고 있었으므로 어느 정도는 마음대로 할 수 있었다.

"오늘은 쉴게요."

"그래라."라며 어머니는 방을 나갔다.

노무라는 이상한 흥분을 느끼며 서류 봉투를 열었다.

그 안에는 아버지 일기의 단편으로 보이는 것들과 후타가와 시게유키로부터 온 서장(書狀), 고소장의 사본 같은 것, 보고서로 보이는 것들이 들어 있었다.

노무라는 한번 다 훑어 본 다음 대략 연대순으로 나열해 보았다.

가장 먼저인 것은 지금으로부터 약 삼십 년 이전 것으로 시게아키와 기사쿠가 태어나기 2년 정도 전의 아버지 수기였다.

오늘 후타가와 시게유키가 사무소로 찾아왔다. 좀 기다리게 했다고 몹시 기분이 상한 듯 보였다. 화족에다 부자에 자기 마음대로 하며 자라왔으니 정말 행동거지가 별로다. 선대의 시게카즈라는 사람도 성미가 급하고 시끄러운 인물이었다. 아무래도 후타가와 가문의 유전인 모양이다.

용건이 무엇이냐 물으니 예의 상속자 문제라고 했다.

나도 약간 기분에 거슬려서

"대체 자네는 몇 살인가?"라고 물었다.

"자네와 같은 나이지."

"그럼 겨우 서른두 살 아닌가. 아내는 분명 스물일곱 살이지. 아직 자식을 포기할 나이가 아니라고. 상속인, 상속인 떠들어대기에는 일러."

그러자 시게유키는 묘하게 풀이 죽어 말하는 것이었다.

"아니야, 아사코가 몸이 약해서 도저히 아이를 바랄 수가 없어. 게다가 나는 심장이 고장났으니 언제 죽을지 모르고—"

"약해 빠진 소리 하지 말게, 괜찮아."

"안 돼."

"괜찮다고."

그러자 시게유키는 갑자기 위압적으로

"자네는 뭔가. 내 고문변호사 아닌가. 상속 문제에 관해서는 성실하게 내가 말하는 내용을 들어줄 의무가 있어. 자네가 그런 태도를 취한다면 오늘을 끝으로 고문변호사를 거절하고 다른 곳으로 상담하러 가겠네."

그렇게 말하니 어쩔 수 없어서

"좋아, 그럼 듣지."

"내가 죽으면 누가 후타가와 가문을 상속하는 거지?"

"항상 말한 바지만 아내에게 상속권이 있는데 그렇게 되면 후타가와 가문은 단절돼 버리지. 시게타케 군이 상속하는 순서가 될 거야."

"그걸 내가 참을 수가 없다는 말이야. 저 방탕무뢰한 시게타케에게 후타가와 가문을 상속시키는 일은 어떤 이유가 있다 해도 싫네. 천박한 여자를 어머니로 두고, 정처도 없이 방랑하는 인간 따위가 후타가와 가문을 계승해서야 되겠는가. 그렇게 되면 녀석이 아사코에게 어떤 꼴을 보게 할지 모른다고."

"그 이야기는 여러 번 들었어. 어느 정도는 나도 동감하네. 그렇다면 양자를 들이는 수밖에 도리가 없어. 자네가 죽은 다음에 자네 부인이 양자를 들일 수도 있지만."

"나는 피가 섞이지 않은 남에게 후타가와 가문을 양도하고 싶지 않네."

"그런 말을 해 봤자 무리라고. 화족은 법률상의 친족이나 아니면 동족 이외로부터는 양자를 들일 수가 없어."

"아—"

시게유키는 낙담한 듯이 한숨을 쉬었다.

후타가와 가문은 대대로 자손이 적은 집안으로 시게유키의 아버지 시게카즈는 외아들이고, 조부 시게마사(重正)에게는 남동생이 한 명 있을 뿐이었다. 메이지 유신 후에 동생이 어떻게 되었는지는 분명하지 않지만, 설령 그 손자가 있다고 하여 시게유키의 재종형제가 되고 법률상 친족이 된다 한들, 양자로 삼기에는 그 손자가 아니면 나이가 맞지 않게 될 테고, 그게 아니면 또 친족도 아니게 된다.

그러니 양자로 삼게 되면 전혀 피가 섞이지 않은 사람이 될 것이고, 그게 싫다면 시게타케에게 양도하는 수밖에 도리가 없다.

"아—" 하고 시게유키는 다시 깊은 한숨을 내쉬더니

"고문변호사로서 뭔가 좋은 방법을 생각해 달라고."

"그게 무리라는 걸세. 시게타케 군 이외의 혈족이라면, 자네 할아버지 동생의 손자를 찾아내서 뒤를 잇게 하는 수밖에 방법이 없어."

시게유키는 잠시 생각했지만,

"동족 이외로부터 양자를 들이려면 설령 혈족이라도 법률상 친족이 아니면 안 된다는 거지?"

"그렇지."

"그럼 자네 이런 방법은 어떻게 생각하나?"라며 후타가와는 갑자기 눈을 이상하게 빛내더니 "할아버지 동생의 손주 자식을 아사코의 아들이라고 해서 보내는 거지. 그러면 혈통이 끊어지지 않아도 되고."

"그건 호적법 위반이네."

"하지만 그거 말고는 방법이 없어."

"나는 고문변호사로서 범죄가 되는 일에 가담할 수는 없네."

"하지만 나는 법률이라는 것은 인정을 무시하면서까지 성립하는 게 아니라고 생각하네. 내가 후타가와 가문의 혈통을 끊기지 않게 하고 싶다고 생각하는 것이나, 무뢰한 시게타케 같은 놈에게 가문을 넘기고 싶지 않은 것도 무리가 아닌 인정 아닌가."

"—"

"화족이 아니라면 지금 말한 아이를 언제라도 양자로 삼을 수 있어. 다만 법률상의 친족이 아니기 때문에—"

"나는 동의할 수 없네. 자네가 그렇게 하고 싶다는 생각에는 동감도 하고 동정도 하지만, 그건 상당히 어려운 일이라고. 우선 상대 부부의 승낙이 필요하고 산파나 간호부 내지는 의사에게도 입단속을 해야만 하는 데다가, 자네 부인이 이해할지 그것도 의문이야."

"아사코는 내가 말하는 대로 하게 될 걸세. 나는 집사람을 행복하게 해주고 싶어서 하는 거니까."

"그런 게 행복해지는 것인지 아닌지 모르겠군. 대부분은 오히려 불행으로 끝나는 법이야."

여기까지 말했을 때 나는 시게유키의 안색이 점점 험악해지더니 입술을 부르르 떨고 있는 것을 알았다. 나는 큰일 났다 싶어서 약간 달래줄 생각으로

"하지만—" 하며 말을 꺼냈지만 이미 때는 늦었다.

시게유키의 불같은 성미가 맹렬히 타오른 것이다.

"좋아, 자네에게는 이제 부탁하지 않겠어. 오늘을 마지막으로 절교야."

나도 이렇게 되니 질 수 없었다.

"범죄에 가담하지 않겠다고 해서 절교를 당하는 거라면 오히려 영광이군."

시게유키는 분노로 말을 잇지 못했다. (나중에 생각한 것이지만 이 때 어떻게 심장발작이 일어나지 않았나 싶다. 그렇게 화나게 하지 말았어야 했다)

그는 맹렬한 기세로 밖으로 뛰쳐나갔다.

그가 간 후 한동안 기분이 안 좋았다.

정말 이것으로 절교라면 아주 섭섭한 일이라고 생각했다.

이것으로 그때의 수기는 끝난다.

다음은 1년 반 정도 경과했을 때의 일기로 마침 노무라와 시게아키가 태어난 전후의 것이었다. 이것을 보니 이전 사건 이후 1년 정도는 노무라의 아버지와 시게유키는 절교 상태였던 모양이다.

오늘 오랜만에 시게유키를 방문했다.

이상한 입장에 처해 싸우고 헤어진 다음 1년 정도 완전히 절교 상태였다. 그동안에도 가끔 보고 싶기도 하고 미안한 심정도 들었다. 그래도 이쪽에서 고개를 숙이고 들어가려니 부아가 치밀어 가만히 참고 있었다. 나중에 물어보니 시게유키도 역시 비슷한 기분이었던 모양이다.

그 후 반년 정도는 모임 자리에서 두세 번 만났다. 딱히 서로 노려보고 있었던 것은 아니지만 그래도 마음이 풀리지는 않았다.

오늘은 결국 참지 못하고 그의 집을 찾아갔다.

처음에는 왠지 어색했지만 잠깐 이야기를 나누던 사이에 역시 오랫동안 알고 지낸 사이는 각별했던 것인지 어느새 장벽이 없어지고 이제 옛날처럼 여보 자네 하면서 이야기를 하게 되었다.

시게유키는 안색이 조금 안 좋아서 건강 상태가 나쁜 듯했는데 예상 외로 기운이 있었다. 아사코 씨 모습이 보이지 않아서,

"부인은?" 하고 묻자,

"교토 친정에 요양하러 갔어."

아사코 씨 친정은 교토의 어느 귀족 가문이었다.

"어떻게 안 좋은데?"

"뭐 별거 아니야."라며 후타가와는 나의 시선이 부담스럽다는 듯 피하고 이야기하고 싶지 않은 눈치였다. 화해를 하자마자 또다시 기분을 상하게 하면 안 된다 싶어서 나는 곧바로 화제를 바꾸었다.

"동생은 어떻게 지내나?"

"시게타케?"라며 시게유키는 뱉어내듯 "그놈은 여전하지. 살 곳도 정해두지 않고 배회하며 돌아다니는데 감탄스럽게도 돈만은 꼬박꼬박 요구해오더군."

"등산을 시작했다고 하지 않았나?"

"응, 최근 이삼년 일본 알프스라고 하던가? 신슈(信州)나* 히다 산을 걸어 다니는 모양이야. 도쿄에 있으면서 여자에게 미쳐 지내거나 사기꾼한테 당하는 것보다야 낫다고 생각하고 있지."

"그렇고말고, 시게타케도 그렇게 지내다 등산 같은 것을 시작한 것을 보면 성품이 고쳐진 게 아닐까?"

"아닐 말이지. 그 썩어빠진 품성이 죽을 때까지 고쳐질 리 없어. 가끔 얌전히 지내는가 싶으면 꼭 뭔가 꿍꿍이를 벌였으니 말이야. 나는 그놈이 계곡에라도 떨어져 죽어버렸으면 좋겠어."

시게타케의 이야기로 그는 또다시 점점 기분이 나빠졌으므로 다

* 현재 나가노현(長野縣) 일대는 일컫는 옛 지명.

시 화제를 바꾸어 약도 안 되고 독도 안 되는 세상 이야기를 하다 적당한 선에서 마무리하고 왔다.

돌아올 때 그는 기분 좋게,

"또 자주자주 와 주게. 그리고 고문변호사도 계속 부탁함세."라고 말했다.

고문변호사야 둘째치고 화해할 수 있어서 아주 다행이라 생각했다.

그다음은 그로부터 이삼 개월 지났을 때의 일기였다.

오늘 시게유키를 잘 아는 남자로부터 시게유키 부인이 임신해서 그 몸조리를 위해 교토 친정에 가 있다는 이야기를 들었다.

나는 좀 의외라고 생각했다. 부인이 임신한 것을 의외라고 생각한 것이 아니다. 결혼한 지 십몇 년이 지나 비로소 아이가 생긴 예야 드물지 않았기 때문에 이상하기는커녕 아주 축하할 일이라고 생각했지만, 왜 시게유키가 그 사실을 나에게 숨겼는지 좀처럼 이해할 수 없었다. 작년에 그런 일로 싸우고 헤어졌으니 말하기 어려웠던 것인지, 아니면 아이 낳을 때가 되면 발표하여 놀라게 하려고 한 것인지, 둘 중 하나일 것이다. 어쩐지 꽤나 기운이 있어 보인다고 생각했다.

지난번 만났을 때 그 말을 해 주었다면 마침 우리 집사람도 임신 중인데, 우리야 초산은 아니지만 위의 아이가 죽어서 처음이나 다름없으니 함께 서로 축하할 일이 생겼을 텐데. 대체 어느 쪽이 먼저 태어나려나?

    나이를 계산해 보니 노무라가 태어난 해에 아버지는 서른세 살이었다. 일기에도 적힌 것처럼 먼저 태어난 아이가 요절했기 때문에 그다음 태어난 자식에 아버지가 몹시도 기뻐했을 모습을 잘 알 것 같아 노무라는 자기도 모르게 미소 지었다.

    다음 수기는 드디어 후타가와 시게아키가 태어났을 때의 일로 이것을 보면 시게유키가 아이를 얻은 기쁨이 노무라의 아버지보다 훨씬 더 했다는 것을 알 수 있었다. 시게아키가 태어난 것이 노무라보다 한 달 정도 빨랐다는 것은 이미 노무라도 잘 알고 있는 일이었다.

    시게유키의 아이가 태어났다. 우리 집은 한 달 정도 나중인 것 같다.

아이가 태어났다는 소식을 듣고 교토로 날아갔다가 곧 돌아왔을 때의 그 환호작약하는 모습이란 도저히 필설로 다하지 못할 정도였다.

내가 축하하러 가자 그는 나를 끌어안듯 하며

"이보게, 자네, 사내아이라네. 나, 나랑 똑 닮았다고. 그야 아주 많이 닮았지. 자네는 믿지 않겠지만."

"뭐? 내가 믿지 않는다니 그게 무슨 뜻인가?"

나는 그가 이상한 말을 하길래 황급히 되물었지만 그는 벌써 정신이 다른 곳에 가서,

"아니야, 자네가 믿든 안 믿든 내 자식은 나를 쏙 빼닮았다고, 동

글동글 살이 찌고 하얀 아주 잘생긴 녀석이야."

"후타가와 가문도 이것으로 만만세로구먼."

"그렇고말고. 이제 됐어. 시게타케 따위에게 손가락 하나도 못 대게 할 거야. 아사코도 얼마나 행복해 하는지 모른다네."

"부인도 기쁘겠지."

"내가 뛸 듯이 기뻐하는 걸 보고 울더군."

"그런데 말이야."

나는 시게타케의 이름이 나와서 문득 생각이 난 김에,

"이제 자네도 후계자가 생겼으니 안심이고, 시게타케 군도 요즘은 상당히 몸가짐이 고쳐진 모양이니 경사스러운 일이 생긴 기념으로 마음을 풀고 도쿄에 살게 하면 어떤가?"

나는 아마도 시게유키가 싫은 표정을 지을 것이라 생각했는데 뜻밖에도 차분히,

"그래, 아사코도 그렇게 말하더군. 나도 벌써 오 년 정도 안 봤으니까."

시게타케는 시게유키의 아버지 시게카즈가 게이샤(藝者)를 첩으로 삼아 낳은 자식이라 그 때문에 시게유키가 몹시도 싫어했지만 원래부터 그렇게 나쁜 인간은 아니었다. 시게타케는 열한 살 때 자기 처지를 알게 되었고 후타가와 가문으로 들어왔는데, 아버지 시게카즈는 곧 죽었다. 그 집에 들어갔을 때에 시게유키는 이미 스물한 살이어서 처음부터 반감을 가지고 있었고, 시게타케도 비뚤어진 구석이 있었던 데다가 뭐니 뭐니 해도 행실이 바르지 못해서 하인들까지 흉을 볼 정도였으므로, 시게타케를 불량하게 만

든 것은 시게유키를 비롯한 주위 사람들의 책임이라고도 할 수 있는 셈이다.

시게타케는 열여덟 살에 이미 여자와 술을 알고 몸을 함부로 굴렸으며, 후타가와 가문을 뛰쳐나가 형의 이름을 팔아 여기저기서 돈을 떼어먹다가 결국 형법에 저촉될 만한 일까지 저지르고는 스무 살 되는 해에 방랑의 여행을 떠나, 그 후 삼 년 동안 가끔 형의 무심함을 탓하며 여행을 지속했다.

시게유키는 계속 말했다.

"이제 그놈에게 휘둘릴 걱정도 없고 용서해 줘도 되겠다고 생각은 하지만, 뭐 생각은 해 보지."

나는 그 이상은 몰아붙이지 않고 돌아왔다.

다음 일기는 그로부터 이삼 개월 경과한 것으로 노무라도 이미 태어난 다음이다.

시게유키가 자식을 익애(溺愛) 하는 모습에는 손들었다. 나도 물론 태어난 자식을 귀엽다고야 생각하지만 후타가와처럼 하지는 못하겠다. 그는 바깥일을 완전히 잊었다. 해가 뜨든 지든 아이 얼굴만 쳐다보고 있다. 그 젊은 나이에 자작에까지 이른 사람이 서툰 손길로 아이를 안고 어르고 달래는 모습은 천하의 진풍경이다. 하지만 나는 시게유키가 새로 태어난 아이를 대하는 태도를 통해 그가 얼마나 아내를 사랑하는지 알 수 있었다. 그가 아이를 얻은 기쁨의 반은 분명히 자기가 죽은 뒤 아내가 의지할 사람이 생겼다는 사실에 있었다. 그는 끝내 자기가 단명할 것이라고 믿고 있다. 아사코 씨의 헌신적 태도에도 감탄할 수밖에 없다. 과연 귀족 집안 출신답다. 병약한 몸으로 저렇게 변덕스러운—지금은 상당히 좋아졌지만—불같은 성미의 남편을 모시며 조금의 불만도 드러내지 않고 그저 고분고분하며 충실한 태도를 지키는 모습은 눈물겨울 정도다. 어쨌든 대단한 부부다. 게다가 아이도 생기고 이제 시게타케 같은 인물도 전혀 두려워할 것 없으리라. 그러고 보니 시게타케가 곧 상경한다는 편지를 보냈다는데 설령 그가 도쿄에서 살게 되더라도 후타가와 가문에는 큰 파란이 일어나지 않을 것이라 본다.

그로부터 한동안 후타가와 가문은 태평했던 것 같다. 시게아키가 걷고 짧은 말을 할 수 있게 되었을 무렵, 노무라는 그 놀이 상대로서 몇 번 시게유키 집으로 갔었다. 그때 일은 물론 노무라 기억에는 없지만 때로는 둘이 싸우기도 했다고 하며, 어른이 되고 나서는 반대가 되었지만, 당시 시게아키가 살이 쪘고 힘이 세어 노무라가 불리했던 모양이다. 몸싸움이 시작되면 물론 유모가 허둥지둥 중재했던 것도 틀림없다.

시게타케가 상경했는지 아닌지에 관해서는 기록이 없지만, 시게유키 장례식 당일에 시게타케가 있었다는 기억이 노무라에게는 없으므로, 상경하지 않았거나 상경했어도 곧바로 다시 여행을 나섰던 모양이다.

이렇게 사오 년 동안의 평화가 이어진 다음 시게유키가 갑자기 죽게 된 것이다.

　노무라는 후 하고 한숨을 쉬었다. 그리고 다음 서류를 들어 올렸는데 그것은 시게유키가 노무라에게 보낸 유서였다.

4

　후타가와 시게유키의 유서는 그의 사후에 곧바로 노무라 아버지에게 보내진 듯, 읽다 보니 그것이 생각보다 훨씬 중대한 고백이었으므로 노무라는 점차 흥분을 느끼게 되었다.

친애하는 노무라 기조 군

자네도 알고 있는 대로 나는 심장에 문제가 있어서 언제 죽을지 모르네. 사실은 죽을 때까지 이 고백을 자네에게만은 해야 했는데 나로서는 그것이 불가능했어. 사실을 말하자면 나는 죽은 후에도 자네에게 이 사실을 알리고 싶지는 않아. 하지만 어쩌면 시게타케가 얼핏 눈치를 챘을지도 모르지. 설령 지금은 모른다고 해도 저런 놈이 언제 알아차릴지 모를 일이네. 그것도 내가 살아 있을 때라면 크게 두려워할 것이 없지만, 내가 죽은 다음에 아사코에게 어떤 생트집을 잡을지 모르는 일이라고. 그때 아사코의 힘이 되어 줄 사람은 자네 하나뿐이야. 그러니 자네에게는 아무래도 숨길 수가 없지. 이 유서는 누군가에게 부탁하여 내가 죽으면 곧바로 자네 손에 건네지도록 해 두겠네. 살아 있을 때 고백하지 못한 나의 비겁함을 용서해 주게.

노무라 군, 사실 시게아키는 아사코의 아이가 아니네. 물론 내 애도 아니지. 완전히 다른 사람의 자식이라네.

다른 사람의 자식이라고는 해도 피는 이어져 있지. 언젠가 자네와 말다툼했던 것을 기억하고 있겠지. 그때 말끝에 나왔던 내 할아버지 동생의 증손자라네.

할아버지의 동생은 분가하여 후타가와라는 성을 쓰며 이남이녀를 두었지. 나는 할 수 있는 한 남자 쪽을 찾아보았는데, 장남은 후타가와 가문을 이었지만 자식은 딸들밖에 없었고, 나와는 달리 후타가와 가문에 집착이 없었던 것인지 딸들을 모두 다른 집에 시집보내 버렸지. 따라서 후타가와 가문은 끊긴 셈이네.

둘째 아들은 교토에서도 유수의 오랜 가문으로 당시 큰 포목점이었던 다카모토(高本)라는 집에 양자로 갔더군. 그곳에서 그는 일남삼녀를 낳았지. 아무래도 후타가와 혈통에는 아들이 적은 것이 기묘해. 그 남자는 다카모토 야스조(安藏)라고 하고 당시에는 살아 있었어. 이 남자는 내 재종형제에 해당하며 법률상 친족이지만, 호주이며 나보다 연장자라 양자로 삼을 수는 없었네. 또 그럴 생각도 없었고.

다카모토 가문은 할아버지의 동생이 양자로 갔을 당시에는 꽤나 부유했는데, 그 후에 곧 가세가 기울기 시작하더니 장남 대에 가서는 이미 손을 쓸 수 없는 지경이 되었지. 하지만 아직 옛 가문의 여세로 그 아들인 야스조에게 귀족 가문인 모 집안에서 여자가 시집을 왔어. 그러나 내가 발견했을 때에는 이미 가산이 탕진되어 흔적도 없었고 그 집 사람들은 아주 비좁은 곳에서 궁핍하게 사는 모습이었네. 더구나 야스조는 병상에 누워 있었고 아내 오키요는 아이를 가진 몸이었지.

그렇게 두 사람은 나의 부탁을 곧바로 들어주었다네.

그 다음은 별로 어려울 것이 없었지.

우선 아사코를 임신했다고 하고 교토로 보내서 다카모토의 아이가 태어나기를 기다렸어.

다행인지 불행인지 야스조는 머지않아 죽었기 때문에 이 사실을 아는 것은 우리 부부와 오키요, 산파 단 한 명뿐이네. 하지만 산파도 우리가 출생신고를 한 것에 관해서는 전혀 모르지. 그리고 여기에 이제 자네가 더해진 것이라네.

오키요는 이미 알겠지만 시게아키에게 달린 유모라네. 시게아키는 생모의 손에 자란 것이라고도 할 수 있지. 피가 이어졌다고는 하는데 시게아키는 나를 정말 빼닮았어. 그 사실이 나를 얼마나 기쁘게 하는지 자네는 잘 알아줄 테지.

오키요는 너무 오래 붙어 있으면 안 좋다고 생각하여 적당한 시기가 오면 작별하고 평생을 편안히 살 수 있게 해주려 생각하고 있네. 만약 그 전에 내가 죽으면 아사코가 그렇게 해 줄 거야.

이 유서의 내용은 아사코에게는 전혀 말하지 않았네. 그러니 상당히 자기중심적인 부탁이기는 하지만, 무슨 일이 일어나서 자네 힘을 빌려야만 할 때까지 자네는 이 사실을 모르는 체하고 있어주게. 물론 자네가 그런 짓을 할 사람이 아니라고 생각하지만, 나는 시게아키의 꿈을 깨고 싶지 않아. 그는 아사코를 어머니라 믿고 있네. 아사코도 정말 자기 자식처럼 여기고 있고.

가능하다면 이 비밀은 영원히 묻어두고 싶어. 지금까지 관계자 이외에는 새어 나가지 않고 관계자들도 그대로 무덤까지 가지고 갈 수 있게 내가 마음속으로 빌고 있다네.

만에 하나 무슨 일이 일어났을 때 의지할 것은 자네 한 사람이야. 그때 부디 아사코에게 힘이 되어 주고 세상에 비밀이 새어 나가지 않도록 처리해 주게.

살아 있는 동안 내가 하고 싶은 말만 해서 미안했네. 죽은 다음에도 여전히 자네의 우정에 기댈 수밖에 없는 나를 가엾게 여기고 용서해 주게.

후타가와 시게유키 배상

후타가와 시게유키의 고백서를 다 읽었을 때 노무라는 마치 시게아키의 자살 소식을 보았을 때와 마찬가지로 말로 표현할 수 없는 초조를 느꼈다.

처음 어머니로부터 아버지의 유언을 건네받은 때 그것이 뭔가 후타가와 가문의 비밀과 관련된 것임을 금방 알 수 있었고, 연대순으로 읽어가며 그것이 시게아키에 관련된 것이라는 것도 대충은 추측되었다. 하지만 시게아키가 아버지 시게유키를 많이 닮았다는 점이나 시게유키가 익애했다는 점에서 시게유키의 자식이라는 사실은 의심하지 않았거늘, 어찌 알았겠는가, 그는 완전히 다른 사람의 자식이었다. 더구나 유모라 부르며 분명히 시게아키가 열 살인가 열한 살이 될 때까지 애지중지 돌보던 그 여인 오키요가 그의 친어머니였다니!

노무라의 뇌리에는 창백한 얼굴을 하고 말수가 적은, 하지만 시게아키를 충분히 사랑하던 어머니 아사코의 모습과 건강해 보이고 생생한, 아주 상냥하고 시게아키에게 충실했던 오키요의 모습이 중첩되고 혼합되었다.

'시게아키는 이 사실을 알고 있었을까?'

그 사실이 충분히 비밀 유지된 것은 의심할 여지가 없었다. 시게유키는 물론 관계자들 입에서 비밀이 새어 나갔을 리는 없을 것이다. 하지만 시게아키는 느끼지 않았을까?

어릴 적이면 몰라도 상당한 연령에 이른 때에는 어머니라고 생각하던 사람이 자기를 낳아준 생모가 아닐 경우 그 사실을 왠지 모르게 알아차릴 수 있게 되는 것이 아닐까? 적어도 시게아키는 그런 의문을 가지고 고민하지 않았을까?

그래도 시게아키가 설마 아버지를 의심하지는 않았을 것이다. 스스로를 시게유키의 아들이라 믿었음이 틀림없다. 또한 유모인 오키요를 진짜 어머니라고는 꿈에도 생각지 않았을 것이다. 물론 그는 열 살인가 열한 살 때까지 그의 곁에 있던 유모를 잊지는 않았다. 때로는 떠올렸다. 그리고 과거의 달콤한 추억에 빠졌을 것이다. 하지만 어쩌면 한 번이라도 진짜 어머니라고 생각한 적은 없었을까?

노무라는 한동안 뒷부분 읽는 것을 잊고 감개에 젖었다. 그것은 세상에 흔히 있는 사례다. 후타가와 가문이야 화족이라는 속박에 얽매여 표면적으로 양자로 삼을 수 없기에 어쩔 수 없이 진행했던 일이지만, 세간에서는 표면적인 양자로만 삼을 수 있음에도 불구하고 아이가 성장하고 나면 측은하다는 의미로 다른 집에서 받아온 자식을 진짜 자식처럼 입적해 버리는 것이다. 그러나 그것이 과연 정말로 그 자식을 사랑해서인지 아닌지는 의문이다. 아이에게 누가 가르쳐 주거나, 아이 스스로 깨달아서 진실을 알게 된 경우에는 지금까지 숨겨 왔던 만큼 도리어 나쁜 영향이 남을 수도 있고, 긴가민가할 경우 아이가 의심을 품고 그것 때문에 계속 고민을 하게 된다면 아이를 평생 괴롭히는 일이 될 수도 있지 않은가. 하지만 또 혹시 아이가 아무것도 깨닫지 못하고 아무런 의심도 없이 진짜 부모라 믿고 계속 행복할 수도 있다. 세상 많은 사람은 그러한 몇 퍼센트의 행복할 수 있는 경우에 희망을 걸고 굳이 호적법 위반을 하는 것일지 모른다.

세간에 더 흔한 예는 부모 중 한쪽이—대개는 아버지인데—진짜 부모이고 다른 한쪽 부모는 그렇지 않음에도, 그 부모가 진짜 자식으로 맞아들이는 경우다. 이때는 앞의 경우보다 더 복잡한 관계가 얽혀 있으며 그래야만 하는 사정이 더 절절할 수 있다. 하지만 그러한 계략이 아이 장래에 비극을 초래하지 않는다고는 단언할 수 없을 것이다.

문득 정신을 차리고 보니 오후 햇살은 거의 기울었고 비교적 선선한 바람이 불고 있음에도 노무라의 몸은 마치 비를 맞은 것처럼 땀으로 흠뻑 젖어 있었다. 하지만 그는 그것을 닦으려고도 않고 다음을 읽어나갔다.

후타가와 자작의 고백서 다음에는 아버지의 수기와 고소장 및 항고서 등의 사본이 섞여 있었다.

이것으로 보아 후타가와 가문에는 일찍부터 비극이 찾아온 모양이다.

시게유키가 죽고 다섯 살 시게아키가 가독(家督)을 상속한다는 신고서를 냈을 때 갑자기 간사이(關西) 방면을 방랑하던 숙부 시게타케가 상경했다. 그리고 그는 우선 미망인 아사코에게 생트집을 잡았던 모양이다. 그것이 거절되자 그는 재빨리 지방재판소와 구(區)재판소 및 호적 관청에 소송을 일으켰다.

그는 시게아키의 출생 신고가 허위 신고라며 아사코에게 임신 능력이 없다는 점, 임신 분만을 증명할 수 없다는 점, 시게아키의 진짜 부모는 다카모토 야스조와 오키요라는 점 등을 나열하여 구 재판소에 후타가와 가문의 호적법 위반을 고발했고, 한편 호적 관청에는 법률상 허용될 수 없는 기재라고 하여 호적 등의 정정을 신청했다. 그러면서 또 한편으로 지방재판소에 시게아키의 상소 무효 소송을 제기했다.

노무라의 아버지는 시게유키 사후의 의뢰를 너무도 빨리 받아야 했다.

시게유키의 고백서를 다 읽었을 때 너무도 의외여서 한동안 아연했다. 그는 교묘히 나를 속인 것이다. 나는 약간 화가 났다. 하지만 금세 그를 동정했다. 선악을 떠나서 그렇게 해야 했던 그의 심정을 연민할 수밖에 없었다.

하지만 너무도 일찍 그가 두려워하던 일이 닥친 것에 역시 놀랄 수밖에 없었다.

당시의 일을 노무라의 아버지는 이렇게 썼다.

노무라 아버지가 무엇보다 고민한 것은 이 일을 절대 비밀리에 처리하는 것이었다. 그것이 얼마나 어려운 일이었을지는 추측하고도 남는다. 그리고 그는 충분히 성공을 거둔 것 같았다. 지금부터 24, 5년 전의 일이니 신문사도 지금만큼 기민하지 않았을 것이고, 한편으로는 이런 일을 기꺼이 써 줄 삼류신문도 있었을지언정 냄새를 맡지도 못했고, 설령 냄새를 맡고 쫓아왔다고 한들 신문에 내지 못한 것은 분명 특필할 만한 노무라 아버지의 공적이라고 해도 과언이 아닐 것이며, 이렇게 이 일은 세간으로 전혀 새 나가지 않은 채 끝난 듯했다.

그 한편에는 말 그대로 오키요의 헌신적인 노력도 있었다. 그녀는 시게타케에게 같이 찔러 죽자고까지 말했고 정말 실행할 기세였다. 이 일을 노무라의 아버지는 '진정 열녀라 해야 할 만하다'며 감탄했다. 오늘날의 표현으로 하자면 이른바 모성애의 발로였겠지만, 후타가와 가문의 존망에 관련된 일이기도 하고 아사코 미망인에게는 중대한 영향이 있는 일이기도 했으니 오키요가 분연히 일어났던 모양이다.

나는 어떻게든 시게타케의 소송과 기타 항고 신청을 취하시키려고 했다. 하지만 완고하게 그는 응하지 않았다. 그의 처지에서 보자면 이 일이 성공한다면 일약 자작의 영예와 거액의 부를 얻는 것도 불가능이 아니었으므로 강경할 수밖에 없었다. 게다가 시게유키에게 압박을 받던 원망까지 보태져 어지간한 일로는 선뜻 대답하지 않는 것도 무리가 아니었다.

내가 가장 두려워한 것은 이 일이 오래가면 외부에 새 나갈 가능성이 커진다는 점이었다. 다행히 시게타케 혼자만 비밀을 알아차린 것이니 아직 아는 사람은 달리 더 없는 셈이다.

나도 온갖 수단을 다 썼다. 취하시키기란 도저히 불가능했기 때문에, 시게타케도 딱히 뾰족한 증거는 없을 거라 믿고 이제 법정에서 싸워 이기는 것 말고는 방법이 없다고까지 각오했다. 그때 이 문제에 관해서 누구보다도 필사적이던 오키요가 '독으로 독을 제어하는' 방법을 생각해 낸 것이다. 즉 시게타케는 저런 식으로 생활하는 걸 보니 틀림없이 뭔가 나쁜 짓을 저질렀을 게 틀림없다, 그것을 찾아내 뒷덜미를 잡고 그 교환조건으로써 고소를 취하하게 하려는 것이다.

이 방법은 신사적이지 않다. 내 주관으로는 찬성할 수 없지만 그렇다고 백지화할 수도 없는 노릇이었다. 특히 상대가 비신사적이므로 어쩔 수 없는 면도 있다. 그래서 결국 나는 동의하였고 시급히 시게타케의 예전 악행을 정탐시켰다.

노무라의 아버지는 마침내 궁여지책으로 오키요가 제안한 '독으로 독을 제어하는' 방법에 동의했다.

후타가와 시게타케는 거의 간사이(関西) 쪽에 머물렀으므로 오사카의 유명한 사립탐정사의 사장인 스나야마 지로(砂山二郎)가 정탐을 위해 선택되었다.

이 계획은 정말 예상대로 들어맞은 듯했다. 왜냐하면 그로부터 얼마 지나지 않아 시게타케가 곧바로 깨끗이 소송 항고를 취하했기 때문이다. 검사 쪽에서도 원래 집안 내 사건이고, 원고 측에도 확증이 없어 재판이라도 하게 되면 아주 성가셔지므로 원고가 취하한 것을 다행으로 여기고 불문에 부친 모양이었다.

서류 안에 스나야마 비밀탐정사의 큰 봉투가 있었고 '후타가와 시게타케 조사 보고서'라고 쓰여 있었으므로 노무라는 조금 가슴을 두근거리며 그것을 열어 보았지만, 실망스럽게도 안은 비어 있었다. 아버지 일기 쪽을 보니, 이렇게 쓰여 있었다.

시게타케에 관한 조사 보고서는 오늘 시게타케에게 교부했음.

생각건대 시게타케는 교환조건의 하나로서 그 조사서의 원본과 복제본을 남김없이 그의 손안에 넣기로 했던 모양이다. 그리고 어쩌면 다 소각해 버렸을지도 모른다. 탐정사 쪽으로도 물론 적지 않은 돈이 보수라는 명목하에 송금되었을 것이 분명했다.

노무라는, 시게타케의 비밀이 모두 사기나 횡령 등의 상당한 중죄였으므로 후타가와 가문에서 문제 삼으면 위태로워졌을 게 틀림없다고 여겼다.

그러나 교환조건 자체는 꽤 시게타케에게 유리했던 모양이다. 왜냐하면 시게타케는 그 후 도쿄로 이사 와서 후타가와 가문에서 상당액을 받고 으스대며 빈둥빈둥 일하지 않고도 생활했기 때문이다.

그런데 그는 오키요를 껄끄러워했다. 그래서 그녀가 후타가와 가문에 있을 때는 약간 물러서 있었지만, 그녀가 떠나자 점점 자주 후타가와 집 안에 출입하게 되어 지금부터 약 10년 전에 미망인 아사코가 죽고, 이어서 곧 노무라의 아버지가 죽자 이제 두려울 것이 없었으므로 대놓고 후타가와 집안으로 들어와 모든 것이 제 것인 양 활개를 친 것이다. 미망인이 죽기 전후부터 그 다음의 일은 노무라도 확실히 기억한다.

서류를 남김없이 다 읽었을 때는 여름 해도 이제 저물어 가고 있었다.

노무라는 늦은 저녁의 어둠이 다가오는 마당을 물끄러미 보면서 아버지가 이 서류를 일부러 남기고 간 의미를 생각했다.

어머니 이야기로는 시게아키가 죽었을 때나 혹은 후타가와 가문에 변고가 일어났을 때 열어 보라고 했으니, 아버지는 어쩌면 여전히 시게타케에 대해 경계를 풀지 않고, 만일 무언가 야심을 드러내 사건을 일으켰을 때 그것을 저지하도록 노무라에게 명하려고 한 것이거나, 시게아키가 죽었을 때라면 그가 죽어 버리면 모든 것이 해소되는 것이니 이미 비밀은 사라지는 셈이 된다. 시게아키가 자살을 했다는 것은 단순히 시게아키가 죽은 경우에 속하는 것일까, 아니면 후타가와 가문에 변고가 일어난 경우에 속하는 것일까—

노무라가 여러 생각에 잠겼을 때 조용히 미닫이문이 열리며 어머니가 들어왔다. 어머니 얼굴은 몹시도 긴장해 있었다.

"후타가와 시게아키가 뭔가 쓴 것을 보내왔구나."

"에? 시게아키가요?"

노무라는 깜짝 놀랐다. 어머니는 끄덕이며,

"그래, 유서 같구나. 아주 두툼한데 속달 등기로 보내왔어."

노무라는 반쯤 꿈을 꾸는 듯한 기분으로 그것을 받아들었다.

노무라의 아버지 기조는 후타가와 시게아키의 아버지 시게유키가 급사하자 곧바로 그의 유서를 받았다. 지금 또다시 노무라는 시게아키에게 변고가 있자마자 그로부터 유서를 받았다. 부자 이대에 걸쳐 이러한 일이 반복되다니 기이한 일이지 않은가!

등기 서류에는 첨부된 편지가 있었다. 그것은 미야노 도쿠지(宮野得次)라는 전혀 모르는 변호사로부터 보내진 것으로, 거기에는 예전에 후타가와 자작에게서 의뢰를 받아 절대 비밀리에 보관하고 있다가 자작이 죽었을 때 지체 없이 귀하에게 보내도록 명을 받았으므로 지금 그 명령을 실행하는 것이라는 내용이 적혀 있었다. 어머니는 그녀 남편에게 선대 자작의 유서가 우송되었던 일을 또렷이 기억하고 있었으므로 불안한 듯이,

"역시 유서지?"

"예, 아무래도 그런 것 같아요."

노무라는 봉투를 뜯었다. 어머니는 잠시 앉아 있다가,

"천천히 읽으렴."

노무라는 어머니를 내보내고 전등을 탁 켠 다음 우송된 유서를 읽기 시작했다.

5

시게아키가 보낸 유서는 일, 이, 삼, 세 부분으로 나뉘어 있고 각각 번호가 달려 있었다.

노무라는 순서에 따라 우선 첫 번째 번호가 붙어 있는 것을 들어 올렸다. 날짜는 쓰여 있지 않았지만 내용과 전후 관계로 미루어 보아 시게아키가 눈 계곡을 파 들어가는 작업을 시작하기 조금 이전인 듯 6월 말이나 7월 초로 보였다.

6월의 비는 중세시대의 수도원처럼 어둡고 조용하군. 가끔 갤 때가 있어서 흐릿하게 햇빛이 비치면 주위는 도리어 추해지지. 태양이 빛나는 도시는 나에게 있어 너무도 강렬해.

노무라 군, 이렇게 친하게 불러도 어쩌면 이 글은 자네가 읽지 못할지도 모르지. 사실 나는 그러기를 바라네. 하지만 어쨌든 나는 장마에 젖은 마당을 보면서 이 글을 쓰고 있군.

노무라 군, 생각해 보니 내 인생은 6월의 장맛비 그 자체였어. 어둡고 조용했지. 좀처럼 빛을 볼 수가 없었어.

하지만 나에게 있어서는 도리어 그쪽이 마음 편했네. 모든 것이 백일하에 드러나는 것이 오히려 두려웠지.

그러나 나는 언제까지고 그렇게 속 편한 세계에서 안일함에 빠져 있기를 허락받지 못했네. 내가 언제까지고 비겁할 수는 없었지. 나는 철이 들 무렵부터 의혹의 세계 속에 몰려 있었네. 불행했어. 나는 슬펐지. 하지만 그 반면에 혜택받고 살기도 했어. 생각만 하지 않으면, 타협만 하면 행복했지. 실제로는 그러한 상태로 오랜 세월을 보내온 거야.

그러나 내 몸을 갉아 먹고 있던 의혹의 병균은 내 의지와는 상관없이 천천히, 하지만 분명하게 내 몸에 퍼지고 있었던 걸세. 그리고 그것이 1년 정도 전에 갑자기 폭발했어. 무서운 병은 드러났을 때 병이 발생한 것이 아니라, 발생 그 자체가 이미 먼 옛날에 시작된 것이고 우연히 무슨 원인에 의해 갑자기 드러나는 것임은 대부분의 사람이 알고 있는 것인데, 내 경우가 완전히 그랬지. 게다가 그것은 무서운 업병(業病)이었다네.

내 업병이 무엇인지, 또는 무엇 때문에 자네에게 이런 내용을 써서 남기려고 했는지를 말하기 전에 다음 인쇄물을 읽어 주게. 이것은 어떤 사교 클럽에서 이루어진 취미 강연의 속기를 인쇄한 것인데 일반인들에게 판매된 것은 아니네. 나는 정말 우연히 1년 정도 이전에 입수했는데, 아아, 이거야말로 내 의혹을 단단히 싸 두었던 결핵을 짓눌러서 더러운 피고름을 내 가슴속에 범람시킨 것이나 다름없지.

노무라 군, 반드시 순서가 어긋나지 않게 읽어 주게. 우선 다음의 오려진 인쇄물을 읽고 그 다음 세 번째 번호가 달린 내 유서를 이어서 읽어 주게.

만약 노무라가 갑자기 시게아키의 이 유서를 접했다면 그는 아마도 시게아키가 드디어 미친 것으로 생각했을 것이다. 하지만 노무라가 다행히 아버지 유서를 먼저 읽었고 시게아키가 내뱉은 의혹에 찬 말들을 대부분 미리 짐작하고 있었기 때문에 그(시게아키)는 역시 그 자신의 비밀을 약간은 알아채고 있었구나, 하고 새삼 그(시게아키)가 짊어진 무거운 짐에 관해 동정하였다.

노무라는 두 번째 번호를 붙인 인쇄물을 들어 올렸다.

명사분들 앞에서 이야기를 하다니 영광스럽기 짝이 없습니다. 익숙지 않은 경험이기에 너무 긴장해 버려서 조리 있게 이야기를 잘 못 할 것 같습니다만, 나중에 질책하지 마시기를 부탁드립니다. 지금 소개해 주신 것처럼 저는 거의 오사카 사람이나 다름이 없고, 오사카 경찰에 오랫동안 근무하였으며 그만둔 후에 스나야마 탐정사무소에 들어가 흔히 말하는 사립 탐정 일을 했을 뿐이며 명탐정이라는 것은 말도 되지 않습니다. 정말 허울만 좋을 뿐, 딱히 말씀드릴 무용담 같은 것은 없습니다. 하지만 제가 다룬 사건 중에서 약간 색다른, 기묘한 사건이 하나 있었으므로 그 이야기를 하려고 합니다.

정확히 제가 스나야마 씨 사무소에 들어갔을 무렵으로, 지금으로 보자면 22, 3년 이전의 일입니다. 관계자 중에서 현재 생존해 있는 분도 있을지 모르기 때문에 모두 가명을 사용하겠습니다, 미야마(三山)라는 화족 집에서 일어난 사건으로, 완벽하게 비밀리에 숨겨진 일이지만 당시 이것이 발표되었더라면 소마(相馬) 사건* 이상으로 문제가 되었을 거로 생각합니다.

방금 말씀드린 22, 3년 전 가을이었습니다. 돌아가신 스나야마 씨가 저를 불러서 "어때, 이거 한번 해보지 않겠어?"라고 했습니다. "무슨 사건이지요?"라고 묻자 "절대 비밀인데 미야마 자작 가문이 상속 일로 갈등을 겪고 있거든." 하는 겁니다. 저는 깜짝 놀랐습니다. 미야마 자작이라면 화족 중에서도 꽤 유명한 부자였으니까요. 스나야마 씨는 "비용은 얼마든지 낼 것이고 성공하면 1만 엔이나 준다고 약속했어."라며 싱글벙글 웃는 겁니다. 저는 이거 어지간히 어려운 일이겠구나 하고 직감했습니다.

이야기를 듣다 보니 선대의 가즈유키(和行)라는 사람은 심장병으로 덜컥 죽고, 나중에 가즈아키(和秋)라는 다섯 살 된 아이가 남았지요. 이 아이가 당연히 상속인이지만, 가즈유키의 이복동생인 가즈타케(和武)라는 사람이 소송을 걸었습니다. 무엇 때문에 소송을 건 것인가 하면 가즈아키는 가즈유키의 친자식이 아니다, 호적상으로는 친자식으로 되어 있지만 사실은 데려온 아이를 친자식인 양 호적에 넣은 것이다, 그 점에 대해 이러이러한 증거가 있다는 것이었습니다. 명문가의 일이니 검사국(檢事局)에서도 절대 비밀로 했고, 자작 가문 쪽에서도 신문 관련으로는 확실하게 손을 써 두었으니 기사로는 한 줄도 나오지 않았습니다. 세간에서야 아무도 몰랐지만 자작 가문에서는 아무래도 곤란했던 모양입니다. 왜냐하면 데려온 자식이라는 것이 사실이었으니까요. 데

* 19세기 후반에 일어난 소마 가문의 소동으로 정신병자에 대한 감금 등 처우, 신흥 신문에 의한 선정적 보도의 시비를 둘러싸고 세간에 큰 영향을 준 사건.

려온 자식이라고 해도 분명 혈통이 섞이긴 했는데, 화족 가문에는 성가신 규범이 있어서 친족이라도 무턱대고 양자로 받을 수 없기 때문에 친자식처럼 꾸민 것이지요.

우선 이 소송을 일으킨 가즈타케라는 자는 가즈유키의 아버지가 게이샤인가 누군가에서 낳게 한 자식으로 이복동생에 해당하는데, 가즈유키는 이 동생을 몹시도 싫어해서 이자에게 가문을 물려주고 싶지는 않았지만 자식이 없으니 싫어도 그쪽으로 가버리게 될까 봐 그런 연극을 한 것입니다.

가즈유키라는 사람이 이 이복동생을 싫어한 것도 그럴 만하여, 가즈타케라는 자는 엄청난 말썽꾸러기로 열여덟 살에 이미 술을 마시고 여자를 두었으며 자작 가문을 뛰쳐나가 버린, 요즘 말로 하자면 대단한 불량 소년이었습니다. 그리고 더 파고들다 보니 가엾은 측면도 있었는데 이 사람은 열한두 살 때까지 어머니 집에서 자라다가 그 이후에 자작 가문으로 들어왔기 때문에 주위로부터 항상 차가운 시선을 받았으니 엇나간 것도 무리가 아니겠다 참작되는 부분도 있습니다.

어쨌든 자작 가문에서는 가즈타케에게 가문을 상속시키기는 죽어도 싫어서 어떻게든 소송을 취하하게 만들고자 했지만 뜻대로 잘 되지 않았습니다. 그래서 가즈타케의 행적을 샅샅이 조사하여 어차피 털면 먼지가 많이 나올 인간이었기 때문에 뭔가 약점을 잡고 그걸로 밀어붙이려고 했습니다. 생각해 보면 비겁한 일이지만 자기방어를 위해 어쩔 수 없는 일이었지요. 가즈타케가 계속 간사이 쪽에 있었으므로 스나야마 씨 사무소로 소행을 조사해 달라고 부탁하러 온 것입니다. 당연히 이 정도 일에 비용이야 얼마든지 낼 것이었지요. 뭔가 약점을 찾아내면 1만 엔의 보수가 주어지는 것은 당연한 일이었습니다.

저는 스나야마 씨가 믿고 맡기셨기에 좋다며 받아들였습니다만 별것 아니라고 하기에는 꽤나 어려운 일이었습니다. 왜냐하면 가즈타케는 열여덟 살 때 자작 가문을 나가서 그로부터 이삼년은 여기저기 계속 방랑하며 엉망진창으로 생활했던 것 같은데, 스무 살 무렵부터 갑자기 행동거지를 고치고 등산을 시작했기 때문입니다. 등산도 힘든 일본 알프스 등산을 한 거지요. 지금이야 일본 알프스 하면 여자들이나 아이들도 가는 곳이지만, 그 무렵에는 좀처럼 오르는 사람도 별로 없었고 길이 나빠서 인부들도 아주 많이 데려가지 않으면 안 되는 데였으니 부잣집 도련님의 돈깨나 드는 취미생활이었습니다. 취미생활이라고는 해도 여자에 미쳐 지냈던 것보다야 훨씬 나아진 거지요. 그리고 가즈타케도 등산을 시작하고 나서 행실도 완전히 반듯해졌습니다.

일반적으로 열여덟, 아홉에 엉망으로 지내기 시작하면 정신을 차린다고 해도 스무 살에는 좀처럼 어려운 법이라 서른, 마흔이 되어야 겨우 고쳐지는 것이 고작인데, 이 가즈타케라는 자는 겨우 이삼년 방탕하게 살고 스무 살이 되자 이미 행실이 반듯해진 거지요. 이게 참으로 드문 일이라 저는 어쩌면 이 사람은 마음 자체는 곧은 사람이겠구나 했습니다. 자작 가문을 뛰쳐나오기 위해 일부러 엉터리 생활을 했던 것인지, 아니면 자작 집안이 뭔가 나쁜 짓을 해서 잠시 자포자기한 것처럼 산 것인지 둘 중 하나라고 봅니다.

어쨌든 자작 가문에서도 이제 가즈타케가 개과천선한 것이라 보고 가즈아키라는 아이가 태어났을 때 일단 용서를 하고 상경하라 불러들였습니다. 그때 가즈타케는 스물셋인가 스물넷이었는데, 일단은 기뻐하며 상경하겠다는 편지를 보내놓고는 결국은 가지 않았습니다. 이게 정말 이상한데 나중에야 그래서 그랬구나 하고 짐작 가는 바가 있었지요.

그런데 제가 조사를 의뢰받았을 때 가즈타케는 스물여덟인가 아홉이었다고 봅니다만, 지금 말한 것처럼 행실이 완전히 올바르게 잡힌 듯 보여서 아무래도 자작 가문이 주문한 내용을 제대로 수행하지 못할까 싶어 좀 낙담했습니다. 하지만 결국 남쪽 신지(新地) 유곽촌에서 가끔 놀기도 한다는 사실을 냄새 맡고는 그가 알고 지낸다는 게이샤를 찾아가 손님인 양 잠시 불러내었습니다.

가즈타케가 알고 지내는 게이샤는 하마유(濱勇)라고 하여 그 무렵에는 그다지 잘 팔리지 않는 얼굴이었습니다만 동그랗고 애교가 묻어나는 귀여운 게이샤였습니다. 부수입이라고 할까요? 저 같은 신분으로 신지에서 돈을 뿌리는 일이란 좀처럼 없는 일인데, 비용은 얼마든지 내주겠다고 해서 큰손이라도 된 양 술집에서 돈 좀 썼지요. 하지만 본분이 사립 탐정이다 보니 술집에서 논다기보다는 뭔가 찾아내야 해서, 이러다 정체가 드러나는 것이 아닐까 마음을 졸이며 놀았으니 제대로 놀았을 리가 없지요. 한 번이라도 정말 일을 떠나 그렇게 놀아 봤으면 좋겠다는 생각도 듭니다. 여담은 그만하고, 이 하마유라는 게이샤는 입이 꽤나 무거웠습니다. "자네, 좋아하는 사람이 있는 거 아닌가?"라고 슬쩍 떠보니 "바보 같군요. 그런 사람 없어요"라며 얼굴도 붉히지 않는 거였습니다. "화족 손님은 있겠지?" 하고 물으니 "어머, 우리는 게이샤예요. 가끔은 화족 분들도 불러주시기는 하지요"라는 식으로 대답하니 전혀 실마리를 잡을 수가 없었지요. 하지만 더 미주알고주알 캐어묻다가는 수상한 사람으로 경계를 받을 테니 참아야 했습니다. 꽤나 힘든 일이었지요.

그래도 한동안 들락거리는 사이에 조금은 알게 되었습니다. 하마유는 아무래도 가즈타케를 싫어하는 것 같다는 사실을 말이지요. "화족 같은 인간들, 질색이에요. 싫어요."라며 어느 때인가 내뱉듯 말하더군요. 좀 더 알아보니 아주 집요한 인간이라고 했습니다. 하마유 이야기에 따르면 가즈타케라는 인간은 말만 잘하고 인색하고 품위가 없는 데다가 화족이라는 명패 말고는 도저히 건질 만한 구석이 없는 자라는 결론이 났습니다. 그러니 개과천선했다 한들 역시 마음은 계속 저열한 상태였으니 제 짐작이 틀린 것이었고, 그럼 오히려 뭔가 약점을 잡을 수 있겠구나 싶어 한편으로는 비관하고 한편으로는 낙관을 했지요.

그러나 그러던 중에 문득 하마유 입에서 가즈타케가 이전에 북쪽 신지에서 실컷 방탕하게 놀다가 그곳에 꽤나 깊은 사이로 지낸 게이샤가 있었고 끝내 부부가 되기로까지 약속했다는 이야기를 들었습니다.

그러고 나서 나는 북쪽 신지로 갔지요. 어쨌든 비용이야 얼마든지 나오고 이런 기회에 놀지 못하면 또 언제 놀아 볼지 모르는 일이었으니까요. 가즈타케가 북쪽 신지에서 놀았던 것은 사오 년도 더 전의 이야기라 젊은 게이샤들은 전혀 몰랐지만, 중년 게이샤들은 금방 끄덕이며 "하나에(花江)가 가엾지"라고 할 만큼 당시 그쪽 세계에서 유명한 사건이었던 듯했습니다.

그 하나에라는 게이샤는 일단 은퇴했다가 다시 일하는 거라고 했으며 데루얏코(照奴)라 불리었습니다. 이미 스물네댓 살로 나이가 좀 있었지만 그래도 한창일 때라서 손님 자격으로 불렀는데, 이 게이샤가 얼마나 예쁜지 깜짝 놀랐습니다. 정말 그림 속 미인과 똑같았습니다. 얼굴은 갸름하고 피부는 희며 살결은 곱고 뭐라 말할 수 없는 품위가 있어서 어디 한 군데 흠잡을 곳이 없었습니다. 이 정도라면 화족의 아내라고 해도 누구든 인정할 것이라 여겨지는 여인이었습니다.

게다가 이 여인은 얼굴에서도 드러나듯 게이샤답지 않은 인격까지 갖추어 도무지 옛날이야기를 꺼내지 않는 겁니다. 하지만 저도 끈질기게 계속 들러붙어서 옆 사람들에게 듣거나 본인 입으로 슬쩍 뱉어내게 하거나 해서 가즈타케와의 관계를 대강은 추측할 수 있었지요.

가즈타케는 도쿄를 떠나 간사이로 가서 금방 하나에와 친해진 모양이었습니다. 가즈타케는 겨우 스무 살이고 하나에는 아직 열다섯인가 열여섯, 물론 마이코(舞妓)* 시절이었지요. 그때 일을 잘 알고 있는 사람에게 물으니 당시 두 사람은 마치 한 쌍의 인형 같

---

* 연회 자리 등에서 흥을 돋우기 위하여 춤을 배워 선보이는 소녀를 말한다.

았다고 합니다. 저의 추측이 역시 맞았던 거지요. 가즈타케라는
사람은 과연 화족의 도련님이구나 싶게 얌전하고 품위가 있는 데
다 말수도 매우 적었다고 합니다. 정말 한때의 방황으로 사람이
망가진 거지요. 틀림없이 나쁜 친구가 불량한 패거리로 끌어들였
을 겁니다. 자작 가문에서 생각하는 만큼 심한 짓은 하지 않았을
거라고 봅니다. 설령 했다손 치더라도 그건 본인의 의지가 아니
라 패거리들이 한 짓이 아닐까 싶어요. 하나에와의 사이는 손님
과 게이샤의 관계를 떠난 진정한 연인관계였던 모양입니다. 하나
에도 처녀의 순정을 바쳤던 것이지요.

그때의 일을 술회하며 하나에 데루얏코는 절절히 말했습니다.

"정말 생각해 보면 꿈같습니다. 저도 어리석었지요. 제 마음의 반
은커녕 십 분의 일이라도 제대로 표현하자면 구름 위의 꽃이라도
보는 듯 황홀하게 그분을 올려 보았지요."

이렇게 해서 두 사람의 관계는 오 년이나 이어졌습니다. 그 사이
에 하나에는 정식 게이샤가 되었고 어느새 두 사람은 깊은 사이
가 되어 결국 부부가 되기로 굳게 약속한 것이었습니다.

가즈타케가 스물셋인가 스물넷이 되던 해에 앞서 말한 것처럼 자
작 가문에 가즈아키라는 아이가 태어났고, 자작 가문에서도 가즈
타케가 행실이 반듯해진 것을 인정해서 도쿄로 돌아오라고 한 것
입니다. 그때 가즈타케는 아주 기뻐했다고 합니다. 데루얏코는
그때의 일을 이렇게 말했습니다.

"가즈타케 씨는 아주 기뻐하며 '하나에, 마침내 나도 도쿄에 돌아
갈 수 있게 되었어. 나는 첩의 자식이라 그 때문에 얼마나 고생을

했는지 몰라. 그래서 더욱 너를 그늘에 숨은 사람처럼 취급하고 싶지 않아' 이렇게 말하고 '도쿄의 형은 너무 고지식해서 게이샤라고 하면 생각부터 글러 먹은 놈이라고 여기겠지. 내가 어떻게든 너를 유곽에서 빼내 줄게. 그리고 일 년이든 이 년이든 성실하게 생활해서 적절한 사람에게 말을 잘해달라고 부탁해서 형의 허락을 받고 정식으로 부부가 되자. 알았지?' 그렇게 설득하더군요. 저도 정말 기뻐서 그때는 울었습니다. 저는 지금도 가즈타케 씨가 그때 거짓말한 것이라고는 도저히 믿을 수가 없어요. 그때 마침 산으로 갈 예정이 있어서 가즈타케 씨는 '어쨌든 산에 다녀올게. 돌아오면 곧바로 도쿄로 가서 지금 말한 대로 실행할 거야'라며 산으로 갔습니다. 그리고는 감감무소식이었지요. 산에서 돌아왔는지, 도쿄로 갔는지, 한마디 말도 없이 물론 얼굴도 보이지 않았습니다. 그리고 벌써 5년이 지났어요. 저는 일단 은퇴를 했습니다만, 강에서 자란 사람은 역시 강에서 죽는다고 하나요. 다시 게이샤로 일하게 되었습니다. 포기했냐고 물으시는데 포기하는 수밖에 방법이 없잖아요. 흐흐흐"라며 데루얏코는 쓸쓸히 웃었습니다만 그 당시 표현으로 치자면 일말의 비애라고 해야 할지, 뭐라 형언하기 힘든 슬픈 표정을 지어서 저는 문득 소름이 끼쳤던 것을 지금도 분명히 기억합니다.

여기까지 이야기를 들었을 때 저는 뭔가 사연이 있구나 하는 직감이 딱 왔습니다. 탐정의 근성이라고 해야 할까요? 아무래도 일은 정면에서 파고들어야 하는 법인데, 특히 이때는 뭔가 잡아야 한다고 열심히 캐내던 때였으니 직감이 바로 탁 왔지요.

그렇게 기뻐했으면서 상경도 하지 않았고, 그렇게 사랑해서 부부가 되기로까지 약속한 여자가 있는 곳에 전혀 들르지도 않았다, 이것은 뭔가가 있는 것으로 생각했습니다.

그러고 나서 한동안 남쪽과 북쪽 신지에 번갈아 드나들었습니다. 제 평생 가장 화려한 시절이었지요. 이유야 일 때문이었고 비용 충당은 저쪽에서 해 주니 당연했지만요.

그러다가 가즈타케가 남쪽 신지를 들락거리기 시작한 것이 최근 이삼 년 일이었는데, 산에서 돌아오고 나서 이삼 년 정도는 이 사람이 어디에서 어떻게 지냈는지 전혀 알 수가 없었습니다. 그렇게 좋아하던 등산도 그만두었다고 하더군요. 다시 말해 가즈타케는 산에서 돌아오고 나서 이삼 년 정도 완전히 행방을 감춘 것입니다.

저는 그 비밀을 캐내려고 하마유와 데루얏코 사이를 열심히 왕래했습니다만, 가장 이상하게 여긴 것은 하마유 때의 가즈타케와 하나에 데루얏코 시절의 가즈타케는 완전히 인상의 묘사가 다르다는 점이었습니다. 구체적으로 얼굴이나 외견이 다르다기보다는 성격이 너무도 달랐습니다. 하나에 이야기로는 가즈타케는 만나도 말수가 적은 품위 있는 도련님이었지만, 하마유가 있는 곳에서는 말을 아주 잘하고 세상 물정에 밝은 나리라는 인상이었지요. 물론 그사이에 5년 정도 시간의 경과가 있었으니 나이 때문에 그렇게 변한 것일지도 모르지만, 더 이상한 것이 하마유는 집요하고 질척대는 사람이었다고 눈썹을 찌푸린 데 비해, 하나에 이야기로는 그런 쪽으로는 아주 냉담했다는 것입니다. 이것도 나이

때문이라고 한다면 모르겠지만, 저는 아무래도 이상했습니다. 하지만 이를 제가 충분히 조사해 볼 가치가 있다고 여긴 것은, 깊은 관계였던 여인이 아니고서는 알 수 없는 신체적 특징이 하나에와 하마유의 이야기에서 크게 달랐기 때문입니다. 아주 아슬아슬한 이야기라서 송구합니다만, 이런 것까지 파고들어야 하는 탐정이라는 직업의 괴로운 점과 고심해야만 하는 점을 부디 헤아려 주십사 부탁드립니다.

그래서 저는 가즈타케가 산에서 돌아온 다음 이삼 년 동안 어디에서 무얼 하고 지냈는지 틀림없이 거기에 비밀이 있을 것으로 생각하고 열심히 조사했습니다만, 전혀 알 수가 없더군요. 결국 산에 오르기 전후의 일까지 파고들어야 하는 단계가 되었습니다. 가즈타케가 스물서넛일 때 오른 산이 노리쿠라다케였습니다. 마침내 그곳에 갔을 때 저는 울고 싶어졌지요. 아시는 바처럼 노리쿠라다케는 온타케산(御嶽山) 남쪽에 있는 산으로, 온타케산보다는 약간 낮아도 삼천 미터 이상은 됩니다. 북알프스에서는 가장 남쪽에 있는 산으로 비교적 오르기 좋다고들 합니다만, 만년설이 있는 산이고 규모도 어마어마해서 말이 안 나올 지경이지요. 어쨌든 지금부터 삼십 년이나 이전 일을 추적하러 가는데, 길은 험하고 도중에 머물 오두막도 없으니 저는 무슨 인연이 있어 탐정이 된 건가 생각했습니다. 남쪽과 북쪽 신지에서 들떠 지내던 때와는 완전히 딴판이었지요.

가즈타케가 오른 길은 시마지마(島々)라는 곳으로부터 아즈사가와(梓川) 강을 따라서 노무기(野麥) 도로로부터 나카와도(奈川渡)

로 온 다음 그리로부터 오노가와(大野川) 강으로 가서 산으로 들어갔다가, 내려올 때는 히다 쪽 기타다이라(北平)의 눈 계곡을 건너 히라유(平湯) 광산을 거쳐 히라유로 나온 다음 거기에서 고산 쪽으로 간 것이라고 합니다. 저도 그대로 가보기로 했지요.

오르는 길은 그냥 힘들기만 해서 특별히 할 이야기는 없습니다. 경치 좋구나 하고 생각한 곳도 있습니다만, 주로 힘들다는 생각만 들어서 저는 일 때문에 오르는 것이니 딱히 어쩔 수가 없는 일이지만, 이런 곳을 좋아서 오르다니 대체 무슨 마음이었을까 속으로 생각했습니다.

가즈타케가 오른 것은 벌써 사오 년이나 지난 일이었지만, 당시에는 거의 사람이 갈 만한 곳이 아니었으므로, 인부들도 잘 기억하고 있더군요. 하지만 방금 말한 대로 특별한 일 없이 무사히 정상에 도착했습니다. 드디어 이제 내려가는 길이었는데, 이 눈 계곡을 건넌다는 것은 놀랍게도 정말 완전히 목숨을 건 일이더군요. 지금 생각해도 소름이 쭉 끼칠 정도인데 일단 건너기 시작하면 어디까지 가게 될지 알 수가 없고, 곳곳에 크레바스라고 하여 쌓인 눈과 눈 사이에 큰 균열이 있어서 그리로 떨어지면 끝장이었지요. 게다가 마침 눈사태 염려도 있는 상당히 안 좋은 시기라고 했습니다. 그런 것도 모르고 무턱대고 올라온 것이었으니 히다 쪽으로 내려갈 때는 정말 몇 번이나 목숨이 날아가는 것 같았는지 모릅니다.

히다로 내려갈 때는 미리 약속해 두어 히다의 인부들로 바뀌었는데, 그 인부의 입에서 가즈타케에 관한 새로운 사실을 들을 수가 있었습니다. 그것이 무엇인고 하니 여기에서 가즈타케 일행이 조난되었다는 겁니다.

가즈타케 일행은 정상 가까이에서 갑자기 눈보라 섞인 비를 만나 더 이상 움직일 수 없게 되었습니다. 정상에서 기타다이라의 눈 계곡 쪽으로 똑바로 내려온 곳에 오두막이 있었으므로 일행은 그곳으로 피난했습니다. 그랬는데 곧바로 히다 쪽에서 인부도 데려오지 않고 홀로 올라온 남자가 오두막으로 뛰어 들어왔다고 합니다.

원래 노무기 고개는 신슈와 히다를 왕래하는 곳이라 당시에는 하루에 두 명이나 세 명의 여행자들만 다녔다고 합니다. 그런데 그 여행자는 여느 등산가들과는 달리 따로 인부를 데리고 가거나 특별히 제작한 옷을 입지도 않았습니다. 그런데 맑게 갠 날 노무기 고개를 지나면 거기에서 노리쿠라까지는 다섯 시간 정도면 갈 수 있다고 하니 아무나 정상에 올라가 보고 싶은 마음이 동하지요. 지금 말한 여행자도 그런 사람이어서 노무기 언덕에서 문득 노리쿠라로 올라가 보고 싶어 왔다는 것입니다. 그런데 갑자기 비를 만나 목숨을 걸고 오두막으로 도망쳐 들어왔다고 했답니다.

비는 좀처럼 그치지 않았습니다. 사오일 갇혀 있는 동안에 식량이 걱정되었지요. 그래서 잠시 비가 그친 틈에 산길에 익숙한 인부가 히라유까지 식량을 가지러 내려갔습니다. 그가 없는 동안의 일이었는데, 오두막으로 뛰어 들어온 여행자가 크레바스 안으로 떨어져 행방불명이 된 끔찍한 일이 있었다는 것이 알려졌습니다. 저는 그때 일을 어떻게든 상세히 조사하고 싶어 꽤나 고생했습니다만, 마침 그 당시 거기 있던 인부들은 죽거나 다른 곳으로 가거나 해서 한 명도 남아 있지를 않더군요. 히라유에 식량을 가지러 내려간 인부는 있었지만, 현장에 없었던 사람이니 그 인부의 말은 확실하다고 할 수는 없었지요. 부끄러워 못 견딜 일이지만 결국 이름도, 사는 곳도, 아무것도 알 수 없는 남자가 혼자 눈과 눈 사이의 균열에 빠져 죽어버렸다는 게 전부라서 상세한 사정은 전혀 알 수 없었습니다.

그래서 결국 일부러 노리쿠라다케로 올라가 얻은 정보라고는 이것 하나뿐입니다만, 사실 이것이 꽤나 큰 발견이었습니다. 이전에도 말씀드린 것처럼 가즈타케는 이때 산에서 돌아오고 나서 이삼 년 동안 소식을 감추었다가 다시 나타났을 때는 완전히 성격이 달라졌거든요. 그렇게 좋아하던 등산도 갑자기 그만두고 홀딱 반했던 여자가 있는 곳으로도 발길을 끊어버렸으며, 기뻐하던 상경도 결국은 그만두었지요. 산에서 아무 일도 일어나지 않은 채 돌아왔다면 모르지만, 정체를 알 수 없는 사람이 도중에 끼어들어 사오일 동안 함께 있다가 홀연히 사라진 것입니다. 좀 이상한 일이라 여겨지지 않으십니까?

이렇게 되고 보니 그 이상한 여행자의 인상착의가 문제였는데, 이 또한 기억하는 인부가 없었습니다. 가즈타케와 닮았는지 물으니, 그게 꽤 비슷한 느낌이 들었다는 대답이 돌아오는가 하면, 둘을 혼동할 만큼 닮았는지 물으니 그 정도는 아니라고 대답하기도 하고, 사오일 오두막에 틀어박혀 있을 때 꽤 헷갈렸다는 둥, 산 사람들이 하는 말이라 요령부득 딱 부러진 내용이 아니어서 어떻게 할 수가 없었습니다.

하지만 이른바 정황증거라는 것이 상당히 갖추어진 단계에서 저는, 아주 대담한 판단이지만 어쩌면 지금의 가즈타케는 가짜가 아닐까 하는 내용을 스나야마 씨에게 보고했습니다.

스나야마 씨는 "흠-" 하고 5분 정도 감탄을 하고 있더니, "우선 직접 만나 본인 여부를 확인해 보지 않겠나?" 하고 말했습니다. 본인 여부를 확인해 본다고 한들 자작 가문 사람들은 열여덟 살 이후로 그를 만나지 않았으니 잘 모를 것이고, 가장 적임자는 하나에 데루얏코였습니다. 그런데 데루얏코에게 뭐라고 하면서 가즈타케가 맞는 사람인지 확인한다고 해야 할지 몰라 꽤나 고민을 했습니다. 결국 잘 둘러대서 잠깐 엿보게끔 했습니다만 대번에 아니라고 하는 게 아닙니까. 닮기는 했지만 다른 점도 있다는 것입니다. 아예 둘을 만나게 해서 이야기를 하도록 하였더니 데루얏코는 무슨 말을 해도 싫다고 하는 겁니다. 이야기가 길어지니 좀 건너뛰겠습니다만, 가즈타케인지 아닌지 감정하는 데에 스나야마 씨와 둘이서 얼마나 고생을 했는지 모릅니다.

그래서 결국 이렇다 할 결정적 증거는 잡지 못했지만 그러한 의심이 꽤나 농후하게 든다는 것을 자작 가문에 보고했습니다.

그런데 자작 가문에 남자의 기개 못지않은 유모가 있었다는 말입니다. 오세이(おせい)라는 여인이 표면적으로는 가즈아키의 유모로 되어 있지만, 사실은 친모였던 거지요. 자작 가문과 연고가 있는 사람으로 자작 가문의 존망에 관련된 일인 데다가 자기 친자식에게 중요한 일이라는 것을 알고 어찌나 열심이던지, 저는 그

때부터 지금까지 그렇게 열성적인 성격의 여인을 본 적이 없습니다. 그 오세이 씨가 가즈타케가 만약 가짜라면 그냥 두지 않겠다고 하며 막무가내로 나섰습니다. 자작 집안 사람들도 결국 그 뜻을 꺾지 못하고 가즈타케를 만나게 했습니다.

그 두 사람의 회견 내용은 전혀 알 수가 없습니다. 하지만 그 결과 가즈타케는 소송을 깨끗이 취하했습니다. 그와 동시에 가즈타케는 도쿄에 영주하게 되었고 자작 가문에 활개를 치며 출입했으며 자작 집안의 일에 이것저것 끼어들게 되었지요.

꼭 여우에게 홀린 듯한 이야기라 지금까지 제 이야기를 들어주신 여러분께서는 뭔가 부족하게 느껴지시겠지만, 저도 사실은 이상한 생각이 들었습니다. 하지만 저는 고용된 몸이라 성공에 대한 보수도 제대로 받았고 소송도 정리되어 만사가 다 원만히 처리되었으므로 이제 더 이상 할 수 있는 일이라고는 없습니다.

제 이야기는 여기까지입니다. 해결된 듯도 하고 그렇지 않은 듯도 한 미지근한 결말입니다만, 소설과 달리 실화이기에 아무래도 더 이상 할 수 있는 일은 없습니다. 하지만 조금은 색다른, 재미있는 사건이라 여겨져서 이렇게 말씀드렸습니다.

다 읽고 나서 노무라는 또다시 쾅 하고 머리를 얻어맞은 느낌이었다. 아버지 유서를 읽은 이후 몇 번을 놀라고 몇 번을 의외라는 느낌을 받았는지, 수많은 서류를 읽어 나갈수록 사건 내막은 점점 깊어지고 신비성이 더해져 끝을 알 수가 없었다.

담화 속기에서는 철저히 가명을 사용했지만 그것이 후타가와 자작 가문의 사건이라는 것이 관계자들 입장에서는 너무도 명백했다. 20년이나 이전 일인 데다가 준비되지 않은 상태로 듣게 된 이 이야기가 시게아키에게 얼마나 큰 타격을 주었을지 상상하고도 남을 일이었다. 범죄 실화를 이야기한 사람의 무책임한 태도에 노무라는 적잖은 분개를 느꼈다.

하지만 시게타케가 내쳐야 할 사기꾼(임포스터)이라니! 물론 확증은 없다. 그러나 노무라에게는 그것이 명백하게 느껴졌다. 그런데 이 담화 속기에 의해 후타가와 시게아키는 무엇을 느끼고 어떤 일을 하려고 한 것일까? 노무라는 세 번째 번호를 붙인 시게아키의 유서를 들어 올렸다.

노무라 군, 순서대로 읽어 주었을 것으로 생각하네. 자네는 설마 앞의 담화 속기 내용이 우리 집에 관계된 일임을 모르지 않겠지. 사실은 이 속기를 손에 넣었을 때 곧바로 자네에게 의논할까도 생각했지만, 자네가 아예 후타가와 가문과 무관계한 일이라고 하면 어쩌나 싶어 그만두었네. 나는 물론 속기를 다 읽고 동시에 이 담화 내용을 발표한 탐정을 찾았지. 그런데 이 얼마나 공교로운 일인지. 그는 내가 찾아내기 며칠 전에 뇌내출혈로 죽었다는 걸세! 이제 나에게 이 이야기를 확인해 줄 사람은 한 명도 남아 있지 않은 셈이 되었지!

내가 부모님 친자식이 아니라는 것, 오키요라는 유모가 친어머니라는 사실은 그다지 나를 놀라게 하지 않았네. 역시 그랬구나 하고 깊은 한숨만 쉬었을 뿐이야.

나는 철이 들던 무렵부터 이 의혹 때문에 계속 고민을 해 왔다네. 그건 그런 일을 경험하지 않은 사람이라면 도저히 상상도 할 수 없는 괴로움일 거야. 부모님은 얼마나 나를 사랑해 주셨나. 아버지가 일찍 돌아가셨지만 어머니는 오랫동안 나를 사랑하고 아껴 주셨지. 그런데도 나는 끊임없이 다른 곳에서 부모를 찾고 있었지. 이 점에 관해서는 이제 더 이상 말하지 않겠네.

숙부 시게타케에 관한 비밀은 문자 그대로 나를 놀라 기절하게 했지. 정말 순간 정신이 아득해질 정도였다네.

나는 이전부터 숙부에게 — 숙부 그 사람 자체가 아니라, 그 입장에 — 대단히 동정하고 있었지. 왜냐하면 숙부도 첩에게서 태어났던 만큼 어쩔 수 없이 불유쾌한 일들을 많이 당해야 해서 — 특히 열한두 살 때부터 열여덟 살까지 후타가와 집안에서의 생활이 얼마나 기분이 나쁜 경험이었을까 생각했네. 아버지가 죽고 나서는 주위에 다 남들뿐이고 유일한 육친인 형이 오히려 백안시했으니, 단 한 명도 동정심을 가져 준 사람이 없던 그의 동심이 시달리고 짓밟힌 것을 분명히 알 수 있지.

하지만 나는 숙부라는 사람 자체에는 동정심을 갖지 않았어. 왜냐하면 그는 너무도 속물이고, 얼굴이 두꺼운 데다 금전욕이 강해 처음부터 나와는 대조적인 인간이었으니까. 만약 그가 좀 더 품위가 있고 삼가는 태도에 욕심이 없고 집착심이 적었더라면, 나는 진작 그에게 후타가와 가문을 양보했을지도 몰라. 왜냐하면 숙부야말로 후타가와 가문의 정당한 상속인인 셈이니까. 심지어 의혹에 사로잡히는 동안에도 그렇게 생각했으니, 지금처럼 내가 후타가와 가문에 관한 권리를 포기해야 하는 것이 명백한 경우에야 더욱 그렇지.

하지만 나는 도저히 숙부를 좋아할 수가 없었어. 심지어 그는 더러운 사기꾼이 아닌가. 물론 그것이 분명하지는 않아 — 하지만 나는 그것이 확실하게 느껴져 견딜 수가 없다네. 우리 후타가와 가문의 혈통 중에 저런 속물이, 저렇게 얼굴 두껍고 욕심 많은 인간이 나올 리가 없다고 생각해.

그와 동시에 나는 30년 전의 모습과 조금도 변함없이 그 엄청난 눈 계곡 아래에 조각상처럼 잠들어 있을 진짜 숙부 시게타케가 한없이 그립고 가여워졌다네!

만약 지금의 숙부가 가짜라면 진짜 숙부는 얼마나 기구하고 가련한 운명을 짊어진 사람이란 말인가. 모 탐정이 말한 것처럼 숙부는 순정을 가진 사람이었다고! 사랑을 말하고 산을 사랑했던 것 모두 그의 순정이 시킨 일이 아니겠나. 그는 우리 후타가와 가문의 상속인으로서 충분한 자격을 가지고 있었어. 그런데 어린 마음에 상처를 받고 가출하여 방랑의 여행에 올랐다가 드디어, 소녀가 바친 사랑과 높은 산의 영험한 기운으로 상처받은 마음을 치유했을 때, 그는 어떤 흉악한 자 때문에 죽음의 심연으로 떨어져 버린 것이네!

하지만 노무라 군, 과연 지금 숙부가 가짜일까? 나는 어머니 이하 다른 사람들이 내 출생의 비밀을 폭로할까 두려워하여 숙부에 관한 사건을 유야무야 덮어 버린 것에 대해 진심으로 분노하네. 꾀꼬리는 뻐꾸기의 알을 키워서 부화시켜 준다지만, 그런 일이 새들의 세계에서는 아무런 비극도 초래하지 않을까? 인간 세계에서 그것은 단연코 허용될 수 없는 일이지. 모든 관계자를 시달리게 하고 지옥의 나락으로 떨어뜨리는 짓이니까!

노무라 군, 나는 대체 어떻게 하면 좋을까? 숙부가 분명 숙부 그 사람이 틀림없다면 그 인물 됨됨이가 어떠냐는 상관없이 나는 후타가와 가문을 그에게 상속시키고 싶어. 왜냐하면 그가 정당한 상속자니까. 하지만 그가 만약 가짜라면? 내가 어떻게 그것을 구별할 수 있단 말인가!

만약 진짜 숙부가 눈 계곡 아래 잠들어 있다면 — 아아, 노무라 군, 나는 그 저주받은 속기를 읽은 이후 밤이고 낮이고 그 망념에 사로잡혔네.

설령 미치광이 짓 같아도 아니 미치광이의 행동이라고 하더라도 나는 노리쿠라다케의 눈 계곡을 파지 않을 수 없어. 물론 나는 그전에 유모이자 나의 친어머니인 다카모토 기요를 찾아보았네. 살아 계실 것이 틀림없는데 도저히 찾아낼 수가 없더군. 이제 나에게 남겨진 방법은 단 하나였던 셈이지.

노무라 군, 내가 눈 계곡을 팔 준비를 하기 시작하자 숙부는 표면적으로야 아무런 동요도 보이지 않았지만 그 이후로 그의 보이지 않는 감시가, 보이지 않는 촉수가 내 주변에 꿈틀대는 것을 나는 분명히 느꼈어. 그건 결코 나의 신경쇠약이나 강박관념 때문이 아니야.

노무라 군, 나는 어떤 어려움과 싸워도 기필코 해 보겠네. 눈 계곡 발굴이 실패로 끝나면 다시 다른 방법을 계획할 생각이야. 평생이 걸리더라도, 무일푼이 되더라도. 미친놈이라 조롱당하고 바보라고 모욕당한다 해도 숙부가 진짜인지 가짜인지 반드시 알아낼 걸세.

노무라 군, 그러나 숙부의 눈이 빛나고 있어. 그는 나보다 훨씬 교활하고 냉혈한인 데다가 나보다 더 절망적(데스퍼레이트)일 거야. 나는 그것이 두렵다네.

노무라 군, 내가 생전에 내 심경과 결의를 털어놓고(프랭클리) 이야기하지 않은 죄를 용서해 주게. 나는 이 글이 유서가 되어 자네가 보게 될 일이 없기를 희망하네. 하지만 자네는 누구인지 모르는 변호사로부터 이것을 내 유서로 받게 될지도 모르지. 그때야말로 내가 심상치 않은 일을 당한 것임을 알아주게나.

만약 내가 심상치 않은 죽음을 당한다 해도 나는 자네에게 어떻게 해달라고 요구할 수 없고, 또 요구하지도 않을 걸세. 부디 자네 생각대로 해주게.

그리고 특별히 덧붙여 두네만, 나는 최근에 불면증에 시달려 매일 밤 수면제를 먹고 있기는 해. 하지만 결단코 자살 따위는 하지 않을 걸세. 자살할 때가 아니니까. 시게타케와의 승부가 끝날 때까지 멍하니 병으로 죽을 수도 없다네. 그 점만은 분명하게 알아주게.

6

아버지 유서부터 후타가와 시게아키의 유서까지 읽어 내려간 노무라는 흥분과 긴장으로 너무 지쳐버렸다.

시게아키가 왜 노리쿠라다케의 히다 쪽 눈 계곡을 파내는 말도 안 되는 일을 계획했는지 명백히 알 수 있었다. 그의 행위 자체는 미치광이 같은 짓이었지만, 그것은 건전한 머리에서 나온 생각이었다. 그는 결코 미친 게 아니었다. 또한 자살을 꾀할 만큼의 정신쇠약자도 아니었다. 그럴 때가 아니었다. 그는 그 유서에서 강력히 자살을 부정하고 있지 않은가!

그렇다면 그의 죽음은?

노무라는 지금까지 몇 번이고 느낀 것처럼 시게아키에 대한 자신의 우정이 부족했던 것을 다시금 강하게 느꼈다. 생전에 더 의논 상대가 되어 주었으면 좋았을 것이다. 내가 좀 더 친하게 굴었더라면 그도 틀림없이 더 터놓는 태도를 보였을 것이다. 생전에 이 일을 알았더라면 뭔가 좋은 충고를 할 수도 있었을 텐데—하지만 모두 사후약방문이었다.

노무라는 그를 신뢰하여 사후의 유서를 보내준 시게아키에게 어떻게 해주면 좋을까?

모든 것을 다음 날의 문제로 미루고 그날 밤은 잠들지 못한 채 지새웠다.

다음 날 아침 노무라의 머리에 떠오른 맨 처음 생각은 경찰이나 검사국에 고발하는 것이었지만, 그는 조금 주저했다. 그러한 관공서에 고발하기에는 내용이 너무도 기괴하고 애매하며 확증이 전혀 없었다. 사립탐정을 고용할까도 생각했지만, 이 역시 적당한 인물이 떠오르지 않았고 효과도 어떨지 싶었으므로 곧 그만두었다.

그래서 결국 노무라 자신이 탐정 일에 맡기로 했다.

노무라는 후타가와 집으로 향했다. 한 번 듣기는 했지만, 다시 한번 상세히 시게아키의 시체 발견 당시의 일을 물어봐야 했다.

부검을 위해 시체가 어제 대학병원 쪽에 인도되었으므로 예정이 하루 늦어졌고, 드디어 오늘 밤 마지막 밤샘을 하고 내일은 발인하여 화장하게 되어 있었다.

시게타케는 장례위원장이라는 자격으로 변함없이 기세등등하게 일을 지시하고 있었다. 노무라를 보더니, "야아—" 하며 붙임성 있게 인사를 했는데, 기분 탓인지 노무라에게는 그것이 부자연스럽게 들렸다. 뭔가 이리저리 탐색하는 듯한 눈초리로 쳐다보는 것 같았다. 그것이 노무라의 선입견이라고 해도 시게타케가 왠지 기뻐 보이고 그것을 숨기려 해도 숨길 수가 없어 이상하게 들떠 있는 상태인 것만은 틀림없었다.

노무라는 시게아키의 관이 안치된 방에서 향을 피우고 살짝 일어나 복도에서 심부름하는 지즈루를 복도 옆 서양식 방으로 불렀다.

"좀 물어보고 싶은 게 있는데."

노무라는 태연한 척 말하려 했지만 역시 어딘지 모르게 긴장한 것으로 보였는지, 급히 지즈루의 얼굴 근육이 땅겨지면서 "예."라며 짧게 대답했다.

"분명 자네가 처음 시게아키가 죽은 것을 발견했지?"

"예."

"10시경이었나?"

"예, 10시에서 이삼 분 지났을 거예요. 시계를 보니 그 시각이어서 잠깐 어떠신지 보러 갔어요."

"그전에 아무도 방에 들어가지 않았나?"

"예, 나리 방에는 저 이외의 사람은 드나들지 않게 되어 있어요."

"하지만 어쩌면 누군가—"

"제가 일어난 다음에는 방에 주의를 기울이고 있었으니 결코 그럴 리가 없어요."

"그럼 전날 밤에는?"

"9시 반쯤 침실에 들어가셨어요. 그리고 제가 가지고 간 컵의 물로 약을 드시고 '잘 자게'라고 말씀하셔서 저는 방을 나왔지요. 그리고 당일 아침까지 저는 방에 들어가지 않았습니다."

"방을 안에서 잠글 수 있나?"

"아니요, 누구라도 드나들 수 있어요."

"그럼 전날 밤 10시 넘어서부터 당일 아침까지 누구라도 출입할 수 있었겠군."

"예— 하지만 아무도 드나들지 않았을 거예요. 나리가 자살하시다니 정말 꿈에서 벌어진 일 같아요."

지즈루는 벌써 눈물이 그렁하다.

"전날 누군가 손님은 없었나?"

"아무도 오시지 않았습니다."

"시게타케 씨가 전날 이전에 가장 최근에 온 것은 언제였나?"

노무라는 시게타케가 어느 구석에서 그를 빤히 응시하는 듯한 느낌이 들었다. 어쩌면 실제로 복도 밖에서 문에 귀를 대고 있을지도 모르는 일이다.

지즈루는 조금 생각하더니, "한동안 안 오셨어요."

"그래."라며 노무라는 곧바로 화제를 바꾸어 물었다.

"시게아키가 먹은 약이라는 것은 항상 먹는 수면제임이 틀림없었나?"

"예, 오타 씨에게서 받은 약이었어요."

"약은 누가 받으러 가지?"

"제가 격일로 받으러 갑니다. 정확히 그날 아침에도 약을 막 받아 왔어요."

"그거 말고 약은 없었나?"

"예, 따로 드시는 약은 없었어요."

"물론 따로 뭔가 먹은 듯한 흔적도 없었던 거지?"

"예, 특별히 보이지는 않았어요."

"고맙네."

노무라는 방을 나섰다.

시게타케는 후타가와 집에 한동안 들르지 않았다고 한다. 그가 수면제를 무시무시한 독약으로 바꾸었을 가능성은 생각할 수 없었다. 시게타케로부터 어떤 약을 받았다고 해도 시게아키가 그것을 먹을 미치광이는 아니다. 자작 집안의 고용인은 지즈루를 비롯해 모두 신뢰할 수 있는 사람들뿐이다. 특히 지즈루는 정이 깊은 조용한 아가씨로 신원도 확실하고 여학교도 나왔으며 시게아키가 안심하고 신변의 모든 일을 맡겼으므로, 시게타케에게 매수되어 의사의 약을 독약으로 바꿔치기할 대담한 일 따위는 절대로 하지 않았을 터이다.

처음 노무라 생각으로는 당일 시게타케가 뭔가 마뜩잖은 얼굴로 어슬렁어슬렁 놀러 와서 교묘하게 바꿔치기한 것이 아닐까 했지만, 시게타케는 당일은커녕 한동안 후타가와 집안에 들르지 않았던 것이다. 당일에는 딱히 손님은 없었고 집에 있는 사람들 중에도 의심을 할 만한 자는 전혀 보이지 않았다.

역시 자살한 것인가? 아니면 과실사인가?

유서에는 단연코 자살 따위는 하지 않겠다고 쓰여 있었지만, 사람의 머리는 무슨 이유로 순간 돌아버릴지 알 수 없는 일이다. 돌발적인 발작으로 자살한 것이 아니라고도 단언할 수 없다. 타살이라고 생각할 수 있는 점이 전혀 없지 않은가.

과실사라면—그렇다, 오타 의사의 투약이 잘못된 것일지도 모른다. 노무라는 섬뜩했다. 의사가 자기 과실을 숨긴다. 이것은 있을 수 있는 일인 것이다.

노무라는 구실을 만들어 후타가와 집에서 나왔다. 그리고 그곳에서 그리 멀지 않은 오타 의원으로 서둘러 갔다.

오타 의사라는 사람은 둥근 얼굴에 통통한 체격으로 신뢰할 수 있어 보이는 타입의 사람이었다. 병원도 크고 웅장했다.

"꽤나 심한 불면증인 것 같았습니다."

오타 의사는 아주 가볍게 이야기해 주는 것이었다.

"보통 사람이라면 괜찮을까 싶을 정도의 양이었는데, 그분은 2회분을 한 번에 먹어도 괜찮았습니다. 어쨌든 심한 신경쇠약이 었으니 위험하다 싶어서 2회분밖에 건네주지 않았고 그만큼 주의를 주었지요. 결코 조제를 잘못한 적은 없습니다. 우리 의원에는 전문 약제사가 있어서 절대로 틀리지 않아요. 특히나 해부 결과 전혀 우리 과실이 아니라는 것이 증명되었습니다. 왜냐하면 후타가와 자작은 우리 약국이 전혀 가지고 있지 않은 맹독성 알칼로이드를 섭취하신 거로 나왔거든요."

"해부 결과가 나왔습니까?"

"네."

이때 노무라는 중대한 것을 떠올렸다. 지금까지 어째서 알아차리지 못했던 것일까 하면서,

"이쪽에서 받은 수면제는 2회분이 있었던 거지요."

"그렇습니다." 오타 의사는 곧바로 수긍하고 "당일 받으러 왔었으니까 2회분 있었을 겁니다."

"그렇다면 나머지 1회분은 어떻게 되었을까요?"

"2회분을 한 번에 먹었어요."

"2회분을요?"

"네, 지금까지 없던 일인데, 후타가와 자작은 저를 신뢰했고 의사 당부를 상당히 잘 지키는 환자여서 지금까지 2회분을 한 번에 먹는 일은 없었습니다만, 죽음을 더욱 확실히 의도했던 걸까요? 2회분을 한 번에 드셨습니다."

"하지만—"

맹독성으로 당장에 죽을 독약을 먹기로 결심한 자가 새삼 1회분의 수면제를 추가해 보았자 무의미한 일 아닌가? 심부름하는 지즈루 앞에서는 분명 1회분밖에 먹지 않았을 것이다. 이것은 심부름꾼을 안심시키고 자살할 것을 들키지 않기 위해 조심한 것이라고도 볼 수 있지만, 심부름꾼이 나가고 나서 독약과 함께 남은 나머지 1회분의 수면제를 먹었다는 게 이상하지 않은가?

노무라는 이 점을 말하려고 했지만 특별히 필요 없는 일이라 생각하고 그만두었다. 그리고 "여러 가지로 대단히 감사했습니다."라고 말하며 오타 의원을 나왔다.

그는 다시 후타가와 집으로 갔다.

그리고 다시 한번 지즈루를 별실에 불렀다.

시게타케가 이상한 눈빛으로 그의 행동을 지켜보고 있을 것은 충분히 추측됐지만, 지금은 그런 것을 고려할 여유가 없었다.

"거듭 묻게 되네만."

노무라는 지즈루의 똘똘해 보이는 얼굴을 빤히 쳐다보면서, "전날 밤 자네가 물을 들고 갔을 때 시게아키는 수면제를 먹었다고 했는데, 물론 1회분이었겠지?"

"예, 1회분이었습니다. 한 번에 드시고 이제 되었으니 저리로 나가서 자라고 말씀하셨습니다."

"그렇다면 1회분은 남아 있었겠군."

"예."

"그래서 이튿날 아침 방에 갔을 때 나머지 1회분은 어떻게 되어 있었지?"

"기억이 나지 않습니다."

지즈루는 처음으로 알아차렸다는 듯 소스라치게 놀라며,

"정말 깜빡하고 있었습니다. 나리가 침상에서 몸을 반쯤 내놓고 양손을 벌린 채 돌아가셨기 때문에 완전히 그쪽에만 마음이 쏠려서 약은 전혀 신경 쓰지 못했습니다. 어떻게 된 걸까요?"

"나리가 돌아가신 것을 발견했을 때 자네는 어떻게 했지?"

"나리가 큰일 나셨습니다 하고 크게 소리를 질렀지요. 그랬더니 바로 이치가야(市ヶ谷) 님이 뛰어오셨습니다―"

"뭐, 이치가야 님이?"

노무라는 깜짝 놀랐다. 시게타케는 이치가야에 살고 있었으므로 후타가와 자작 집안의 고용인들은 시게타케를 이치가야 님이라고 부른 것이었다.

지즈루는 노무라의 인상이 험악해졌으므로 어리둥절하면서,

"예."

"아니, 자네가 시게타케 씨는 한동안 오지 않았다고 하지 않았나?"

"그건 전날까지의 일을 물으셨으니까요. 당일 아침 9시경에 오셨습니다."

"9시경에."

"예, 나리는 아직 취침 중이시라고 말씀드리니 특별히 급한 일도 없으니 기다리겠다고 말씀하셔서―"

"그래? 그래서 자네는 10시쯤 방으로 살펴보러 간 것이로군."

"예, 그렇기도 했습니다만, 항상 아침 일찍 한 번 잠을 깨시는 습관이 있어서 약간 걱정이 되어 보러 갔던 것입니다."

"시게타케 씨가 보러 가라고 말한 건 아닌가?"

"예, 이치가야 님은 아무 말도 하지 않으셨습니다."

"그래서 자네가 큰소리를 지르자 가장 먼저 시게타케 씨가 뛰어온 거로군."

"예."

"그러고 나서 어떻게 됐지?"

"이치가야 님이 이거 큰일 났다, 곧바로 경찰에 전화를 걸어라. 아무도 만지면 안 된다고 말씀하셨어요."

"경찰에 — 음, 의사를 부르라고 한 게 아니라?"

"예, 그때는 말씀하지 않았어요. 나중에 오타 의원을 부르라고 말씀하셨지만요."

시게타케는 왜 시게아키가 죽은 것을 보고 의사보다 경찰을 먼저 부르라고 했을까? 비밀로 할 필요가 있었다고 해도 가까운 사람들에게도 사망 소식을 통지하지 않은 점, 또한 가장 먼저 방에 뛰어온 점 등 의심할 구석이 얼마든지 있지 않은가.

설령 시게타케가 약을 바꿔치기했다면 그는 나머지 1회분을 어떻게든 처리해야 했다. 거기에는 오타 의원의 약국에도 없는 새롭게 발견된 맹독이 들어 있었으니 도저히 오타 의원의 조제 과실이라고는 할 수 없다. 그는 어쩌면 남은 1회분의 내용물을 어딘가에 뜯어 버리고 시게아키가 먹어 버린 것처럼 위장했음이 틀림없다. 왜냐하면 오타 의사는 2회분 모두 시게아키가 먹었다고 믿었기 때문에 그가 달려왔을 때는 그러한 상태가 되어 있는 것이 당연해야 했다.

하지만 시게타케는 대체 언제 어떻게 약을 바꿔치기 할 수가 있었을까?

노무라는 너무 오랫동안 지즈루와 이야기를 나누고 있으면 시게타케에게 더 의심을 받을 것이라 여겨, 방을 나서서 아무렇지 않은 얼굴로 관이 놓여 있는 방으로 가서 그곳에 앉았다.

하지만 그의 머리는 어떠한 경로로 수면제가 독약으로 바뀌었는지 그것만 생각하고 있었다.

오타 의원의 약제사를 매수하는 일이란 상정하기 어렵다. 시게타케가 살짝 오타 의원 약국에 숨어들어 수면제가 들어간 병의 내용물을 독약으로 바꾼다? 그런 일도 가능해 보이지 않는다. 그러면 너무 금세 탄로 날 염려도 있고, 오타 의원은 정돈이 잘 되어 있으니 무턱대고 약국에 난입할 수도 없으며, 게다가 시게타케에게 그만한 약학적 지식이 있을 리도 없는 것이다.

약국에서 바꿔치기한 것도 아니고, 후타가와 집안에서 바꿔치기한 것도 아니면 의원에서 집으로 가지고 오는 도중에 바꿔치기한 것이라고밖에 달리 생각할 수가 없었다.

노무라는 퍼뜩 생각난 바가 있어서 방을 나가 세 번째로 지즈루를 별실로 데리고 갔다.

"자네, 마지막으로 오타 의원에서 약을 받아 왔을 때 뭔가 이상한 일이 일어나지는 않았나?"

"아니요, 특별히."

"예를 들어 사람과 부딪치거나, 뭔가를 받았다든가, 누가 말을 걸었다든가—"

"아뇨, 그런 일 없었습니다."

"그럼 도중에 어딘가에 들르지는 않았나?"

"잠깐 뭘 사러 들렀습니다."

"뭐, 뭘 사러? 거기에서 자네 약 봉투를 어딘가에 두지 않았나?"

"아니요."

"모르고 떨어뜨려서 누군가 주워서 건네주거나 하지도 않았고?"

"아니요."

"그럼 처음부터 계속 손에 들고 있었던 거로군."

"예."

"약 봉투는 겉에 보이게 들고 있었는가?"

"아니요, 마쓰야(松屋) 보자기에 싸서 들고 있었어요."

"마쓰야 보자기라면 그곳에서 단골들에게 선물로 주는 그 보자기 말인가?"

"예, 비단으로 된 보자기로 소나무에 학 모양이 그려져 있어요."

"흐음."

노무라는 깊이 생각에 잠겼다.

지즈루는 노무라가 생각하는 바가 무엇인지 눈치채고 걱정스러운 듯이 노무라의 얼굴을 올려다보며 역시 무언가를 생각했는데, "노무라 나리. 그날은 아무 일도 없었습니다만, 그전에는 가끔 이상한 일이 있었어요."

"그래? 어, 어떤 일이—"

"이틀마다 약을 받으러 갑니다만 요즘 왠지 이상한 사람이 내내 저를 따라다니는 것 같은 느낌이 들었습니다."

"따라다닌다고?"

"예, 확실하게 그렇다고는 할 수 없지만 갔다 오는 길에는 왠지 누군가 따라다니는 것 같았어요."

"어떤 사람이지?"

"그게 분명하지가 않아요. 젊은 사람 같기도 했다가 나이가 든 사람 같기도 하고, 이 사람이라고 딱 잘라 말할 수가 없네요."

"그렇다면 결국 약을 받으러 가고 오는 길에 자네를 따라다니는 사람이 있다, 하지만 그때마다 다른 사람이라는 거로군."

"예, 한 번은 이런 일이 있었어요. 꽤 이전 일이지만, 약을 받아서 돌아가는 길에 무얼 좀 사러 들렀다가 어느 가게에 약이 든 보자기를 잠깐 두었어요. 그랬더니 잠깐 옆을 보고 있는 사이에 그걸 들어 올린 사람이 있었어요. 제가 깜짝 놀라서 '아, 그건 제 거예요'라고 말하니 그 사람이 '이거 실례했소, 보자기가 똑같은 것이라 착각했소이다'라며 저에게 건네주면서 '하지만 중요한 거라면 이런 데에 두지 않는 게 좋겠군요'라고 하더군요."

"음."

"검은 안경을 쓴 분이었는데 검은 안경 말고는 이렇다 할 특별한 점이 없었습니다만, 저는 왠지 모르게 아주 기분이 좋지 않아 머리부터 물을 뒤집어쓴 것처럼 소름이 끼쳤어요. 그 이후 약 보자기는 절대로 손에서 놓지 않도록 하고 돌아오는 길에도 가능하면 어디에도 들르지 않았습니다."

"음."

노무라로서는 다 알아버린 듯한 느낌이 들었다. 시게타케는 변장을 하고 지즈루를 맴돌며 끊임없이 약 보자기를 노린 것이다! 틈만 있으면 독약으로 바꿔치기하려고 했다. 그는 미리 오타 의원의 약 봉투 종이와 겉봉투를 손에 넣고 한눈에 구별하기 어렵게 각각에 글자를 기재해 두고 그 봉투 안에는 독약을 넣어 지즈루가 가지고 있는 것과 똑같은 보자기를 준비했다가 기회를 노리고 있었다.

하지만 문제의 그 날 지즈루는 물건을 사러 어딘가 들르기는 했지만 약을 넣은 보자기는 한순간도 손에서 놓지 않았다고 한다. 그렇다면 언제 어떻게 바꿔치기할 수 있었을까?

무언가 지즈루가 잘못 떠올린 것은 아닐까? 물건을 샀을 때 잠깐 어디에 둔 것은 아니었을까?

"전전날 약을 받아 돌아올 때 정말 약 보자기를 손에서 놓은 일은 없었나?"

노무라는 다시 한번 확인했다.

"결코 손에서 놓지 않았어요. 절대로 틀림없습니다."

지즈루는 딱 잘라 답했다.

노무라는 자리에 가만히 앉아 있을 수 없었다.

그는 다시 구실을 만들어 밖으로 나갔다.

'음, 시게타케 따위에게 지고 있을 수는 없다. 그 인간이 떠올린 방식을 내가 떠올리지 못하라는 법이 어디 있겠어?'

노무라는 필사적으로 생각하면서 그 주변을 걸어 돌아다녔다.

문득 정신을 차리니 그는 오타 의원 앞을 걷고 있었다. 정오 가까운 시간이었는데 현관에는 약을 받는 사람들이 무리 지어 있었다.

노무라는 멈춰 섰다.

지금도 조제한 약이 약국 좁은 문에서 나오면 간호부가 '아무개 씨'라고 불렀다. 약병과 약 봉투는 잠깐 창구 앞 작은 받침대 위에 올라 있다. 곧 심부름꾼으로 보이는 여자가 그 앞으로 나간다. 그러자 이를 전후하여 한 중년 남자가 창구에 접근한다.

노무라는 퍼뜩 알아차렸다. 그는 펄쩍 뛰어올랐다. 그리고 의원 안으로 터벅터벅 들어가서 오타 의원에게 부탁하여 약국 담당의 간호부를 만났다.

노무라의 호흡이 가빠졌다.

"그저께 말입니다, 후타가와 집에서 약을 받으러 왔을 때의 일을 떠올려 주십시오. 당신이 창구에서 내주었습니까?"

"네, 후타가와 씨라고 부르고 받침대 위에 올려두었습니다."

"그때 말이지요, 창구 옆에 누군가 없었습니까?"

"글쎄요"라며 간호부는 잠시 생각하더니 "그저께 일이라 잘 기억이 나지 않습니다만."

"제발 떠올려 주실 수 없을까요?"

"누군가 있었을지도 모르지요. 하지만 아무래도 기억이 나지를 않네요."

"그렇습니까?" 노무라는 실망하여 "그렇다면 어제나 오늘 약을 타러 와야만 하는 사람이 오지 않은 경우는 없나요?"

"아, 조사해 봐야 알겠습니다만—한 명 있어요. 그저께 처음 온 분인데 오늘 오지 않으신 분이."

"이름이 어떻게 되는 사람입니까?"

"그분은 분명히 노무라 기조라고 하셨습니다."

"예?" 노무라는 펄쩍 뛰었다.

이미 의심할 여지가 없다. 시게타케는 변장을 하고 하고많은 사람 중에서 하필이면 노무라 아버지의 이름을 빌려 오타 의원에서 진찰을 받고 약을 받는 체하며 약국 창구에 서서 '후타가와 씨' 하고 간호부가 내밀어 받침대 위에 올려둔 약을 재빨리 독약과 바꿔치기해 버린 것이다!

하지만—노무라는 돌아가는 길에서 낮게 고개를 떨구고 생각했다.—오타 의사와 간호사는 과연 노무라 기조라고 자칭한 남자를 후타가와 시게타케가 틀림없다고 증명해 줄 수 있을 것인가? 시게타케는 물론 부정할 것이다. 또한 설령 그것이 인정된다고 하더라도 창구에서 약을 바꿔치기한 사실까지 인정될 것인가? 물론 시게타케는 절대 부정할 것이 뻔하다. 가짜 이름으로 진찰을 받은 일은 불리하기는 하지만, 그것이 뭔가 부끄러운 병이라면 크게 비난할 수도 없는 일이다. 게다가 그가 오늘 진찰을 받으러 오지 못한 것은 당연하다. 그는 후타가와 집에서 바쁘게 이리저리 장례 지휘를 하고 있었다.

검사국은 고발이야 수리해 주겠지만 과연 검거까지 할 것인가. 검거해도 기소할 수 있을까?

노무라에게는 시게타케의 죄가 명명백백한 것처럼 보였다. 하지만 그를 벌할 수 있는 충분한 자신감이 없었다.

대부분의 일은 시간이 해결해 준다. 하지만 이 사건에 있어서만큼은 시간이 흐르면 흐를수록 안 된다. 빨갛게 달아올랐을 때 내려쳐야 하는 무쇠인 셈이다.

노무라는 안절부절 정처 없이 걸어 다녔다.

7

이튿날 오후 2시, 아오야마(靑山) 장례식장에서 후타가와 시게아키의 신도(神道)식 장례식이 조용히 치러졌다. 상주는 후타가와 가문의 상속자인 시게타케였다.

시게타케는 새하얀 상복을 입고 다마구시(玉串)*를 바치고 장례식에 참석한 수많은 사람이 지켜보는 가운데 천천히 제단으로 다가갔다.

그때 갑자기 모인 사람들 가운데 날쌘 토끼처럼 튀어나와 시게타케에게 덤벼든 이가 있었다.

그것이 중년 부인이라는 것, 시게타케의 새하얀 장례식 의복

* 신전, 장례식 제단에 바치는 제물(祭物)로 비쭈기나무가지에 닥나무 섬유로 만든 종이를 단 것.

이 점점 새빨개지더니 그가 철퍼덕 쓰러진 것, 가해자 중년 부인은 빼든 칼로 자기 목을 찌르고 그 위에 포개어져 쓰러진 것, 그 모든 것이 정말로 순식간에 식장에 모인 사람들 눈에 비친 일이었다. 그들은 마치 악몽을 꾸는 듯 한동안 얼이 빠져 있었다.

가해자 부인은 쉰대여섯 정도의 품위 있는 여인이었다. 그 자리에서 숨을 거두었기 때문에 물론 이름과 주소도 알 수 없었다.

노무라 기사쿠만이 이 가해자 부인의 이름이 무엇이고 무슨 목적으로 시게타케를 찔러 쓰러트린 것인지 분명히 알았다.

하지만 그는 아무에게도 그 사실을 말하지 않았다.

이렇게 유서 있는 후타가와 가문은 마침내 단절되고 말았다.

《신청년》 1935년 8, 9월호 연재

연

오시타 우다루

1

대지진이 일어나기 전년이니까 1922년에 해당하는 때였다. 그 무렵 오가타 야이치(緖方彌一)는 아직 일곱 살 소년이었다. 그리고 실로 머리가 좋은 이른바 신동이었다.

아버지 오가타 야타로(緖方彌太郎)라는 사람이 원래 대단한 영재였는데, 젊은 시절 가난하여 이리저리 고생하면서 독학으로 공부를 했다. 결국 수학을 전공하여 그 방면 저술도 많이 냈고 한때 모 대학의 강사 같은 자리에 고용되기도 했다. 아마 그 상태로 순조롭게 교육을 받았다면 일본 내에서도 손꼽히는 수학자가 되었을 것이라 여겨진 인물이었으니 그 소질은 자연히 아들 야이치에게도 유전되었을 터. 야이치는 아주 어릴 적에 이미 구구단을 암기했다. 간단한 나눗셈도 할 수 있었다. 게다가 이목구비가 또렷한 아주 귀여운 생김새였다. 그래서 당시 아버지 어

머니와 함께 살던 집이 시타야(下谷) 네기시(根岸)로 이른바 오교의 소나무(お行の松)*가 있는 부근이었는데, 이 일대에서는 오가타 씨네 야이치 도령이라고 하면 모두가 아는 꽤나 유명한 아이였다.

이 착한 아이—사랑스러울 수밖에 없는 좋은 자질을 갖춘 신동 야이치—는 자라면서 점차 열 살 때는 신동이더니 스무 살 때는 천재, 그러다 스물다섯부터는 평범한 사람이 되어 속담과는 다른 의미로, 비유컨대 지옥의 나졸이라고 해야 할까, 실로 피도 눈물도 없이 가혹하기만 한 인물을 연기해야 하는 사태에 이르고 말았는데, 생각해 보면 너무도 가슴 아픈 이야기다. 야이치는 선천적으로 학자 기질의 천부적 소질을 가지고 태어났다고 보아도 좋았다. 학자 기질이라는 것이 세상의 모든 현상에 대해 파고들기를 좋아하는 면이 있다거나, 뭔가 불가사의한 내용을 접하면 싫증 내지 않고 끝끝내 규명하려고 하는 이른바 심히 탐욕스러운 지식욕—동시에 불요불굴의 깊은 집념—같은 것을 지니고 있는 법이니, 야이치에게는 물론 그러한 성격도 있었을 것이다. 이 기질이 야이치를 불행하게 만든 최대의 원인이었다고 단정해도 과언이 아니리라. 설상가상 소년 야이치는 철들기 시작할 무렵부터 이미 상당히 불행했다. 신동이기는 했지만 이 신동을 둘러싼 환경은 늘 어둡고 칙칙하며 때로는 바늘처럼 예

---

* 오교(お行)의 소나무는 에도(江戶) 명소로 여러 문학자들이 작품 제재로 삼기도 한 기념물. 이 소나무 아래에서 행법(行法)이 이루어진 적이 있어 오교의 소나무라 불렸다고 하나 정설은 없으며, 수령 350년이 넘던 당시의 소나무는 1928년 여름 고사(枯死).

리하고 험악한 분위기였다. 그것이 왜인고 하니 아버지 오가타 야타로가 틀려먹은 인간이었기 때문이다. 야타로는 가정 내의 폭군이었다. 뛰어난 재능을 지니고 있으면서도 중학교부터 고등 학교, 고등학교에서 대학으로 정당한 교육을 받지 못했던 만큼 재능에 어울릴 만한 명성이나 지위를 얻지 못했다는 딱한 불평 불만도 한몫을 했지만, 그는 정말 가혹한 성격의 소유자였으며 게다가 질투심이나 시기심이 남보다 배로 강한 인간이기도 했 다. 이 사실이 명랑하게 무럭무럭 성장해야 했던 소년 야이치의 성정을 얼마나 안 좋은 쪽으로 비틀어 버렸는지 모른다.

아버지가 어떤 성격의 사내든 아이는 아버지야말로 세상에서 가장 훌륭한 사람이라고 생각하기 마련이어서 야이치도 아버지 를 여간 아니게 존경했다. 그런데 아버지는 지나치게 억지를 부 리며 아이를 괴롭히곤 했다. 야이치가 산술 구구단을 외고 세 자 릿수 나눗셈까지 할 수 있게 되자 곧바로 사칙 응용이 필요한 학 거북 셈*을 풀게 했다. 학 거북 셈은 중학교 들어갈 무렵의 아이 들도 성적이 좋은 아이가 아니면 풀지 못할 만한 문제였다. 아무 리 똑똑한 야이치라도 이런 어려운 문제에는 완전히 주눅이 들 곤 했다. 그러면 아버지는

"이 저능아 자식! 동네에서는 너를 신동이다 뭐다 떠들어 대 지만 사실은 천하의 저능아 아니냐. 내 아들이라면 이 정도 문제 를 못 풀 리 없어. 풀어 봐. 오늘 밤 내내 잠도 자지 말고 생각하

---

* 산수에서 학과 거북의 합계 마릿수와 그 다리의 합계를 제시하여, 각각의 수를 구하 게 하는 식의 문제.

란 말이야. 아침이 돼도 답이 안 나올 것 같으면, 내일 하루는 밥도 못 먹을 줄 알아."

이렇게 덮어놓고 윽박질러댔다.

야이치로서는 이 문제가 자신에게 무리인지 아닌지 판단할 능력이 없었다. 아버지에게 야단을 맞으면 애처롭게도 눈에 눈물을 머금으며, 풀지도 못할 문제를 그래도 열심히 풀겠다고 앉아서 아버지가 말한 대로 밤이 새 훤해질 때까지 잠도 안 자겠노라고 마음먹었다. 저능아라고 욕을 먹은 일이나 문제를 풀지 못한 사실이 억울하기도 했고, 게다가 또 아침이 되었을 때 사실 아버지가 요구한 대로 대답이 나오지 않으면 아버지는

"이 바보, 멍청이, 등신! 너는 하룻밤을 새고도 이 정도 문제의 답도 못 낸다는 게냐!"라고 다그칠 것이다.

상식적으로는 도저히 그 마음을 이해할 수 없을 정도였다. 불같이 화를 내고 찰싹 아이 뺨에 손바닥을 날렸다. 야이치에게는 무엇보다 그게 무서웠다. 그리고 기어이 주어진 문제를 풀고자 조바심을 낸 것이었다.

이럴 때 항상 음으로 양으로 야이치를 비호해 준 것은 말할 것도 없이 그의 어머니 쓰야코였다.

꾸벅꾸벅 어느 순간 졸음에 빠졌을 때 어머니 쓰야코는 남편 눈을 피해 야이치가 혼자 지내도록 정해진 다다미 세 장짜리 방으로 몰래 와서 베개를 대주었고, 살포시 얇은 이불을 덮어주며 아이를 꼭 끌어안고 뺨을 댔다. 그리고는 다시 남편 서재로 살짝 숨어 들어가 가로로 적힌 수학 책을 찾아내서 그 안에서 사칙응

용의 산술, 학 거북 셈이며 나그네 문제* 등을 베껴 써 왔다. 그녀는 소학교만 졸업했으니 그런 수학 문제를 찾아내기란 얼마나 어려운 일이었을지는 누구라도 알 만한 일이었다. 그녀는 밤새도록 자식을 위해 문제를 풀었다. 그리고 밤이 새기 전에 다시 야이치 방으로 가서 학이 몇 마리, 거북이 몇 마리라며 대답을 가르쳐 주었다.

아침밥 먹을 때 아버지는 어젯밤 아들에게 어떤 난제를 내주었는지 까맣게 잊는 경우도 있었지만 그것은 일단 아주 기분이 좋을 때고, 대부분은

"야이치, 어떻게 되었느냐? 어젯밤 산수 문제는" 하며 심보 나쁘게 웃는 얼굴로 묻는 것이 보통이었다. 야이치가 겁먹은 듯이 어머니 얼굴을 돌아보고 또 돌아보며 "풀었어요. 학이 세 마리고 거북이가 열일곱 마리에요"라고 대답하면 "호, 그거 대단하구나. 잘했어. 답이 맞은 것 같구나"라며 일부러 감탄한 듯이 말하고는, 그럼 다음에는 그 대답이 어떻게 나왔는지 운산(運算) 순서를 말해 보라는 것이다. 그것이 과연 어린아이인 야이치가 답할 수 있는 범위겠는가?

어머니도 그 문제의 답만 겨우 발견한 정도라서 해법 같은 것은 도저히 야이치에게 이해시키지 못했기에 그녀는 그저 두근두근하며 아버지와 자식의 얼굴을 번갈아 볼 뿐이었다. 야이치

---

* 문장으로 된 산수 문제로, 두 사람의 나그네가 걷는 속도, 시간, 거리라는 세 가지 관계를 기본으로 만나거나 따라잡거나 하는 데에 필요한 시간이나 거리를 구하는 계산 문제.

는 모르는 일이었지만, 아침 식사 후면 아버지는 어머니를 광으로 데리고 가서 끈질기게 괴롭혀댔다.

"너, 야이치에게 어젯밤 문제 답을 가르쳐 줬지?"

"아니요, 아니에요. 저는 가르쳐 주지 않았어요."

"거짓말 마. 가르쳐 주지 않았는데 저런 어린애가 어떻게 답을 할 수 있었겠어? 도대체 너는 자식 교육방침에 대해 사사건건 나를 방해할 작정이란 말이냐."

"방해라니요. 그럴 생각 없어요. 하지만 저런 천진난만한 어린애에게 어려운 산술 문제를 내는 건 가엾어요."

"흐흐흐, 가엾든 말든 나는 저 녀석에게 천재가 되는 교육을 할 거야. 도저히 무리인 줄 뻔히 아는 문제라도 억지로 생각하게 만들 거란 말이야. 이렇게 하면 저 녀석 머리가 확확 성장해서 훌륭해질 테니까. 미리 말해 두지만, 저 녀석이 진짜 내 자식이라면 머리가 더 좋아야 한다고."

"여보, 항상 그렇게 말씀하시는군요. 야이치는 누가 뭐래도 당신 아들이 틀림없다고요. 그 애를 의붓자식처럼 괴롭히시기만 하시다니. 당신 정말 야차 같은 사람이에요."

"흐흐, 내가 야차라고? 야차라고 하니 정말 야차가 되어 주지. 나를 야차로 만든 게 대체 누구라는 거야! 어? 이봐, 네가 직접 말해 보라고. 너와 그 남자 사이에 분명히 관계가 있었다는 걸 내가 똑똑히 확인했어. 그 관계를 모르고 너를 내 마누라로 삼은 게 내 실수였다고 할 수 있지. 하지만 무엇보다 나쁜 것은 네가 결혼 전에 이 사실을 고백하지 않았다는 거야. 나는 늘, 항상 괴롭단 말이다. 저 녀석이 내 아들인지 그 남자 아들인지 알 수 없지.—어때? 너도 이제 각오하고 저게 내 자식이 아니라는 것을 제대로 털어놓는 게 어떠냐고."

"저는 털어놓을 것이 없어요. 언제나 말하지만 저와 그 사람은 그 무렵 꽤 가깝기는 했어요. 그래서 있지도 않은 소문이 나게 되었지요. 하지만 올곧은 고향 부모님이 일찌감치 알아차리고 저와 그 사람 사이를 갈라놓으셨고, 저는 결백한 몸으로 당신에게 시집을 왔어요. 그것만은 제발 믿어 달라고요."

"믿을 수 있다면 나도 마음 편하지. 하지만 나는 네가 그 남자 품에 두세 번은 안겼을 거라고 항상 생각하고 있어."

"그런…… 그런 생각은 그저 당신이 멋대로 상상하는 것일 뿐이에요. 저와 그 사람 사이에는 결코 그런 불의한 짓은 없었어요."

"그럼 야이치는 분명 내 아들이라는 거지?"

"그래요."

"내 자식이라면 됐어. 내가 삶아 먹든 구워 먹든 내 맘대로 할 거니까. 네가 하는 말이 하나도 거짓말이 아니라고 치면 저 녀석은 스스로의 힘으로 어젯밤 산술 문제를 풀었다는 거지? 그 정도로 머리가 좋은 녀석이라면 나는 내일부터 저 놈에게 물리와 대수를 가르쳐야겠어!"

"무리예요. 여보, 그건 무리라고요."

"무리일 것 없어. 여섯 살, 일곱 살에 학 거북 셈을 풀 수 있다면 대단한 거지."

아버지는 가증스럽다는 듯 코웃음 쳤다.

그런 다음 어머니의 허리를 퍽 차서 쓰러뜨리고 머리카락을 한 손으로 움켜잡아 광 안을 질질 끌고 다녔다.

야이치는 언젠가 어머니가 머리카락이 흐트러지고 옷이 너덜너덜 찢긴 채 왼손 새끼손가락의 손톱에서 새빨간 피를 뚝뚝 떨어뜨리면서 아악— 하는 듯한 비명을 지르며 광 입구에서 뛰쳐나온 것을 보고,

"엄마, 무슨 일이에요?"

아이 마음에도 어머니를 몹시 염려했던 적이 있다. 어머니는 놀라서 아이를 안으며 애써 억지웃음을 지었다.

"호호호호, 아들. 어쩌자고 이런 데까지 왔니. 광 근처로 오면 안 된다고 말했잖니."

"하지만 아버지도 엄마도 없어서 혼자 있으려니까 심심했어요."

"아무리 심심해도 와서는 안 된단다. 광 안에는 무시무시한 괴물이 있어. 엄마는 그 괴물에게 잡혀서 이렇게 상처를 입었거든. 아들아. 너는 괴물보다 엄마를 더 좋아하지?"

"응, 당연히 엄마가 훨씬 더 좋아요."

"엄마와 함께라면 어디라도 갈 거지?"

"응, 갈 거예요."

"정말이지?"

"정말이에요. 엄마하고 그리고 아버지도 같이 가야 해요."

어머니는 이를 꽉 물고 광의 창문을 돌아보았다. 아무리 학대를 당한들 아이는 순진하게도 아버지를 존경하는 것이었다.

2

신동이고 뭐고 간에 야이치는 어쨌든 아이였다. 그리고 다른 순진한 아이들과 함께 집 밖으로 자주 나가서 놀곤 하였다.

놀이 종류는 줄넘기나 비행기놀이, 딱지치기 같은 지극히 흔한 놀이뿐이었지만, 그중에서도 야이치가 좋아한 놀이는 근처 공터에서 연을 날리는 일이었다. 보통 일곱 살 아이가 연을 날리기란 어려운 일이지만, 어른스러운 점이 있었던 만큼 야이치는 연날리기를 잘했다. 자기보다 네 살 다섯 살 더 먹은 아이들과 같이 연실을 잘 조종하면서 연을 날렸다. 야이치가 아주 잘하는 놀이였다.

처음 야이치가 연날리기를 배웠을 때 가지고 있던 연은 붉은 달마(達磨)* 그림이 그려진 것이었는데, 야이치가 이 연을 날렸기 때문에 달마 야이치 공(公)이라는 별명까지 붙었다. 아이들이란 어른과 달리 이상한 것에 주목하는 법이다. 야이치는 달마 야이치 공이라는 말을 들을 때마다 울상을 짓고 억울해했다. 그리고 어머니를 졸라서 달마가 아닌 다른 연을 두 개 사달라고 했다.

그중 하나는 가토 기요마사(加藤淸正)**의 그림이 들어간 네모

---

* 중국 선종(禪宗)의 시조인 달마대사(達磨大師)가 좌선하는 모습을 흉내 낸 인형이나 그림. 손발이 없이 붉은 옷을 입은 승려의 모습을 한 오뚝이 모양으로 잘 알려져 있으며 행운과 번창을 가져다 준다는 속신이 있다.
** 가토 기요마사(加藤淸正, 1562~1611)는 일본 전국(戰國) 시대에 도요토미 히데요시(豊臣秀吉)를 따르던 무장이다. 호랑이 사냥이나 임진왜란, 정유재란 때 조선에서 펼친 무용담 등으로 용맹한 무사로 전설화된 인물이며 축성 기술이 뛰어나 성을 설계하고 공사한 것으로도 유명하다.

난 무사 연이었다. 그리고 또 하나는 얼굴에 구마도리(隈取り)* 화장을 하고 머리를 퍼렇게 칠한 하인 연**이다.

어느 날 야이치는 그 두 연을 공터로 가지고 나가 날려 보았는데, 무사 연 쪽은 윙윙거리는 소리가 강하고 위세가 좋은 대신 가끔 휙 뒤집어져서 약간 날리기 어려운 느낌이었다. 그에 비해 하인 연은 소매를 양쪽으로 쫙 뻗은 모습도 재미있고, 뭐니 뭐니 해도 아무도 똑같은 연을 가진 친구가 없는 게 좋았다. 그래서 굳이 말하자면 야이치는 무사 연보다는 하인 연이 훨씬 마음에 들었다. 야이치는 한동안 무사 연을 넣어 두고 하인 연만 가지고 놀러 다녔는데, 어느 날 어머니가 이상한 질문을 하는 것이다.

"애, 야이치. 평소에 너는 항상 무슨 연을 날리러 가니?"

"저, 하인 연이요."

"가토 기요마사 연은 날리지 못하니?"

"날릴 수는 있어요. 하지만 그 연은 자꾸 곤두박질을 쳐서요."

"그러니? 그럼 곤란하겠구나. 엄마가 상태를 보고 고쳐 줄까?"

어머니는 아이를 데리고 공터까지 일부러 나섰다. 그리고 기요마사의 연을 이웃 아이들과도 상의하고 또 상의해서 마침내 뒤집어지지 않을 정도로 고쳤다.

"자, 이제 이렇게 하면 기요마사 연도 괜찮아진 거로구나."

"네."

---

* 가부키(歌舞伎)의 배우가 표정이나 성격을 돋보이게 하거나 드러내기 위하여 빨강, 파랑, 검정 등의 선으로 얼굴을 칠하는 화장이나 화장한 모양을 가리키는 말이다.
** 무사를 모시는 하인이 양쪽 팔을 쭉 뻗은 모습을 본떠서 만든 연.

"엄마가 너한테 부탁이 있는데…… 아들아, 앞으로는 가능하면 기요마사 연을 날리지 않으련?"

"네, 그래도 괜찮아요. 하지만 엄마, 왜요?"

"그건…… 엄마……가 아니라…… 아버지가 말이지, 하인 연은 날리면 안 된다고 말씀하셨어."

"왜요? 왜 하인 연이 안 되는데요?"

"그러게, 왜일까? 그런 걸 아버지에게 여쭤보면 혼날 거야. 그러니까…… 말이지…… 엄마가 말하는 대로 될 수 있으면 기요마사 연만 날리도록 하렴. 그러면 우리 아들 재미없을까?"

"재미없을 것 같아요."

"네가 재미없어할 줄 알고 엄마가 좀 생각해 둔 게 있어. 야이치, 평소에는 기요마사 연을 날리다가 아버지가 어디 가셨을 때는 하인 연을 날리면 어떨까? 엄마가 하인 연을 안전한 곳에 잘 두었다가 아버지가 안 계실 때 너한테 꺼내 주마. 그러면 너도 재미없지만은 않을 거야."

집으로 오는 길 내내 어머니는 어르고 달래듯이 야이치에게 말했는데, 아이 마음에 잠깐 불만스러운 표정을 지었지만 이윽고 어머니 말을 받아들였다. 이유가 무엇인지는 잘 이해하지 못한 채, 하지만 하인 연은 아버지가 싫어하는 거려니 생각했다. 어머니는 아이를 설득하고는 후-하며 무거운 짐이라도 내려놓은 듯한 얼굴을 했다. 그 이후부터 야이치 소년의 기묘한 연 날리기가 시작되었다.

바람이 불기만 하면 거의 날마다 야이치의 무사 연이 펄럭이며 하늘을 날았다. 아주 드물게 하인 연이 날아다닐 때도 있었지만, 그것은 야이치의 아버지가 출타했을 때, 출타라면 아버지가 퍼뜩 작심하고 이치카와(市川) 쪽까지 붕어 낚시를 하러 나선 뒤였다. 아버지는 성격이 비뚤어지긴 했지만 낚시를 아주 좋아했다. 바람이 부는 상태에 따라 특별히 낚시가 잘되는 날이 있다는 이야기를 때때로 할 정도여서, 풍향이 마음에 들어 낚시하겠다고 마음먹고 나서면, 야이치는 재빨리 좋아하는 하인 연을 날리러 갈 수 있었다. 그러나 묘하게도 아버지가 모처럼 낚시를 하러 나가도 연을 날리기에는 바람이 너무 약하게 불거나, 어쩌다 야이치가 연을 날릴 생각도 안 하고 있노라면 어머니가 이상하게도 안절부절 침착하지 못한 태도를 보이며 야이치를 향해 하인 연을 날리러 가라며 여러 번 채근할 때도 있고, 어떤 때는 바람이 약해서 도저히 연이 올라가지 않으면 어머니가 어느새 준비한 것인지, 큰 고무풍선을 가지고 와서 그것을 장독대 위에서라도 연 대신 날리라며 부추겼다. 야이치가 조금만 더 머리가 굵어져서 세간의 흔하고 속된 일에 관한 지식을 갖추고 있었더라면, 당연히 무슨 눈치를 챘을 것이다.

하지만 그러기에 야이치는 어쨌든 아직 순진했다.

두 연을 구별하여 날린다는 것이 무엇을 의미하는지 알아차리지 못했다.

어느 날 야이치는 하인 연을 날리러 갔다가 신발 코의 끈이 끊어지는 바람에 평소보다 아주 일찍 집으로 돌아온 적이 있었다. 돌아와 보니 집에는 손님이 있었고, 그 손님은 어머니가 있는 거실로 들어가 뭔가 이야기에 열중했던 모양이다. 손님은 피부가 희고 머리는 깔끔하게 상고머리로 깎았으며 어머니보다 두세 살 위로 보이는 남자였다. 손님과 어머니 모두 갑자기 집으로 들어온 야이치 발소리에 너무도 놀라는 것이었다. 야이치가

"엄마! 다녀왔습니다—"

큰 소리로 인사하며 안쪽 현관문을 열고 들어가니 어머니는 얼굴이 새파래져서 거실에서 행랑으로 뛰쳐나왔다.

"어머, 야이치. 별일이구나. 어쩌자고 지금 돌아온 거니?"

"그게 신발 끈이 끊어져서요. 그리고 배도 고파요."

야이치는 대답하면서 문을 제대로 꼭 닫지 않은 후스마 안쪽에 그 남자가 두 손을 무릎에 놓고 정좌한 자세로 역시 하얗게 질린 얼굴로 앉아 있는 것을 보고,

"손님이에요?"

"응, 그래. 손님이야."

"어디서 오신 손님?"

"먼 데서 오신 아저씨—"

"먼 데라니 어디요?"

"먼 데…… 저기…… 시골 손님이야…… 야이치, 착하지? 아버지가 안 계실 때 손님이 오신 거 아버지에게도 다른 사람에게도 얘기하지 말아라."

"얘기하면 안 돼요?"

"그, 그래, 안 된단다. 그러면 엄마는…… 이제 이 집에 있을 수가 없게 되거든. 야이치와 엄마는 헤어져야 해……."

"싫어, 싫어, 엄마. 엄마가 가버리면 난 싫어. 엄마 아무 데도 가지 말아요."

"그, 그래. 안 갈게. 엄마는 무슨 일이 있어도 야이치 곁을 떠나지 않을 거야……. 그 대신 손님이 왔다는 걸 아버지에게 말하면 안 돼."

어머니의 눈에는 반짝하고 눈물이 빛났다.

그리고 손님도 슬픈 듯이 고개를 숙였다.

그때 그 손님의 얼굴을 야이치가 다시 볼 수 있었던 것은 그로부터 거의 한 달 정도 지난 후의 일인데, 그것은 어머니가 아버지에게 야이치를 데리고 우에노(上野)의 박람회*를 보러 간다며 집을 나서서는, 정작 아사쿠사(淺草)의 극장으로 가부키(歌舞伎) 연극을 보러 간 때였다. 야이치는 활동사진을 본 적은 있지만 가부키는 그때 처음 보는 것이라 무대 배우들이 하는 행동을 왠지 아주 지루하다고 생각하다가 도중에 갑자기 엄마 팔꿈치를 툭툭 쳤다.

"엄마, 봐요, 엄마! 그때 그 시골에서 온 손님이 저기 있어요!"

시골 손님은 아라시 센주로(嵐仙十郎)라는 이름으로 아사쿠사에서는 꽤나 유명한 배우였던 것이다. 센주로는 고쿠라쿠지 절(極樂寺)의 세이신(淸心)**을 연기했다. 이나세가와 강(稻瀬川) 핫폰구이(百本杭)에서 절의 일을 하던 고이즈카 모토메(戀塚求女)

---

* 1922년 우에노에서는 '평화기념 도쿄 박람회(平和記念東京博覽會)'가 개최됨.
** 유명한 가부키 작가 가와타케 모쿠아미(河竹默阿彌)의 작품 『이자요이 세이신(十六夜淸心)』의 주인공.

를 실수로 목 졸라 죽이는 장면*이었다.

"아니야. 저 사람은 다른 사람이란다. 지난번 온 그 손님이 아니야.—집에 가서도 가부키를 봤다는 말은 아버지에게 하면 안 돼. 알았지?"

어머니는 당황하며 이렇게 타일렀다.

3

이렇게 우연한 기회로 야이치는 두 번이나 어머니의 비밀스러운 손님의 얼굴을 보게 되었는데, 그로부터 그 손님은 아버지가 부재중일 때마다 거의 항상 어머니를 찾아온 듯했다. 아마 야이치가 어머니와의 약속을 생각보다 굳게 지켜서 가부키를 보러 간 이야기나 아라시 센주로에 대한 이야기도 아버지 앞에서 오랫동안 발설하지 않았기 때문이었을 것이다.

쓰야코와 센주로는 분명 이전보다는 대담해진 것처럼 보였다.

점차 야이치는 마음이 내키지 않을 때는 하인 연을 날리러 나가지 않게 되었고, 그 대신 어머니가 직접 장독대로 올라가 빨간 풍선을 대나무 장대에 묶어 두고 오는 일이 종종 있었다. 센주로가 당시에 몇 개월인가 계속해서 출연한 미야코(都) 극단은 네기

* 모토메는 여주인공 이자요이의 동생인데, 승려 세이신이 이자요이의 동생인 줄 모르고 실수로 살해하게 되고, 이 우연한 살인으로 승려 세이신이 악한으로 변하는 인상적인 장면.

시에 있는 야이치의 집에서 보자면, 지붕 기와를 몇 개 넘어 거의 일직선 방향에 있었고, 그 극장 대기실에서는 망원경으로 들여다보면 네기시 쪽 하늘에 오른 하인 연이나 빨간 고무풍선이 떠 있는 것을 곧바로 알 수 있었을 것이다. 어쩌면 센주로는 같은 네기시나 시타야 사카모토처럼 뜻밖에 가까운 곳에 살면서 거기에서 풍선과 하인 연을 올리는 신호를 내내 지켜보고 있었을지도 모른다.

야이치가 어린애이기는 하지만 어머니와 센주로 둘이서 대체 무엇을 하는 것일지 다소 신경 쓰이는 것은 사실이었다. 그래서 아버지가 부재중일 때를 노려 세 번 정도 약삭빠르게 밖에 나간 척하다 몰래 다시 돌아와 후스마 틈새로 혹은 장지문에 손가락으로 구멍을 뚫어서 살짝 들여다본 적도 있었는데, 그럴 때 어머니와 센주로는 의외로 흐트러진 모습을 전혀 보이지 않았다. 손님이 있을 때만 사용하는 다다미 여덟 장짜리 객실에서 어머니와 센주로는 항상 낮은 찻상을 사이에 두고 방석에 똑바로 정좌한 상태로 둘 다 낮은 목소리로 무언가 소곤소곤 이야기를 했는데, 그때 어머니 얼굴이 야이치 눈에는 너무도 아름답고 성스러워 범접하기 어려울 정도로 위엄이 가득해 보였다. 또한 무어라 말할 수 없이 근심스러운 느낌에 무겁고 어두워 슬픈 노(能)*의 가면처럼 느껴진 적도 있었다. 이야기하는 내용은 거의 귀에 들리지 않았는데, 한 번은 야이치의 이름이 몇 번인가 어머니 입술

* 일본 전통 예능의 한 장르로 주인공이 가면을 쓰고 연기하는 가무극.

에서 흘러나온 것 같았고, 한 번은 센주로가 약간 격앙된 어조로 "부딪쳐 보는 겁니다. 이제 저는 잠자코 있을 수가 없어요. 당당하게 정면으로 만나 보겠습니다!" 이런 식으로 말하는 것을 들었을 뿐이다.

센주로가 오지 않고 아버지가 집에 있을 때, 어머니가 아버지에게 어떤 꼴을 당하는지 야이치는 아직 분명히는 알지 못했다. 그것은 어머니가 그런 모습을 가능하면 아이에게 보이지 않으려 몹시도 신경을 썼기 때문이리라. 다만, 야이치는 목욕하러 들어갈 때 어머니 몸에 묘한 상처 자국이 생긴 것을 발견했다. 아가씨나 다름없을 만큼 부드러운 피부를 가진 어머니는 팔이나 어깨, 다리에 잔혹한 타박상이나 할퀸 자국 혹은 길게 긁혀 부어오른 흔적을 거의 항상 달고 다녔고, 때로는 목욕할 때가 아니어도 머리나 손가락, 귓불에 검은 핏자국이 아프게 밴 상처들이 보일 때도 있었다.

야이치가 "엄마. 또 괴물한테 당한 거예요?"라고 물으면, "으응, 그래. 괴물이 너무 힘이 세서 말이야"라고 어머니는 말씀하시고는 빙긋 웃으며 야이치의 머리를 쓰다듬었다.

야이치는 아버지가 어머니를 위해 왜 그 괴물을 무찌르지 못하는 것인지 직접 아버지에게 물어봤지만 아버지는 쓴웃음을 지으며,

"그래그래, 괴물은 이제 곧 사라질 거다. 하지만 그 전에 괴물보다 더 미운 녀석을 한 놈 처리해야 하니까."

어머니를 빤히 노려보며 말했다.

말이 씨가 된 경우라고 해야 할까? 정말로 광 안의 괴물이 사라질 때가 온 것은 그로부터 얼마 지나지 않아서였다.

그 해는 특별한 일 없이 저물었고, 마침 야이치가 여덟 살이 되던 해의 정월이었는데, 어느 밤 야이치는 초저녁부터 잠이 들었고 그로부터 한참이 지나자 뭔가가 심하게 덜컥덜컥하는 소리가 들려 잠이 깼다.

집 안은 암흑―. 게다가 "살인자다! 살인자!"라며 분명히 두 번 정도 아버지의 목소리가 들렸다.

야이치는 깜짝 놀라 벌떡 일어났다. 그리고 허둥지둥 갈팡질팡.

"아버지! 어머니!"

소리를 질렀다.

그는 앞에서 말한 것처럼 부모와 떨어져 음침한 다다미 세 장짜리 방에서 혼자 자도록 되어 있었으니 그때 아버지 방 쪽에서 무슨 일이 어떤 순서로 일어났는지 거의 볼 수 없었지만, 그가 아무리 소리를 질러도 답하는 사람은 아무도 없었다. 그는 어두운 침실 한가운데에 선 채로 잠깐 있다가 또다시,

"아버지, 어머니―" 불러 보았더니 그때 들려온 것이 으악! 하고 놀라는 소리, 그리고 이어서,

"으, 으, 으윽, 으윽……."

괴로운 신음이었다.

일순간 야이치의 머릿속에 여러 생각이 스쳐 지났는데, 우선 첫째로 아버지 신상에 뭔지 몰라도 무서운 일이 일어났음이 틀림없다는 것, 그리고 지금 이 집안에는 아버지와 자신 둘밖에 없

다는 사실이었다.

당시 어머니가 어디에 간 것인지 알 수 없었지만, 어쨌든 그런 일이 일어나기 사흘 정도 전부터 밤이 되면 집을 나가 아주 늦게, 때로는 동 틀 무렵까지 집에 돌아오지 않았다. 게다가 방도 여러 칸 있는 집이면서 하녀나 하인 같은 사람은 아버지가 어머니를 혹사하듯 부렸기 때문에 전부터 아무도 고용된 사람이 없는 상태였다. 야이치는 어머니마저 없다는 것을 알아차렸지만 어린아이라 아버지의 단말마 신음을 듣고서도 그리로 갈 용기가 나지 않아 으앙 하고 목소리를 높여 울기 시작했다.

앓는 소리는 끊어지듯 이어지듯 들리더니 점차 가늘어지는 듯했다. 그리고 어딘가 정원 안쪽 근처에서 탁 하며 나무문 소리가 들린 듯도 했다.

야이치는 오랫동안 소리 높여 계속 울다가 그래도 도무지 아무도 와줄 낌새가 없었으므로 결국 자기 방을 나와 벌벌 떨면서 아버지 방까지 갔는데, 방을 보니 전등은 켜져 있고 그 빛 속에서 아버지가 다다미 위에 철퍼덕 엎어져 있었다. 그는 아이였지만 그 부근에 튀어 있는 끈끈한 피를 보고 흠칫하여 뒤로 물러섰다. 그리고 순간 소리를 지르는 것도 완전히 잊은 채 문지방에 그대로 못 박힌 듯 서 있다가 이윽고 조금 전보다 한층 격하게 울기 시작했다.

이 울음소리를 겨우 듣고 첫 번째로 오가타 집으로 뛰어와 준 것이 오가타 집 오른쪽 이웃—이웃이라고는 해도 마당과 담 건너편의 좁은 골목을 사이에 둔 술가게 주인—아주머니였는데,

그 아주머니 증언에 따르면 때는 비교적 이른 시각이었다고 한다. 겨울이어서 날이 저물고 나서 꽤 지난 듯 여겨졌지만 밤 9시가 되기 20분 정도 전이었다는 것이다. 아주머니는 이웃과 교제를 별로 하지 않는 오가타 집안과 그나마 가장 가까이 지내는 편이라 자주 들락거리곤 했는데, 그것은 야이치 아버지가 매일 저녁 반주를 즐겼기 때문이기도 했다. 야이치 도령의 요란한 울음소리를 듣고 아주머니는 즉시 부엌 입구 쪽으로 돌아 나왔다. 그리고 그쪽에서 올라오자마자 꺅! 하고 주저앉아버렸다. 기어가듯 아주머니는 그곳을 빠져나갔고 그로부터 소동이 커진 것이었다.

이웃 사람들이 와글와글 들어오고 순사와 의사가 달려 들어오는 중에도 야이치는 여전히 혼자였는데, 다행히 어머니가 어디로 간 것이었는지는 아까 그 술가게 아주머니가 말해 주어서 알게 되었다. 어머니는 친언니가 언제 죽을지 모를 중병에 걸려 누워 있어서 매일 밤 집안일을 다 마친 다음 그제야 간신히 남편의 허락을 얻어 무코지마에 있는 친정으로 간호하러 다니면서, 집을 비우게 되니 잘 부탁한다고 술가게에 이야기를 해 둔 모양이었다.

어머니는 그 무렵 요금이 굉장히 비쌌던 자동차로 금방 네기시의 집으로 돌아왔다. 그리고 멍하니 얼이 빠진 듯 남편의 주검을 바라보다 갑자기 털썩 정신을 잃고 쓰러져 버렸다.

4

　은둔하던 민간 독학자, 힘들게 고학하던 수학 연구자 오가타 야타로는 세상에 토라져 네기시 한구석 오교의 소나무 근처에 들어박혀 살다가 어느 밤 누군가에 의해 참살되었다는 소식은 물론 당시 신문에도 나왔다. 사건에 관한 신문 기사를 편의상 극히 요약해 버리면, 정보가 턱없이 부족하여 뭔가 파고들 구석이 이상하게 없다는 느낌이 들지도 모른다. 결국 그것은 다른 몇몇 사건들과 마찬가지로 미궁에 빠져 버렸다. 누가 무슨 목적으로 이러한 살인을 한 것인지 쉽사리 추측되지 않았다.

　살인 현장을 보고 맨 처음 경찰관들이 알게 된 것은, 범인이 피해자 야타로가 아무렇지도 않게 거실을 나와 변소라도 가려고 했는지 복도로 뚜벅뚜벅 걸어 나왔는데 갑자기 측면에서 달려들어 옆구리에 푹 하고 식칼 같은 흉기를 찔러 넣었을 거라는 사실이었다. 그 복도에 피가 묻어 있고 복도를 따라 헛방의 두꺼운 후스마가 벗겨져 있어서 명백하게 처음 격투가 벌어진 흔적을 보였다. 격투라고 해도 흉기에 의한 첫 일격이 꽤나 깊고 예리해서 야타로는 충분히 저항해 보지도 못하고 범인 손을 뿌리치고는 비틀비틀 거실 쪽으로 도망쳐 되돌아왔고, 범인은 즉시 뒤따라와서 두 번 세 번 칼을 휘둘렀으며 이때 야이치가 들은 "살인자다! 살인자!"라는 약한 소리를 지른 것이었으리라. 그리고 얼마 지나지 않아 범인의 칼이 야타로 가슴에 꽂히고 또한 복부를 뒤에서 깊이 찔린 채 제대로 구조도 요청하지 못하고 풀썩 엎드린 상태로 쓰러져버린 것 같았다.

살해 순서를 그런 순서로 상상하다 보니 저절로 그 다음에 유추되는 점은, 범인이 범행보다 조금 전—혹은 생각보다 훨씬 일찍부터 오가타 집 안에 숨어들어 복도 어두운 곳에 몸을 숨기고 있다가 적당한 때가 오기를 기다렸을 것이라는 추정이었는데, 이렇게 추정하면 두 가지 문제가 발생한다.

하나는 피해자가 범인을 보았을 때 범인이 누구인지 물었을까 아닐까 하는 점. 그리고 또 하나는 범인이 피해자가 누구인지 알아볼 틈도 기다리지 않고 갑자기 흉기를 휘두르며 덤벼들었는가 아닌가 하는 점이다.

범인이 누구냐 하는 질문을 받았기 때문에 칼을 휘두른 거라면 그 경우에는 여러 가지로 판단을 바꾸어 생각할 필요가 있지만, 누구냐는 질문도 받지 않고, 아니면 혹은 피해자가 거기 범인이 숨어 있는 것조차 모르고 곧장 변소로 가려다가 범인이 말없이 살해행위를 한 것이라면, 판단은 거의 한 가지로 결정 내릴 수 있다. 후자의 경우라면 바로 범인은 피해자를 살해하는 것만이 목적이었다고 볼 수 있는 것이다. 실제 상황에 비추어 보면 피해자가 맨 처음 입은 보이는 옆구리 상처는 약간 비스듬하게 뒤쪽에서, 즉 피해자가 범인 앞을 거의 지나치려고 했을 때 가해진 것이었고, 또 한편으로 도난품조차 하나도 없다는 사실로 미루어 사건은 단순한 살인 목적의 흉악 범죄라는 것에 대부분의 담당자들은 의견일치를 보았을 정도였다.

살인만이 목적이었다고 한다면 범행의 동기는 원한, 사리사

욕의 충돌, 치정 관계 등일 터였다.

그때 당국이 무엇보다 먼저 주목한 것은 피해자의 아내 쓰야코가 나이 27세, 소위 근대적인 명랑함과 발랄함은 없지만 비할바 없이 우아하고 품위가 있으며 투명한 아름다움을 가진 여인이라는 사실이었다.

이 정도 외모의 여인에게 문제가 없을 리 없다는 것이다.

그런데 조사해 보니 너무도 뜻밖에 세간 사람들 누구나 그녀가 실로 정절 그 자체와도 같은 여인이라고 입을 모은다는 점이었다. 다만 한 가지 문젯거리로 삼아볼 만한 가치가 있어 보인 것은, 그녀가 오가타 야타로와 결혼하기 전에 어떤 가부키 배우와의 사이에 약간의 염문이 있었다는 사실인데, 그 사실도 결코 세간에서 떠들어낼 정도는 아니었다는 것이 곧 밝혀졌다. 배우는 쓰야코 친정에 드나들던 아무개 장사치의 자식으로, 그 장사치의 가정은 어디에나 있을 법한 전처 자식과 후처 자식 사이의 분란으로 늘 소란하기 짝이 없었는데, 전처 자식이 불쌍해서 쓰야코의 죽은 친정아버지가 그 자식을 아무개 나다이(名題)* 배우에게 양자로 보내 뒤를 봐준 관계가 있었다. 그 아이가 나중에 커서 나다이 시험을 통과한 다음 쓰야코 친정에 감사 인사를 하러 몇 번 얼굴을 내밀던 정도라는 것이 우선 확실한 내용이었다. 범행이 있던 당일 그 배우는 아사쿠사의 미야코 극단에 출연 중이었다. 더구나 나카마쿠(中幕)**에 상연된 「화

* 한 극단에서 가장 뛰어난 배우. 또는 극장의 간판에 예명이 실리는 주연 배우.
** 가부키에서 첫 번째와 두 번째 작품 사이에 관객의 기분 전환을 위해 하는 단막극.

살촉(矢の根)*의 고로(五郎)로 분하여 "호랑이라 보고 돌에 논농사 짓고 굴을 초간장에 무쳐—"**라는 신년 하례에 어울리는 긴 대사를 낭랑하게 읊조리던 때가 바로 8시 30분 경이었으니, 마침 네기시에서 피비린내 나는 참극이 벌어진 것과 같은 시각에 해당하는 것이었다. 「화살촉」은 가부키 십팔번(十八番)에도 들어가는 아라고토(荒事)***작품으로, 무대에는 고로 도키무네(五郎時致), 주로 스케나리(十郎祐成), 마부 게무에몬(烟右衛門), 오자쓰마 분타유(大薩摩文太夫) 네 명밖에 등장하지 않는데, 그중에도 고로 도키무네가 주연이다. 가부키 무대의 옥색 막 앞에서 오자쓰마의 웅장한 샤미센이 울리기 시작할 때, 이미 무대의 장지문 안에서 검정 옻을 칠한 난로 틀에 털썩 주저앉아 숫돌로 큰 화살촉을 갈고 있는, 하고이타(羽子板)****의 장식 그림에라도 그려진 듯한 모습을 하고 있어야 한다. 그렇게 해서 막이 끝나고 잎이 파란 무와 천리마의 채찍을 들고, 곧장 가면 오십 정(町), 둘러 가면 삼리(三里)라는 세 군데 장원, 우사미(宇佐美), 구스미(久須美), 가와쓰(河津)의 차남 소가 고로 도키무네가 곡마를 보이며

---

* 가마쿠라(鎌倉) 시대의 소가 주로(曾我十郎)와 고로(五郎) 형제의 복수극을 소재로 한 유명 작품.
** 주인공 고로가 화살촉을 갈면서 읊조리는 혼잣말로 정월에 자주 공연되는 작품인 만큼 일본 고유의 정월 음식 이름이 들어가 있는 언어유희적인 표현.
*** 가부키에서 거친 무사나 귀신 등을 주역으로 하는 종류, 또는 그런 연기를 할 때의 거친 분장이나 연기.
**** 모감주 열매에 구멍을 내 색칠한 새의 깃털을 서너 개 꽂은 것이 하고(羽子)이며, 그것을 치는 자루 달린 판자를 하고이타라고 하는 배드민턴 비슷한 놀이. 하고이타 한쪽에는 화조나 사람을 오려 붙인 알록달록한 장식 그림이 있음.

형 주로 스케나리를 구하러 원수 구도(工藤)의 저택으로 달려가는 절정 장면을 보일 때까지 거의 독무대이다. 「화살촉」앞 무대에서는 극 끄트머리에 잠깐 얼굴을 내미는 가벼운 역할이었지만, 그 뒤 고로의 분장은 대단히 품이 많이 들기 때문에 막간에는 내내 분장을 하고 있었다고 했다. 경찰의 추정과 그 밖의 정보에 따르면 오가타 집안에서 범행이 있었던 것은 8시 20분에서 30분 사이이며, 그렇게 치면 아라시 센주로가 그 시각에 범행 현장까지 오는 것은 절대 불가능한 일이었다.

당국은 얼마 지나지 않아 치정 관계 방면의 조사는 포기했다.

다음으로 원한이나 이해의 충돌로 수사망을 확대해 보았지만 그쪽도 그저 확대만 해본 것에 불과했다.

추측이나 실마리는 다 빗나가고 사건은 유야무야되어 버린 것이다.

야이치는 여덟 살.

그는 놀란 눈으로 자기 주위의 어지러운 움직임을 살펴보았다.

역시 한동안은 무엇이 어찌 된 일인지 알지 못했으니, 어른이 저리로 가라면 가고 앉아 있으라면 앉아 있었으며, 부처님 앞에서 향을 피우고 합장하라고 하면 애처롭게도 그 말대로 하며 만사 어른들 말에 따랐다.

그러다 어머니와 둘만 있게 되었을 때 갑자기 이렇게 물었다.

"있잖아요, 어머니. 아버지는 누가 죽인 거예요?"

어머니는 쓸쓸한 듯 아들을 끌어안으며 대답했다.

"누구인지 아직 모른단다. 그런데 야이치, 이제 그런 것은 생각하지 않는 편이 좋을 것 같구나."

"나, 아버지를 죽인 것은 어머니를 괴롭힌 괴물이 아닐까 생각해요."

"아, 그래그래. 그렇구나. 괴물일지도 모르지."

"난 말이에요, 언젠가 어른이 되면 반드시 그 괴물을 퇴치할거예요. 어머니, 그 괴물 정말 나쁜 놈이죠."

어머니는 눈물을 참으며 얼굴을 숙였지만, 그때 사실 야이치는 어머니에게조차 입 밖에 내지 않고 몰래 마음속으로 생각한바가 있었다.

그것은 바로 괴물이 어쩌면 어머니에게 오던 그 시골 아저씨가 아닐까 하는 점이었다.

실제 괴물은 이미 죽었지만 야이치는 그 사실을 모른다. 그가괴물에 대해 혼동을 한 것도 과연 무리는 아니었을 것이다. 어머니 앞에서 그 손님을 괴물이라고 하는 것은 이상하게도 야이치입장에서는 나쁜 일인 양 생각되었다. 그래서 그저 잠자코 그 아저씨가 둔갑한 모습을 언젠가는 드러내 보이리라 결심했다.

이야말로 지옥의 결심이었다는 것을 야이치는 아주 마지막의마지막 단계에서야 분명히 알게 되지만, 어린 야이치의 마음속은 어쩌면 아직 아무도 간파하지 못한 것이리라.

아버지가 죽은 후 어머니와 아들은 네기시의 집을 남에게 양도하고 무코지마의 외갓집으로 들어갔다.

그리고 그해 4월, 야이치는 무사히 소학교에 입학했다.

5

귀여운 복장에 소학생용 가방을 메고 소학교에 다니게 되고 나서 대략 3년 정도는 아마 야이치에게 가장 좋은 시절이었을 것이다.

그는 얼마 되지 않아 놀랄만한 신동으로서 그 이름을 높이 날리게 되었다. 실제로 소문에 걸맞게 야이치는 대단히 똑똑한 아이였다. 산술은 5학년에 필적할 정도로 잘했고 무엇을 가르쳐 줘도 잘 배웠기 때문에 이 정도면 장차 얼마나 대단한 인물이 될지 알 수 없다고 기대받았다. 입학한 해 가을에 대지진이 일어났는데 다행히 그와 그 어머니는 무사했다. 다만 살던 집이 불에 타 버려 어머니는 높은 주택 지대인 야마노테(山の手)의 아담한 주택을 임대하기로 하고, 야이치의 공부를 위해 그 근처 학교로 전학을 했는데, 새로운 학교에서도 야이치의 성적은 발군이었다. 어떤 과목이든 그에게는 너무 쉬웠다. 교사들은 관심을 갖고 정규 수업 외에 여러 수준 높은 과목을 가르쳐 보기도 했는데, 모두 야이치의 머릿속에 해면이 물을 빨아들이듯 쑥쑥 흡수되었다. 1학년 말에 그는 영어를 배우기 시작했고 2학년 여름에는 누구에게 배운 것인지 대수 일차방정식도 풀었으며, 3학년 겨울에는 교사에게 삼각형 수심(垂心)* 문제에 관한 의문을 제기해 교사를 매우 계면쩍게 만들기도 했다.

---

* 삼각형의 각 꼭지점에서 대변에 내린 3개의 수직선이 서로 만나는 점.

쓰야코는 스물아홉 살이 되었으며 물론 여전히 아름다웠다. 남편이 살아 있을 때보다 마음고생이 사라진 덕분인지 도리어 피부도 반들반들해졌고, 한층 예뻐졌을 정도다. 그녀는 얼마나 야이치의 성장을 기대했을까. 야이치 또한 그 무렵은 어머니의 애정 속에 충분히 녹아들 수 있었고, 게다가 한 번 남몰래 결심한 괴물 퇴치에 관한 생각 따위는, 그런 괴물이 있을 리 없다는 것을 깨닫게 되자 어느새 뇌리에서 떠났다.

그러나 1927년 4월, 야이치를 갑자기 불행하게 만드는 일이 생겨 버렸다. 그것은 쓰야코와 배우 아라시 센주로의 정식 결혼이었다.

"애, 야이치. 너는 아버지가 있으면 좋겠다고 생각한 적 없니?" 어느 날 어머니가 물었다.

"있으면 좋겠어요." 야이치는 이제 꽤 어른스러운 말투로 답했다.

"저는 돌아가신 아버지가 상당히 무서운 분이라고 생각한 적은 있지만, 친구들은 다 아버지가 있어서 아버지와 같이 여행도 하고 해수욕도 하러 다녀왔다는 이야기를 들으면 저에게도 아버지가 있었으면 좋겠다는 생각이 들어요."

이때 야이치는 새아버지를 갖고 싶다는 뜻으로 말한 게 전혀 아니었다. 죽은 아버지가 살아 있었으면 하고 생각했을 뿐인데, 그로부터 얼마 지나지 않아 어머니로부터 센주로를 아버지라 부르라는 말을 듣게 된 것이다. 이게 무슨 일인가! 야이치는 무엇보다 자부심이 높은 상태였다. 장래 일본 최고의 대학자가 되겠다는 포부를 가지고 있었고, 그 포부에 비해 배우 따위는 실로 하찮은 존재로 보였다. 새아버지는 당시 서른다섯 살이었는데, 대수나 기하는커녕 산술 문제조차 제대로 풀 수 있을 것 같지 않았다. 기예가 특출났고 배우로는 어울리지 않게 성실한 노력가이기도 한 데다가 대단히 온화한 성품의 사내였으므로, 인기도 과거보다 몇 배 더 많아졌고 제자도 있었으며 후원자도 있는 데다가 아사쿠사가 아니라 도게키(東劇)*나 가부키자(歌舞伎座)**에도 당당히 출연할 만큼 관록이나 명성이 쌓였지만, 야이치는 새아버지를 몹시 경멸했다. 처음에는 좀처럼 아버지라고 부르려고도 하지 않았다. 더 나쁜 것은, 이때 이미 꽤 어른스러운 탐색심이 일어나 새아버지가 예전 아버지를 살해한 것은 아닐까 의심을 하기 시작하였고 그 의심이 점차 터무니없는 쪽으로 확대된 것이다. 어머니는 어떤가? 어머니가 새아버지와 서로 작당하여 예전 아버지를 죽인 것은 아닐까 문득 그런 생각을 하게 되었다.

오히려 그런 의문이 생기기 시작했을 무렵 직접 어머니에게 이야기하고 어머니 입으로 직접 변명을 듣고 새아버지와 어머니가 이렇게 결혼하기까지 어떠한 경위가 있었는지 대략 들었더라면 어쩌면 야이치도 뭔가 납득하고 마음이 편해졌을 텐데, 야이치는 새아버지뿐 아니라 어머니까지 의심하게 되면서 눈에 띄게 음울한 아이가 되어 갔다. 남 앞에서는 항상 우울한 얼굴을

---

* 도쿄 극장(東京劇場)의 통칭. 도쿄 지쿠지(築地)에 1930년 개장한 건물로 가부키와 연극 등을 상연했다.
** 도쿄 긴자(銀座)에 있는 가부키 전용 극장 및 기업.

하고, 어머니가 어디 아픈가 싶어 걱정하면 말없이 어머니 앞에서 벌떡 일어서서 가 버리는 일이 그때부터 종종 있었다.

어머니나 새아버지는 아이의 급격한 변화의 원인이 정확하게 무엇인지 물론 이해하지 못했고, 기껏해야 지금까지 자기가 독점하던 어머니를 새아버지에게 빼앗긴 분노려니 해석하는 정도였다.

"의붓자식을 데려오거나 하는 경우에 그런 일이 자주 있다더군. 저 아이는 내가 온 것이 마음에 들지 않겠지만, 뭐 괜찮겠지. 조만간 내가 열심히 비위를 맞춰서 나도 잘 따르게 할게."

새아버지가 어머니에게 이렇게 말하는 것을 야이치는 교활하게도 서서 엿듣고 있다가

'무슨 말을 하는 거야! 누가 너 따위를 따를까 봐. 아버지는 네가 죽인 거야. 나는 아버지 원수를 갚겠어.'

빼죽이 혀를 내밀었다.

서서 엿듣기로 말하자면, 야이치는 날이 감에 따라 태도가 점점 살금살금 비겁해졌고, 기회만 있으면 언제라도 새아버지와 어머니 둘이 나누는 대화를 살짝 도둑질해서 들으려 했고, 한밤중에 우연히 잠이 깨면 새아버지와 어머니의 동태를 살피러 발걸음 소리를 죽이고 거실 쪽으로 가서 볼 때가 있었다. 새아버지는 극장에서 한밤중에 돌아오고, 새벽까지 깨어 있으면서 제자들에게 예능에 대해 이야기하거나 극장 지배인과 어려워 보이는 문제에 관해 의논하고 그다음에야 비로소 어머니와 단 둘이 있곤 했는데, 어느 날 어머니가 퍼뜩 낌새를 채고는 갑자기 드르

록 침실 미닫이문을 열었다. 그리고 거기에 자기 자식이 도망치려야 도망치지도 못한 채로 새빨개진 얼굴로 못 박은 듯 서 있는 것을 보고 예전에 한 번도 손찌검한 적이 없다가 처음으로 아이 뺨을 찰싹 때린 것이다.

"야이치, 너 여기서 뭘 하고 있는 게야. 여기에 뭘 보러 온 거냐고. 아, 내가 부끄럽구나. 내 자식이 침소를 엿보리라고는 생각지도 못했다.—야이치, 너는…… 너는 이제 아이가 아닌 게냐!"

그리고 얼굴을 들지 못하고는 엎드려 울어 버렸다.

야이치는 고개를 푹 수그리기만 하고 터덜터덜 자기 방으로 돌아왔다. 그리고는 또,

"무슨 말을 하는 거야. 엿보면 안 될 짓을 하는 게 나쁜 거지. 야차 같은 부부, 살인자 부부. 당장 내 앞에 고개를 숙이고 사죄하게 만들겠어!"

대담하게도 이렇게 중얼거렸다.

그는 점점 학교를 나태하게 다녔다.

집안에서는 말도 거의 없고 기분은 안 좋은 듯했으며, 무언가 마음에 들지 않는 일이 있으면 하녀나 제자들에게 함부로 대했는데, 보고 있으면 조마조마할 정도로 잔인한 짓까지 서슴지 않았다. 피는 속일 수 없는지 오가타 야타로가 지니고 있던 가장 나쁜 성격이 차곡차곡 싹을 틔우는 것이었다.

새아버지와 어머니는 몇 번이나 얼굴을 마주보며 절망적인 한숨을 쉬었던가.

그러는 사이 야이치는 소학교를 마치고 중학교에 무난히 진학했다. 그 무렵만 해도 아직 머리는 명석하여 입학시험은 수석을 차지했다. 중학생이 되자 그는 우에노의 도서관에 다니는 날이 사흘쯤 이어졌는데, 남들 눈에야 그저 그가 옛날처럼 공부를 좋아하게 된 것이라고 비쳤지만 놀랍게도 사실은 공부 때문이 아니었다.

그가 도서관에서 빌린 것은 수년 전 철해 놓은 신문다발이었다. 신문에서 그는 오가타 야타로 살해 사건을 자세히 다시 살펴보았다. 살펴본 결과, 아라시 센주로는 당국으로부터 자기가 지금 생각하고 있듯 야타로의 살해범이 아닐까 의심을 받았지만, 명확한 알리바이가 있었기 때문에 곧바로 용의가 풀린 것으로 나왔다.―그는 불만스러웠다. 어두운 표정으로 집에 돌아와 빤히 기분 나쁜 눈초리로 새아버지와 어머니의 안색을 살폈다.

이제 열네 살이 된 야이치는 진작 변성기가 지났고, 목소리와 얼굴 생김새 모두 죽은 야타로와 똑 닮아갔다. 학교는 수석으로 입학했지만 1학기 시험에서 세 과목이나 낙제점을 받았는데, 집에 알리지 않고 무단으로 종종 결석해가며 아사쿠사의 활동사진을 보러 갔기 때문이었다. 아사쿠사에서 놀며 지내는 동안 길거리 불량 소년과 친해졌고, 도리어 한동안 그의 머리에서 새아버지와 어머니의 죄를 정탐하겠다는 마음을 잊게 해 주었다. 그는 중학교 1학년을 완전히 낙제했다. 낙제에 놀란 어머니는 학교로 가서 저 아이에게만은 그런 바보 같은 일이 있을 수 없다고 말했지만, 학교를 결석했으니 방법이 없었다. 낙제 통지가 있고

삼 일째 되던 날 야이치는 불쑥 어머니 집으로 돌아와,

"아, 어머니. 걱정하지 않으셔도 돼요. 중학교 따위는 저급하고 바보 같아서 꼬박꼬박 다닐 마음이 전혀 들지 않더라고요. W 대학의 특별 청강생 제도에 들어가게 돼서 지금까지 일부러 잠자코 있었을 뿐이에요. 학자금이 중학교보다 조금 더 필요하긴 하지만 그건 어머니가 좀 이해해 주세요. 이제 곧 제가 틀림없이 세상을 놀라게 할 일을 해 보일 테니까요."

그것은 이미 완전히 어른이 된 사내의 말투였다. 그리고 천연덕스럽게 W 대학의 제복을 지어 입고 매일 외출하는 것이었다. 덩치도 크고 생김새도 어른스러워 이것이 열다섯 살 소년이라고는 언뜻 생각지 못할 정도였다. 그해 연말에 그는 품행이 좋지 않은 여자와 문제를 일으키고 새아버지에게 차마 말하지 못한 어머니가 몰래 그 일을 처리해 주었지만, 이때 새아버지는 어머니에게 비밀로 하고는 똑같은 문제를 해결해 주기 위해 야이치에게 수백 엔의 돈을 갈취당했다.

"아버지든 어머니든 뭐든 내가 말하는 대로 하지. 그들은 나에게 딱 한 가지이긴 하지만 너무도 큰 약점을 잡혔어. 그 약점은 아주 뼈아픈 상처거든. 상처를 후벼 파면 그들은 자살이라도 하는 수밖에 없을 테니까."

그는 잘난 척하듯이 불량한 패거리들 앞에서 이렇게 말했다.

6

방탕무뢰, 타락에 타락을 거듭하던 사이에 그도 가끔 자신의
행실을 돌아보고 몸이 저리는 듯한 후회의 심정을 느낄 때도 있
었지만, 그 괴로움에서 도망치기 위해 자포자기 심정으로 뭔가
터무니없는 일을 저질러 보고 싶어졌고, 그러다가

"안 돼, 나는 이제 안 되겠어. 폐인이야!"라며 비통한 속내로
절규하며 단숨에 또다시 방탕함으로 온몸을 던져갔다.

이런 일이 그로부터 몇 번인가 반복되었다. 그리고 그는 마침
내 열아홉 살 청년이 되었다.

그 열아홉 된 해의 봄이었는데, 갑자기 그가 이상하게 생각한
것은 그 무렵 아버지 아라시 센주로의 돈 씀씀이가 몹시 헤퍼지
고, 곳곳에 석연치 않은 빚을 지거나 무리하게 돈을 빌리느라 밤
낮으로 여기저기 분주히 다니는 듯 보이는 일이었다.

센주로가 창백한 얼굴로 고개를 숙이고 오래도록 움직이지도
않은 채 가만히 생각에 빠진 모습이 자주 눈에 띄었다. 야이치가
방탕한 생활을 하는 것에 속을 썩어 걱정하던 때의 모습과는 어
딘가 모르게 다른 점이 있었으며, 보기에도 딱할 정도로 초췌해
져 있었다.

그 초췌함의 원인이 무엇인지 야이치의 가슴 속에서는 다
시 극도의 호기심벽이 끓어올랐는데, 생각해 보니 이 현상은 약
3개월 정도 전부터 그의 집에 낯선 한 중년 사내가 가끔 찾아오
게 된 이후의 일이었다. 그 사내는 이름을 와카미야 다케요시(若

宮竹吉)라고 하며 보기에는 매우 밝고 악의 없어 보이는 얼굴의 사내였다. 배우 집에 올 정도이니 같은 배우는 아니더라도 라쿠고(落語)* 하는 사람일 수도 있었는데, 그 증거로 이 사내는 사람의 동작이나 목소리를 아주 능숙하게 흉내 냈다. 센주로가 부재중일 때 오면 하녀들을 붙들고 그런 재주를 선보이며 아하하하, 오호호호 웃게 만들었다. 그는 겨우 세 번 정도밖에 얼굴을 마주하지 않은 야이치의 걸음걸이나 말투까지 어느새 흉내를 냈고, 야이치도 깜짝 놀랄 정도였다.

"저 사내의 정체는 뭐지? 이 사내와 아버지 사이에 어쨌든 뭔가 비밀스러운 거래가 있는 모양이군!"

야이치는 재빨리 간파했다. 그리고 평소와 다름없는 모습으로 잠자코 관찰했다.

그러나 한편으로 야이치가 적잖이 곤란해진 것은, 아버지가 돈 마련으로 고생을 하는 모양이라 그렇게 되니 동시에 야이치도 용돈 공급이 툭하면 끊기는 일이 아주 잦아진 것이다. 아버지를 조르고 어머니에게 떼를 써 봐도 받는 돈은 이전의 3분의 1, 4분의 1 정도의 소액이었다. 어느 날 밤 그는 부모 쪽에서 용돈 주기를 그렇게 주저한다면 뭔가 돈이 될 만한 것이라도 들고 나가서 전당포에라도 잡혀야겠다 생각했으므로 집 안에 있는 사람들 눈을 피해 벽장에 들어가 긴 궤짝을 열었는데 그 순간 심장을 움켜쥔 듯 쩡한 기분이 들었다.

---

* 만담과 같이 한 사람의 라쿠고가(落語家)가 익살스러운 이야기를 풀어내는 예능.

궤짝 구석에 그 하인 연이 가만히 담겨 있는 것이다.

색도 바래졌다. 종이도 찢어져 있었다.

그러나 보고 있는 사이에 마음 밑바닥에서는 부글부글 뜨거운 감정이 솟구쳤다. 그는 전당포에 맡길 물건을 훔치려는 생각을 순간 잊었다. 그리고 그 대신 하인 연을 몰래 끌어안듯이 해서 자기 방으로 가지고 왔다.

연을 앞에 놓고 책상에 물끄러미 턱을 괴고 있노라니 공터에서 무사 연과 이 연을 날리던 무렵의 자기 모습이 어른거리며 눈앞에 떠올랐다. 순수한 동심이 몇 년 만에 되돌아왔다. 그는 어머니를 불러서 어머니에게도 연을 보여주며 그 무렵의 이야기를 돌이켜보고 싶은 마음마저 들었다. 그리고 일어나지도 않고 한 시간 정도나 멍하니 하인 연의 구마도리를 한 얼굴을 백번도 넘게 반복해서 쳐다보는 사이에 번쩍 예상 밖의 섬광 같은 생각이 떠올랐다.

실제로 이 하인 연에서 그걸 떠올리리라고는 꿈에도 생각지 않았다.

'구마도리를 했다.―구마도리를 하면 사람 얼굴은 꽤나 다르게 보이기 마련이지. 이 구마도리는 뭘까. 콧수염이 나 있었으니 낫 콧수염(鎌髭)*이었겠지.―그런데 「화살촉」은 어떤가. 「화살촉」은 가부키 십팔번 중의 아라고토다. 고로가 구마도리를 하지 않았을 리 없지. 나는 원래 가부키를 좋아하지는 않아. 좋아

* 아래에서 좌우로 낫 모양으로 휘어 올린 콧수염. 에도 시대에 하인들이 이렇게 기르는 습관이 있었으므로 하인 콧수염이라고도 한다.

하지 않지만 「센다이하기(先代萩)」*는 본 적이 있지. 「센다이하기」의 밥 짓는 장면 뒤에 무대 바닥에서 올라오는 장치로 세쓰노스케(節之助)인지 오토코노스케(男之助)인지 하는 녀석이 볼품없는 봉제 인형으로 된 큰 쥐를 밟고 나타나지. 그때 나는 온 얼굴과 온몸이 붉은 구마도리 투성이가 된 오토코노스케를 보고, 사실은 인간이 아니라 큰 인형이 나온 거라고 생각했더니, 웬걸 곧 그 오토코노스케가 뭐라고 말을 시작하고 소름끼치게 독기 품은 침을 뱉으며 '너도 그냥 쥐가 아니렷다'라는 대사를 하며 철 부채로 쥐를 때리는 바람에 크게 놀랐던 적이 있어.—아냐, 아냐, 오토코노스케가 아니야. 문제는 「화살촉」이지. 「화살촉」이 만약 오토코노스케 같은 구마도리를 하고 있었다고 치면 어떻게 되는 거지? 잠깐, 잠깐, 잘 생각해 봐. 지금의 아버지가 그 당시 「화살촉」에서 고로를 연기했었어. 그리고 그게 알리바이였지. 「화살촉」의 고로라는 역할은 구마도리로 완벽하게 얼굴을 바꾼 것이니 어찌 대역이 불가능하겠느냐는 말이야!'

그는 마음을 진정시키려는 데에 무진 애를 썼다.

손바닥에 흥건히 땀이 고였다.

그리고서 10분 정도 억지로 그 자리에 가만히 있다가 이윽고 용수철처럼 튀어 올라 하인 연을 꽉 부여잡고 있는 힘껏 벽으로 던졌다. 그리고 성큼성큼 센주로가 있는 방으로 가서 다행히 센주로가 없는 틈을 타 책상과 책상자를 마구 뒤져서 와카미야 다

---

* 원제는 『메이보쿠센다이하기(伽蘿先代萩)』라고 하는 가부키로 17세기 후반 센다이(仙台) 지방 다테(伊達) 가문의 소동을 소재로 한 작품이다.

케요시라는 명함을 발견하고는 아무 말 없이 밖으로 뛰어나갔다.

와카미야 다케요시는 혼조(本所)* H라는 곳에 살고 있었고, 그 집은 예상한 것보다 훨씬 근사한 벼락부자 취향의 건물이었다. 현관으로 가서 면회를 신청하려고 하니 마침 외출하려고 나서 던 참인 듯, 기분 좋아 보이는 와카미야가 그리로 활개 치며 나왔다.

"와카미야 씨, 내가 당신에게 꼭 좀 물어보고 싶은 게 있어서 왔습니다."

현관에 선 채로 야이치가 급한 마음을 억제하면서 가능한 한 어눌하게 말하니,

"아, 뭔가? 자네 센주로 대장이 보낸 심부름으로 왔나?"

와카미야는 흠칫 숨이 막힌 듯한 얼굴로 말했다.

"아버지 심부름이 아닙니다. 제 문제입니다. 묻고 싶은 것은 아버지와 당신이 무슨 관계인가 하는 것입니다만."

"호, 오호, 뭐야. 그런 걸 물어보러? 나는 당신 아버지와는 오래된 사이지. 10년도 전부터 친구였다고."

"10년 전에 무슨 친구였습니까? 당신 아사쿠사 미야코 극단에 있었던 적이 있지 않습니까? 정확히 대지진이 나기 전 해에—"

"이거 정확하군! 맞았네. 미야코 극단이었지. 거기 있었다네. 자네에게 말하는 게 좋을지 숨기는 게 좋을지 모르겠는데, 나는

* 도쿄 스미다구(墨田區)의 한 지명.

그 극단의 무대 뒤에서 일하는 사람이었지. 입혀주는 역할, 의상 담당이었거든."

"의상 담당이라면 아버지가 무대에 나갈 때의 의상 같은 것을 당신이 도왔겠군요. 「화살촉」에 나갔을 때를 기억하십니까?"

"뭐, 「화살촉」이라고?"

와카미야의 눈동자가 번쩍 움직였다.

잠시 입을 꾹 다물고 뒤를 돌더니 함께 그곳에 나와 있던 아내로 보이는 여자와 두 하녀를 집 안으로 들어가라고 턱짓으로 명령하고 새삼 느리고 낮은 목소리로 말했다.

"그렇다면 아무래도 자네는 뭔가 「화살촉」에 관해서 이상하다고 느껴서 내가 있는 곳으로 온 게로군. 오해를 당하기는 싫으니 내가 정직하게 말을 함세만, 나는 나쁜 짓은 아무것도 하지 않았다네. 나쁜 건 센주로 대장과 자네 어머니 두 사람이지. 자네 어머니도 마침 그날 밤 무코지마의 언니가 있는 곳인가로 가서 집에 없었다고 하지 않나. 이 점이 나는 수상해. 두 사람이 미리 말을 나누고 어머니가 집에 없는 때를 노려서 센주로 대장이 나선 거지."

"이야기를 건너뛰지 말아 주십시오. 나는 「화살촉」에 관해서만 묻고 있습니다. 내 친아버지가 살해당한 밤 말입니다. 그날 밤 「화살촉」은 누가 연기했습니까?"

"그야 헤헤헤, 센주로 대장이지. 겉으로 보기에는 말이야."

"시치미 떼지 말고 있는 그대로 이야기해 주세요. 당신은 사람 목소리나 동작 흉내를 잘 내지 않습니까. 그날 밤 고로는 당신이지 않았나요."

"흠, 헤헤헤, 그야 그렇지 않다고도 그렇다고도 못하겠군.—하지만 네기시에 있는 집으로 간 것은 어쨌든 내가 아니야. 그건 믿어 주게나. 나는 사실을 말하자면 아무것도 모르고 있었지. 나중에 생각해 보고 아, 그렇군 하고 앞뒤를 이해하게 된 거라고. 나는 대장에게 큰 걸 받았기 때문에 바로 얼마 전까지 오사카 쪽으로 가서 조용히 눌러붙어 있었는데, 아무에게도 이 이야기만은 아직 한 적이 없다네.—하지만 자네도 어설프게 소란을 부려 보았자 손해야. 자칫 친어머니 목에 자네가 밧줄을 휘감게 될 수도 있으니까."

이렇게까지 쉽게 상대방이 이야기를 해주리라고는 생각지 못했다. 야이치가 설마 어머니 목에 밧줄을 감는 짓 따위는 하지 않으리라고 생각했던 와카미야는 이제 거의 모든 것을 다 이야기해 버린 것이나 마찬가지였다.

"나는 말이야 사실 한 번쯤 진짜 무대로 나가 보고 싶었지. 그러던 차에 무슨 생각이었는지 지금의 자네 아버지가 비밀로, 절대로 비밀이니「화살촉」의 연기만은 가르쳐주겠다고 한 거야. 내 재주를 알아보고 하는 이야기라고 생각했으니 나는 열심히 배웠지. 그리고 그날 밤에 갑자기 내가 살짝 무대로 나가게 된 거지. 가부키 십팔번이라고 해도 미야코 극단에 오는 관객들이야 진정한 예능의 맛을 이해하지는 못하지. 조금 이상하다고는 여겨도, 목소리가 같고 연기가 같고 얼굴도 흰 데다가 나도 갸름한 편이고, 굳이 말하자면 형제라고 한들 이상할 것 없을 정도로 이목구비 배치도 닮았으니 대역으로 나서면 연기가 서툴러도 뭐 그리 크게 차이는 없을 거겠지. 구마도리로 숨기면 전혀 식별할 수 없으니까 말이야. 그날 밤에는 대장 방에서 나와 둘이서 준비를 했다네. 지금까지 아무도 모르겠지만, 내 얼굴 분장이 다 되고 의상도 갖춰 입자 대장이 살짝 대기실을 나갔거든.―뭐 여기까지 이야기한 이상 자네도 짐작이 가겠지만 나는 결코 몰랐다고. 허둥지둥 소동을 부려봤자 자네도 피를 나누어 준 어머니의 목을 죄기가 쉽지는 않을 테고, 그냥 얌전히 있게나. 친아버지의 복수라면 내가 또 힘이 되어 줄 수도 있는 일이고. 자네는 젊긴 해도 똑똑한 청년이라는 것을 내가 잘 알고 있으니 이렇게 속을 터놓고 이야기를 한 거네. 센주로의 살인을 알고 있는 것은 이 넓은 세상에 나와 자네 둘뿐인데, 자네는 살해당한 아버지의 원수갚기, 나도 따로 약간의 원한이 있지. 둘이서 힘을 합하면 센주로를 고통스럽게 할 방법은 아직 얼마든지 있으니 서두르면 안 돼. 알았나?"

악당은 악당인지 와카미야는 야이치를 손에 넣은 듯한 말투다. 마침내 모든 것을 다 털어놓은 것이다.

와카미야는 원한이 있다고 말했다. 와카미야와 센주로 사이에 아직 어떤 문제가 있는지 그런 거야 아무래도 상관없다. 야이치는 어머니가 친어머니라는 사실조차 잊었다. 자신의 타락과 방탕, 평생을 헛되게 만들어 버린 말도 안 되는 행실들은, 바로 이 가증스러운 간부(姦婦)들에게 그 모든 책임이 있다고 여겨졌다. 그렇다, 어머니는 자기 자식으로 하여금 간악한 애인을 불러

들이기 위해 연을 날리게 했다. 바로 자기 자식을 남편을 죽이기 위한 유인책으로 쓴 것이나 마찬가지인 것이다!

7

여덟 살 되던 해에 이미 그 아저씨가 괴물의 정체가 아닐까 의심하고, 그 괴물의 가죽을 벗겨내겠다고 결심한 이후로 11년이나 지났다.

10시쯤 집으로 돌아와서 야이치는 가만히 자기 방에 틀어박혔는데, 그것은 곧 아버지가 극장에서 돌아와 목욕하고 식사를 한 다음 마침내 어머니와 둘이서 침실로 들어가는 것을 기다리기 위해서였다. 아버지는 11시 반에 귀가를 한 것 같았고, 새벽 2시에 부엌에서 달그락거리는 소리가 나서 하녀들이 뒷정리하는 것을 알았다. 손님이 한 명 있는 것 같았는데, 그와 다음 달 공연에 관해 무대 연습과 이런저런 상의를 하는 듯했다. 새벽 4시에 야이치는 마침내 자기 방을 나서려고 했는데 그때 어딘가에서,

"아아, 당신!"

날카로운 어머니의 비명을 들었다.

깜짝 놀라 귀를 기울이니 아버지와 어머니가 심하게 말다툼을 하는 듯했는데 하녀들과 하인들은 피곤해서 잠이 푹 들어 있는 바람에 아무것도 모를 것 같아 야이치는 곧바로 소리가 나는

곳으로 갔다. 그리고 안쪽 거실을 미닫이문 틈으로부터 살짝 들여다보고 그대로 꼼짝도 할 수 없게 되었다.

아버지 아라시 센주로는 이부자리 위에 책상다리를 하고 고개를 떨군 채 창백한 얼굴이었다. 어머니는 왼손 손바닥을 손가락 쪽으로 확 베였는데, 그것은 뭔가 예리한 칼날을 손으로 잡아서 그 때문에 베인 것 같았다. 그 손에서 피가 뚝뚝 흐르고 있었다. 그리고 도코노마(床の間)* 구석에는 내던져진 단도가 기분 나쁜 빛을 내며 굴러다니고 있었다.

어머니는 머리맡의 수건으로 손의 상처를 꾹 눌렀다.

아버지는 그것을 보고

"아프겠군. 미안하오." 안도하듯 말했다.

"아뇨, 괜찮아요. 이런 건." 어머니는 눈을 감고 아픔을 참으며 "하지만, 하지만 너무하세요, 당신. 왜 이런 성미 급한 짓을 하시는 건가요."

"성미가 급한 게 아니오. 생각에 생각을 거듭한 끝에 내린 결론이지. 당신에게는 정말 미안하오."

"미안하고 안 하고의 문제가 아니에요. 여보, 이제 싫어요. 매일 밤 이렇게 무서운 일만.─당신은 그저께 밤에도 목을 매려고 하셨지요. 그리고 그 삼 일 전에도 독약을 사 오셨어요……. 아뇨, 아뇨, 다 제가 알아요. 모르겠는 건 당신이 왜 자살을 하시려는 것인지 그 이유뿐이라고요.

* 일본 다다미방에 바닥을 한 층 높여 만들어 놓은 장식을 위한 공간.

"미안, 잘못했어."

"미안하다고 생각한다면 이야기해 주세요. 나에게 이유를 납득시켜 달라고요. 당신은 뭐가 그리 괴로운 건가요. 왜 당신 혼자서 죽을 마음을 먹는 거냐고요."

어머니는 필사적인 어조로 추궁했고, 아버지는 잠자코 고개를 숙였다.

악동 야이치의 눈에서 문득 뭔가 안개와도 같은 것이 휘 걷히는 이상한 기분이 들었는데, 그것은 전혀 예기치 못한 장면, 아버지와 어머니의 고뇌에 가득 찬 내면의 진실을 보게 되면서 영문도 모른 채 어떤 깊은 슬픔의 감정이 절절히 그의 전신을 덮기 시작했기 때문이었다. 그는 자기가 그곳에 있다는 것을 알아차리지 못하게 하려고 돌처럼 몸을 굳혔다. 숨도 쉬지 못하고 아버지와 어머니의 이야기 소리를 들었다.

"네, 여보, 이유를 이야기해 주세요." 어머니는 다시 말했다.

"이야기하고 싶지 않소. 말할 수 없는 일이니." 센주로는 고개를 흔들며 답했다. "하지만 나는 예전부터 묻고 싶은 게 하나 있소."

"뭐에요? 그게—"

"그건 나에 대한 것이 아니오. 당신의 전남편, 오가타 씨에 대한 일이오. 당신은 오가타 씨를 사랑했었소?"

"사랑하지 않았어요. 그런 이야기는 벌써 입이 닳도록 이야기했잖아요. 증오하고 또 증오하고 끝까지 증오했어요."

"음, 그렇다면 그때 내가 당신에게 오가타 씨와 헤어져 달라고 몇 번이나 부탁했지 않소. 그럼 왜 당신은 그걸 허락하지 않았지?"

"저도 스스로 몇 번이나 그러고 싶다고 생각했어요. 그러면서도 오가타와 헤어질 수 없었던 건 야이치 때문이에요. 나와 헤어졌다고 쳐도 그 사람은 야이치를 억지로라도 자기가 데려갔을 사람이지요. 내가 없는데 야이치가 어떤 일을 겪을지 그것을 생각하면 참아낼 용기가 났어요. 그리고 너무도 괴로울 때는 당신이 와 주셨으니 그걸로 얼마나 위로를 받았는지 모릅니다. 야이치는 지금이야 저렇게 되었지만, 그때 얼마나 귀여운 아이였는지 몰라요. 저 애를 위해서라면 나는 오가타 손에 죽는다고 해도 상관없었어요.—그것과 오늘 밤에 당신이 하려던 일이 무슨 관계가 있다는 거예요?"

"관계는 없소……. 나는 지금 나의 어떤 비밀을 쥐고 있는 사내 때문에 괴로움을 겪고 있는데, 그 괴로움도 당신과는 전혀 관계없다고 생각해 주오."

"거짓말이군요."

"뭐?"

"그 괴로움과 제가 무관계하다는 말씀 말이에요. 당신은 저를 사랑해 주셨어요. 그때 당신은 제가 오가타 집에서 터무니없는 고통을 참고 견디고 있는 것이라 말씀하셨지요. 어떤 수단을 써서라도 저를 그 괴로움에서 구해 내겠다고도 하셨어요. 그 구출 수단이 잘못된 거죠?"

"……"

"사실대로 말하자면 요즘 들어 모든 것을 알 것 같아요. 언뜻 추측은 하고 있었지요. 하지만 옛날의 그런 무서운 일들은 제가 모르는 체하는 편이 당신에게 편할 거라고 생각했어요. 왜 당신은 나에게 같이 죽자고 말씀해 주지 않는 거지요?"

"……."

"저는 이제 죽어도 좋아요. 야이치가 형편없는 아이가 되었으니 이제 희망은 아무것도 없고, 게다가 야이치도 언젠가 사실을 알 때가 올 거예요. 저렇게 행실이 나쁜 아이지만 사실을 알았을 때 정말 저 아이가 가여워지잖아요. 그때를 보고 싶지 않아요.─죽을 거라면 함께 죽어요."

야이치는 손등으로 뺨을 비비고 울음소리를 내지 않으려고 이를 꽉 물었다. 급격한 감정이 울컥 가슴에 몰려온 것이다. 지금 떠오른 것은 어머니가 시골 아저씨와 만나던 때, 그 장면은 완벽하다고 해도 좋을 만큼 흐트러진 구석이 없었으며, 오히려 항상 근심에 차고 슬픔에 갇혀 있었다. 어머니는 괴로워했다. 괴로워 몸부림치면서도 마음속으로부터 자신을 사랑해주는 남자에게로 달려가지 않고 그저 오로지 자식을 위해서만 네기시의 집에 꾹 참고 있었다.

그는 이제 거기에 가만히 있을 수가 없었다.

아이 때와 마찬가지로 어머니가 알아차리고 후스마를 열었다면 와락 어머니 무릎에 달려가 안겼을 것이다. 그는 숨소리를 죽이고 미닫이문을 떠나 현관 옆방으로 가서 푹 잠들어 있는 하인을 깨워 안쪽 거실을 계속 지켜보라고 일러두었다. 그리고 그대로 집을 휙 나가 버렸다.

그다음 날―.

센주로 집 안에 있던 사람들이 뭔가 이상하다고 여긴 첫 번째 일은 센주로 부부가 그날 유난히 일찍 일어나 싱글벙글 집안사람들에게 기분 좋게 대하며, 갑자기 부부가 같이 여행을 가기로 했고 하인, 하녀, 제자들 모두에게 공표한 것이었다.

그 여행 준비로 센주로 부부는 꽤 수고를 했다. 옷 서랍과 벽장 안의 물건들을 하나하나 조사하고 뭔가 쓴 종이를 끼워 넣고, 마치 자신들의 유품을 구분하여 남겨 두려는 듯한 모습이었다.

정오쯤 손님이 찾아왔지만 만나지 않았다.

1시 반에 준비가 다 되어 자동차를 부르게 한 그때였다.

그곳에 야이치의 불량 친구로 보이는 젊은이가 부탁을 받았다면서 한 통의 편지를 가지고 왔다.

편지는 뒷면에 '야이치'라고 쓰여 있고 겉에 '부모님 전상서'라고 되어 있었다.

하필 이때 야이치가 무슨 이야기를 전한 것일까. 무엇일지 심상치 않음에 가슴을 두근대며 봉투를 열어 보니,

―부모님께. 어젯밤 저는 아주 하찮은 일로 싸움을 하다 그 상대를 죽여 버렸습니다. 상대는 와카미야 다케요시입니다. 그런 놈은 죽여 버렸으니 이제 아무 일도 떠들어 댈 걱정은 없습니다만, 뒤처리가 성가실 것이라 여겨 이대로 모습을 감추기로 했습니다. 부디 부모님 두 분 모두 건강히 계십시오. 지금까지의 불효를 용

서해 주시기 바랍니다. 저는 어머니를 사랑합니다. —

간단한 글이었다.

얼굴을 나란히 하여 함께 편지를 읽던 부부는 툭 하고 편지를 무릎에 떨어뜨린 다음 말없이 서로를 마주보았다.

센주로가 얼굴에 미미한 경련을 일으키며 뭔가 말하려고 했지만 말이 나오지 않자, 어머니는

"…… 야이치가, 야이치가…… 당신을 구하려고 한 거예요……."

그 자리에 푹 엎드려 울음을 터뜨렸다.

০ ০ ০

나중에 어머니가 야이치의 방으로 가 보니 찢어지고 꾸깃꾸깃해진 하인 연이 책상 위에 놓여 있었다. 어머니는 그것을 끌어안고 오래도록 넋이 나간 듯 멍하니 한 곳을 응시했다.

《신청년》 1936년 8월호 발표

어느 가문의 비극

쓰노다 기쿠오

기묘한 사내

그 테이블에는 한 기묘한 사내가 있었다.

닳아서 해진 초라한 갈색 외투에 옷깃을 깊이 여미고 통로로 내놓은 발끝에는 너무 오래 신어 헐렁헐렁해진 신발이 흙으로 범벅이 되어 있다. 기름기 없는 머리카락은 먼지를 뒤집어써서 허옜고 얼굴은 신경질적으로 보이며 마르고 핏기가 없었다.

게다가 도대체 그 눈빛이라니. 열병 환자처럼 뿌옇게 흐린 데다가 안정감 없이 시종일관 흠칫거리며 움직인다.

뭐랄까— 묘하게 병적인 불안한 무언가 그의 전신에서 일종의 냄새처럼 주변 공기에 감돌고 있었다.

나이는 스무두셋.

제대로 복장을 갖추고 있었더라면 어지간한 아가씨들이 한번쯤 돌아볼 만한 사내다운 면이 있었는데……

'술과 차, 리버럴'—

그렇게 쓰인 종이가 계산대 앞에 붙어 있다. 가게 밖에도 싸구려 페인트로 똑같은 문구를 쓴 간판이 내걸려 있을 것이다.

테이블은 전부 열두세 개. 밤에 술손님을 상대하는 것이 본업이고 주간에 하는 다방은 사실 시간을 때우기 위한 용도일 것이다. 가게에는 계산대 쪽에서 나오는 하품을 애써 삼키는 여급이 한 명 있을 뿐이었다. 요컨대 종전(終戰) 후 우후죽순처럼 속출한 다방 겸 술집의 하나라고 하면 이해가 쉬울 것이다.

손님은 이 기묘한 사내와 옆 테이블에 있는 검정 외투의 남자. 그리고 건너편 구석에 두 팀이 더 있다.

그런데—

이 기묘한 청년이 묘한 짓을 했다.

주문한 대로 방금 여급이 두고 간 무가당 홍차가 담긴 컵을 한손에 쥐고는 느닷없이 벌떡 일어나는가 싶더니 미친 듯이 큰 소리를 쥐어짜 내며 외쳐댄 것이다.

"뭐, 뭐야, 이게! 어, 이게 도대체 어떻게 된 거냐고!"

그 서슬에 여급은 얼이 빠져 입이 떡하니 벌어졌다. 손님들의 시선이 일제히 그를 향했다.

청년은 눈꼬리를 치켜뜨고 말을 더듬으면서 계속 소리를 질렀다.

"이, 이런 걸 마시라고, 어, 이봐! 바꿔 달라고!"

청년은 스푼 끝으로 컵 안에서 한 마리의 거미를 건져내어 여급 코끝에 휙 디밀었다.

여급은 얼굴이 새빨개져 뿌루퉁 불만스러운 눈초리로 사내를 노려보았다.

건방지기 짝이 없는 놈! 흥! 쩨쩨하게 무가당 홍차 같은 거나 주문한 주제에…….

사내의 손에서 컵을 받아드는 것도 거의 잡아채는 듯한 동작이었다. 그리고 못마땅하게 다른 잔을 다시 가지고 와서는 그 옆 얼굴을 너무도 얄밉다는 듯 노려보면서 거칠게 탁 하고 놓았다.

이렇게 되자 다른 손님들은 사건이 어떻게 결말나는지 다 보았다는 듯 각각 자기들 화제로 되돌아갔다.

다만 옆 테이블에 있던 검정 외투의 남자만이 뚫어져라 청년의 얼굴을 계속 응시하면서 눈길을 돌리지 않았다. 잔혹할 만큼 예리한 응시였다.

청년은 그것을 알아차리지 못했다. 안정감 없는 시선을 우왕좌왕 이리저리 움직였지만, 곧 자기 테이블로 방향을 돌리고 그 한구석을 물끄러미 바라보았다. 거기에는 방금 그가 스푼으로 건져낸 한 마리의 거미가 홍차 방울 안에 빠져서 꿈틀거리고 있었다.

그는 잠깐 주저하면서 계산대의 여급 쪽을 훔쳐보았다. 그 얼굴에 결의의 표정이 언뜻 떠올랐다.─전광석화와 같은 속도였다. 그 거미를 집어 올려 외투 주머니에 넣어 버린 것이다.

그리고 큰일이 하나 끝났다는 듯 '후' 하고 한숨을 내쉬며 주위를 둘러보았다. 그리고 옆에 신문지를 펼쳐 보고 있는 검정 외투의 남자를 의식하고

"저, 실례합니다만……."

약간 더듬으면서 마치 어색하게 맞춘 듯한 서툰 말투로 이렇게 물었다.

"지금 몇 시나 되었을까요?"

검정 외투의 남자는 어떻게 말해야 좋을지 모르는 듯 입을 꾹 다문 채, 그러면서도 한 손을 무겁게 움직이더니 계산대 쪽을 가리켰다.

거기에 있는 라디오가 시각을 알려주었다. 정확히 3시였다.

"아, 3시군요……."

청년이 입안으로 뭐라고 중얼대는 것이 들렸다. 손수건을 꺼내 이마의 땀을 닦고,—이렇게 보고 있는 사이에 그는 마치 주정뱅이처럼 어깨를 축 늘어뜨리고 양손에 얼굴을 묻고 말았다.

옆 테이블에서는 펼친 신문 너머로 검정 외투를 입은 남자의 눈이 아직도 청년을 물끄러미 계속 응시하고 있었다.

왜 그 남자는 청년에게 그런 호기심 어린 눈길을 보내고 있는 것일까?

사실—그는 그 청년이 방금 전에 한 기묘한 행동을 처음부터 빠짐없이 보아 알고 있었다.

청년이 먼저 자기 외투 주머니에서 한 마리의 거미를 꺼내어 그것을 홍차 컵 안에 떨어트리고, 그다음 일어나서 여급에게 시비를 걸던 모든 과정을…… 물론, 청년이 마지막에는 그 거미를 재빨리 주머니로 담아 넣는 것까지 놓칠 리 없었다.

손님은 몇 팀이 들고 났다.

그때마다 여급은 주문한 차를 나르느라 옆을 지나면서 청년의 옆얼굴을 노려보고 갔다.

아직도 버티고 있군, 이 손님은!

그러나 청년은 턱을 괸 두 손에 얼굴을 묻은 채 죽은 듯 미동도 하지 않았다.

시간이 계속하여 경과했다. 손님은 또 바뀐다. 종전 후 도시민들의 특징은 누구나 다 안절부절 침착하지 못하다는 것이다. 남의 일은커녕 모두 자기가 사는 문제만으로도 벅찼다. 이제 누구 하나 이 테이블에 엎드려 있는 사내에게는 신경도 쓰지 않았다.

여급도 이제 질려 버렸는지 청년 쪽을 돌아보지도 않게 되었다.

그러는 중에 변함없는 것은 팔을 괴고 있는 청년과 그를 바라보는 검정 외투의 남자뿐이다.

얼마나 무료한 시간이었는지.

곧 라디오가 4시를 알렸다.

"아, 4시……."

청년은 흠칫거리며 사방을 둘러보고 전화기 있는 곳에 서 있는 여급 쪽으로 힐끗 시선을 주었다. 테이블 위에 돈을 던졌다. 흔들흔들 문 쪽을 향해 걸어갔다—이런 동작을 거의 한순간에 다 해버린 것이다.

끝끝내 홍차 컵에는 손도 대지 않았다!

검정 외투의 남자는 청년이 밖으로 나갈 때 후 하고 깊은 숨을 내뱉는 것을 분명히 들었다.

입구 문이 탁 하고 소리를 내고 청년의 모습은 반투명 유리

건너편으로 사라져갔다······.

종전이 되던 해의 11월 7일—몹시 추운 날이었다는 것이 기록에도 남아 있다. 특히 연말이 다가옴에 따라 대기는 마치 바늘을 품은 듯이 매섭게 추워졌다.

검정 외투의 남자는 나중에 당시를 회상할 때마다, 기묘한 청년이 나갈 때 탁 하고 소리를 낸 둔탁한 문소리와 더불어 부르르 몸을 떨게 한 혹한을 항상 떠올렸다.

딱히 뚜렷한 이유도 없었지만, 그 문소리를 신호로 삼은 듯 검정 외투의 남자도 테이블에 돈을 던져 놓고 슬그머니 일어섰다.

그러자 때맞춰 계산대 뒤에서 전화를 받고 있던 여급이 상반신을 이쪽으로 내밀며 말을 걸었다.

"가가미(加賀美) 씨, 전화입니다······."

검정 외투의 남자는 뚱하니 입을 다문 채 그쪽으로 걸어갔다.

전화기 앞에 선 그의 목소리는 낮고 두꺼운 베이스 톤이었다.

"내가 가가미오만······."

"아, ······ 과장님이시군요, 접니다. 미네(峰)입니다······."

수화기 저쪽에서는 젊은 형사의 목소리가 한껏 들떠서 윙윙거렸다.

"경시청에 안 계셔서 여기저기 꽤 찾았습니다. 사건이에요! 지금 현장에서 걸고 있습니다. 살인이에요. 아무래도 보기에 묘한 점이 있는 사건이라······ 피해자는 자산가입니다. 권총으로 피격되었습니다. 현장은 세이부(西武) 전차 와시노미야(鷲の宮) 역에서 북쪽으로 십이삼 분······ 네? 범행 시각이요? 3시입니다.

그럼, 오시는 거죠?"

이 히비야(日比谷)의 찻집에는 가가미가 가끔 들른다. 경시청에서 가깝다는 것 말고 특별히 깊은 의미는 없다. 사건으로 지친머리를 쉴 때 아무에게도 방해받지 않는 이런 안성맞춤의 장소가 달리 좀처럼 없었기 때문이다. 따라서 아까 그 기묘한 청년에게 다소의 호기심이 발동했다고는 해도, 그것은 정말 우연한 일에 불과했다. 적어도 그 전화 보고를 받기 전까지는……

그는 모자를 던져 올리듯 머리에 얹고 요란한 출입구 문을 그넓은 어깨 끝으로 밀어붙이듯 휙 열어젖히며 밖으로 나갔다.

그러나 그 문을 나서는 순간 그의 얼굴에 일종의 이상한 표정이 그림자처럼 흐릿하게 지나는 것이 보였다.

"3시? 3시라고?"

히비야의 한 찻집에서 청년 하나가 기묘한 행동을 했다. 그는고의로 자신의 컵에 거미를 집어넣고, 온 가게 안이 깜짝 놀랄만한 광기어린 목소리로 여급에게 시비를 걸었으며 그다음 곧장 옆에 앉은 남자에게 시간이 어떻게 되냐고 물었다.

"지금 몇 시나 되었을까요? 아, 3시군요!"

한편 그곳에서 15킬로미터 떨어진 와시노미야 일각에서는3시 정각에 살인사건이 발생한 것이다.―가가미는 그때 대체무슨 생각을 했을까. 그것은 알 수 없다.

그러나 이것이 그 기괴하기 짝이 없는 다카기 가문 비극의 서막이었다는 것은 곧 분명해졌다.

오후 3시

가가미의 자동차가 현장으로 달려갔을 때 빨리 지는 초겨울 해는 이미 기울었고 짙은 감색의 초저녁 어둠이 주위를 완전히 채우고 있었다.

부근은 온통 밭과 잡목림이었다. 아침부터 계속 부는 북풍의 여운이 아직 싸늘하게 그 숲의 모습을 흔들고 있다.

그런 한적한 환경 속에 2천 평도 더 되는 넓은 정원을 소유하고 그 중앙에 아담한, 그러나 한눈에도 돈을 상당히 들인 것임을 알 수 있는 서양식 저택이 서 있다.

온 저택에 환하게 들어온 불빛 아래로 바쁜 듯 움직이는 것은 조사하러 달려든 담당관들의 모습일 것이다.

자동차 사이렌 소리를 듣고 미네 형사가 뛰어나왔다.

"과장님, 마침 잘됐습니다. 방금 흉기로 사용된 권총이 막 발견되었습니다."

젊은 형사는 통통 튕겨 나갈 듯 원기 왕성한 목소리로 과장을 맞았다.

"아무래도 생각보다 간단히 정리가 될지도 모르겠어요. 지금 검사국 분들과 감식하는 직원들이 그 권총을 가지고 한창 지문을 검출하고 있습니다."

"흠……."

가가미의 답은 단지 그뿐이었다.

어떤 일이든 나의 눈으로 직접 보지 않는 이상은 절대 그냥 넘어가지 않겠다—

그의 완고함 그 자체인 듯한 각진 턱이 그렇게 말하고 있었다.

가가미는 입을 꾹 다문 채 큰 걸음으로 현관으로 들어갔다.

내부는 외관 이상으로 사치스럽게 공을 들였다. 그러나 고상한 취향이라고는 할 수 없다. 한마디로 말하자면 이것 보라는 듯 재력의 빛을 과시하는 느낌이다.

복도 오른편으로 이어지는 맨 첫 방이 서재, 다음이 침실. 이어서 식당이 있고 복도를 사이에 두고 건너편은 큰 응접실이다. 복도는 막다른 곳에서 오른쪽으로 꺾어지며 그 맞은편에는 평상시 사용하지 않는 객실이 두 칸, 거기에서 오른쪽으로 꺾어진 복도 안쪽에는 가족들의 거실과 부엌이 마구 밀어 넣은 듯이 답답하게 늘어서 있었다. 그건 그렇다고 치고 이 무슨 이상한 분위기인지.

가가미는 이 건물 안으로 한 걸음 들여놓은 순간에 이미 그것을 알아차렸는데, 그것은 살인 현장이라는 조건을 제외하더라도 그 전에 이미 이 건물 안에 배어 있는 듯한 이상함이었다.

여기 살고 있는 인간의 광기 어린 기묘한 무언가 어느새 건물 벽이나 가구에 배어들어 버린—만약 그런 것이 있을 수 있다면 이 저택이야말로 분명 그런 사례임이 틀림없는 것이다. 가가미는 복도에 서서 주위를 둘러보면서 그런 생각을 했다.

왼편 응접실에서는 권총의 지문 검출에 열중한 감식과 직원을 둘러싸고 검사국 일행도 열심히 그것을 지켜보고 있었다.

가가미는 그쪽에 살짝 묵례만 하고 느릿느릿 주인의 침실로 들어갔다.

앞에 선 미네 형사가 설명한다.

"이곳이 현장입니다. 검시는 끝났습니다만 아직 그대로 손대지 않은 상태입니다."

망을 보기 위해 무료한 듯 의자에 힘없이 걸터앉아 성냥개비로 귀를 파고 있던 관할서의 형사가 가가미를 보더니 황급히 일어나 경례했다.

가가미는 무뚝뚝했다. 양손을 주머니에 찔러 넣은 채 방 중앙에 떡 버티고 서서 사방으로 예리하게 차가운 시선을 보낸다.

문에서 보아 왼쪽 안쪽으로 침대가 있었으며 주인인 다카기 고헤이(高木孝平)가 그 위에 누운 채 죽어 있다. 연령은 쉰일곱, 반백의 두발, 눈을 감고 공포도 고민도 없는 편안한 얼굴이다. 다만 그 얼굴의 반은 탄환 때문에 무참히 피로 얼룩져 있었다. 침대 머리맡은 온통 검붉은 피바다였다.

깊이 잠들어 있는 상태에서 권총을 겨눠 쏘아 살해한 듯했다. 한 발로 완전히 보내 버렸다—

침대와는 반대 측—즉, 문으로 들어와서 곧바로 오른쪽 벽에는 양복 옷장과 정리장들이 꽉 들어차게 붙박이로 만들어져 있고, 그 맞은편 구석에 고풍스런 장식 시계 하나가 음험하게 째깍째깍 시각을 가르고 있었다.

방의 중앙 창가에는 멋스러운 책상과, 게다가 의자가 네 개—그 어느 것을 보더라도 모든 것이 정연했으며 흐트러진 흔적 따위는 어디에도 없었다.

가가미는 보기에도 대단한 악력을 느끼게 하는 뼈마디 굵은 손가락 끝으로 그 의자의 등을 꽉 잡고는 가볍게 창가로 옮겨와 앉았다. 그 중량에 의자가 끽 하는 소리를 내며 삐걱댔다.

가가미는 눈으로 시체를 본 채로―형사 쪽으로 약간 턱짓을 했다.

―그럼, 들어보지.

그것이 그의 표정이 말하는 의미였다.

미네 형사는 과장의 기질을 잘 알았다. 그는 극히 간결하게 보고를 요약했다.

"다카기 가문의 가족에 관해 먼저 말씀드리면 피해자인 주인 고헤이 외에 아오시마 가쓰에(靑島勝枝)라고 이혼 후 친정으로 다시 돌아온 여동생이 있습니다. 마흔세 살이고 약간 어두운 느낌의 돌처럼 느껴지는 여자입니다. 이 여인이 좀 이상한 인물입니다. …… 그리고 하녀가 둘. 한 명은 야마시로 유코(山城友子)라고 하며 스무 살, 이 집에 일하러 들어온 지 반년 정도 됩니다. 또 한 사람은 이토 교코(伊藤京子)이고 이쪽은 나이가 스물여덟, 이 집에 온 지 오늘로 겨우 4일째라고 합니다. 이 넓은 집에 식구라고는 이렇게 딱 네 명입니다.

다카기 가문의 자산은 대략 천만 정도가 있다고 하고, 원래 자작 신분을 내세웠다고 하는데, 고헤이 아버지 때에 그 작위를 박탈당했습니다. 뭔가 일이 있었겠지요. 어쨌든 피해자인 고헤이라는 인물도 이상한 인물임은 틀림없습니다. 나중에 보시면 아시겠지만, 이 집안의 모습이라니! 뭐라고 해야 할지, 궁전과 거지의 집을 합쳐 놓은 것이라고 해야 할까요……. 자기가 사용하는 방들은 이렇게도 사치를 부려 놓았으면서 여동생 아오시마 가쓰에나 하녀들이 있는 방은 어떻게요! 그에 비한다면 제가 사는 판잣집이 얼마나 훌륭한가 싶습니다. 게다가 고헤이의 아내는 8년 전에 미쳐서 자살했습니다만, 그것도 고헤이의 학대를 견디지 못해서였다는 소문마저 있습니다."

가가미는 잠자코 천장 한구석을 응시했다. 대꾸도 하지 않았다. 사건 설명을 들을 때의 그는 항상 이렇다.

"그런데 오늘 사건 말입니다만……. 하녀 이토 교코는 외출해서 부재중이었습니다. 그리고 방금 돌아왔기 때문에 다른 사람들과 함께 저쪽에서 기다리게 해 놓았습니다. 그래서 범행 당시 이곳에 있었던 사람이라고 한다면 피해자의 여동생 아오시마 가쓰에와 하녀 야마시로 유코 두 사람뿐이었던 셈이지요. 유코도 외출했었는데 마침 3시에 이곳에 돌아왔습니다. 울타리 뒤의 쪽문을 열고 안으로 들어오려고 했을 때 이 방 쪽에서 총성이 난 것을 들었다고 합니다. 유코가 가장 먼저 부엌문으로 뛰어들어 왔습니다. 여동생 가쓰에는 정원의 헛간 쪽에 있다가 마찬가지로 총성을 들었습니다. 가쓰에는 한발 늦게 바깥 현관에서 뛰어 들어왔지요. 마침 그곳을 지나가던 순찰 경찰이 역시 총성을 듣고 가쓰에의 뒤를 이어 뛰어 들어왔습니다. 그리고 세 사람이 거의 동시에 사건 현장을 발견했다는 것입니다.

경관은 처음에 자살이라고 생각했던 모양이더군요. 침실 안에는 달리 사람 그림자도 없었고, 또한 세 명이 모두 아무도 보지 못했거든요. 피해자는 저 상태처럼 편안히 침대에 누워 있고…… 그래서 유코를 곧바로 근처 의사가 있는 곳으로 보내고 가쓰에게는 전화로 관할서에 알리게 한 다음 자기는 그대로 계속 현장에서 망을 보고 있었답니다……. 그런데 그러는 사이에 다시 시체를 보고는 비로소 타살이라는 것을 알게 된 것입니다. 권총이 어디에서도 발견되지 않았기 때문입니다.

청에서는 어쨌든 이가라시(五十嵐) 경부와 제가 달려왔습니다. 경부는 지금 응접실에 틀어박혀서 감식하는 사람들과 함께 권총으로 씨름하느라 땀범벅이 되어 있습니다만…… 꽤 전망이 있는 것 같습니다, 지문이…… 그런데 제가 아무래도 기묘해서 견딜 수 없는 점은 세 인물이 거의 동시에 안팎에서 이리로 뛰어 들어왔다, 그런데 범인의 모습을 보지 못했다는 점입니다. 아무래도—세 사람의 발소리를 듣고 잠깐 어디 바깥에 몸을 숨기고 있다가 그 후에 틈을 노려 도망쳤다—이것도 가능하겠지요. 그러나 그렇다고 쳐도 이 집 배치를 잘 알고 있는 사람이 아니면 불가능한 일이라고 생각합니다만, 어떠십니까…… 의사는 적어도 4, 5미터 이상 떨어진 거리에서 발포한 것이라고 단정했습니다. 범행 시각은 정각 3시였습니다."

이때 가가미의 눈썹이 다시 약간 올라갔다.

3시?

뭔가 그의 뇌리를 싹 스치고 가는 것이 있는 듯했다.

그러나 아무 말도 하지 않았다. 그리고? 라고 묻듯이 그 눈매가 다음 이야기를 재촉했다.

"…… 그런데 과장님, 유코라는 하녀의 거동을 주의 깊게 잘 보시면 약간 묘합니다. 뭔가 있는 것 같아요. 게다가 방금 범행에 사용한 것으로 보이는 권총을 발견했습니다. 가쓰에와 유코도 그것이 피해자 고헤이의 소지품이라는 것을 분명히 인정했습니다. 그것이 어디에서 발견되었는지 아십니까? 울타리 뒤의 쪽문 밖에 있는 덤불 속에서 찾았습니다. 그 덤불은 유코가 들어올 때도, 또 의사를 맞으러 갔을 때도 지나갔던 길 바로 옆에 있었습니다."

미네 형사는 보고를 마쳤다는 신호로 가볍게 고개를 숙였다.

그러나 가가미는 한동안 입을 다문 상태였다. 주머니에 손을 찔러 넣고 담배를 한 개비 빼어서는 쓱 하는 소리를 내며 성냥을 그었다.

이윽고 그는 형사의 얼굴을 구멍이 뚫어져라 응시하면서 입을 열었다.

"…… 분명한가? 범행 시각이 3시라는 게."

이것이 그가 여기에 와서 내뱉은 첫 번째 말이었다.

젊은 형사는 약간 어깨를 흔들고는 미소 지었다.

"세 사람의 증언이 일치합니다. 그리고 의사도……."

가가미는 담배를 문 채 느릿느릿 일어나더니 무표정한 목소리로 중얼거리듯 말했다.

"어디 집안을 한 바퀴 돌아볼까."

세 여자

그것은 또 얼마나 춥고 초라한 방이었던지!

하녀의 방에 들어섰을 때 의연한 가가미조차도 짙은 눈썹을 자기도 모르게 찌푸렸다.

이 호화로운 서양식 건물 안에 이렇게 비참한 방이 있을 수 있으리라고 대체 누가 상상이나 했겠는가.

다다미는 이미 몇십 년 동안 교체한 적이 없는 게 분명했다. 여기저기 닳아 해져서 다다미의 외형조차도 거의 남아 있지 않았다.

유리창은 깨진 상태였다. 그 방에 살고 있는 사람이 허술하게 해놓은 것인 듯 깨진 부분을 종이와 판자 조각으로 막아 두었는데, 들이친 비가 벽을 타고 그 아래 다다미를 검붉게 썩히고 있었다.

게다가 덩그러니 무슨 가재도구 같은 것 하나도 없었다. 젊은 여성이 살고 있다는 흔적은 대체 어디에서 느낄 수 있는 것인지.

가가미는 입을 굳게 다문 채 부서져 가는 벽장문을 열었다. 썩은 듯한 얇은 이불이 겨우 두 장!

뒤에서 미네가 혀를 찼다.

"고헤이라는 작자는 분명 정신병자였을 거예요, 과장님. 이보다 심한 방이 도쿄 어디를 찾아본들 있겠습니까!"

그러나 미네는 거기에서 말하던 입을 문득 다물고 가가미의 기묘한 표정에 눈을 돌렸다.

가가미는 그때 그 이불 아래로부터 뭔가 작은 종잇조각 같은 것을 꺼내어 물끄러미 들여다보고 있는 것이었다. 마치 그 종잇조각 안으로 빨려 들어갈 듯한 눈초리로 숨을 죽여가면서 빤히―더구나 놀랍게도 5분씩이나 실컷 말이다!

그러나 그렇게 미동도 하지 않는 두툼한 눈썹 그늘에 어떤 표정 같은 것이 흘렀다.

과장님이 뭔가 중대한 발견을 했군…….

형사는 확신했다.

그러나 가가미는 입을 다문 채 그것을 주머니에 넣고 방을 나섰다.

하녀의 방 옆에 있는 동생 가쓰에의 방도 하녀의 방 상태와 크게 다르지 않았다.

"고헤이는 이런 방에 여동생을 처박아 뒀군요. 아무리 출가했다 돌아온 동생이라도 육친 아닙니까. 그뿐 아니라 가쓰에가 자기 돈으로 이 방을 수리하고 싶다고 해도 고헤이는 그것마저 절대 허락하지 않았다고 하니까요. 게다가 이전에 여기는 그 작자 아내의 방이었다고 합니다. 아내는 오랫동안 병으로 여기 누워 지내다 결국 발광하여 자살해 버렸다는 이야기지요. 그 작자는 정신병자였던 거예요. 틀림없이…….."

눈살을 찌푸리며 그렇게 말하는 형사를 가가미의 널찍한 어깨가 획 마주 보았다.

"그런데 그들을 어디에 모아 두었나?"

그곳에는 눈에 띄게 타입이 다른 세 여성이 모여 있었다.

얼음같이 냉랭하고 차분한 아오시마 가쓰에. 호기심에 부풀어 올라 뭐가 말을 하고 싶어 근질근질한 하녀 이토 교코. 거기에 공포와 절망에 삼켜지기라도 했다는 듯 창백하게 질린 하녀 야마시로 유코.

그곳은 범행 현장인 침실과 이웃한 식당이었다.

가가미는 중앙 테이블 구석에 턱 걸터앉아 새로 담배 한 개비에 불을 붙였다.

"아오시마 가쓰에 씨는?"

"접니다."

천천히, 그러나 분명한 발걸음으로 피해자의 여동생인 중년 부인이 앞으로 나섰다.

두 눈이 똑바로 가가미를 응시하고 있다. 가가미와 시선이 마주쳐도 결코 그 눈을 피하려고 하지 않았다.

차갑고 차분하며 돌처럼 움직임이 없는 그 눈.

"오늘 사건에 관해 알고 계신 것을 쭉 이야기해 주십시오."

그렇게 말하는 가가미의 목소리도 무덤덤하기는 했지만, 그에 대답하는 가쓰에의 목소리만큼 냉랭했다고는 결코 말하지 못하리라.

"총성을 들었을 때부터 말씀드리면 되겠습니까? 아니면 오늘 오신 손님에 대해서나 창고의 화재까지도 이야기하는 건가요?"

그것이 너무도 차분한 가쓰에의 대답이었다.

"물론, 전부……."

"그럼 처음부터 말씀드리지요."

그 시선은 시종 가가미를 바라본 상태였다. 마치 눈 깜빡임이라는 것을 모르는 듯한 눈이었다.

"오늘 아침 10시 반쯤, 오빠 고헤이의 사촌 동생에 해당하는 오사와 다메조(大澤爲三)가 찾아왔습니다. 오빠와 침실에서 이야기를 나누었지요. 무슨 용건인지는 모릅니다. 11시 20분경에 고로(吾郎)가 오빠를 찾아왔습니다. 고로는 오빠의 유일한 자식입니다. 따로 살고 있어요. 고로는 금방 돌아갔습니다. 아마 돈을 받으러 온 걸 거예요. 오사와는 그 후로 12시 좀 넘어 돌아갔습니다. 그리고 점심 식사가 끝난 뒤였으니 분명 12시 40분경이었겠지요. 오빠의 조카에 해당하는 단바 노보루(丹羽登)가 오빠에게 찾아왔습니다. 그때 저도 같이 불려서 오빠 침실에 모였습니다. 이야기는 오빠의 유언장 수정에 관한 것이었습니다. 한창 이야기하던 중에—제가 불려오고 나서 7, 8분 정도 지났을 무렵이었으니 아마 1시 조금 전이었을 텐데, 마당 창고에 불이 났습니다. 지나가던 사람이 발견하고는 알려주었지요. 나가 보았을 때는 벌써 온통 불길이었습니다. 거기에는 창고가 나란히 두 개 있습니다. 불타고 있던 것은 작은 창고 쪽이었지요. 바람이 부는 쪽에 있던 큰 창고에는 식량이 가득 들어 있어서 모두 당황했습니다. 오빠와 나, 거기에 노보루, 하녀 교코까지 모두 뛰어나가 물을 받아 부으려 했지요. 유코는 그보다 전인 12시쯤 외출을 해서 집에는 없었습니다. 다행히 이웃분들이 많이 모여 주셔서 20분 만에 불은 꺼졌습니다. 작은 창고는 잿더미가 되었지만 큰 창고는 무사했지요. 우리 세 사람은 방으로 돌아와 다시 이야기를 조금 더 했습니다. 이야기가 끝나자 노보루가 곧바로 돌아갔습니다. 그 뒤에 교코도 외출했으므로 남은 건 오빠와 저 단 둘뿐이었습니다. 곧 오빠는 침대에서 잠들어 버린 것 같았어요. 항상 2시부터 4시까지 2시간 정도 충분히 낮잠을 자는 것이 최근 몇 년 동안의 오빠 습관이었습니다. 저는 방에서 바느질을 하고 있었지요. 하지만 저는 일을 하면서 아까 있었던 화재를 생각했습니다. 마음이 쓰여 견딜 수가 없었지요. 불기운이 오를 리 없는 창고였습니다. 취조하러 오신 경찰도 방화가 의심된다고 말씀하셨거든요. 결국 저는 일손을 멈추고 불이 난 곳으로 달려가 보았습니다. 거기에 5, 6분 있었을까요? 그랬더니 갑자기 침실 쪽에서 총성 같은 소리가 들렸습니다. 그와 함께 뒷문에서 깜짝 놀란 듯이 뛰어 들어오는 유코의 모습이 보였습니다. 그 근처 마당은 온통 잔디밭이어서 잘 보이거든요. 저도 깜짝 놀라 창고에서 가까운 바깥 현관 쪽으로 달려갔습니다. 현관으로 달려 올라갔을 때 문 쪽에서 안을 들여다보고 있는 순사 모습을 보았으므로 '이리 와 주세요!' 저는 그렇게 소리치고 먼저 안으로 들어갔습니다. 침실 입구에 한발 먼저 달려 들어간 유코가 떨면서 서 있었습니다. 아무것도 묻지 않았지만 유코 너머로 안을 들여다보고 저는 한눈에 오빠가 죽었다는 것을 알았지요."

쓰인 내용을 낭독한다고 한들 이렇게까지 막힘없이 이야기할 수 있을까? 차분한, 마치 억양이 없는 듯한 목소리였다. 오빠가 죽었다는 말을 할 때조차 그 표정에서 아무런 변화를 인식할 수 없었다.

검고 촌스런 원피스가 음산하고 싸늘한 그 여자의 표정을 더욱더 돌처럼 딱딱하게 만들었다. 분노, 기쁨, 놀라움, 아니 사소한 빈정거림이나 조롱까지 온갖 감정이라는 감정이 그 검은 옷 그늘에 차갑게 죽어 있는 느낌이었다.

더구나 얼음 같은 그녀의 무표정은 결코 꾸며진 가면이 아니다. 거기에는 아무런 연기도 느껴지지 않았다. 그것은 가쓰에가 선천적으로 지닌 것임에 분명하다.

이 여인도 분명 한 번은 결혼한 적이 있는 터였다. 남편이라는 사람은 어떤 남자였을까? 그리고 그 가정생활은 어떤 식으로 이루어졌다는 것인지—

가가미는 문득 그런 생각을 했다.

"당신은 오빠가 살해된 것에 대해 조금도 놀라지 않는 것 같은데요……."

가가미는 담뱃재를 손가락 끝으로 쳐서 떨어뜨렸다. 질문은 급소를 노린 것이었다.

그러나 가쓰에는 눈도 하나 깜빡하지 않는다.

"언젠가 이런 일이 벌어지리라고는 예전부터 생각했어요."

망설임 없이 말했다.

"오빠의 사촌 동생인 다메조, 조카 노보루, 아들 고로도 모두 오빠를 미워했지요. 세 사람 모두 틀림없이 오빠를 죽이고 싶다고 생각하고 있었을 거예요. 저조차도—저조차도 기회만 있었다면 오빠를 죽였을지도 모릅니다."

아! 옆에 서 있던 미네 형사 얼굴에 숨길 수 없는 놀라움의 표정이 일었다.

도대체 무슨 말을 뱉고 있는 것인가, 이 여자는!

일순간 그 자리에는 이상한 공기가 퍼졌다. 심한 쇼크―그 작은 폭풍이 소리 없이 일동을 흔들어댔다. 모두가 듣지 말아야 할 것을 들은 듯 숨을 삼켰다.

그러나 그 안에서 표정 하나 털끝만치도 동요가 없었던 것은 가쓰에와 가가미 두 사람뿐이었다.

쓱 하고 성냥을 긋는 소리가 났다. 가가미가 새 담배에 불을 붙인 것이다.

"이 집에는 항상 문을 잠그지 않는 습관이 있나요?"

"낮에는 어디나 열어둡니다. 오빠 침실도 외출할 때를 제외하고는 문을 잠근 적이 없는 것 같습니다."

무언가 기묘한 공기에 둘러싸인 가정이었다. 주인 고혜이는 친족들이 이전부터 목숨을 노렸던 조짐이 있다. 그런데도 모든 곳의 문을 열어 두었다. 2시부터 4시까지 2시간 정도 충분히 낮잠을 잔다. 더구나 그때조차도 방문을 잠그려고 하지 않았다는 것이다……

"이제 됐습니다."

가쓰에는 처음과 마찬가지로 아주 차분하게 소리 없는 발걸음으로 물러났다.

가가미가 눈으로 하녀 한 명을 불러냈다. 나온 것은 이토 교코였다.

이 여자는 한눈에 보아도 호기심에 부풀어 있는 것 같았다. 언뜻 보아도 하녀 타입. 떠돌이였을 것이다.

"저는 이 집에 들어와서 오늘로 겨우 4일째입니다. 견습생 노릇이 끝나서 오늘은 읍내로 짐을 가지러 갔었습니다. 읍내는 이타바시(板橋)를 말합니다. 그래서 주인님이 돌아가셨을 때는 집에 없었습니다. 그래서 저는 아무것도 말씀드릴 것이 없다고 생각하는데요."

그러나 말할 것이 없기는커녕—가가미가 아무런 질문도 하지 않았는데 먼저 촐싹대는 빠른 말로 불이 붙은 듯 떠들어대는 것이다.

"가쓰에 마님이 말씀하신 것은 정말 사실 그대로입니다. 오늘은 오사와 씨, 단바 씨, 그리고 고로 도련님, 세 분이 오셨습니다. 그리고 창고에서 화재가 있었지요. 네, 당연히 방화인 게 뻔하고 말고요…… 왜냐하면 불조심은 주인님께서 아주 까다롭게 여러 번 주의를 하셨거든요. 우선 저런 창고에서 불이 날 리가 없지 않겠어요, 나리. 그래도 저는 열심히 물을 뿌렸습니다. 뭐가 도움이 될지는 아무도 모르는 거지요. 방공 연습 때 배워두었던 양동이 릴레이가 이럴 때 도움이 되리라고는…… 저는 가쓰에 마님, 이웃분들과 필사적으로 양동이 릴레이를 했습니다. 주인님이 그것을 받아 물을 직접 끼얹는 역할을 맡으셨지요. 1분 1초도 쉬지 않았기 때문에 나중에는 숨이 끊어져 돌아가실 것 같았어요. 하지만 그랬던 만큼 불이 꺼졌을 때는 정말 기뻤답니다! 나리, 안 그랬겠어요? 이 집에 들어와서 겨우 나흘째인데도 다소나마 벌써 이 정도로 도움이 되었다—그렇게 생각하니 저는 정말 만족스러웠답니다. 그래서 화재가 한창이었을 때 화를 낸 것 따위는 말끔히 잊어 버렸습니다. 아니, 뭐 대단한 일은 아니었지만, 단바 노보루 씨가 모두 열심히 일하고 있는 옆에서 느긋하게 장미의 벌레를 잡고 계시지 않겠어요. 그런 짓은 한창 불이 났을 때는 안 해도 되는 일이잖아요? 저는 너무 지쳐서 잠시 교대해 달라고 부탁 말씀을 드렸는데, 그때 단바 씨가 기가 막히게도 이렇게 말씀하시더군요……. 탈 만큼 타면 꺼질 텐데. 아등바등하지 말라고…… 실실 웃으면서 그런 말씀을 하시는 거예요. 정말 그게 무슨 말인가요……. 그래서 저도 좀 화를 냈지요.

그러고 나서 저는 잠시 쉬는 시간을 받아서 읍내로 돌아갔어요. 전차가 붐볐고요. 더 빨리 돌아올 생각이었지만 어쩌다 보니 시간이 더 걸려서…… 이 문으로 들어오려고 하니 느닷없이 경찰관이 '이봐, 어디로 가는 거야!'라고 소리를 지르셔서 저는 간이 콩알만 해졌습니다. 아, 가슴 아프게! 주인님이 살해되시다니…… 저는 어쩌면, 좋아요! 제가 알고 있는 것은 이제 대강 말씀드렸다고 생각됩니다. 뭔가 제가 빼놓은 것이 있을까요?"

재료만 있다면 끝없이 이야기를 해댈 작정인 듯했다. 표정도 풍부하다. 주인님이 가엾다고 하면서 손수건을 얼굴에 대는 동작은 영화에서 그대로 본 듯 모방품 같았다.

그러나 그 요설 속에 단 하나 가가미의 주의를 끈 내용이 있었다.

"화재가 나던 중에 단바가 장미의 벌레를 잡고 있었다는 게 무슨 일이지?"

"글쎄요, 무슨 영문일까요……. 하지만 저는 바로 옆에 있었기 때문에 다 보고 말았어요. 그게 이상하단 말이지요. 벌레를 한 마리 잡아서 종이에 싸고는 서둘러 주머니에 숨겼거든요. 그것도 어린애처럼 거미 같은 것을 잡아서 어쩌시려는 거였을까요?"

"거미? 거미라고?"

흘끗! 하며—가가미의 표정이 움직인 것은 전무후무 이때뿐이었다.

"네, 거미였어요. 제가 분명히 곁눈질로 봤어요……."

하녀는 사뭇 잘했다는 듯 가슴을 내밀며 단호히 말했다.

입에 문 담배에서 툭 하고 재가 떨어지며 가가미의 가슴팍을 하얗게 더럽혔다.

자백

하녀 유코. 이 여인은 앞의 두 사람과는 모든 점에서 달랐다.

가냘프게 마르고 창백한—그러나 조금은 귀여운 얼굴. 그 얼굴에는 거의 공포에 가까운 동요의 빛이 숨길 수 없이 퍼져 있었다.

"저는 오늘 오후에 휴가를 받게 되어 있었습니다. 언니가 신주쿠(新宿) 병원에 입원해 있어요. 그리고 제가 받은 월급을 보내러 가야 했기 때문이죠. 저는 점심 조금 전에 집을 나섰습니다. 병원으로 가서 언니와 이야기를 조금 나누고 이리로 돌아왔습니다. 뒷문을 열고 마당으로 들어오려던 때에 여기 침실 쪽에서 총소리 같은…… 그런 소리가 나는 것을 들었습니다. 저는 정신 없이 달려 들어왔지요. 그랬더니 주인님이……."

그 정도 이야기만 하는 데에도 말을 머뭇거리고 계속 주저했다.

눈을 내리깐 채 한 번도 올려다보지 않는다. 목소리도 손끝도 쉴 새 없이 벌벌 떨고 있다.

가가미 앞에 힘없이 숙인 가는 목덜미. 흐트러진 머리칼이 두 세 가닥 살짝 내려온 흰 이마. 그 모습에는 뭔가 일종의 깊은 비애가 감돌고 있었다.

소리도 없이 문이 열렸다. 그것은 안쪽에서 옆 침실로 통하는 문이다. 이가라시 경부의 얼굴이 쑥 안을 들여다보았다.

"잠깐만요, 과장님……."

경부의 눈은 무언중에 중대한 무언가를 말하고 있었다.

걸어서 다가간 가가미의 귓가에 경부는 입을 대고 속삭였다.

"권총에서 지문을 발견했습니다. 그건 하녀 유코의 지문입니다."

일동은 일제히 가가미 쪽으로 시선을 향했다. 유코조차도 지 금은 고개를 들고…….

경부의 목소리가 그곳까지 들렸을 리는 없다. 그러나 이상한 감각으로 일동은 이미 그 말의 의미를 충분히 살핀 것이다. 가가 미는 천천히 돌아 테이블 쪽으로 대여섯 걸음 돌아왔다. 조용한, 그러면서도 숨이 막힐 듯한 순간이었다.

그대로 몇 초인가—

갑자기―그것은 정말 갑작스러웠다.

유코의 미친 듯이 높은 외마디 소리가 방 안의 공기를 요란하게 찢었다.

"저, 저예요. 주인님을 죽인 것은 저입니다!"

아무도 아무런 말도 하지 않았다. 그저 유코의 광기 어린 목소리만이……

"접니다! 저라고요! 죄송합니다. 접니다!"

넘어질 듯 두세 발짝 앞으로―유코는 그대로 정신을 잃은 듯이 비틀비틀 앞으로 걸어 나왔다.

가가미는 순식간에 그 넓은 어깨로 가뿐히 그 몸을 받아 안았다.

그는 한 마디도 입을 열지 않았다. 그녀를 미네 형사에게 슬쩍 넘기고 이후 천천히 주위를 둘러보았다.

그러자―그 순간 차가운, 그러나 이상하게 단호한 목소리가 쏘듯 날카롭게 쉭 하고 가가미를 향해 정면으로 날아왔다.

"유코는 절대 하수인이 아닙니다!"

그것은 가쓰에의 목소리였다. 돌처럼 냉랭한 그녀의 그 눈이, 지금은 일종의 분노마저 머금고 타오르듯 가가미를 빤히 쳐다보고 있다.

"유코는 절대 하수인일 리가 없습니다. 그것은 제가 증언하겠습니다!"

그렇게 잘라 말한 가쓰에의 태도에는 강철같이 단단하고 단호한 확신의 어조가 담겨 있었다.

"왜냐하면 내가 창고가 불탄 곳에 있었을 때 바로 옆 울타리

밖에서 유코가 서둘러 들어오는 것을 봤어요. 창고는 울타리 바로 옆입니다. 뒷문으로 가는 길은 그 울타리 밖을 따라 돌아 있고 게다가 그 외길밖에 없어요.

저는 그때 유코의 모습을 보고 볼일이 끝나 집으로 돌아왔구나 하고 생각했습니다. 그리고 그로부터 얼마 지나지 않아 이 침실에서 총성이 난 거예요. 그건 정확히 유코가 울타리를 다 돌아서 뒷문을 연 순간이었습니다. 저는 그것을 처음부터 끝까지 다 보고 있었어요. 언제든 저는 신에게 맹세해서 그것을 증명하겠어요. 유코가 어떻게 오빠를 쏠 수 있었겠어요."

"아니에요! 아니에요!"

유코는 미네 형사의 팔 안에서 몸부림치면서 여전히 절규를 거듭했다.

"저예요. 주인님을 쏜 것은 접니다!"

가쓰에의 시선이 가가미의 얼굴을 떠나 유코에게로 향했다. 돌 같은 그 표정에 문득 연민의 빛이 동요한다.

동시에 그 입술에서 낮은 중얼거림이 새어 나왔다.

"불쌍한 계집!"

가가미는 뚫어져라 가쓰에의 표정을 응시했다. 그의 눈동자에는 일순간 마치 감탄과도 비슷한 놀라운 기색이 살짝 스쳤다.

오오, 이런 목석같은 여자도 놀랍게 불쌍하다는 말을 알고 있군.

가가미는 마지막으로 사건 당시 현장에 달려온 경관의 보고를 들었다.

"정각 3시였습니다. 이 집 앞을 순찰하던 중에 총성 같은 것을 듣고 '어?' 하고 생각했습니다. 그리고 앞문까지 돌아가 안을 들여다보니 마침 창고 쪽에서 정원수 사이를 헤치고 뛰어나온 가쓰에라는 여자가 저를 보고, '이리 와 주세요!'라고 소리치며 현관으로 달려 들어가길래, 이건 보통 일이 아니라고 생각하고 같이 뛰어 들어가 보았습니다. 그 이후 지원 경찰이 올 때까지 계속 현장에 꼭 붙어서 한 걸음도 벗어나지 않았습니다. 예, 한 발짝도 그곳에서 떨어지지 않았지요. 절대로!"

가가미는 나가는 길에 수상한 화재가 있었다는 창고 쪽을 둘러보았다.

달이 비치고 있었다.

현관을 나서서 왼쪽으로. 그 부근은 무성하게 자란 초목들이 둘러싸고 있었고 창고는 그 검은 그림자 저쪽에 숨어 있었다.

깊은 정원수 사이를 헤치고 가는 가가미와 미네의 소매에 뭔가가 닿아 달콤한 꽃향기가 안개처럼 피어오른다.

나무들을 빠져나가자 넓은 잔디밭. 그 잔디밭 건너편에 창고가 있었다.

차가운 바람이다. 이렇게 추운데 이 겨울을 지하 방공호에서 생활하는 사람들은 어떻게 추위와 싸울까. 그런데 여기에는 이런 호화로운 저택이 있다. 창고에는 식량까지 꽉 들어차 있고……

옷깃에 휙 불어드는 뼈 속까지 스미는 추위에 불 탄 자리에 서 있던 가가미는 자기도 모르게 부르르 몸을 떨었다.

느닷없이 미네 형사가 말했다.

"생각보다 간단한 사건이었네요. 이걸로 이 사건도 해결된 것 같습니다. 과장님……."

"뭐, 사건이 해결되었다고? 이봐, 무슨 말을 하는 건가, 말도 안 되는 소리!"

가가미는 뒤꿈치로 빙글 돌아 잠자코 자동차가 있는 곳으로 되돌아갔다.

거리 문제

오후 9시.

가가미는 불기운이 없는 과장실 의자에 외투를 입은 채 묵직하게 앉아 생각에 잠겨 있었다.

데스크 위에는 보고서가 한 통. 내용은 다음과 같았다.

피해자 다카기 고헤이의 치명상은 두부의 총상. 대략 4, 5미터 이상 떨어진 거리로부터 발사된 것으로 보임. 사망 시각은 오후 3시. 독물 마취제 등의 사용 흔적은 없음. 제출된 권총은 명백히 고헤이 살해에 사용된 흉기이며, 지문은 야마시로 유코의 오른손 엄지손가락 지문을 검출해 낸 것 외에는 불명료함.

요컨대 아무런 새로운 사실도 발견되지 않았다.

─오후 3시. 고헤이는 생전의 습관과 자신의 자유의지에 의

해 그 침대 안에서 숙면하고 있었다. 방문은 잠겨 있지도 않았다. 누구라도 자유롭게 출입할 수 있다. 범인이 들어왔고, 4, 5미터 떨어진 거리—즉 문으로 들어오자마자 그 자리다. 그 위치에서 권총으로 저격했다. 단 한 발—그리고, 그 권총에서 발견된 것은 하녀 유코의 지문이었다.

가가미는 매우 우울했다. 그의 머릿속에서 어둡게 움직이는 것은 방금까지 이 데스크 건너편에 서 있던 유코의 표정이었다.

그보다 더 창백한 안색을 대체 지금까지 본 적이 있던가?

절망만이 검은 베일처럼 그 온몸을 덮고 있었다. 가는 눈썹 아래 겁에 질린 듯이 내내 깜빡이던 동그란 눈. 그러나 그 눈빛에는 뭔가 결심한 듯한 필사적인 무언가가 있었다.

"접니다. 주인님을 죽인 것은 저예요. 접니다. 저라고요!"

같은 말을 스무 번이나 되풀이하지 않았는가. 아니 다카기 집에서 이곳에 올 때까지 차 안에서 유코는 그 말을 백 번도 넘게 부르짖었다!

유코에게 살해 동기가 있었을까?

가가미의 이 의문에 대해 유코는 피해자 고헤이의 짐승 같은 성격을 폭로하며 들려주었다.

"주인님은 너무 지독하고 무서운 분이었습니다. 저의 언니도 원래 다카기 주인님을 모시고 있었는데, 주인님은 언니에게 입에 담을 수 없을 만한 행동을 하셨습니다. 언니는 그 때문에 임신했어요. 그러자 주인님은 언니를 버리고 아는 체도 하려 하지 않으셨습니다. 게다가 개나 축생을 다루듯 욕하고 때리고 걸어

차기까지 하셨다고 합니다. 그게 원인이 되어 언니는 유산하고 정신이 이상해졌지요. 아니, 언니만이 아닙니다. 그 집에 일하러 들어간 사람 중에서 그런 꼴을 당한 사람이 얼마나 많은지 모를 정도예요. 우리는 자매 단 둘뿐인데 의지할 곳도 없는 신세였지요. 저는 언니를 입원시키고 싶었지만 그럴 돈이 없었습니다. 그래서 주인님에게 의논하러 집으로 갔더니 그 비용은 매달 지급하겠으니 그 대신 저에게 다카기 저택에 일을 하러 나오라고 하셨습니다. 병원은 돈이 아주 많이 들어요. 저에게는 달리 방도가 없었습니다. 어쩔 수 없이 그날부터 저는 일하러 이 집에 들어왔습니다. 지금부터 반년 정도 전의 일입니다. 하지만 저는 늘 조심했어요. 그리고 가쓰에 마님이 저를 보호해 주셨지요. 밤에는 가쓰에 마님 방에서 함께 잠을 자게 해 주셨어요. 그러나 지금부터 일주일 정도 전부터 주인님의 행동이 노골적으로 변했습니다. 추잡한 짓을 하시려는 거였습니다. 어제는 가쓰에 마님이 안 계실 때, 조금만 더 있었더라면…… 저는, 겨우 도망은 쳤습니다만…… 하지만, 그때 저에게는 분노의 감정이 활활 일었습니다. 불행한 언니를 떠올렸기 때문입니다. 똑같이 이런 식으로 언니의 일생을 망친 거라고 생각했습니다. 만약 옆에 뭔가 무기라도 있었으면 그때 저는 주인님을 죽여 버렸을 거예요. 정말 무섭고 너무한 분이었어요."

이런 이야기를 할 때의 유코의 얼굴에는 조심스러운, 그러나 본능적인 여성의 분노가 피의 흐름을 타고 눈동자 아래로 삭 스쳤다.

그런데 가가미는 거기에서 흉악한 범죄의 그림자를 전혀 느끼지 못했다. 오히려 그가 받아들인 것은 소녀의 가슴에 잠재되어 있는 의연한 순정이었다.

"오늘 저는 외출했다가 돌아왔습니다. 침실에 들어가 보니 주인님은 침대에서 잠들어 계셨습니다. 저는 반쯤 꿈을 꾸는 심정으로 권총을 들고 주인님을 쏘았습니다. 그리고 권총은 의사가 왔을 때 그 덤불 속에 던져 버렸습니다."

이야기를 마치자 유코는 긴장된 기분이 풀린 듯 어깨를 툭 떨어뜨렸다.

그것으로 충분했다. 모든 것이 앞뒤가 맞는다. 유코에게는 동기가 있다. 상황도 딱 들어맞았다. 마지막으로 본인이 자백했다. 사건은 해결되었다!

경찰청 내에서는 누구나 그렇게 믿었다. 형사 부장도, 가가미의 동료들도, 그리고 부하인 형사들도…….

그런데 가가미는 어떤가?

만약 그가 입을 열었다면 이렇게 소리를 질렀을 것이다. 바보들, 눈을 크게 뜨라고!

가가미는 주머니에서 작은 종잇조각을 꺼내어 유코 앞에 내밀었다. 아까 다카기 집 하녀 방의 이불 아래에서 발견한 한 장의 작은 사진이었다.

"이 사진 속의 남자를 알고 있나?"

그 사진을 보자마자 유코의 얼굴에는 붉은빛이 확 돌았다.

오, 이 아가씨는 살인 고백을 하는 와중에 이렇게 예쁘게 홍조를 띤단 말이지!

"이건 유코 씨 방 이불 아래에서 가지고 온 거요. 아무래도 피해자 고헤이와 닮은 구석이 있는데. 아들 고로가 아닌가?"

가가미의 목소리는 상냥했다.

유코는 알아듣기 어려울 정도로 낮은 소리로 답했다.

"그렇습니다. 고로 도련님이십니다."

그러나 다음 순간 유코는 눈을 들어 올려 가가미를 보았다. 무언가를 느꼈다. 그리고 깜짝 놀란 듯 소리를 지른 것이다.

"하지만 그분은 이 사건과 아무런 관계도 없어요. 고로 도련님은 정직하고 훌륭한 분입니다. 주인님을 죽인 것은…… 주인님을 죽인 것은 저라고요! 고로님은 관계가 없으세요……."

그렇지!

왜냐하면 이 사진 속 남자는 분명 찻집 리버럴에서 본 그 기묘한 청년이었기 때문이다. 그는 고의로 홍차 안에 거미를 집어넣었고, 기세도 좋게 소리를 질러 자신이 그 곳에 있다는 사실을 분명히 주위 사람들에게 드러내지 않았는가. 그리고 꼼꼼하게도 3시라는 시각까지…….

가가미는 헛기침을 한 번 했다. 그리고 전혀 아무렇지 않다는 기색으로 물었다.

"그 권총은 고헤이의 소지품이었다는데 유코 씨는 그것을 어디에서 꺼냈지요?"

"네, 그……."

유코는 명백히 주저했다. 예기치 못한 일격과도 같은 질문이었기 때문이다.

유코는 망설이고 나서 더듬더듬 말했다.

"그, 그건…… 주인님 침실에 있는 책상 서랍 안에 있었어요."

"서랍을 열고 그걸 꺼냈다는 말씀이죠?"

"네, 네……."

가가미의 표정은 담배 연기 속에 숨어 알 수가 없다. 그러나 옆에 있던 미네 형사는 그 시선이 유코를 정면으로 물끄러미 응시하고 있음을 알았다.

"그런데……."

가가미는 잠깐 틈을 두고 말을 툭 꺼냈다.

"저 책상은 저도 조사해 보았는데……. 저 서랍은 전부 잠겨 있었거든요. 그리고 그 열쇠 꾸러미는 고헤이 베개 밑에서 나왔는데요."

유코에게는 가가미가 말한 내용이 금방 이해되지 않는 듯 보였다. 순간 둔한 눈초리로 멍하니 과장의 얼굴을 올려다보고 있었다—

그러나 다음 순간 깜짝 놀란 듯이 얼굴이 굳어졌고, 그다음 안절부절못하는 목소리로 말했다.

"아, 저, 생각났습니다. 저도 모르게 깜빡해서 말씀드리는 것을 잊었네요. 권총을 꺼내고 나서 서랍을 잠그고 그러고 나서 그 열쇠를……."

미네 형사는 가가미 쪽을 보고 자기도 모르게 씩 웃었다.

살인을 저지르는 인물이 권총을 꺼낸 서랍을 일부러 열쇠로 잠글까? 게다가 그 열쇠 꾸러미를 피범벅이 된 베개 아래에 넣어두다니!

그러나 가가미는 웃기는커녕…….

그는 어깨를 약간 떨었다. 그리고 근심스러운 듯이 손을 올리고 유코를 저쪽으로 데려가라고 형사에게 신호했다.

지금 가가미의 마음을 강하게 사로잡은 것은 그런 것이 아니었다. 그것은 유코를 구치소에 데리고 간 형사가 되돌아와서 중얼거린 한마디였다.

"과장님, 알아차리셨습니까? 저 여자는 분명 임신을 한 것 같습니다."

과장실은 뼈가 시리게 추웠다. 그러나 지금 가가미는 그 추위조차 느끼지 못했다. 그는 무언가를 포착해야만 했다, 무언가를…….

유코를 범인이 아니라고 가정해 보자. 그녀는 왜 굳이 허위 자백을 한 것일까? 그것은 분명 누군가를 보호하기 위해서다. 그래서 알게 된 사실은 무엇과 무엇인가?

히비야의 찻집에서 한 청년이 홍차 컵을 잡고 소리 지르고 있다. 그의 모든 행동은 그 시각에 그가 거기에 있다는 것을 억지로라도 주변 사람들에게 각인시키려고 노력한 것이었다고밖에 생각할 수 없다.

같은 시각. 그의 아버지는 그곳에서 15킬로미터 떨어진 자택의 침대 위에서 살해당했다. 1분 1초의 차이도 없이…….

그런데 유코는 누군가를 비호하려 억지로 자신을 교수대에 세우고자 미치광이처럼 구는 것이다―

그사이에 무언가 있어야 한다. 무언가가…….

갑자기―가가미의 표정이 변했다. 입을 딱 벌리고 의자 속으로 몸을 깊이 들여앉혔다.

두 눈이 묵직하게 둔한 빛을 띠며 의미 없이 천장의 한 곳을 응시했다.

그것은 그가 뭔가 큰 충격을 받았을 때의 특징 있는 표정이었다.

곧 그는 느릿느릿 팔을 뻗어 데스크 위에서 보고서를 집어 들고 꿈을 꾸는 듯한 시선으로 그 한 줄을 다시 읽었다.

……대략 4,5미터 이상 떨어진 거리로부터 발사된 것으로 보임…….

4~5미터!

그는 속으로 낮게 부르짖었다.

어째서 이것을 지금까지 생각하지 못했지, 이봐!

벌떡!

그는 기세 좋게 일어나 매달리듯 데스크에 엎드려 한바탕 뒤적거렸고 연필을 들어 메모 용지 위에 밖으로 나올 듯 큰 글자를 척척 휘갈겨 썼다.

1. 거리의 문제

어째서 이것을 알아차리지 못했을까! 4~5미터 이상의 거리!

그 거리에서 자고 있는 남자 머리를 쏜 것이다! 이 얼마나 정확한 사격술인가!

깨어 있는 사람을 노리기는 쉽다. 과녁이 크기 때문이다. 그럴 경우 보통은 누구라도 상대방의 가슴을 노린다. 그런 때라도 4~5미터 이상 떨어져 있고 권총을 가지고 있다면 아마추어는 감히 원하는 대로 급소를 맞출 수는 없다. 권총 사격은 특히 숙련을 필요로 한다…….

그런데 상대가 누워 있을 경우에는—모포를 세 장이나 뒤집어쓰고 게다가 그 위에 두꺼운 이불을 덮고 있다. 노출된 곳은 머리뿐이다.

이럴 경우 대체 저격자는 어디를 노리는 것일까? 물론! 노출되어 있는 머리여야 한다. 이것은 본능적으로도 그래야 한다.

4~5미터 이상 떨어져서 그런 작은 과녁을 명중시킨다—이 소심하고 미친 듯이 흥분한, 그리고 권총 잡는 법조차 모를 것 같은 소녀에게 그게 과연 가당하기나 한 일이었을까?

아니! 결코, 아니다!

물론 우연히 명중시켰을 수도 있다. 그러나 그것은 백발 중 한두 발의 가능성밖에 없을 것이다. 따라서 만약 유코가 진범일 수 있는 경우를 가정한다고 해도 그것은 백 분의 일이 프로의 가능성밖에 허락되지 않는 것이다…….

가가미는 메모 옆에 다음과 같이 덧붙여 썼다.

2. 권총 사격에 숙달된 인물

가가미는 데스크를 떠났다. 오랜만에 기분이 좋아 보였다.

그는 손을 마주 비비면서 방안을 성큼성큼 왔다 갔다 했다. 그러다 멈춰 섰다. 또 걷기 시작한다…….

들어온 미네 형사가 눈을 크게 떴다. 그는 과장님의 이런 거동을 좀처럼 본 적이 없었기 때문이다.

"과장님, 왜 그러세요? 무슨 일 있으십니까?"

가가미는 어깨를 움츠리며 씩 웃었다.

"음……. 뭐야, 단순히 거리의 문제잖아."

그리고 아연해서 있는 형사 코앞으로 담배 케이스를 탁 열어서는 내밀었다.

"자네, 담배 다 떨어졌지 않아? 어때, 한 개비?"

"고맙습니다. 하나 받겠습니다."

가가미는 부하를 위해 일부러 성냥까지 찾아서 불을 붙여주었다!

그리고 주먹으로 데스크를 쿵 한 번 내리친다.

"좋아, 일하자!"

신문지 꾸러미

이튿날 아침 가가미는 시로가네다이(白金台)에 있는 값싼 목조 아파트 세이와소(靜和莊)의 문을 빠져나왔다.

오전 7시.

오늘도 묵직하게 흐린 11월의 하늘을 찌르듯 서늘한 바람이 마구 불어대고 있다. 전쟁으로 초토화된 도시는 바람의 신 입장에서는 활약할 절호의 무대였다. 가엾은 도시민들은 폭격에 쫓기고 기아에 시달렸으며, 더욱이 이번 겨울은 혹한이 닥쳐 전쟁의 고통과 우매함을 뼛속까지 처절하게 맛보아야 한다.

어젯밤부터 이곳에 잠복하던 가타기리(片桐) 형사가 가가미 옆으로 슬쩍 다가왔다.

"고로는 어젯밤 5시 반쯤 이곳으로 돌아왔습니다. 그리고 계속 집 안에 있습니다. 한 발짝도 밖으로 나가지 않네요. 그런데 전혀 잠을 잔 것 같지도 않습니다. 밤새 방안을 안절부절 돌아다니고 있는 기척이 들렸습니다. 찾아온 사람도 없고요. 편지 한 통도 오지 않았습니다. 녀석의 집은 1층 복도의 가장 안쪽 우측 끝에 있습니다."

가가미는 불결한 복도를 똑바로 걸어 그 방 앞에 섰다.

아파트 안에서 가장 나쁜 위치였다. 그 대신 방 삯도 가장 쌀 것이다.

문 위에는 펜으로 쓴 '다카기 고로'라는 이름표가 한 장 붙어 있다.

방 안에서는 안절부절 걸어 다니는 황망한 발소리가 들린다. 가끔 신음인지 한숨소리인지 모를 낮은 중얼거림이 섞이면서…….

가가미는 주먹을 들어 그 허름한 문 위쪽을 가볍게 두세 번 두드렸다.

발소리가 딱 멈춘다.

회의와 초조로 불타는 눈을 들어 방주인이 물끄러미 이쪽을 노려보는 모습이 문 너머로 선명하게 보이는 듯했다.

덜컥 문을 밀어 열고 가가미의 큰 그림자가 안으로 한 걸음……

"누, 누구시오, 당신은?! 뭣 하러 여기 들어온 것이오!"

가가미는 찻집 리버럴에서 홍차 컵을 부여잡고 여급에게 외쳐대던 목소리를 다시금 듣게 되었다.

"나는 아무도 만나고 싶지 않소. 어서 나가 주시오!"

찻집에서 본 모습과 같았다.

너덜너덜한 흙 묻은 신발. 기름기 없이 흐트러진 머리카락. 마르고 창백한 얼굴. 다만 열병 환자처럼 흐릿한 눈이 오늘 아침에는 한층 뿌옇게 충혈되어 있었다. 어젯밤 잠을 못 잤다는 증거다.

게다가 그 특징적인 갈색의 낡은 외투까지 입은 그대로…….

그리고 그 방에는 불기운이 없었다.

불기운은커녕 방에는 가재도구다운 것도 거의 눈에 띄지 않았다.

창가에 흠이 많이 난 싸구려 낡은 테이블이 하나, 그리고 다리가 부러질 것 같은 의자가 하나. 그것이 백만, 천만장자 다카기 고헤이의 외아들 방에 딸린 것의 전부였다.

아니 사실은―또 하나. 테이블 건너편 벽에 작은 사진이 한 장 압정으로 꽂혀 있었다. 사진 속 주인공은 지금 경시청 구치소에서 '주인님을 죽인 것은 저입니다'라며 계속 절규하던 야마시로 유코. 다만, 사진 속의 유코는 그렇게 비수에 젖어 있지 않았다. 약간 고개를 기울이고 상냥하게 웃고 있다.

그렇다, 그녀는 분명 아름다웠다……

"왜 당신은 잠자코 서 있는 거요. 당신 대체 뭐하는 사람이냐고? 아니, 누구든 내가 알 바 아니지. 빨리 나가. 어서 나가라고!"

고로는 관자놀이에 퍼런 핏대를 올리고 눈을 부릅뜨며 다가왔다.

가가미는 대답 대신 신분증명서를 내밀었다.

경시청 조사 제1과장 가가미 게이스케(加賀美敬介)

순간 고로의 두 눈은 그대로 밖으로 튀어나오는 게 아닌가 싶었다.

가가미를 바라보는 눈동자, 입술, 손가락 끝, 그리고 전신이 부들부들 떨리는 것이 보였다.

"당신은…… 당신은……."

뭐라고 중얼대는지 알 수가 없다.

풀썩! 그는 무너지듯 의자에 주저앉았다. 의자가 지금이라도 내려앉을 듯이 끽끽 소리를 냈다.

놀랍게도 고로는 찻집 리버럴에서 옆 테이블에 있던 검은 외투의 남자를 전혀 떠올리는 듯 보이지 않았다. 여섯 자 정도 떨어진 거리에서 가가미와 얼굴을 바라보고 계속 눈을 맞추고 있으면서도 그 점에 관해서는 그의 표정은 아무것도 말하지 않았다.

가가미는 외투 주머니에 두 손을 찔러 넣은 채 입을 꾹 다물고 떡 버티고 서 있다.

그에게는 그럴 마음이 없었을지도 모르지만, 그 완고해 보이는 용모는 이런 경우에 뭐라 할 수 없을 만큼 냉혹하고 짓궂게 보였다.

고로는 그 시선과 눈을 맞추는 것을 두려워하듯 위를 보다 아래를 향하고, 주머니에 손을 넣었다가 다시 빼기도 했으며, 그리고 불안한 듯이 머뭇머뭇 몸을 움직였다.

그러나 마침내 참을 수가 없었는지 비틀비틀 의자에서 일어섰다.

"아버지가…… 아버지가, 죽었다고 하던데……."

"타살입니다."

가가미의 말투도 또한 매우 무뚝뚝했다.

"네? 살해라고요? 살해당했다고요?"

고로는 놀란 목소리를 냈다.

그러나 가가미는 그런 위장된 놀라움에 속지 않았다.

이 남자는 서툰 연기를 하고 있군…… 아버지가 살해당한 사실을 진작부터 잘 알고 있으면서.

"그에 관해 두세 가지 묻고 싶은 것이 있어서 찾아왔는데……."

가가미는 방안을 둘러보았다. 그러나 그가 앉을 만한 곳은 어디에도 없었다. 원래부터 싸구려 아파트였다. 아파트 밖의 오래된 간판에 '순수 서양식……'이라고 쓴 것은 요컨대 방에 다다미가 깔리지 않았다는 의미인 모양이다.

가가미는 단념하고 선 채로 말을 이었다.

"우선 먼저 당신이 어제 하루 어디에서 무엇을 했는지 순서대로 이야기해 주었으면 합니다."

이 질문은 보건대 고로 입장에서는 준비하고 기다리던 질문인 모양이었다. 적어도 그로서는 이상해 보일 정도로 확신에 차서 분명히 대답했다.

"저는 9시 반쯤 여기를 나서서 아버지 집으로 갔습니다. 거기 도착한 것은 11시 조금 넘어서였다고 생각합니다. 저는 돈이 없어 곤란을 겪고 있었습니다. 조금이라도 받아내지 못하면 점심 값조차 없는 지경이었지요. 아버지는 침실에서 숙부와 한참 이야기를 하고 있었습니다. 숙부는 아버지의 종형제에 해당하는 오사와 다메조라는 사람입니다."

가가미가 끼어들었다.

"무슨 이야기를 하고 있던가요?"

고로는 잠시 더듬더니…… 그러고 나서 필요 이상으로 분명하게 답했다.

"모릅니다. 뭔가 비밀스러운 이야기 같았는데…… 아버지는 결국 한 푼도 주지 않았어요. 그때 오사와 숙부가 대신 30엔을 내밀었는데, 만약 그거라도 받지 못했다면 정말 어떻게 되었을지……. 그리고 아버지 집을 나왔습니다. 12시 조금 전이었습니다. 그리고 여기저기 돌아다니다……."

"막연하군요. 여기저기라니요?"

고로는 또 여기에서 잠시 말문이 막혔다. 가가미의 얼굴을 보고는 당황하여 시선을 피하고 신경질적으로 떨리는 손끝으로 외투 단추를 만지작거렸다.

"…… 분명히 기억하지는 못합니다. 여기저기…… 그러니까 여기저기였습니다. 하지만……."

여기에서 목소리가 갑자기 높아졌다.

"하지만 3시부터 4시까지는 분명히 기억하고 있습니다. 히비야의 리버럴이라는 찻집에 있었습니다. 못 믿겠으면 그 가게에 가서 조사해 보세요. …… 그리고 또 여기저기 돌아다녔습니다. 이리 돌아온 것은 5시 반쯤이었습니다."

가가미 입술 주변에 알 듯 모를 듯 희미한 미소가 피어올랐다.

가가미는 가슴 속으로 이런 말을 중얼거렸다.

—정오부터 3시 조금 전까지의 행동이 불명. 그 사이에 그는 어디에서 무엇을 했을까? 가가미는 문득 떠오른 듯이 꺼져 가던 담배에 불을 다시 붙이고 성냥재를 바닥에 버리고 구두로 밟았다.

전혀 아무렇지도 않은 행동이었지만, 그러면서 가가미는 그때 분명 긴장했다.

그의 한쪽 눈이 그때 고로가 하고 있던 기묘한 행동을 재빨리 훔쳐보았던 것이다.

테이블을 등지고 서 있던 고로가 그 한쪽 발뒤꿈치로 테이블 아래에 있던 무언가 네모난 신문지 꾸러미를 계속 안쪽으로 밀어 넣으려 애쓰고 있었다…….

가가미는 고개를 들었다. 막막한 표정이 담배 연기 그늘에 숨어 있다. 몹시도 단조로운 목소리로 말했다.

"아버지가 돌아가시면 다카기 가문은 당신이 잇게 되지요?"

고로의 얼굴에 다시 불안한 초조의 빛이 떠올랐다.

"예, 아마도…… 하지만 모릅니다, 그건……."

"당신이 아버지를 미워했다는 소문이 있던데……."

"그, 그런, 말도 안 되는! 그런 일 없습니다. 절대로!"

"당신은 권총 사격을 연습한 적이 있습니까?"

갑작스러운 이 한마디는 놀랄 만한 효과를 발휘했다.

고로의 표정이 일순간 격변했다. 악! 하며 얼굴을 상기시키고 눈을 부릅뜨며 주먹을 들어 올리고 미친 사람처럼 소리를 질러 댔다.

"당신은 내가 아버지를 쐈다고 생각하시는 겁니까! 내가 아버지를 죽였다고! 그래서 내가 말하지 않았습니까. 3시에는 히비야의 찻집에 있었다고! 그건 누구나 다 안다고요. 나는 명백히 증명할 수 있어요! 빨리 그 찻집에 가서 내가 말하는 게 사실인지 아닌지 알아보라고요!"

가가미는 고로의 분노에 이글거리는 얼굴을 아무 말 없이 눈을 가늘게 뜨고 응시했다.

고로는 소리를 지르고 주먹을 휘두르며 발을 동동 구르고— 그러나 그 광적인 격분은 다시 금세 흐려지고 곧 흔적도 없이 사라져 버렸다.

그는 갑자기 얼이 빠진 듯 어깨를 툭 늘어뜨리고 두려운 듯 심약해진 시선을 발밑에 떨구었다.

가가미는 입에서 담배를 떼고 가슴에 떨어진 재를 털어냈다. 일은 끝났다.

"실례했습니다. 당신은 꽤 지쳐 있군요. 조금 쉬는 편이 좋겠습니다."

가가미는 나갔다.

고로는 한동안 가가미가 나간 문 쪽을 멍하니 쳐다보았다. 입 속으로 뭔가 중얼거렸다. 의미는 알 수 없다.

곧 머뭇머뭇 그 문으로 다가갔다. 문을 한두 치쯤 살짝 열고 복도를 내다보았다. 큰맘 먹고 복도로 나가 본다. 아무도 없다.

그는 문을 탁 닫고 뛰듯이 테이블 앞으로 되돌아와서 그 아래에서 네모난 신문지 꾸러미를 꺼냈다.

서랍을 열고 그 안쪽에 꾸러미를 쑤셔 넣었다. 그러나 만족스럽지 않았다. 모포 아래로 밀어 넣어 보았다. 그는 신음하면서 다시 금세 꺼냈다.

그의 눈에는 쫓기는 야수와 같은 초조감이 있었다. 그는 결심했다.

꾸러미를 외투 아래에 밀어 넣고 다시 한번 살짝 복도를 내다보았다. 그리고 달리듯 방에서 나갔다.

미행

가가미와 가타기리 형사가 가고 있는 앞쪽 50미터를 고로가 빠른 걸음으로 걷고 있다.

어디로 가려는지 전혀 알 수가 없다. 마치 발길 닿는 대로 아무렇게나 걸어가는 듯한 모습이다.

가끔 멈춰 서서 뒤를 돌아본다. 미행을 경계하는 모양이다.

그러나 곧 조금씩 안도를 되찾는 것 같았다. 그 속도가 느려지기 시작한 것에서도 알 수 있었다.

길거리로 나가더니 그곳에 있는 온갖 종류의 신문을 샀다.

그 자리에서 곧장 파고들 듯 읽기 시작했다.

꽤 거리가 떨어져 있었지만, 고로가 무엇을 읽고 있는지 가가미는 잘 알 수 있었다. 그것은 고헤이 사건의 기사일 것이 뻔했다…….

그러나 아마도 고로는 실망할 것이다. 상세한 기사는 어디에도 실리지 않았다. 판에 박힌 듯 똑같은 두세 줄의 기사.

─7일 오후 3시, 자산가 다카기 가문의 당주인 고헤이 씨가 권총으로 사살되었다. 범인의 윤곽은 드러났으며 곧 체포할 것이다…….

고로가 걷기 시작했다.

외투 안에서 그 신문 꾸러미를 꼭 안고 있다.

가끔 멈춰 서서 사방을 둘러보는 것은 어디로 갈지 고민하기 때문일 것이다.

곧 언덕을 올라 초토가 된 곳으로 나갔다. 이제 그는 망설이지 않았다. 초토가 된 곳을 일직선으로 나아간다.

갑자기

"흡!"

하며 억눌린 듯한 낮은 신음이 가가미의 입술을 타고 나왔다.

멈춰 선 고로가 외투 아래로 신문 꾸러미를 꺼내더니 그것을 느닷없이 옆의 벼랑 아래로 던진 것이다.

그리고는 고로는 뒤도 돌아보지 않고 떠나 버렸다.

그 지점으로 달려가 보니 그 벼랑은 생각보다 높았고, 더구나 그 아래에 공동 방공호가 무너진 자리는 깊고 거대한 입을 벌리고 있었다.

"자네는 저자를 따라가!"

형사에게 그렇게 외친 것과 가가미가 그 벼랑을 뛰어내려 간 것은 동시였다.

방공호 안은 근처의 쓰레기 하치장처럼 쓰이는 모양이었다. 그러나 가가미는 일순간도 주저하지 않았다. 마지막 한 간(間)* 반 정도는 단숨에 뛰어내렸다. 불결한 쓰레기 더미를 마구 가로질렀다. 드디어 그 신문 꾸러미에 손을 댔다.

그것이 생각보다 얼마나 가볍던지.

* 간은 길이의 단위로 약 1미터 80센티미터 정도.

힘을 너무도 주었던 가가미는 그 가벼움에 자기도 모르게 뒤로 물러날 정도였다.

가가미는 신문 꾸러미를 안은 채 벼랑을 뛰어올랐다. 이미 고로의 그림자도 형사의 모습도 시야에서 완전히 사라진 상태였다.

그러나 가가미는 매우 만족했다. 만족스러운 그의 눈은 지금 온화하고 조용한 빛을 머금고 있다.

그는 불이 꺼져 버린 입술의 담배에 느긋하고 침착하게 불을 다시 붙이고 다른 방향을 향해 큰 걸음으로 걷기 시작했다.

곧 경시청 과장실에서 엄청난 호기심에 자극되어 그 신문지 꾸러미를 풀려고 덤벼드는 가가미의 모습을 발견하게 된다.

안에서 나온 것은 언뜻 보면 네모난 새장 같은 것이었다. 그런데 사방이 가는 철망으로 둘러쳐 있다.

그 철망 안을 들여다보았을 때 그의 표정!

열 몇 마리의 검고 작은 생물이 바글바글 움직이고 있는 것이다. 그것은—거미였다.

그런데 그것을 바라보면서 그가 혼잣말처럼 중얼거린 말은 충분히 주의를 기울일 만한 것이었다.

"그런데—그 단바 노보루라는 남자가 창고에 난 불을 끄던 중에 마당 장미나무에서 거미를 잡아서 주머니에 넣었다고 했지. 왜였을까?"

사건의 핵심

오전 10시 30분.

다카기 가문과 관계있는 인물의 신원을 조사하러 갔던 이리에(入江) 형사가 돌아왔다.

그가 전한 보고는 다음과 같다.

1. 아오시마 가쓰에 ─ 43세, 피해자 고헤이의 여동생. 전남편과 이혼 후 3년 전부터 고헤이 집에 살고 있다. 그 이전의 생활은 불명. 자산 없음. 취미, 교우, 사상, 학력, 모두 불명. 전남편은 외교관. 결혼생활은 겨우 3개월.

결혼 당시 남편과 함께 프랑스에 건너갔는데 무엇보다 먼저 배운 것이 권총 사격이었다. 다만 도착 후 십 며칠 만에 파경하고 귀국하였으므로, 실상 약간 쏠 수 있는 정도일 것으로 추측된다.

사건 당일은 종일 다카기 집에 있었는데, 3시에 창고에 있었던 사실에 관해서는 총성을 듣고 문으로 뛰어 들어온 순사의 증언이 있다. 증인은 가쓰에가 창고에서 덤불을 빠져나와 현관 쪽으로 뛰어 들어온 것을 분명히 목격했다.

2. 오사와 다메조 ─ 51세, 고헤이의 종형제. 독신. 처자식 또는 첩을 둔 사실은 전혀 없음.

자산 55만 엔이라고 하는데, 너무도 인색하여 집안일을 돌볼 사람이 오래 붙어 있지 못함. 주소는 네리마(練馬). 다카기 집에서 15분 정도의 거리에 있다.

25평이 안 되는 초라한 집에 살며 스스로 밭을 일구고 암거래도 당당히 하고 있다. 이러한 반농민과 같은 생활은 20년 이상 지속적으로 해왔다.

소심하고 겁이 많아 권총을 쏘는 방법 정도는 알고 있는 듯하나, 사격 연습 같은 것은 한 적이 전혀 없음.

사건 당일의 행적은 다음과 같다.

오전 10시 반부터 12시 15분까지 고헤이와 침실에서 이야기를 나눴다.

12시 15분 다카기 가문을 나서서 12시 30분에 세이부 전차 와시노미야역에서 표를 사서 전철을 탔다. 그때 그는 역무원실에 얼굴을 내밀고 알고 지내던 역무원과 잠깐 이야기를 하고 시간을 물은 다음 손목시계를 맞추었으므로 이는 정확하다.

그리고 오후 1시경에 다카다노바바(高田馬場) 역 앞의 구둣방에 낡은 구두 수선을 부탁했다. 2시에 구두가 다 되어서 찾으러 왔다. 이상은 구둣방의 증언이므로 명백하다.

2시 20분 메지로(目白)의 네모토(根本) 변호사를 방문하여 그 상태로 7시 반까지 있다가 돌아갔다. 이에 관해서는 네모토 변호사의 증언이 있다.

또한 그가 얼마나 인색한이었는지는 다음 이야기로도 알 수 있다. 그는 변호사 집에서 긴요한 이야기가 끝나고 식사 때가 되었는데도 좀처럼 가려 하지 않았다. 어쩔 수 없이 식사를 내오자 사양도 하지 않고 먹은 다음 다 먹자마자 곧장 돌아갔다. 그가 다른 사람의 집을 방문하는 행위에는 거의 식삿값을 벌겠다는 의도가 숨어 있었다.

네모토는 다카기 가문의 고문변호사로 그 긴요한 이야기란 고헤이의 유언장을 다시 쓰는 것에 관한 내용이라고 했다.

3. 다카기 고로 — 23세. 고헤이의 후계자. 8년 전 발광하여 자살한 고헤이 아내와의 사이에서 태어난 아들. 고헤이는 단 한 명의 자식인 고로를 몹시도 증오하여 소년 시절부터 거의 용돈도 주지 않았고 고로는 자력으로 고학하며 야간 중학교에서 ○○대학에 진학했다.

지난해 학도병으로서 응소(應召). 신체허약 때문에 올 7월 소집 해제. 그 후에는 특히 더 생활이 궁핍해진 것 같다.

다카기 가문의 하녀 야마시로 유코와는 연애 관계에 있던 듯하다. 또한 그는 어머니의 발광 자살에 대해 아버지에게 일종의 의혹을 품고 있는 것으로 보인다.

입대 중 권총 사격 성적은 발군이었다.

사건 당일의 족적은 다음과 같다.

오전 11시 20분경, 고헤이를 방문하고 돈을 달라고 했으나 성공하지 못함. 11시 40분 다카기 집을 나섰는데 이후 그의 족적이 불분명. 다만 3시부터 4시까지는 히비야의 찻집 리버럴에 있었다. 이는 여급이 증명하였다. 그 후의 족적은 또다시 불분명. 5시 30분경 시바(芝)의 아파트로 귀가.

4. 단바 노보루 — 30세. 독신. 고헤이의 조카. 시나가와(品川) 다치아이가와(立會川) 담뱃가게 2층에 하숙을 하고 있다. 오마에다(大前田) 흥신소 직원. 그는 형사사건 조사에 관해서는 뛰어난 재

능이 있어서 종종 당국에 조력할 때도 있으며, 또 종종 경관을 조롱하는 태도를 보이는 버릇도 있다.

사건 당일의 족적은 다음과 같다.

12시 40분, 다카기 가문을 방문. 그 이후 1시 30분경까지 가쓰에와 함께 침실에서 고헤이와 이야기했다. 또한 그사이 창고에 화재가 발생했기 때문에 1시 조금 전부터 20분 정도 모두 함께 나가서 불 끄는 일에 협력했다.

1시 30분에 다카기 집을 나섰는데, 그 후의 족적은 완전히 불명. 오늘에 이르기까지 근무지인 흥신소와 시나가와의 자택에도 모습을 보이지 않고 있다.

이리에 형사는 가가미가 훑어보기를 기다리다가 덧붙였다.

"단바 노보루의 행방을 전혀 모르겠습니다. 사방팔방으로 알아보았습니다만, 마치 땅속으로 숨어든 것 같습니다. 지금 전력을 다해 추적 중입니다. 곧 알게 될 거라고는 생각합니다만……아, 그리고…… 오사와 다메조를 같이 데리고 왔습니다. 틀림없이 과장님이 직접 심문하고 싶으실 것 같아서…… 그자가 그렇게 말하더군요. 자진해서 이리로 왔습니다. 저쪽에서 기다리라고 했는데 만나시겠습니까? …… 그런데 과장님……."

여기에서 형사는 과장에게 한쪽 눈을 감고 씩 웃어 보였다.

"미리 분명하게 거절해 두시는 것이 최고지요. 아무리 오래 버텨본들 경찰은 밥 대접은 하지 않게 되어 있다고 말이지요……."

곧 형사와 어긋나면서 머리가 벗어지고 땅딸막하니 키가 작은 남자가 들어왔다.

입고 있는 옷은 형태며 색이 적어도 20년은 입었을 법한 것이었다…….

오사와는 들어오더니 권하지도 않았는데 먼저 의자에 턱 앉았고, 그다음에는 아주 신기하다는 듯 방안을 이리저리 둘러보기 시작했다.

이 남자의 첫인상은 고로와 모든 점에서 반대였다.

강압적이고 교활한데 그런데 그 그늘에는 겁도 많아 보였다.

"사촌형이 죽었습니다. 얼마나 끔찍한 사건인지. 하지만 저는 예전부터 아무래도 이런 일이 벌어지지 않을까 마음속으로 걱정하고 있었어요."

친척의 죽음을 슬퍼하는 모습 따위는 털끝만치도 느낄 수 없는 말투였다.

눈 끝으로 교활하게 상대를 힐끔거리는 버릇이 있다. 그것이 더할 나위 없이 야비한 느낌을 주었다.

"자, 뭐든 물어봐 주십시오. 알고 있는 것은 뭐든 이야기하겠습니다. 틀림없이 도움이 될 내용도 있을 겁니다."

"그럼 묻겠는데……."

가가미는 담배를 물고 그 연기 사이로 흥미롭다는 듯 상대를 관찰했다.

"어제 아침, 당신은 고헤이 씨를 방문하셨다고 하던데 그 용건은?"

"그랬습니다. 10시 반부터 12시 조금 넘어서까지 고헤이 형 방에서 이야기를 했습니다. 고헤이 형이 불러서 간 것입니다. 용건은 유언장 수정에 관한 것이었습니다. 고헤이라는 형님은 뭐라고 해야 할까…… 무자비하다고 해야 할까, 제정신이 아니라고 해야 할까…… 항상 남을 괴롭히면서 기뻐하는 정말 이상한 인물이었거든요. 그자가 자기 친척이나 또는 자기가 손을 댄 여자들을 얼마나 비참하게 다루었는지 그건 누구라도 잘 알고 있는 일이지요. 아니 그뿐이 아닙니다. 자기 아내까지 심하게 학대했다고요. 그 때문에 그 집사람은 돌아버려서 자살했지요. 고로가 어쩌면 어머니를 고헤이 형이 살해한 것이 아닌가 한때 몰래 의심했다는 소문이 있었는데, 아니, 그것도 전혀 무리가 아닌 이야기였습니다. 그런 고헤이 형이 결국 그 아내가 죽은 똑같은 침대에서 살해당하다니…… 인과응보라고 하는 거겠지요. 정말 하느님이 보고 계시는 겁니다, 과장님. 그런데 고로도…… 그 녀석이 또 고헤이 형에게서 얼마나 심한 대접을 받았는지. 어쨌든 어릴 적부터 용돈 한 푼 만족스럽게 준 적이 없으니까요, 말도 마십시오. 불쌍합니다. 정말 고로는 불쌍한 녀석입니다……. 아이고, 깜빡하고 담배를 잊고 왔군요……. 과장님, 정말 미안한데 한 개비 주시겠습니까?"

가가미가 뭐라고 대답도 하기 전에 그는 밭일로 거칠거칠해진 손가락을 뻗어 테이블 위에 펼쳐져 있던 가가미의 담배 케이스에서 염치도 없게 한 개비를 뽑아 들었다. 이런 일에는 너무도 익숙한, 뻔뻔하기 짝이 없는, 그러면서도 판에 박힌 듯 자연스러운 행동거지였다.

"…… 그런데 고헤이라는 작자는 원래 그런 인물입니다

만…… 무엇이 마음에 안 들어서 갑자기 유언장을 고쳐 쓰겠다고 말을 꺼낸 걸까요? 지금까지는 물론 고로가 그 상속인이었습니다……. 우리에게도 조금씩 나눠 주게 되어 있기는 했지요. 그런 말을 꺼낸 건 너더댓새 전이었습니다. 결국 내일 정식으로 수정하겠다더니 전 재산을 동물애호회에 기부해 버리겠다고 했다니까요. 자기 자식이 굶어 죽을 지경인데, 어이없게 동물애호회라니요. 정말 어처구니가 없습니다. 미친 짓이지요! 이봐요 과장님, 그렇지 않습니까……."

오사와는 피우다 만 담배의 불을 정중히 끄고 주머니에서 꺼낸 낡은 담뱃갑에 소중한 듯이 챙겨 넣었다. 놀랍게도 그 담뱃갑 안에는 대여섯 개비나 되는 담배가 버젓이 들어 있었다!

"그런 말도 안 되는 이야기가 있습니까! 저는 고헤이 형과 논쟁을 많이 했습니다. 하지만 그 작자는 끄떡도 하지 않는 겁니다. 하긴 한 번 그렇게 고쳐 쓴들 또 금세 다르게 바꿔 쓸지도 모를 일이지요. 고헤이 형은 늘 그런 짓을 저지르며 잔혹한 심술을 부려 놓고는 기뻐하는 사내였어요. 그때마다 호출을 당해서 입회인 노릇을 하는 제 신세를 생각해 보십시오……. 아, 맞아요. 그 이야기를 한참 하고 있을 때 고로가 왔습니다. 밥값조차 없어서 아주 곤경에 처해 있었지요. 제가 보다 못해 30엔이라는 돈을 주었습니다. 제가 말입니다. 스스로 농사를 짓고 채소 한 잎에도 돈 낭비하지 않는 소박한 생활을 하는 가난한 제가 말입니다. 그러나 그때 아버지라는 작자가 뭐라고 한 줄 아십니까? '배가 고프면 손가락이라도 빨고 있어!'"

잘도 지껄이는 남자였다. 가가미가 끼어들 틈조차 주지 않았다.

겨우 이때쯤 가가미가 틈을 발견했다.

"고로는 그때 당신들이 하던 이야기 내용을 들었습니까?"

"이야기 내용이요? 네, 못 들을 수가 없었지요. 고헤이 형이 고로를 향해 아주 밉살스럽게 말했거든요. '나는 유언장을 고쳐 쓸 거다. 이대로 그냥 두면 아무래도 내 목숨이 위태로울 테니까. 내 일부터는 내가 죽더라도 넌 땡전 한 푼 못 챙기게 해 놓으마!'"

그때 오사와의 거리낌 없는 혀 놀림에 브레이크를 걸듯 전화 벨이 시끄럽게 울렸다.

가가미는 일어서서 그쪽으로 갔다.

"과장님, 지금 중앙우체국에서 걸고 있습니다."

고로를 뒤쫓던 가타기리 형사로부터의 보고였다.

"그자는 지독하게 걸어 다니더군요. 어디랄 것도 없이 마치 목적지가 없는 것 같았습니다. 결국 유라쿠초(有樂町)로 가서 중앙 우체국으로 들어갔습니다. 거기에서 둥글게 말아 버려진 뭉텅이 종이를 줍고는 주머니에서 칼을 꺼내 우체국에 있던 풀을 사용 해서 봉투를 한 장 만들었습니다. 그리고 다른 종이에 가지고 있던 펜으로 뭔가를 생각하고 또 생각해서 쓰더니 봉투에 넣고 속 달로 부쳤습니다."

"이봐, 자네, 그 편지 잘 챙겨 두었겠지?"

"아뇨……."

형사는 가볍게 부정했다.

"하지만 그럴 필요가 없었습니다. 제가 뒤에서 들여다보고 수

취인 이름을 봤거든요. 수취인은 과장님이었습니다."

"흠……."

그때 가가미의 오른쪽 뒤에서는 오사와가 이상한 열의를 가지고 민첩하게 손가락 끝을 놀리고 있었다. 탁상의 재떨이에서 꽁초를 모아서는 황급히 주머니로 담는 것이다.

가가미는 인상을 쓰면서 옆눈으로 그것을 지켜보았다.

"그리고 그 사람은 어떻게 됐지?"

"예, 그러고 나서 우체국 긴 의자에 풀썩 주저앉아서 머리를 싸잡고 있습니다. 여기에서 녀석의 옆얼굴이 보입니다. 아! 일어섰습니다. 아무래도 나갈 모양입니다. 미행은 전혀 알아차리지 못했습니다. 문을 밀고…… 나갔습니다. 그럼, 또……."

전화가 끊겼다.

가가미는 의자로 되돌아왔다.

잽싸게 꽁초 모으기를 해치우고 아무렇지 않은 듯 자리로 되돌아간 오사와는 곧바로 다시 시작했다.

"고헤이 형은 그런 인간입니다. 유언장을 수정하는 것도 일부러 자식을 괴롭히기 위해서라고밖에 생각할 수 없어요. 아, 불쌍한 고로! 그 아이가 만약 분노에 휩싸여 아버지를 죽였다고 해도 저는 당연하다고 생각할 겁니다. 고로에게 동정합니다. 저도 그런 입장이 되었다면 틀림없이 해치웠을 거예요!"

가가미는 속으로 쓴웃음을 지었다.

다른 사람의 재떨이에서 틈을 노려 꽁초를 모아갈 만큼 좀스러운 사내가 분노에 휩싸여 살인할 수 있을까?

이런 종류의 남자가 할 수 있는 일이라고는 기껏해야 이웃집 밭에서 눈치를 보다 채소를 서리하는 정도일 것이다. 그 대신 틈만 난다면 매일이라도 하겠지!

"고로가 의심했다는 그의 어머니 자살 사건에 관해 당신은 상세히 알고 계시는가요?"

이 질문은 다시금 오사와의 발표욕에 기름을 부은 것이나 마찬가지였다.

"예, 예, 어제 일처럼 잘 알고 있지요! 그건 8년 전이었습니다. 가여운 여자! 설령 자살했다손 치더라도 결국 고헤이 형에게 살해당한 것이나 마찬가지인 셈이지요. 고헤이 형은 병든 아내를 저 돼지우리같이 더러운 방에 감금하고 제대로 식사마저 주지 않았던 모양이더군요. 그래도 양심에 가책은 느꼈는지 죽기 반달 정도 전부터 자기 침실에 뉘었지만…… 결국 아내는 그 침실, 고헤이 형이 살해된 같은 침대에서 자살했어요. 하지만 자살하지 않았으면 고헤이 형이 정말 손을 써서 죽였을지도 모를 일이에요. 고헤이 형은 아내를 증오했고 그 정도 짓쯤이야 태연히 저지를 수 있는 사내였으니까요. 하지만 자살이었던 것은 틀림없습니다. 아내가 스스로 자기 머리를 쏘는 것을 창문 너머로 하인 한 명이 보고 있었으니까요……. 게다가 일단 고헤이 형은 그 이틀 전부터 여행을 하고 있었습니다. 동행이 저였고요."

"다시 말해 알리바이(현장부재증명)가 있었다는 말씀이군요."

"알리바이? 알리바이가 뭡니까?"

이쯤에서 그 용어 설명을 해 주어야 한다.

"아, 다시 말해 아내가 죽었을 때 고헤이 형이 다른 장소에 있었다는 증거 말이군요. 그거야 이미…… 어쨌든 저와 둘이서 아키타(秋田) 쪽으로 여행을 했으니까……."

그리고 그는 잠시 한숨을 쉬었다.

"불쌍한 고로! 고로를 위해 최소한 아버지의 반이라도 좋으니 그 알리바이인지 뭔지가 있었으면 고마우련만……."

가가미의 신경이 찌릿하고 흔들렸다. 그러나 표정에는 아무것도 드러나지 않았다.

"아버지의 반이라니? 말도 안 되는군요. 고로에게도 그 이상의 알리바이가 있어요. 고로가 3시에 히비야에 있었다는 사실은 지극히 명백한 사실이기 때문이지요……."

여기에서 오사와의 동태가 좀 변했다.

그는 그 순간 숨을 삼키고 계속 과장의 얼굴을 살폈으며, 그러고 나서는 어안이 벙벙한 듯 놀란 목소리를 내질렀다.

"고로가…… 3시에…… 히비야에 있었다고요?! 그게 정말입니까? 틀림없습니까? 저는 고로가 3시에 고헤이 형 방에 있었을 것이라고만 생각했지요!"

가가미의 양어깨가 올라가는가 싶더니 의자 위에 다시 앉았다.

그는 이 순간 분명 사건의 핵심에 접근했다고 믿었다…….

"오사와 씨, 당신은 왜 그렇게 생각했지요?"

지금 가가미의 눈은 새로운 빛을 띠면서 정면에서 똑바로 상대를 응시했다.

오사와는 침묵했다.

머뭇머뭇 옷깃을 다시 매만지며 엉덩이를 움직이고 무언가 주저하면서…….

그가 어찌 답을 해야 할지 쩔쩔매다니 얼마나 드문 일인가!

'엄청난 사실을 말해 버렸다!—'라며 그 겁먹은 듯한 눈초리는 극단적인 후회의 빛을 표면에 드러냈다.

그러나 그것도 아주 짧은 시간이었다. 곧 그는 예전의 모습을 되찾고 이야기를 시작했다.

"정말로 저는 3시에 고로가 아버지 방에 있을 거라고만 믿고 있었습니다. 정말로 과장님, 지금 바로 이 순간까지 그렇게 생각했었어요. 그랬군요……. 3시에 고로는 히비아에 있었던 겁니까. 그거 다행이군요, 고로를 위해 그거 정말 다행입니다. 맞다. 설명해야 하겠지요. 제가 왜 3시에 고로가 아버지의 침실에 있었다고 믿었는지……. 아까 말씀드린 대로 어제 아침 제가 고혜이 형과 그 침실에서 유언장 문제로 옥신각신하고 있을 때 고로가 돈을 받으러 찾아왔었습니다. 결국 고로는 아버지로부터 땡전 한 푼 못 받고 나가 버렸습니다만, 그다음에 저는 고로를 위해 있는 힘을 다해 고혜이 형을 설득했습니다. 유언장 문제는 내버려 두고라도 지금 당장 굶어 죽게 생긴 아들을 그냥 지켜만 보고 있는 법이 어디 있냐고요. 이럴 때 뭐라도 해 주면 어떻겠냐……. 천하의 고혜이 형도 조금은 마음이 움직였겠지요. 아마 그랬을 거라고 생각합니다. 고로에게 3시에 다시 한번 만나 이야기를 할 테니 이리로 오라—아니, 입으로 말한 게 아닙니다. 그는 종이에 썼습니다. 저는 마침 그리로 찻잔을 치우러 온 하녀 유코에게 고로를 뒤따라가서 곧바로 이것을 건네주라며 일렀습니다. 유코에게 물어보시면 알 겁니다. 그렇다면…… 유코가 그때 고로를 쫓아가지 않았을 수도 있겠군요. 어쨌든 저는 그러고 나서 금방 다카기 집을 나섰기 때문에 그게 어떻게 되었는지는 전혀 모르고 있었습니다. 그래서 그만 고로는 3시에 고헤이 형이 있는 곳으로 왔을 거라고만 철석 같이 믿고 있었지요. 그렇군요……. 고로가 히비야에 있었습니까? 허…… 히비야에 말이지요. 왜 히비야에 있었을까?"

이 남자의 혀는 피로를 모르는 모양이다. 묻기만 하면 무한히 떠들어 댈 것이다.

그러나 면회는 이것으로 끝났다.

오사와는 돌아갈 채비를 하고 일어섰다.

"제 얘기가 조금이라도 윗분들에게 도움이 되면 감사하겠습니다. 또 용건이 있으시면 언제 어느 때라도 곧장 날아오겠습니다. 하지만…… 이럴 때 차비는 대체 어떻게 되는 건가요? 경찰에서 내주시는 겁니까? 어쨌든 요즘은 교통비가 꽤나 비싸서…… 아, 과장님, 정말 송구스럽습니다만, 담배 한 개비 더 받을 수 있겠습니까? ……."

가가미는 재빨리 일어서서 벌써 손을 뻗은 오사와의 손끝에서 자기 담배 케이스를 빼앗듯 잡아채서 주머니에 쑤셔 넣었다.

"수고하셨습니다……. 볼일이 있으면 다음에는 제가 찾아뵙지요."

레인코트를 입은 남자

오후 5시.

과장실에서는 막막하게 담배 연기가 피어올랐다.

가가미는 담배 문 곳을 질근질근 씹으면서 눈썹을 찌푸리고 팔짱을 낀 상태로 초조하게 방 안을 걸어 다니고 있다.

단바 노보루는 대체 어디로 자취를 감춘 것일까. 사건이 있고 나서 벌써 하루 낮밤이 흘렀는데, 형사들은 왜 멍하니 있는 걸까?

그리고 가타기리 형사. 가타기리는 어떻게 된 것일까? 중앙우체국에서 전화를 건 후로 벌써 일곱 시간이나 지나지 않았는가. 그런데 그다음 전혀 소식이 없다.

가가미는 발을 멈추고 전화기에 매달렸다. 엄청난 목소리로 소리쳤다.

"나한테 전화 오지 않았나? 안 왔어?! 아무 데서도? 그럼 좋아, 접수하는 쪽으로 연결해!"

접수 담당이 나오자 더 큰 소리를 질렀다.

"나에게 속달이 오지 않았나? 좋아 알았어. 오면 당장에 가지고 올라와. 알았나? 당장 말이야!"

아까 오사와의 이야기를 들었을 때는 이미 명백하게 사건 핵심에 접근했다고 생각했다. 그러나 지금은 어떤가?

자신감이 아침 안개처럼 사라져 버렸다. 어딘가 모순이 있다. 말도 안 되는 오류가 있다. 그것을 집어내야만 한다!

오사와의 이야기를 확인하기 위해 다시 한번 유코를 방문해 보았다.

오사와가 말한 것은 사실 그대로였다.

유코는 매우 망설이다가 겨우 이렇게 진술했다.

— 오사와와 고헤이가 침실에서 대화하던 중에 고로가 왔다. 곧 고로는 돌아갔지만 곧장 그다음에 자기가 침실로 찻잔을 치우러 가자 고헤이는 탁상 메모 용지 위에 연필로 뭔가 쓰고 있었다. 그 옆에 오사와가 서서 그것을 지켜보고 있었다. 방을 나가려 하자 고헤이가 찻잔을 갖다 놓거든 다시 한번 이리로 오라고 말했다.

그래서 두 번째로 침실에 갔는데 문 앞에서 오사와와 탁 마주쳤다. 그는 손에 들고 있던 그 메모 용지를 자신에게 건네주며 서둘러 고로를 뒤쫓아 가서 이것을 건네주고 오라고 했다.

"저는 곧바로 고로 도련님을 쫓아 밖으로 나갔습니다. 그때 저는…… 아무 생각 없이 그 내용을 읽었지요. 네, 말씀하신 대로 다시 한번 이야기를 하자면, 3시에 이리로 와라…… 그런 내용이 쓰여 있었습니다. 네, 분명 주인님의 필적이었습니다. 주인님 필적은 다른 어느 분도 흉내 낼 수 없는 특이한 서체이기 때문에 금방 알 수 있습니다. 저는 문밖에서 겨우 고로 도련님을 따라잡아서 건네 드렸습니다. 네, 네……. 분명히 건네 드렸습니다."

유코는 그것을 분명 고로에게 건넸다고 한다.

고로는 메모를 보았다, 그리고 약속한 3시에 아버지가 있는 곳에 가지 않고 15킬로미터 떨어진 히비야로 간 것이다!

그런데 바로 여기에 가가미의 주목을 끈 눈에 띄게 불가사의한 문제가 있었다.

고헤이는 왜 고로와 만날 시간을 3시로 정한 것일까?

그는 2시부터 4시까지 2시간 낮잠을 충분히 자는 습관이 있지 않은가? 이는 그가 오랫동안 거르지 않은 습관으로 만약 낮잠을 방해받는 일이 있으면 이유를 막론하고 주위 사람들이 조마조마할 정도로 심하게 분노를 표했다고 하지 않는가.

그런데도 그가 그날만 왜 3시에 고로와 만날 약속을 했던 것일까? 더구나 그 3시에 그는 문도 잠그지 않은 침실에서 낮잠에 푹 빠져 있지 않았는가!

그런데 고헤이를 증오하고 게다가 군대에서는 권총 사격에서 발군의 성적을 거두었던 고로는 문제의 3시에 분명 히비야에 있었다. 히비야와 다카기 집 사이에는 15킬로미터나 되는 거리가 있다!

아니, 고로뿐이 아니다. 미지수인 단바 노보루라는 인물을 잠깐 제외해 둔다고 치면 온갖 인물들에게 모두 '3시의 알리바이'가 마련되어 있는 것이다.

오사와 다메조는 네모토 변호사의 집에 있었다.

아오시마 가쓰에는 창고에 있었다.

하녀 이토 교코는 이타바시에 있었다.

마찬가지로 유코는—지금까지도 자기가 하수인이라는 것을 계속 주장하고 있지만 그것이 허위 자백이라는 것은 이미 의심할 여지가 없다. 어쩌면 가쓰에의 증언이 옳은 것이 틀림없다.

온갖 인물들에게 알리바이가 있다. 이것이 이 사건의 특색이다. 문제는 바로 여기에 있다!

전화가 울렸다.

가가미가 달려들었다.

"가타기리입니다. 과장님이시죠? 지금 간다(神田)의 '신흥(新興)'이라는 찻집에서 걸어가고 있습니다."

"응, 그래서…… 녀석은 어떻게 됐나?"

가가미의 목소리는 이미 침착했다.

"아이고, 거참…… 과장님, 속달은 도착했습니까? 네, 아직? 그렇습니까……. 아니, 아무래도 저 녀석이 저를 도쿄 전체로 끌고 다닌 것 같습니다. 아뇨, 미행하고 있다는 것은 전혀 알아차리지 못했어요. 그건 분명합니다! 오늘 아침 중앙우체국을 나선 다음 녀석은 시로가네다이의 아파트로 돌아갔습니다. 거기에서 녀석은 한 통의 편지를 받았습니다. 아무래도 오사와 다메조에게서 온 편지인 것 같습니다. 아니요. 오사와가 직접 찾아왔다가 부재중이었으니 편지를 두고 간 것 같습니다. 그 증거로 녀석은 편지를 보자마자 쉬지도 않고 다시 외출했습니다. 그리고 곧바로 네리마의 오사와에게 갔습니다. 집 안으로 들어가지는 않았습니다. 마침 오사와가 밭에 있어서 그곳에서 서서 이야기를 하더군요. 왠지 오사와가 녀석을 추궁하고, 화도 냈다가 또 뭔가 소곤소곤 이야기를 들려주기도 하는 모습이었습니다.

시간은 15, 6분. 오사와와 헤어진 녀석은 다시 걷기 시작했습니다. 태도가 완전히 달라졌습니다. 마치 절망 그 자체인 듯한 표정이었습니다. 이 녀석 이러다 자칫 선로에라도 뛰어들겠다 싶어서 제가 내심 경계했을 정도였습니다. 생각지 못한 사건에 완전히 말려들었다고 해도 좋을 모습이었습니다.

그러고 나서는 엉망진창이었습니다. 걷고 걷고 또 계속 걸었습니다. 점심도 먹지 않았습니다. 그리고 겨우 도달한 것이 이 가게입니다. 사과를 주문했습니다. 그리고 족히 1시간째입니다. 언제 일어날 기색인지 전혀 알 수가 없네요. 녀석의 테이블은 여기에서도 보입니다. 죽은 듯 머리를 부여잡고 엎드려 있습니다. 완전히 시체 같은 안색이에요. 사과에는 전혀 손도 대지 않았습니다……. 과장님, 이제 퇴근하십니까? 그럼 다음에는 댁으로 전화하겠습니다. 오늘 밤도 또 엄청 추워질 것 같아요. 마냥 찬바람 맞으며 걸을 것을 생각하니 좀 우울합니다. 아니, 되지도 않는 앓는 소리를 하하하……. 물어보실 것 있으십니까? 그럼 끊겠습니다……."

가가미는 전화를 끊은 김에 교환수를 불렀다.

"접수 쪽에 좀 물어봐 주겠나. 나에게 속달이 오지 않았는지……. 안 왔다고? 그런가, 고맙네. 그리고 이리에 군에게서 전하는 말이라며 전화는 없었나? 아니, 대장성(大藏省)* 일이 아니야! 이리에 군으로부터의 전언 말이야. 여보세요……. 음, 이리에 군으로부터 단바 노보루라는 남자에 관해 뭔가 전한 말이 없었나? 없다고? 흠……."

* 메이지 시대부터 있던 일본 중앙행정기관으로 권력이 집중된 곳이었으나, 2001년 중앙성청 개편으로 사라졌다.

가가미는 전화를 끊었다.

불편한 심기를 감출 수 없었다.

그는 그 주변을 탁탁 치우면서 돌아갈 채비를 했다.

대체 우체국 직원들은 뭘 하는 거야! 중앙국에서 아침에 보낸 속달이 코앞의 경시청에 아직도 도착하지 않을 수가 있나? 주둔 군이라면 그 사이에 미국과 네다섯 번 이상은 통신을 주고받았 을 텐데…… 아니면 속달이 하나하나 나가사키(長崎)라도 경유 해서 배달되는 거야 뭐야!

"이봐! 뭘 잠자코 거기 서 있는 건가!"

가가미는 웅크리고 앉아 구두끈을 묶으면서 입구 쪽을 향해 소리쳤다.

누군가 들어와서 거기 서 있다는 것을 아까부터 알고 있었다. 부하 중의 한 명이라고 생각했다.

"용건이 뭔가? 자네!"

"아무래도 바쁘신 듯해서 잠깐 기다리고 있었습니다만……."

가가미는 눈을 들었다.

처음 보는 사내다. 물론 부하는 아니었다.

"누군가? 자네는."

상대는 다가와 데스크 위에 명함을 두었다. 가가미는 쳐다보 지도 않았다.

"어디로 들어왔지? 누구 허가를 받아서 들어온 건가?"

"허가? 아니오, 누구의 허가도 받지 않았습니다."

남자는 천연덕스럽게 말하며 입가에 알 듯 모를 듯 희미하게 웃음을 띄었다.

나이는 서른 정도.

광대뼈가 나온 마르고 검은 얼굴.

버버리 레인코트를 입고 옆구리에 사냥 모자를 끼고 있다.

"어디로부터도 저는 허가 같은 것은 받지 않습니다. 어느 경찰
도 무사통과지요. 경관 제군들은 친한 친구에 대해서는 한없이
관대하니까요…… 부디 명함을 받아 주시지요. 아, 읽기가 귀찮
으신 거군요. 좋습니다, 제가 대신 읽어 드리기로 하지요. 오마
에다 흥신소 직원 단바 노보루를 소개합니다. 과장님, 잘 부탁합
니다……."

이제 그는 온 얼굴을 일그러뜨리며 노골적으로 씩 웃었다.

몹시 거만한 태도. 게다가 날카로운 눈. 마르고 광대뼈가 나온
탓인지 그 눈이 더욱 예리하게 빛나 보인다.

가가미는 그 눈을 정면에서 뚫어져라 빤히 쳐다보았다.

"과장님, 과장님께서는 몹시 놀라셨군요. 당신 부하가 혈안
이 되어 온 도쿄를 휩쓸면서 저를 찾고 있지요. 그런데도 발견되
지 않았습니다! 당신은 안절부절못하면서 앉아 있지도 서 있지
도 못할 상태였지요. 지금도 전화로 교환수에게 호통을 치셨지
요. 그 단바 노보루가 이럴 수가, 당신 바로 뒤에서 그 전화를 듣
고 있었다니 당신은 어안이 벙벙할 것입니다. 아주 깜짝 놀랐을
것입니다. 하지만 수사 제1과장의 위엄이라는 것이 있지요. 이
게 중요한 겁니다. 어떻게든 이 위엄을 실추시키지 않도록 잘 응
답해야 한다. 그래서 당신은 필사적으로 할 말을 찾고 있으시겠

지요. 어떠십니까? 과장님…… 아니면 용건이 없으십니까? '뭐야, 너 같은 놈! 볼일 없어, 돌아가!' …… 용감한 말이지요. 용건이 없으시면 퇴장하겠습니다만……."

이것 봐라!

가가미는 그런 눈초리를 했다. 뭔가 특이한 곤충을 발견했을 때 아이들이 그런 표정을 잘 짓는다.

어쨌든 어떤 경우라도 그에게 눈에 띄게 놀란 표정을 기대하기란 도저히 불가능한 이야기인 셈이다.

"아, 묶어야겠군."

그의 인사는 겨우 그뿐이었다.

가가미는 그대로 웅크리고 앉아 묶고 있던 구두끈을 다시 매기 시작했다.

단바는 그런 가가미의 모습에 말똥말똥 배려 없는 시선을 던지면서 가까운 의자에 아무렇게나 앉았다.

"그런데 초대를 받은 이상……."

그는 잠시라도 입을 다물고는 있을 수 없다는 듯이 또 시작했다.

"…… 저는 지극히 예의 바르게 행동하는 습관이 밴 인간이라서요. 그럼 무슨 이야기부터 할까요? 뭐든 대답할 수 있습니다. 예를 들면 디프테리아 혈청의 암거래 가격이 도쿄와 홋카이도(北海道)에서 어느 정도 편차가 있는지. 도쿄의 관(棺) 암거래 시세가 어느 정도인지, 그리고 도쿄 내의 장의사 중에 어디가 가장 싸게 먹히는지. 또 예를 들어 내년에는 월식이 몇 번 정도 일어날 것인지 ─ 자 과장님, 질문이 뭡니까?"

가가미는 모르는 척하면서 돌아갈 채비를 서둘렀다.

구두끈을 다 묶고 외투에 팔을 끼운 다음 가방에 서류를 담았다.

그것을 지켜보는 단바의 시선에는 잔인할 정도로 심술궂은 미소가 조금씩 피어올랐다.

"당신은 대답을 안 하는군요. 잠자코 있다. 당신은 언제라도 침묵으로 일관한다. 그것이 가가미 식이라는 거죠. 그것으로 당신은 밥을 먹고산다! 대부분의 상대는 당신의 그 침묵에 압도당할 테지요. 하지만…… 과장님, 상대도 상대 나름이랍니다. 저에게는 서툰 원숭이 연기보다 못해 보인단 말이지요. 저에게는 당신의 뱃속이 다 읽힙니다. 당신이 무엇을 물어보고 싶어 하는지, 그리고 얼마나 듣고 싶어 근질근질한지!"

가가미는 돌아갈 채비를 마쳤다.

마지막으로 담배에 불을 붙이고 모자까지 썼다.

그리고 데스크를 돌아 단바의 코앞 한 자 정도 떨어진 곳으로 의자를 끌어당겨 털썩 앉았다.

두 사람은 서로 빤히 쳐다보았다.

지금까지 몇십 몇 백 명의 범죄자를 응시했던 가가미—그의 시선을 받은 상대의 눈에는 한 시도 사라지지 않는 빈정거림의 웃음이 그림자처럼 차갑게 맺혀 있었다.

가가미는 미동도 하지 않았다. 구멍이라도 뚫을 듯 상대의 표정을 들여다보았다.

그러다—갑자기 가슴을 뒤로 젖히는가 싶더니 손가락으로 딱 소리를 냈다.

아하!

그가 그런 눈초리를 한 것은 이로써 두 번째다.

그리고 천천히 데스크의 재떨이 쪽으로 몸을 돌려서 담뱃재를 떨어뜨렸다.

"단바 군이라고 했지? 자네 어제 하루의 행동에 관해 설명을 듣고 싶은데."

"하하하하……."

웃는 단바의 표정에도 음성에도 지금은 분명히 도전자의 느낌이 있었다.

"당신이 묻고 싶다는 것이 그거였습니까? 그런 거였습니까? 그 때문에 어제부터 기를 쓰고 저를 찾았던 건가요? 하지만…… 뭐 좋습니다. 답하지요. 지극히 간단합니다. 12시 40분에 다카기 집을 방문, 고헤이 삼촌 및 아오시마 가쓰에 고모와 집주인 침실에서 1시 30분까지 용건 이야기. 용건 이야기 내용이야 이미 잘 알고 계시지요? 그리고 그동안…… 정확하게 말하자면 1시 5분 전부터 15분 지나서까지 창고의 화재 때문에 불 끄는 작업을 한 것도…… 뭐 저야 옆에 있던 여러 사람의 활약상을 관찰하고 있었습니다만…… 그러고 나서 다카기 집을 떠났고 그다음에는 여러 친구 집을 방문했습니다. 밤이 되고 나서 요코하마(橫濱)의 S 가(家)에서 호연지기를 키우는 프로그램이었지요. 거기에는 꽤나 귀여운 아가씨가 있어서요. 어때요. 한 번 안내할까요? 아, 맞다 맞아, 당신은 소문난 고지식쟁이지요? 미인으로 명성이 자자한 현모양처가 계시고, 게다가 여섯 살 난 귀여운 따님까지······. 당신은 일이 끝나면 곧바로 날아가듯 부인에게로 가시지요. 그리고 딸을 무릎에 앉혀 놓고 부인 시중을 받으며 소박한 만찬을······ 좋은 가정입니다. 그런 가정에서는 좀처럼 범죄가 발생하지 않는 법이지요. 그런데······."

가가미의 굵은 목소리가 내리누르듯 그것을 가로막았다.

"자네는 3시에 어디에 있었지?"

"3시요?"

단바는 입맛을 다신다.

'왔군!' 그런 표정이었다.

뱃속에서부터 끓어오른 듯 기뻐 보이는, 그리고 비웃는 듯한 웃음이 그 입가에 씩 떠올랐다.

그는 더욱 빤히 가가미를 바라보며 다시 한번 씩 웃었다.

"3시! 그래요. 고헤이 삼촌이 살해당한 시각이지요. 그 알리바이가 문제네요. 알리바이가 없는 자가 범인이다!"

그는 말하면서 일어서서 데스크 한쪽 구석에 있는 탁상전화기 앞으로 가서 거만한 목소리로 소리를 질렀다.

"K 서를 호출해!"

상대가 받을 때까지 옆눈으로 힐끗힐끗 가가미를 살펴보았다.

"K 서인가? Y 형사를 불러줘. 그래, 여기는 1 과장실이야. 시급한 일이야, 아주 시급하다고! 그래, 음······ 아니, Y 군인가? 어제는 실례 많았네······. 나야, 단바라고. 하하하······ 과장님인 줄 알았다고? 그래서 이상하게 잘난 척하는 목소리를 냈구만. 하하하······. 그래, 지금 과장실에 있는데. 자네와 어제 같이 술 마신 것을 증명할 필요가 생겼거든. 아니, 신경 쓸 것까지는 아니고. 자네가 친구에게 한잔 얻어 마셨다고 해서 과장님이 화낼 이유는 없지 않은가. 그런데 그 술집이 료고쿠(両国)였지. 그리고 마신 시각이 2시 40분부터 3시 40분까지 딱 한 시간이었고. 이봐 이봐, 기억하고 있을 리가 있고 말고가 어딨나. 내가 술집에 들어갔을 때 시계를 꺼내 2시 40분이라고 주의를 주었잖나. 그리고 거기에서 나올 때도…… 분명히 시계를 꺼내서…… 자네 시계도 같이 꺼냈고, 그다음 술집 벽시계와도 분명히 맞춰 보았지 않나. 그 시각만큼은 분명 기억해 두라고, 그때 내가 일부러 주의를 주었지 않나. 그래, 그래, 생각났지? 좋아, 그러면 됐어. 지금 과장님이 그걸 자네 입으로 듣고 싶다고 말씀하시거든. 무슨 볼일 때문인지 나야 모르지만……."

단바는 수화기에서 얼굴을 돌렸다.

"과장님, Y 형사가 직접 증언해 준다고 합니다. 자, 여기…… 아, 듣지 않으시겠습니까? 그럴 필요가 없다는 말씀이시군요."

단바는 다시 한번 수화기를 들었다.

"고맙네. 과장님은 이제 볼일이 없으시다고 하는군. 조만간 가까운 시일 내에…… 이번에는 요코하마가 어떤가? 아주 괜찮은 곳을 발견했거든. 이봐 이봐, 과장님이 듣고 계신다고 해서 이제 와서 빼는 척하긴가! 그럼 또 보세…… 잘 지내라고."

툭 전화를 끊었다.

돌아볼 때의 그 얼굴이란.

심술궂은 야유가 그의 만면에 감돌고 있었다.

거드름 피우며 의자로 돌아갔다. 얄밉게 시치미를 떼듯 자리에 앉았다. 그러더니 느릿느릿 담배를 꺼내 불을 붙였다. 그 다음 새삼 가가미의 눈을 들여다보며 씩 웃는 것이었다.

'어떻게 된 걸까요, 과장님?!'

목소리를 냈다면 분명 그렇게 말했을 것이다.

그러나 그의 비아냥대는 웃음은 다음 순간에 실로 불타오르는 환희로 바뀌었다.

그가 담뱃재를 털고자 데스크 재떨이로 몸을 틀었을 때 탁상 메모에 가가미가 써 둔 일련의 글자들을 확인했기 때문이다.

"정곡을 찔렀군!"

그는 소리쳤다.

"…… 권총 사격에 숙달된 인물…… 아, 결국 과장님은 발견했군요. 마침내 진리에 도달했단 말입니다. 이 얼마나 근본적이고 중대한 발견이라는 말입니까! 이렇게 해서 용의자의 신원이 드러났습니다. 치명적인 과거의 경력. 권총 사격의 기량. 그리고 결국 범인의 윤곽이 드러났다! 오사와 다메조는 어떨까요? 그는 간신히 권총 사용법 정도밖에 모릅니다. 아오시마 가쓰에는? 그녀는 권총 쏘는 법 정도야 대충 알고 있지요. 하지만 도저히 숙달되었다고까지는…… 고로는 어떻습니까? 이거 대단합니다. 군대에서 권총 사격에 포상을 받았지요. 그런데 단바 노보루는 어떨까요? 만약 사격 기량이 뛰어나다면 참 성가셔지지요. 다카기 고헤이의 살해범으로서 단바 노보루를 체포한다. 수갑. 공판. 마지막에 교수대. 아! …… 그런데 과장님, 잠깐 이것을 좀 보세요. 요 제 회중시계 끈에 달린 은메달을…… 읽으실 수 있습니까? 여기 새겨진 가는 글자…… 제가 대신 읽지요. 1937년도 전국사격대회 우승상…… 들으셨습니까? 못 들으신 부분이 있다면 다시 한번 반복하겠습니다…… 성대한 사격 경기대회는 그것이 마지막이었습니다. 그러고 나서 곧 전쟁이 시작되었지요. 온갖 유용하고 감미로운 모든 것들이 오로지 '전쟁'이라는 괴물 때문에 삼켜져 버렸습니다……. 그 경기 대회에서 권총 사격은 올림픽 규칙대로 진행했습니다. 아주 화려했던 경기…… 끝난 뒤의 상패 수여식…… 금년도 권총 사격 우승자 단바 노보루에게 이것을 수여한다……. 성대한 박수. 어느 집 아가씨가 꽃다발을 주고, 홍수 같은 신문사 카메라맨들의 플래시 세례…… 그런데 과장님. 5미터라고 하셨나요? 하하하…… 일도 아닙니다. 저는 15미터에서 트럼프 카드의 별도 정확히 관통시킬 수 있단 말입니다."

그의 눈에는 일종의 광기 어린 기분 나쁜 환희가 불처럼 타올랐다.

"자, 이것으로 주문하신 대로 권총 사격에 숙달된 인물을 두 사람 발견했군요! 그런데 이 두 사람은 분명하게 3시 알리바이가 성립되어 있습니다. 아니, 정직하게 말하자면 만들어 두었다는 편이 더 정확하겠지요. 이거 참 곤란한 일입니다! 정말 곤혹스럽지요. 그 알리바이에 어딘가 허점이 있는 것이 아닐까? 과장님은 필사적으로 생각하시겠지요. 하지만 모를 겁니다! 어떻게 알겠습니까……. 처음부터 이 사건의 가장 큰 특색은 온갖 용의자가 전부 한 명도 남김없이 알리바이를 가지고 있다는 사실인걸요. 다메조도 그렇고, 가쓰에도 그렇고, 고로도 그렇고. 그리고 나 단바 노보루도 그렇습니다. 아, 이게 무슨 사건이란 말입니까! 게다가 이 사건을 담당한 것이 가가미 게이스케라는 인물이라는 점이 정말 치명적인 불행입니다. 과장님은 이른바 거친 후려치기를 안 하지요. 일본 전국의 경찰이 예외 없이 후려치기를 하던 때도 당신은 유일하게 예외였습니다. 당신은 셜록 홈스를 실천하려고 했습니다. 후려치기를 일절 배제하고 그 수사 방침을 철두철미하게 증거주의—다시 말해 민주적으로 세웠습니다. 당신은 분명 인도적이며 선각자였지요. 오늘에 이르기까지 당신의 진가는 찬란히 빛났습니다…… 그러나 슬프게도 이 사건은 어떤가요? 전혀 모르시겠지요. 이렇게 당신은 체면을 구기게 되었습니다. 당신 방식으로는 절대 범인이 드러나지 않을 거예요. 이건 완전범죄이기 때문입니다…….

당신은 왜 후려치기를 하지 않는 건가요? 그거야말로 이 사건을 처리하는 가장 좋은 방법일 텐데 말입니다. 용의자는 밝혀졌습니다. 왜냐? 우선 고헤이의 유언장 때문이지요. 당신은 그 내용을 아십니까? 그건 정말 주목할 만한 것입니다. 유산의 반이 고로에게 가는 겁니다. 그리고 나머지 반을 가쓰에와 다메조, 그리고 저에게 삼등분으로 나누지요. 그런데 참 기묘하게도 이런 조건이 붙어 있답니다.

'고헤이를 살해한 자는 물론, 살해를 계획하거나 혹은 계획한 것으로 의심되는 자는 다음 권리를 상실하게 한다.'

그런데 이 유언장이 파기되고 모든 유산이 다른 곳으로 가게 되었지요. 이렇게 가만히 있을 수는 없다……. 네 명은 모두 그렇게 생각했을 것입니다. 그래서 범인은 이 네 명 외에 있을 리 없습니다. 그러니 그들을 끌고 와서 후려치기만 하면 범인은 나올 것입니다. 이 네 명 중에 있다는 사실은 분명하니까요……. 아니, 그렇다고 해도 이제 와서 후려치기란 당신으로서는 못할 일이지요. 민주 경찰이라고 여겨지는 오늘날 대단한 가가미라는 사람이 그런 짓을 하면 그 순간 끝이지 않겠습니까? 그럼 어떻게 해야 좋을까요? 과장님, 여기 딱 하나 남은 방법이 있습니다. 그것은 지극히 간단한 방식이지요. 과장님 이렇게 말씀하세요. '단바 군, 하나만 부탁하세……' 가볍게…… 가볍게, 그렇게 한마디만 하시면 그것으로 충분합니다. 경찰서 내에서 저에 대해 이러쿵저러쿵 말하는 사람들이 있다고 하던데, 그것은 요컨대 천재에 대한 평범한 이들의 질투에 불과합니다. 제가 조력했기 때문에 겨우 해결된 어려운 사건들만 해도 큰 건만 다섯 손가락을 넘을 정도입니다. 저는…… 과장님, 저는 그저 조금만 당신이 고개를 숙이게 만들기를 바랄 뿐입니다. 그것으로 즉시 사건은 해결입니다! 제가 얼마나 당신에게 호의를 가지고 있는지…… 예를 들면 여기에서 중대한 힌트 하나를 드릴까요? 그것은…… 1시의 알리바이를 찾으라는 것입니다. 3시의 알리바이를 버리세요. 그리고 1시의 알리바이를 따라가는 것입니다!"

이제 그는 우월감과 빈정거림에 우쭐대는 범인이나 마찬가지였다.

"1시의 알리바이! 하지만 당신은 알 수 없을 겁니다. 왜 그것이 필요한지 모를 거예요. 점점 오리무중이겠지요. 끝끝내 오리무중일 겁니다. 그리고 당신은 점점 우울해지겠지요. 기분도 나빠질 테고, 곤혹스러움의 늪으로 빠져들 겁니다……."

그러나 어째서, 어째서인지 가가미는 지극히 만족스러웠다!

가가미는 쓱 일어나더니 상대의 어깨를 가볍게 한 번 툭 내리쳤다.

그리고 단바의 도전에 응하듯이 이때 처음으로 빙긋 웃었다.

마치 '도련님, 좋아 좋아. 아주 잘했어, 오늘 밤의 일장 연설은……'이라고 말하듯이……

가가미의 웃음은 단바의 우월감을 적어도 한순간은 사라지게 했다.

그는 입술에서 그 야유 섞인 웃음을 거두고 일순간 의혹에 가득 찬 시선으로 가만히 가가미를 쳐다보았다.

하지만 가가미는 상대에게 뭔가 말을 꺼낼 시간도 주지 않고 가볍게 복도로 나가더니 이어서 과장실의 문을 찰칵 잠가 버렸다. 그리고 뒤도 돌아보지 않은 채 성큼성큼 가 버렸다.

단바는 두세 발짝 그 뒤를 따라가서 뭔가 말하려고 했다. 하지만 그러기를 포기하고 멈춰 서더니 그 얼굴에 또다시 원래대로의 야비한 웃음을 떠올렸다. 다만 좀 전과 다른 것은 가가미를 배웅하는 시선에 새로운 증오와 멸시의 빛이 예리하게 반짝일 뿐이었다는 것이다……

그는 가가미와는 반대로 복도를 돌아 형사들 방 앞으로 가더니 들으라는 듯이 더욱 큰 소리로 말했다.

"야, 미네 군. 오랜만이군⋯⋯. 잘 지내나. 어떤가? 잠깐 저기까지 같이 가지 않겠나? 맥주라도⋯⋯ 아, 당직이라고. 그것참 유감이군⋯⋯. 그럼 장군 멍군이라도 해볼까? 내가 심심하고 따분해서 견딜 수가 있어야지. 장기 한판⋯⋯ 명인전(名人戰) 어떤가? 그 대신 내가 지면 한턱 내지. 상품? 글쎄, 다카기 고헤이 살해 범인이라도 제공할까?"

가가미는 슬쩍 밖으로 나왔다.

바람이 바뀌었나 싶더니 하늘은 칠흑을 흘린 듯 시커멓다.

툭⋯⋯ 하고 뺨에 빗방울.

어, 비가 오나? 하듯 가가미는 손바닥을 내밀어 보면서 하늘을 올려다보았다.

자기도 모르게 이런 말이 입술에서 새어 나왔다.

"다카기 일족에는 참 기묘한 인간들만 모여 있군. 꼭 미치광이 소굴 같이 말이야!"

빈 성냥갑

식사하려고 젓가락을 들면서 내내 신경질적으로 전화기 쪽에 마음을 쓰고 있는, 무언가 생각에 잠긴 남편의 얼굴빛을 보고 있자니 가가미 부인은 어차피 소용없으리라는 것을 알면서도 역시 묻지 않을 수 없었다.

"뭔가 골치 아픈 사건이 일어난 거예요?"

"그냥 흔한 사건이야……."

남편의 대답은 그뿐.

식사가 끝나면 한 시간 정도 충분히 어린 딸아이를 무릎에 앉혀 놓고 이야기에 푹 빠지는 것을 하루 중 가장 기대하는 가가미가—시간이 늦기도 했지만, 오늘은 입을 꾹 다문 채 서재에 들어가 버렸다.

그리고 서재에서는 아무 소리도 들리지 않았다.

오전 0시.

부인이 차를 가지고 서재에 들어가니 남편은 팔짱을 끼고 물끄러미 벽을 바라보며 책상 앞에 앉아 있었다.

부인은 살짝 미닫이를 닫고 손봐야 하는 남편의 셔츠를 자고 있는 아이 머리맡으로 가지고 갔다.

오전 1시.

부인이 화로에 불을 넣어 살짝 남편 옆에 놓아두러 갔다. 가가미는 아까 그대로다. 마치 그대로 화석이 되어 버린 것 같았다.

몹시도 추운 밤이었다…….

부인은 한숨을 쉬고 다시 아이의 머리맡으로 돌아왔다.

그러다— 2시.

드디어 전화벨이 울렸다!

가가미가 휙! 하고 일어서서 뛰어간다.

부인은 이로써 비로소 '후' 하고 안도의 숨을 쉬고 이불에서 삐져나온 딸아이의 어깨를 보고는 상냥하게 다시 덮어 주었다.

"가타기리 군인가?"

가가미가 드물게도 조급해한다.

"어떻게 됐나, 녀석은?"

"과장님, 마침내 저질렀습니다!"

"뭐? 당했다고? 살해당했나, 고로는?!"

"에? 살해당했다니요? 아니요, 과장님, 저질렀다고요. 스스로…… 자살입니다."

"아……"

가가미는 자기도 모르게 한숨을 흘렸다. 복잡한 울림이 느껴지는 한숨이었다.

사실 경시청에서 나와 홀연 그를 괴롭히기 시작한 것은 어쩌면 고로가 살해당할 가능성이 있다는 직감이었다. 그런데 자살이었다!

하지만 자살도 어떤 경우에는 타살과 완전히 똑같은 의미를 가지지 않는가.

"상당히 조심했지만, 녀석이 결국……."

형사의 목소리는 몹시도 지쳐 있었다.

"간다의 찻집에서 녀석이 족히 한 시간 반은 버티더군요. 사과에는 결국 손도 대지 않았습니다. 그리고 그곳을 나서자 해자(垓字)를 따라 히비야로 나섰습니다. 저는 분명 경시청으로 갈 거라고 생각했습니다. 정말 현관 앞까지는 갔습니다. 그러더니 그 앞에서 휙 돌아서더군요. 분명 마음이 바뀐 거지요. 그리고 나서 다음에는…… 어디를 어떻게 지나갔는지 기억을 못 하겠습니다.

아무렇게나 갔으니까요. 도중에 두세 번 멈춰서기도 했습니다. 가로등 불빛에 녀석 얼굴이 눈물로 빛나는 것을 분명히 봤습니다. 걸으며 돌아다니다 결국은 다시 간다(神田) 역 앞으로 나갔습니다. 거기에서 녀석은 와시노미야 행 표를 샀습니다. 이제 살인 현장으로 가는 거로군, 옳거니! 하고 그때 생각했습니다. 틀림없이 거기에서 무언가 잡을 수 있겠다고 생각했으니까요. 그러나 완전히 실수한 겁니다. 마음속으로 순간 방심한 거지요.

녀석은 개찰구까지 갔지만 그곳에서 주저했습니다. 십 분이나 서성거리더군요. 그러고 나서 역에서 밖으로 나갔습니다. 뭔가 찾고 있는 듯했습니다. 무엇을 찾고 있나 했더니 그건 금방 알 수 있었습니다. 공중변소였거든요. 녀석은 그리로 들어갔습니다. 여자 변소의 문이 탁하고 소리를 내며 닫혔습니다. 저는 입구에서 기다렸지요. 그리고 그대로 14, 5분…… 너무 오래 걸리는군, 이 녀석 수상한데! 싶어서 제가 허둥지둥 뛰어갔습니다. 녀석은 피투성이로 쓰러져 있었습니다. 칼로 가슴을 찌른 겁니다……. 제가 방심했습니다. 사소한 방심 때문에, 이거 참……"

형사 목소리가 끊겼다. 가가미도 묵묵히 입을 다물고 있다.

곧,

"여보세요……."

다시 형사 목소리가 났다.

"여보세요, 통화 중입니다……. 과장님, 들립니까? 저는 녀석을 부근 병원으로 옮겼습니다. 사무원 녀석이 꾸물꾸물 대더군요. 만약 조금이라도 늦어서 이 사람이 죽으면 네가 책임을 질

테냐? 제가 결국 호통을 쳐 버렸지요. 그래도 병실이 있네 없네 하면서…… 하지만 원장은 사리 분별을 잘하는 훌륭한 사람이었습니다. 가능한 노력을 다 해 주었습니다. '쇼와(昭和)병원'입니다. 지금 여기에서 전화를 걸고 있습니다. 전화번호를 말씀드리겠습니다……."

"그런데……."라며 가가미는 전화번호를 다 적은 후 묵직한 낮은 소리로 물었다.

"녀석은 가망이 없어 보이나? 어떻게든 살릴 수 있는 방도가 없어 보이나?"

"예…… 아무래도. …… 이미 이렇게 되면 경찰이든 의사든 손을 쓸 수가 없을 것 같습니다. 가능한 한 모든 처치는 했습니다만…… 이제는 그저 신이 부르시는 걸 기다릴 뿐이지요. 물론 절대 안정이 필요합니다. 심문은 도저히 불가능할 것 같습니다."

다시 전화가 잠깐 끊겼다. 하지만 이번에는 곧바로 형사 목소리가 이어졌다.

"여보세요, 통화 중입니다……. 그런데 녀석의 소지품을 조사해 보았습니다. 주머니에 돈이 4엔 20전. 몽당연필이 한 자루. 그리고 편지…… 오늘 아파트에서 수취한 것입니다. 정말로 오사와 다메조가 두고 간 것이었습니다. 간단하니 읽어 보겠습니다…….

'꼭 만나서 이야기하고 싶은 것이 있다. 그리고 너의 결심을 듣고 싶다.'

이렇게만 쓰여 있습니다. 그런데 그 뒤에 녀석이 써 넣은 듯한 문구가 있습니다. 그 찻집에 있는 동안 쓴 거겠지요. 낙서같이 휘갈긴 서체입니다. 읽겠습니다.

'유코가 체포되어 자백하다니 그런 말도 안 되는 이야기가 어디 있는가! 아니, 유코에게 책임은 없다. 유코는 결백하다. 그녀가 아버지를 죽이다니 그런 말도 안 되는 일이 있을 수 있는가! 아, 유코, 유코…… 하지만 내가 무엇을 할 수 있겠는가. 함정이다! 무서운 함정이야!'

녀석의 소지품은 그게 다입니다……. 아, 잊고 있었네요. 하나 더 있었는데…… 빈 성냥갑입니다. 과장님, 안에 무엇이 들어 있었는 줄 아십니까? 거미가 한 마리 있었습니다…… 정말 지쳤습니다. 게다가 아까는 비까지 맞아서…… 아주 녹초가 되었습니다. 지금부터 녀석 옆 병실의 침대에 들어가 한잠 자야겠습니다. 뭔가 볼일은 없으신가요? 그럼 쉬십시오. 끊겠습니다……."

가가미는 수화기를 놓고서도 한동안 거기 우뚝 서 있었다.

그의 얼굴은 평소와 달리 험악했다.

—고로가 빠졌다. 하지만 여전히 세 사람이 남아 있다. 아직 인원이 더 줄어들 가능성이 있어…….

다카기 가문의 역사

어젯밤 철야로 일했는데도 가가미 얼굴에 피로의 기색이라고는 전혀 없었다.

아침밥으로 작은 찐빵 두 개와 된장국 한 그릇.

나가는 길에 다카기 저택에 들렀다 가겠다고 전화로 경시청 쪽에 이야기를 해두고는 일찍 집을 나섰다.

사건 삼 일째 오전 7시 30분.

전차를 타고 인파에 떠밀리면서도 빨리 한 통의 서류를 집중해서 읽었다. 그것은 어젯밤 그가 자료와 보고를 모아 밤을 새서 쓴 것이다.

맨 위에 이렇게 쓰여 있다.

─다카기 가문의 역사─

그에 따르면 다카기 가문은 세이와 겐지(淸和源氏)* 씨 후손이었다. 하지만 옛날 일은 잘 알 수 없다.

구 막부 시대에는 긴키(近畿) 지방**에서 십여만 석을 받는 다이묘(大名)의 일원이었다. 처음에는 상당히 걸출한 인물들이 나왔던 것 같다. 하지만 곧 호쿠에쓰(北越)*** 칠만 석으로 교체되었다. 뭔가 중대한 실정을 했던 모양이다. 그 무렵부터였다─다카기 가문 당주들에 이상한 인물들이 나오기 시작한 것은…….

피부가 고운 아가씨들을 골라 그 온몸에 화조풍월(花鳥風月),

---

* 세이와 천황(淸和天皇, 850~880년)의 자손으로 겐지(源氏) 성을 하사받은 계통이며 유력 무가귀족 집안.
** 오사카(大阪), 교토(京都) 등을 위시한 지역.
*** 현재의 도야마 현(富山縣)과 니가타 현(新潟縣) 일대를 일컫는 옛 지방.

결국에는 그로테스크한 괴물 등을 문신하고 그 2, 30명이나 되는 문신녀들을 애첩으로 삼고 좋아한 나리가 있었다. 저택에 유리를 두른 욕조를 마련하고 거기에 벌거벗은 시녀들을 헤엄치게 하며 그 모습을 안주 삼아 술을 마시고 좋아하던 나리도 있었다.

그 정도는 애교라고 할 정도이고, 곧 길거리에서 사람을 베는 것을 도락(道樂)으로 삼거나 죄인의 목을 베는 일을 무엇보다 좋아하던 인물까지 나왔다.

버젓이 기록에 남아 있는 가문의 소동도 두 번 있었다. 상세한 내용은 모르지만 그 첫 번째는 동생이 형을 죽이고 가독(家督)을 빼앗은 일이다. 그다음에는 아들이 죽은 아버지의 아내―그의 친어머니―와 애첩 세 명, 그리고 자기 남동생과 여동생을 죽이는 놀랄 만한 유혈 사건을 저질렀다. 두 번째 사건에는 아니나 다를까 바라보는 막부의 눈이 매서웠다. 하지만 가로(家老) 중에 수완이 좋은 사람이 있어서 열심히 돈을 뿌리고 교묘히 범행 흔적을 감추어서 유야무야가 되었다고 한다.

그 뒤에 기록에는 분명히 나와 있지 않지만 유혈을 수반한 근친 상쟁의 지저분한 일들이 다카기 가문의 역대에 거의 예외 없이 엮여 있었다.

이를 통해 보아도 다카기 가문에 대대로 내려오는 특색이라면 신분에 걸맞지 않는 사치와 음주벽, 도를 넘는 음탕함과 동족상잔의 유혈소동이었다.

그렇기 때문에 돈이 필요했다. 가렴주구가 행해졌다. 기록에 남아 있는 관할 지역 농민반란만 해도 세 번 있었다.

메이지 유신―판적봉환(版籍奉還)*.

이때 다카기 고스케라는 인물이 등장한다. 자작이다. 이는 피해자 고헤이의 조부에 해당하는 사람인데 선천적으로 정신병이 있었다고 한다. 아마 백치에 가까운 인물이었던 것 같다. 고스케에게는 자식이 세 명 있었다.

장남이 고타로(孝太郎), 이 사람이 고헤이와 가쓰에의 아버지다. 차남이 고조(孝造), 이는 오사와 다메조의 아버지이며, 세 번째가 딸로 요시코(良子), 이 요시코가 아버지를 알 수 없는 사생아 단바 노보루를 낳았다.

그런데 이상하게도 차남 고조와 딸 요시코는 어느새 행방불명이 되고 결국 그 생사도 알 수 없게 되어 버렸는데, 이 갑작스러운 실종의 뒤에는 아무래도 동족끼리 얽히고설킨 증오와 범죄의 냄새가 느껴진다.

그리고 장남인 고타로가 다카기 자작 가문을 잇게 된 셈인데, 곧 작위를 몰수당해 버렸다. 이유인즉 행실이 나쁘고 화족의 체면을 훼손했기 때문―이라고 되어 있다. 이 남자의 방탕함은 상당했던 듯, 상대가 창부이든 보통 여성이든 접근한 여자에게는 모조리 마수를 뻗었던 모양이다. 하지만 작위 박탈의 이유는 그런 정도의 일이 아니라 사실 그 아내를 술에 취해 주사 끝에 발로 차서 죽였기 때문이라는 소문이 났다. 일이 덧난 것은 그 아내가 어떤 고귀한 가문 출신이었기 때문이기도 했다.

* 메이지 유신 이듬해인 1869년에 모든 다이묘들이 영지와 백성들을 정부에 반환한 제도 개혁.

그런 고타로도 곧 미쳐 죽어 버렸다.

그리고 이쯤에서 지금 세대로 내려온다.

고헤이와 가쓰에, 다메조와 노보루. 여기에 고헤이의 외아들 고로―이들만이 사건 당일까지 현존하던 다카기 일족의 전부이다.

고헤이가 여색을 탐하는 습관은 그 아버지 고타로에 비해도 손색이 없을 정도였다. 게다가 그는 사람을 혐오하는 습벽이 있어서 풀이 무성한 교외에 틀어박힌 채 좀처럼 외출도 하지 않고 친하게 교제하는 사람도 없을 정도였으므로 그 추문이 별로 세간에 새 나가지는 않았지만, 그 대신 그는 다카기 가문에 들어오는 하녀라는 하녀 모두를 거의 예외 없이 덮친 모양이었다. 그런 다음 한 푼도 주지 않고 피해자를 내몰아 버리는 것이 그의 상습적 수법이었다. 그것은 일반적 의미의 인색함 때문이 아니었다. 약자에게 고통을 주고 그 눈물을 보며 기뻐하는 일종의 새디즘이다. 고로의 어머니―약 8년 전에 미쳐 자살한 고헤이의 아내도 역시 똑같이 불행한 처지를 겪고 어쩔 수 없이 그와 결혼한 피해자의 한 사람이었다.

고헤이의 이상 성격은 그의 호화로운 서양식 저택 안에서 그를 모시는 사람이나 아내, 여동생 방에서 볼 수 있는 극단적인 불결함으로 충분히 짐작할 수 있다.

그런데 그 여동생 가쓰에는 어떠한가?

기묘하게도 그녀의 전 반생은 아무도 모른다. 아버지에게서 받은 상당한 돈을 가지고 전 세계를 방랑하며 다녔다는 사실 외에는…….

그리고 서른아홉 살. 갑자기 나타나 아오시마 아무개와 결혼해서 프랑스로 건너갔다. 또 겨우 3개월 만에 이혼해 버렸다. 잘은 모르지만 분명 무슨 일이 있었음이 틀림없다!

무일푼이 되어 돌아와서 그대로 오빠 집에 폐를 끼치게 되었다. 반생을 방랑하며 살았던 여자가 육친에 대해서는 더 잔혹했던 오빠의 집에 이후 바위에 붙은 굴처럼 가만히 들러붙어 떨어지지 않았다는 것이다. 무쇠같이 무표정한 가쓰에는 그로부터 4년 동안 무슨 생각을 하며 그 집에서 산 것일까?

다메조—머리가 벗어진 교활한 곤충! 그는 쉰한 살이 되는 오늘날까지 아내를 들이지 않았다. 아마 누가 차려주는 밥이 무서워서였을 것이다—이것이 하인들이 하던 험담이었다.

그는 부지런히 밭을 일구고—이따금 이웃집 밭을 망치면서—50만 엔의 재산을 끌어모았고, 게다가 경시청 재떨이에서도 틈을 노려 담배꽁초를 쓸어간다.

그의 인색함은 병적이다. 그러나 세간에 그런 인간이 없지는 않다. 그만큼 그는 다카기 일족 중에서 가장 세속적인 인물이라고 할 수 있다.

하지만 그 좀스럽고 교활한 눈이 무엇을 보고 무엇을 생각하고 있는지는 알 수가 없다.

마지막으로 단바 노보루.

이 또한 주목할 만한 인물이다. 소년 시절부터 부모의 손을 떠나 고아로 자랐는데 그런데도 지금까지 그는 궁핍한 생활을 한 번도 해본 적이 없노라고 스스로 호언하고 있다.

그는 소년시절부터 어딘가로부터 돈을 끌어오는 기묘한 재주를 지니고 있었다. 그래서 유유히 대학도 졸업했다.

　게다가 법망을 빠져나가는 일에서도 천재적이었다. 예를 들어 세계대전 중에는 세 번이나 소집 영장을 받았으면서도 그것을 완전히 묵살하고 더구나 아무런 처벌도 받지 않았다.

　오마에다 흥신소—그 흥신소라는 것이 처음부터 의문스러운 것인데, 그곳에 드나들게 되고 나서 적어도 세 번의 중대한 사기 사건에 연루되었다고 한다. 하지만 역시 처벌은 받지 않았다.

　하지만 그는 범죄 수사에 있어서도 일종의 재능을 지니고 있다. 그의 충고로 당국이 종종 어려운 사건 해결에 성공했다는 것도 완전히 거짓말은 아니다. 다만 그는 극단적으로 오만하고 관헌들을 조롱하는 상습적인 버릇이 있다. 충고를 하고는 그 뒤에서 악랄하게 매도하는 말을 내뱉는다. 흥분하거나 격노하면 거의 미치광이처럼 변한다.

　아마도 그야말로 범죄 기획자로서 가장 두려워할 만한 부류의 인물이 아닐까.

　그런데—그 세 사람, 여기에 고로를 더한 일족 혈연관계의 사람들이 전부 고헤이를 증오하고 살해할 만한 심리적 동기를 가지고 있었다.

　고헤이 자신도 이미 그 네 사람을 증오했고, 또한 네 명 중 누군가가 자기를 죽일지도 모른다고 확신했던 것은 더 이상 의심할 여지가 없는 일이었다.

　더구나 그는 자신이 죽은 다음 그 막대한 유산을 그 넷에게 분할 양도할 것을 유언장에 명시했다.

다시 말해 고로가 반, 나머지 잔액을 세 명이 함께 분배한다.

그리고 여기에 기묘한 단서를 달았다.

'나를 살해하고, 또는 살해하려고 계획하거나 혹은 그러한 혐의가 인정되는 자는 다음의 권리를 상실한다.'

이 얼마나 기묘하기 짝이 없는 일족인가! 마치 미치광이와 범죄자 집합과도 같지 않은가!

여간 아닌 가가미도 이쯤 되니 자기도 모르게 눈살을 찌푸리고 한숨을 내뱉지 않을 수 없었다.

사건의 핵심은 이 안에 있다. 분명히 이 다카기 가문의 역사 안에 그 비밀이 숨어 있어야 한다!

다시 현장으로

9시, 가가미는 다카기 저택 문으로 들어갔다.

현관에 보초를 서던 경관이 한 명 있었다.

하지만 가가미는 그리로 도착하기 전에 오른쪽 덤불 앞에 서서 이야기하고 있는 가쓰에와 다메조 두 사람을 보았다.

"야아, 과장님…… 아침 일찍부터 수고가 많으십니다. 뭔가 여기 잃어 버리신 물건이라도?"

대머리를 빛내며 곰살맞은 웃음을 만면에 띠고 돌아본 것은 다메조였다.

"아, 맞다 맞다…… 고로가 자살했다고 하던데. 아니 자살을 시도했다고 했나요? 지금 이 집에서 하녀를 보내 알려주어서 깜짝 놀라 전후 대책을 의논하러 달려왔습니다. 입원 비용도 이것저것 들 테고…… 아, 이게 무슨 불행한 사건이란 말입니까? 그 녀석은 정말 심약한 놈이었습니다. 어제도 잠깐 만나서 제가 기운을 많이 북돋워 줬는데, 이렇게 되다니…… 가엾은 고로! 그런데 용태는 좀 어떤가요? 살 것 같습니까?"

그 말투와는 반대로 그 얼굴에는 놀라움이나 슬픔이 전혀 드러나지 않았다.

그런 것보다 오히려 그의 관심은 지금 가가미가 열고 있는 담배 케이스 쪽에 상당히 쏠려 있음이 틀림없었다.

그러나 이렇게 상황이 안 좋을 수가 있나! 가가미가 한 개비를 빼내자 그 담배 케이스는 텅 비었다.

가쓰에는 예의 그 검은 원피스를 입고 손에 장바구니를 들고 있었다. 채소라도 사러 나가는 길이었던 것 같다.

그녀는 무쇠를 연상시키는 그 차가운 눈초리로 가만히 가가미를 응시했는데, 문득 시선이 마주치자 입을 열었다.

"과장님, 당신은 왜 유코를 석방하시지 않는 건가요?"

무표정한 얼굴이다. 하지만 이상하게도 유코에 관한 이야기를 할 때만큼은 그 돌처럼 움직임 없는 표정 아래로 일종의 열정 같은 것이 살짝 떠오르는 것을 느끼게 된다. 사건 당일 밤 첫 심문을 했을 때도 그랬고, 지금도 그렇다. 이는 주목할 만한 사실이었다.

"유코는 무죄입니다. 권총 소리가 났을 때 저는 창고에 있었고, 유코가 뒷문에서 마당으로 뛰어 들어오는 것을 분명히 봤어요. 그런데 유코가 어떻게 오빠를 쏘았겠어요. 그 아이는 감싸고 있는 겁니다. 과장님, 그 애는 고로를 감싸고 있는 거라고요."

가쓰에의 목소리는 여기에서 드물게도 약간 높은 어조를 띠었고 살짝 기침을 했다.

"불행한 계집애! 그래도 아름다운 연애였어요. 깊은 애정은 어떤 심약한 계집에게도 강한 용기를 주는 법이지요. 그 애는 고로를 감싸고 있는 겁니다. 게다가 고로는 죽을 정도의 부상을 입고 입원했다고 하지 않습니까. 왜 만나게 해 주지 않는 건가요? 만약 한 번 만나보기도 전에 고로에게 만약의 일이 벌어진다면…… 유코는 틀림없이 살아나가지 못할 거예요. 과장님, 유코는 고로의 아이를 배고 있답니다."

가쓰에의 표정은 예전으로 돌아갔다.

잠시 동안 잠자코 가가미와 눈을 마주하다가, 곧 차가운 목소리로 툭 내던졌다.

"고헤이를 죽인 것은 유코도 고로도 아닙니다. 범인은 따로 있습니다."

말을 내뱉고는 가쓰에는 그대로 문 쪽으로 가버렸다.

다메조가 과장되게 한숨을 내쉬며 재빨리 끼어들었다.

"그렇고 말고요! 그 연약해 보이는 계집애가 고헤이 형에게 손을 뻗다니!! 그리고 고로까지…… 아, 과장님. 오늘은 여기에 무슨 볼일이 있으신 건가요. 뭔가 제가 도와드릴 일은 없습니까? 기꺼이 도와드리겠습니다……."

가가미는 같이 들어 가자고도 그냥 가라고도 말하지 않은 채 잠자코 현관으로 들어갔다. 다메조가 따라 들어온다.

범행 현장인 침실—핏덩어리가 굳어진 침대, 테이블과 의자, 옷장. 모두 사건 당시 그대로였다.

계속 문을 닫아 놓았기 때문에 침체된 축축한 공기가 서늘하게 꽉 차 있다.

하지만 가가미는 무슨 목적으로 다시 이 방에 온 것일까?

적어도 그는 지금 하나의 결론에 도달해 있을 터였다.

—모든 용의자에게 3시에 알리바이가 있다. 그런데 고헤이는 3시에 살해된 것이다. 그렇다면 어떤 방법으로?

그 해답은 단 하나밖에 존재할 수 없다.

기계의 힘을 사용하는 것이다!

여기에서 그가 탁상 메모에 기입한 두 가지 주의사항이 환기된다.

1. 거리의 문제
2. 권총 사격에 숙달된 인물

기계의 힘이란 예를 들자면 일종의 살인 장치, 이른바 권총 자동발사 장치 같은 것의 사용을 말한다.

5미터 거리—이것은 침대와 반대 측 벽면에 붙박이 된 정리 선반과의 직선거리의 길이다. 정확히 말하자면 그것은 5미터 반 정도의 길이다.

그리고 권총 사격에 숙달된 인물—기계 이상으로 정확하기 짝이 없는 사격수가 달리 있겠는가.

이러한 기계의 힘을 사용한 실례는 드물기는 하지만 여전히 범죄의 역사에 존재하고 있다.

예를 들어 창가에 물을 넣은 플라스크를 두고 거기에서 일정 거리에 권총을 장치해 둔다. 곧 태양이 일정 고도에 오른다. 그러면 태양광선은 플라스크에 의해 권총 탄창에 강렬한 초점을 맺게 되고 화약을 가열한다. 탄환이 발사된다…….

다만 여기에서 문제가 되는 것은 그 장치다. 그리고 그것을 고헤이가 눈치채지 못할 때 어디에 장치했는가 하는 것이다. 실제 범행 직후부터 현장에 보초를 서고 있던 경관과 가가미조차도 지금까지 그런 이상한 물건의 존재는 전혀 알아차리지 못하지 않았는가.

이 기계장치에 의한 방법은 계획적인 범죄자에게 있어 가장 완전한 알리바이를 만들 수 있는—따라서 완전 범죄를 만들어 내는 가장 간단한 방법이다. 더구나 이는 범죄 사상 실로 몇 안 되는 예다. 다시 말해 그 장치를 피해자가 알아차리지 못하게, 더구나 아무에게도 발견될 염려가 없이 필요한 장소에 장착하기란 심히 어렵기 때문이다. 그리고 그 어려움은 항상 절대적이어서 계획을 곤란하게 만들 수도 있다.

가가미가 3시의 알리바이를 마주하면서 당연히 생각해 본 것은 그 장치의 문제였다. 그런데 그는 우선 그것을 부정했다. 이유는 여기에 있었다.

목숨을 노릴 것을 알고 있으면서 항상 조심하던 고헤이의 주의를 흩트리고 그런 장치를 가져다 놓기란 사실상 절대 불가능이다!

실제로 고헤이는 2시부터 낮잠에 들어갔다. 죽은 것은 3시. 따라서 그 사이에 시간은 있었다. 앞서 말한 플라스크와 같이 간단한 것이라면 충분히 가지고 들어올 수 있었을 것이다. 하지만 그런 장치였다면 당연히 이미 가가미의 눈에도 띄었을 터다.

만약 이 사건에 그러한 장치가 사용되었다면 더 교묘한 것으로, 더구나 어딘가 완전히 감춰져 있어야 한다.—이렇게 생각하면 아무리 주의 깊게 작업했다고 한들 코앞에서 자는 고헤이가 그것을 알아차리고 잠에서 깨지 않았을 리가 없다. 따라서 그것은 불가능하다!

가가미의 고민은 이 지점에서 막혔다고 할 수 있다.

그러나 결국 그의 생각은 자동발사 장치의 존재로 귀착하였다.

왜인가?

다카기 가문의 역사가 말해주는 피해자 고헤이의 이상한 성격을 밝혀낸 결론 때문이다.

딱 하나 그런 장치를 장착할 수 있는 경우가 존재한다. 그것은 바로 피해자 고헤이 자신이 그것을 장착했을 경우다!

꽤 이상한 가정이기는 하다. 하지만 지금 시점에서 가가미는 그것을 굳게 믿을 수밖에 없었다.

8년 전에 그의 아내는 자살했다. 그것은 기록을 조사해 보면 분명 자살임을 알 수 있다.

하지만 그의 아내가 죽은 똑같은 침대에서 똑같이 고헤이가 죽었다―단순한 우연일까?

고헤이는 아내를 증오했다. 그는 아내를 살해할 수 있는 사내였다. 돼지처럼 학대하던 아내를 그는 그녀가 자살하기 바로 직전 일부러 자기 침실 침대로 옮겼다. 그는 그 침대 위에서 아내를 죽일 목적이었을 것이다. 그것 말고 그가 베푼 친절에 어떤 의미가 있을 수 있겠는가.

그리고 그는 아내를 죽이려 한 것과 같은 방법으로 이번에는 자기가 살해된 것이다!

새로운 발견

지금 가가미는 침실에 서 있다.

그가 찾아야 할 곳은 이미 정해져 있었다.

5미터 반! 침대와 반대 측 벽에 고정된 멋들어진 정리 선반이 바로 그것이었다. 높이가 1미터 50센티미터 정도. 몇 단으로 나뉘어 있다. …….

위에서부터 순서대로 열어본다. 전부 셔츠 종류가 담겨 있었다.

하지만 가가미는 금세 발견했다.

위에서 두 번째와 세 번째 단 사이에 30센티미터 정도의 공간이 있는 것을. 표면은 당초(唐草) 문양을 새긴 판자로 가렸지만,

비밀이 있다고 한다면 이 안의 빈 부분이어야 한다.

다시 한번 두 번째 칸을 열어 보았다. 다른 단이 서랍식으로 되어 있는 것에 비해 두 번째 단의 문만은 양쪽 여닫이로 되어 있는 것도 약간 주의를 필요로 했다.

문을 열자 셔츠가 한 장. 똑바로 개켜진 상태로 들어 있다. 그것을 치웠다.

그렇지! 그 밑바닥 널빤지가 안쪽의 경첩을 지점으로 하여 위로 열린다.

그것을 들어 올렸다.

옳지, 봐라, 그 밑바닥 널빤지의 안쪽에 장착된 하나의 모터를 중심으로 한 일련의 정교한 장치를…….

아마 이때만큼 가가미의 표정이 냉혈한 그 자체처럼 보인 적도 없으리라. 그 순간에조차 그의 얼굴에는 어떤 종류의 감동도 드러나지 않았다.

그는 주머니에서 준비해 온 권총을 꺼내어 그 장치 내부에서 특히 눈에 띄는 세 개의 금속제 걸개에 탁 소리가 나게 끼웠다. 마치 담배에 불을 붙일 때와 같은 당연한 몸짓으로…….

두 개의 걸개가 권총을 위로 지탱하고 한 개의 걸개가 방아쇠의 위치에 걸린다. 널빤지는 수직으로 서고 권총은 거의 수평에 가까워지며―정확히 침대를 노린다.

가가미는 담배를 버리고 똑바로 침대로 향했다.

피가 굳어져 검붉어진 시트. 하지만 그는 일순간도 주저 따위는 하지 않는다.

벌렁 그 위에 드러누웠다.

길이가 짧은 침대에서 키가 큰 그의 발목만이 완전히 밖으로 삐져나왔다.

잠시 몸을 비비적대다가—그다음 물끄러미 총구를 응시했다.

그 상태로 2, 30초.

그는 만족했다. 총구가 똑바로 완전하게 그의 눈을 노리고 있었기 때문이다.

이런 길이가 짧은 침대. 아마도 키가 작은 고헤이에게는 그냥 딱 맞았을 것이다. 따라서 좌우로는 움직여도 위아래로 움직일 수는 없었다. 총구로부터 여기까지 5미터 반. 총구의 높이는 약 120센티미터. 그 높이, 그 거리에서 침대 위를 노린다면 그 탄도는 대개 수평에 가까워진다. 그러므로 그가 설령 좌우로 30센티미터 정도 움직였다고 해도 탄환은 완전히 그 두부를 관통했을 것이다.

'그리고 어쩌면은……'

하고 가가미는 생각했다.

이 침대도 원래는 그의 아내를 살해하기 위해 계획된 것이다! 그 증거의 하나로 침대 다리가 아주 두꺼운 볼트로 단단히 바닥에 고정되어 있지 않은가.

그런데 그 장치는 어떻게 작동된 것일까? 모터는 어떤 방법으로 시동이 걸렸을까?

가가미는 다시 침대를 벗어났다.

벌써 짐작은 갔다.

정리 선반을 고정한 벽의 왼쪽 구석, 거기에 오래된 장식 시계가 걸려 있다.

그것은 예전에 꽤 유행하던 시계로 아랫부분에 두 줄의 긴 쇠사슬이 늘어져 있다. …… 그 쇠사슬 한 편 끝에는 무거운 추가 달려 있고, 한쪽 쇠사슬을 당기면 그 추가 시계 바로 아래까지 내려지면서 그것으로 태엽이 감긴다. 그다음은 추의 무게로 그것이 내려감에 따라 톱니바퀴가 움직이며 시계를 가게 한다.

지금 그가 새롭게 응시하는 것은 그 시계였다.

"저 시계는 평소 사용하던 건가요?"

갑자기 가가미가 다메조에게 물었다.

"네? 저…… 시계 말입니까? 아니요……."

입을 떡 벌리고 얼이 빠진 듯이 가가미가 하는 행동을 보고 있던 다메조가 깔깔한 목소리를 내면서 당황하여 대답했다.

"이게 얼마나 묘한 장치입니까! 저런 묘한 장치가 셔츠 선반 안에 만들어져 있다니! 과장님, 이게 어떻게 된 걸까요? 이것은 고헤이 형이 스스로 한 짓일까요? 아니 아니, 아무래도…… 아, 시계였군요. 저도 모르게 너무도 기가 막혀서……저 시계를 쓰는 것을 본 적이 없어요. 언제나 저렇게 멈춰 있었던 것 같습니다. 아마 처음 사들였을 때야 그렇지 않았겠지만…… 또렷이 기억하고 있습니다. 고헤이 형이 저것을 사들인 것은 분명 7년인가 8년 전의 일이었습니다. 아, 맞다! 저건 그 아내가 자살하기 한 달인가 두 달 전의 일이었으니까 벌써 8년 전이 되겠군요. 고헤이는 그 시계를 사던 당시부터 말했습니다. '이건 열두 시간밖에 안 가. 그때마다 쇠사슬을 당겨서 태엽을 감아야 해. 귀찮아서 도저히 내 성미와는 맞지를 않아'…… 그럼 나에게 달라고 했지만, 아무리 자기가 필요 없다고 해도 다른 사람에게 주겠다는 말은 결코 하지 않는 작자입니다. 그런 훌륭한 사람이 아니었단 말이지요. 하지만 희한하게도 아내가 죽을 때까지는 그럭저럭 사용했으니까요. 아내가 죽자 갑자기 재수가 없다면서 그 이후로 한 번도 사용하는 것을 본 적이 없습니다."

가가미는 그것으로 충분했다.

이 시계가 발사 장치의 일부임이 틀림없는 것이다. 왜냐하면 8년 동안 사용한 적이 없다는 이 시계가 범행 당일 가가미가 그리로 들어갔을 때 정확히 시각을 가리키고 있었던 것을 분명히 두 눈으로 본 기억이 있기 때문이다.

그런데 지금 그 바늘이 정확히 1시를 가리키며 멈춰 있다. 그렇다면 12시간마다 감아야 하는 이 시계가 움직이기 시작했을 때 추를 있는 대로 끌어올렸다고 한다면, 그 시각은 12시간 전인 역시 정각 1시어야 한다.

가가미는 곧바로 맹렬히 일을 시작했다.

장식 시계는 벽에 고정되어 늘어진 쇠사슬은 시계의 바로 아래 6, 7센티미터 정도 노출되어 있을 뿐이며, 그보다 아랫부분은 그 아래에 달린 장식 선반과 벽 사이 약간의 틈 사이에 숨어 있다.

그것도 기묘한 일 중 하나라고 해야 할 것이다. 왜냐하면 이런 장식 시계는 긴 쇠사슬이 그 장식의 중요한 부분이기 때문이다. 그것이 일부러 숨겨져 있는 이상 거기에 뭔가의 의미가 있어야 한다.

발견할 때까지 시간은 그리 걸리지 않았다.

장식 선반 뒤에 숨은 벽면에 하나의 작은 놋쇠로 된 돌기가 삐죽 드러나 있었다. 그리고 들추어 본 쇠사슬 끝의 분 추 안쪽에 가는 비단천으로 감긴 구리선이 연결되어 있으며 그 끝부분의 구리선이 드러나 있는 것을 볼 수 있었다. 그리고 그 선의 다른 한쪽 끝은 길게 늘어져서 선반 밑으로 사라졌다.

이어서 발견했다.

분 추를 최대한 들어 올리면 동시에 스위치가 들어가 그 분 추에 장착된 구리선 끝과 벽의 놋쇠 돌기에 전류가 흐르는 것이었다.

그리고 분 추가 가장 아래까지 내려와 버리면 자동으로 스위치가 꺼진다.

그 분 추의 구리선과 벽의 돌기는 한 수직선상에 나란히 있었다. 그렇기 때문에 시간이 흘러 분 추가 내려가면 언젠가는 반드시 구리선의 끝과 벽의 돌기가 서로 닿게 되어 있다.

다음으로 그가 한 행동은 당연히 그 둘을 서로 접촉시켜 보는 것이었다.

무슨 일이 일어났을까?

─순간, 정리 선반 모터가 미미한 소리를 내며 움직이기 시작하여 닫아둔 선반의 여닫이문이 조용히 열리기 시작했다.

가가미 뒤에서 다메조가 넋이 나간 듯 멍청한 소리를 내질렀다.

"야, 이게 무슨 일이야! 권총이 움직인다! 방아쇠가 움직여!"

말 그대로였다.

열린 문 사이로 권총의 방아쇠에 걸린 장치가 움직여 딱 하고 방아쇠를 당기는 것이 보였다. 거의 동시에 권총을 지탱하던 두 개의 받침대 부품이 느슨해지며 수직으로 서 있던 바닥 판이 앞으로 쓰러지기 시작하여 권총이 미끄러지며 바닥으로 떨어지고, 이어서 턱 하고 안쪽 판이 닫히고 마지막으로 선반 문이 다시 조용히 닫혀 버렸다…….

문이 열리고 다시 닫힐 때까지 정확히 5초도 걸리지 않았을 것이다.

그렇다. 바닥의 판을 세워서 장치하기 전에 그 뒤에 접어둔 셔츠를 끼워서 뒤에 받쳐 두면 바닥판이 쓰러져서 닫힘과 동시에 그 위로 그럴싸하게 셔츠가 덮여서 판자의 이음새가 숨어 버리는 것이 아닌가…….

이렇게 해서 모든 장치는 선반의 두 번째 단과 세 번째 단 사이, 약 한 자 좀 안 되는 밀폐된 내부의 빈 곳에 완전히 숨어 버리는 것이다.

그러나—여기서 갑자기 가가미의 모습이 이상했다.

그는—정말 5, 6초 사이이기는 했지만—그 자리에 화석처럼 뻣뻣하게 서서 그 다음 누구도 이해하지 못할 이상한 표정을 짓고, 지금 막 닫힌 정리 선반의 문을 잡아먹을 듯이 노려보는 것이다.

그의 목 안쪽에 갇혀 있던 중얼거림이 만약 입 밖으로 나왔다면 이렇게 들렸을 것이다.

'정말인가? 정말 내가 본 게 맞는 건가? 환영을 본 게 아닐까?'

하지만 망설이기보다는 행동을 개시하는 쪽이 한발 빨랐다.

그는 다시 한 번 선반 문에 손을 대어 신중하게 그것을 열었다. 이어서 바닥 판을 들어올렸다. 발사 장치가 드러났다…….

그 장치의 한 지점을 물끄러미 응시하던 그의 입술에서 곧 신음인지 중얼거림인지 알 수 없는 낮은 목소리가 밀어내듯 흘러나왔다.

"거미다. 역시 거미였어!"

한 마리의 무당거미가 장치에 끼인 채 몸이 반 정도 납작해져 죽어 있는 것이다.

죽은 지 며칠 지나지 않았다. 아마도 범인이 이 장치를 설치했을 때 우연히 끼어 죽은 것이 틀림없다.

아무튼 이 사건에는 처음부터 이 거미라는 녀석이 얼마나 집요하게 얽혀 있는가!

우선 찻집 리버럴에서 홍차 컵에 고의로 거미를 집어넣고 소리를 질러댄 고로. 그 고로가 방공호 안에 버린 벌레 상자 속 열몇 마리의 거미. 이어서 자살 미수로 끝난 그의 주머니에서는 거미를 넣은 성냥갑이 발견되었다. 여기에서 놓쳐서는 안 되는 것이 사건 당일 오후 1시, 창고에서 불 끄기 작업이 한창 벌어질 때 그것을 방관하면서 장미 가지에서 단바 노보루가 집어 올렸다는 한 마리의 거미다.

그리고 마지막으로—이 발사 장치 안에서 또다시 한 마리의 죽은 거미를 발견했다…….

이들 일련의 거미 출현에 뭔가 인과관계가 존재하는 것은 아닐까? 아니면 그저 단순한 우연일까?

가가미의 뒤에서는 다메조가 눈을 가늘게 뜨고 그 거미의 출현을 열심히 보고 있었다. 이 얼마나 드문 일인가! 교활함 이외에 아무것도 없어 보일 것 같은 그의 눈 속에 지금은 뚜렷한 의혹과 거기에 희미한 공포의 빛조차 표면에 드러나는 것이 아닌가⋯⋯.

하지만 가가미는 다음 순간에 곧바로 행동으로 옮겼다.

경관을 불러서,

"경시청으로 전화해. 내 이름을 대라. 감식과에게 곧장 이리로 오라고, 무슨 일이 있어도 다 집어던지고 곧장 이리로 달려오라고 해."

말을 마치자 그의 관심은 이미 거미 문제를 완전히 떠나 있었다. 일해야 한다!

그는 다시 한번 시계로 갔다.

분추가 가장 윗부분까지 끌어올려진 위치로부터 벽의 돌기까지 내려오는 시간―즉 장치를 장착하고 나서 권총이 발사되기까지의 시간을 알아야 한다.

하지만 이것은 간단했다.

그 분추에서 돌기까지의 거리와 분추가 가장 아랫부분까지 최대한 내려왔을 때의 길이를 재고 그 비율을 12시간으로 곱하면 된다.

가가미는 머릿속으로 이 비례계산 숫자를 재빨리 휘갈겨 썼다.

나온 수치는 두 시간.

따라서 3시에 발사시키기 위해서는 장치를 정각 1시에 움직여야 한다.

1시!

여기에서 가가미는 싫든 좋든 단바 노보루의 조롱에 가득 찬 암시적인 일련의 말들과 다시 마주해야 했다.

"과장님, 당신은 3시의 알리바이를 버려야 합니다. 그리고 다시금 1시의 알리바이를 추적할 필요가 있지요. 1시의 알리바이! 왜 그것이 필요할까요? 아, 당신은 모르겠지요. 가엾지만 당신은 점점 더 오리무중일 겁니다……."

생각건대 단바는 분명히 이 발사 장치의 존재를 알고 있었던 것이다. 더구나 당일 그것이 정각 1시에 시작되었다는 것도.

좋아, 1시의 알리바이를 추적해 보자…….

옆에서 쉭 하고 성냥을 긋는 소리가 났다. 다메조가 담배에 불을 붙인 것이다.

가가미는 반사적으로 주머니에 손을 넣고 담배 케이스를 꺼내어 반은 무의식적으로 뚜껑을 열었다. 안은 비어 있었다.

가가미는 자기도 모르게 쓴 표정을 짓고 동시에 가볍게 혀를 찼다.

얼마나 뻔뻔한 작자인가. 적어도 내 담배 한 개비를 채간 범인은 이놈이다. 저 맛있다는 듯이 눈을 가늘게 뜨고 들이마시는 얼굴이라니!

다메조가 가가미의 기분 나빠하는 눈초리를 슬쩍 보았다.

역시 담배를 좋아하는 그는 가가미가 기분 나빠하는 원인을 금방 알아차렸음이 틀림없다.

그는 주머니에 막 집어넣은, 담배로 충분히 불룩해진 자기 담뱃갑에 손가락을 대고 한 개비 과장에게 권해야 하나 말아야 하나…… 우물쭈물 오랫동안 고민하는 듯했다.

정말 그 표정은 고민한다고 표현하기에 딱 적합한 것이었다.

과장은 어제 그 담배 케이스로부터 자신이 한 개비 빼앗긴 것을 유감스럽게 생각하고 있지 않을까? 지금 이 한 개비를 기분 좋게 바치면 과장의 심기는 금세 좋아질 것이다. 이 사람의 호의를 얻어 두는 것은 이리저리 좋은 일일 것임에 틀림없지만…… 하지만 한 개비! 너무도 소중하다. 아깝다…….

곧 그는 비굴한 개처럼 가가미의 눈치를 곁눈질로 슬쩍슬쩍 보면서 주머니에서 손과 담뱃갑을 빼려는 생각을 그만두고 주춤주춤 사라지듯 방에서 나가 버렸다.

1시의 알리바이

가가미는 약간 기분이 나쁜 듯 팔짱을 끼고 장식 시계 앞에 떡하니 서 있었다.

1시의 알리바이를 추적하기 전에 확인해 두어야 하는 일이 하나 남아 있었다.

장식 시계가—즉, 발사 장치가 과연 실제로 1시에 시동이 걸렸는지 아닌지의 문제다.

그 장치의 성격으로 보아 반드시 발사 2시간 전에 시동이 걸려야 하는 것은 아니기 때문이다. 예를 들어 한 번 분추를 맨 꼭대기까지 들어 올리고 전원 스위치를 넣고 나서 그 분추를 벽의 돌기에 이르는 거리 반쯤에 내려두면 1시간 후에 권총은 발사된다. 따라서 만약 이 경우를 생각한다면 범인이 장치를 움직이게 한 것은 1시가 아니라 2시가 되는 셈이다.

경관에게 불려 온 하녀 교코가 으스대는 걸음걸이로 들어왔다.

"가쓰에 마님은 물건 사러 가셔서 아직 돌아오지 않으셨어요. 대신 제가 왔습니다. 이 큰 사건에 제가 또다시 도움이 되다니! 마치 소설 속에서 일어나는 일 같은 생각이 드네요."

이 하녀는 지난밤 심문에서 자기의 답변이 절대적으로 가가미의 칭찬을 받은 것이라 확신하고 있었다. 그래서 말투도 점차 편해졌다. 나오기 전에 서둘러 손거울을 들여다보고 두드렸는지, 그 뺨과 코끝에는 새하얀 분가루가 묻어 있었고 입술은 연지를 칠해 마치 피해자의 피라도 빨았는가 싶게 새빨갛다.

"아직 범인이 잡히지 않았다고 하더군요, 과장님. 가쓰에 마님이 말씀하셨어요. 유코가 주인님을 해치다니 그런 말도 안 되는 이야기가 어디 있겠습니까? 그게 아니라는 증거를 본인이 분명히 봤는데…… 그런데도 유코 씨를 경찰에 데리고 가버리다니 이게 무슨 일일까요! 아니, 이건 가쓰에 마님이 말씀하신 거예요. 그분은 약간 무서운 사람처럼 보이지만, 마음속으로는 여자 편이시거든요. 그 대신 마님은 주인님을 미워하고 계셨지요, 그럼요, 그랬고 말고요!"

끝도 없는 요설을 가가미의 무뚝뚝한 낮은 목소리가 억누르듯 가로막았다.

"이게 움직이는 것을 본 적이 있나?"

그의 손가락이 가리키는 것은 문제의 장식 시계였다.

"네, 시계요? 네네, 알고 있고말고요! 그저께 이게 분명히 움직이고 있었습니다. 어머, 다시 멈췄네요. 제가 이 집에 일을 하러 들어온 그 날부터 이 희한한 시계는 눈에 띄어서 잘 봐두었습니다. 하지만 움직이는 것을 본 적이 없었어요. 그랬는데 그저께 나리가 돌아가시기 조금 전부터 분명히 작동했던 것을 기억해요."

"움직이기 시작한 것이 몇 시경인지 생각나나? 잘 생각해 보라고. 창고의 화재보다 먼저였다든가……."

"그랬어요! 저, 생각났어요. 과장님, 그게 중요한 일인 거죠? 하지만 어머나, 너무 기쁘네요! 제가 생각해 낸 거라고요……. 다시 중요한 증언을 할 수 있다는 거네요. 그때 노보루 씨와 가쓰에 마님과 주인님이 이 방에서 이야기를 하고 계셨습니다. 저는 차를 가지고 들어갔지요. 그랬더니 가쓰에 마님이 지금 몇 시냐고 물으셨거든요. 그래서 제가 휙 저 장식 시계를 봤는데, 그게 가고 있지 않았으니까요. 제가 복도로 나와 건너편 시계를 보니 그때가 1시 15분 전이었어요. 그리고 창고의 화재가 났지요. 화재 때 일은 분명히 지난번에 말씀드렸지요. 불을 다 끄고 나서 모두 다시 이 방으로 돌아오셨습니다. 제가 또다시 차를 가지고 여기 왔었는데, 아무렇지도 않게 휙 그 시계 쪽을 봤거든요. 그랬더니 그때는 또 시계가 멀쩡히 가고 있는 거예요. 확실히 1시 16, 7분이 넘은 시간이었을까요…….”

가가미는 이 하녀가 생각 외로 정직한 답변을 한 것에 대해 예상보다 만족했음이 틀림없다. 하지만 그 요설과 과장된 몸짓은 도저히 봐줄 수가 없었다!

가가미는 이제 되었으니 저쪽으로 물러나라고 하듯 말없이 손을 흔들었다.

교코는 애교를 담아 가가미를 향해 방긋 웃어 보이고 퇴장했다. 완전히 싸구려 무대에서 퇴장하는 방식 그 자체였다.

뺨에 홍조를 띠며 춤추는 듯한 걸음걸이로 복도로 물러나면서 말하는 그 흥분한 말투가 들렸다.

“과장님의 저 심각한 얼굴! 내 증언으로 대단한 발견을 하신 게 틀림없어. 하필 내 한마디가 정확히 범인을 지목한 것은 아닐까! 아, 내가 가만히 있을 수가 없네. 가쓰에 마님은 아직 돌아오지 않으셨나?”

도덕적으로는 열등한 호기심이라는 것도 때로는 주의력으로 모습을 바꾸어 인생에 기여하는 경우가 종종 있는 법이다.

이 이토 교코라는 뜨내기 하녀의 경우가 실로 그러했다.

그녀는 결국 가가미 앞에서 두 가지의 중대한 증언을 했다. 하나는 단바 노보루가 화재 현장에서 장미 속 거미를 한 마리 잡아서 주머니에 넣었다는 것, 그리고 또 하나는 이 장식 시계가 작동하기 시작한 정확한 시간을 기억했다는 것이다. 이 두 증언은 곧 이 사건 해결에 중대한 의의를 갖기 시작했다.

그런데 발사 장치는 오후 1시가 되기 15분 전부터 1시에서 16분 지나기까지의 사이에 ─ 굳이 말한다면 정각 1시에 운동을 개시한 것이다. 가가미는 결국 1시의 알리바이를 추적해야 한다.

여기에서 가가미가 원하는 것은 진정 한 개비의 담배였다.

젠장! 그걸 다메조라는 놈이 피워 버린 것이다!

가가미가 담배에 불을 붙이는 대신 한 일은 일어서서 방 안을 서너 번 휘휘 걸어 다니는 것이었다.

어쨌든 이로써 잠시 담배를 잊었다.

가가미는 멈춰 서서 팔짱을 끼고 침대 가운데쯤에 털썩 앉았다.

어쩌면 창고 방화 사건도, 침실에 있던 고헤이 이하 일동을 일제히 마당으로 유인해 내고 그 틈에 텅 빈 방으로 들어와 유유히 발사 장치를 작동시키려고 한 범인이 이미 세워둔 계획의 일부였을 것이다. 장치를 작동시키는 데는 아마도 2분이나 3분 정도만 있어도 충분했다.

그렇다면 노보루와 가쓰에의 알리바이는 어떻게 되는가?

이들은 고헤이와 하녀, 이웃 사람들과 함께 계속 불이 난 곳에 있었다. 1시를 중심으로 그 전후 약 20분 정도는 완전히 마당에 나와 있었을 터였다. 이는 화재 장소에 있던 경관과 그 밖의 여러 사람 입으로 명확히 증언된 내용이다.

그리고 그들이 방으로 돌아왔을 때 이미 시계는 움직이고 있었다. 따라서 그들의 손으로 그 장치를 작동하게 하는 일은 절대로 불가능했다.

다음으로 다메조 ─ 이 사내는 부하의 조사에 따르면 대략 1시쯤 다카다노바바 역앞의 구둣방에 구두 수선을 맡겼다. 구둣방 사람의 증언이 제출되어 있었다.

그러니 마지막으로 남는 것은 고로 한 사람이다. 그리고 그에게는 지금 현재 1시의 알리바이가 전혀 없다. 그는 그 시각의 행동에 관해서는 완전히 침묵으로 일관하고 있고 게다가 지금 빈사 상태로 침대에 누워 있는 것이다.

그가 장치를 작동시켰을까? 그가 범인일까?

하지만 그 문제를 쫓아가고 있는 동안 내내 가가미의 뇌리에 출몰하여 집요하게 맴도는 하나의 깊은 의혹이 있었다.

이 사건에서 가장 기괴하기 짝이 없는 것은 고헤이 그 인간의 행동이다!

첫째로 이 복잡 교묘한 발사 장치를 만든 것이 그 인간 스스로다. 이 장치가 완전 범죄를 계획하는 데에는 무서울 정도의 위력을 가지고 있다는 점—따라서 살인자로서는 엄청나게 구미가 당긴다는 점을 그야말로 가장 잘 숙지하고 있는 인물이었다고 해야 할 것이다.

그리고 그는 주변 사람들이 자신의 목숨을 노리고 있다는 사실마저 잘 알고 있다. 아니 오히려 그는 근친자들을 도발했다고 여겨지는 맥락마저 있다. 그런데 왜 8년 전부터 이런 위험한 장치를 그대로 온존시킨 것일까?

더구나 그는 밤마다 그 장치의 표적 안에 자기 머리를 눕혀 놓고 잠든 것이다. 게다가 친절하게도 2시부터 4시까지 두 시간이나 충분히 낮잠에 빠져 있었다.

그러한 의문은 젖혀 두더라도 적어도 사건 당일에 그는 8년 만에 움직이기 시작한 시계를 왜 눈치 채지 못했던 것일까? 하녀조차도 그것을 알지 않았는가.

과연 사건 당일에는 북풍이 강했다. 하지만 튼튼한 유리문으로 창문을 완전히 다 닫아 놓았다. 초침이 움직이는 소리라도 들렸을 것이며 설령 들리지 않았더라도 이 침대에 누우면 싫어도 시계는 눈앞 벽에 걸려 있으니 보게 된다. 그 시계가 내포한 중대한 의미를 알고 있는 그는 침대에 누울 때마다 틀림없이 한 번은 그 눈이 시계로 향했을 것이다.

아니! 그는 본 것이다. 분명 시계가 움직이는 것을 본 것이다. 장치가 운동을 개시하고 있는 것을 분명히 봤을 것이다.

그리고 그는 무엇을 했단 말인가?

그는 태연히 침대에 누웠다. 누구에게 강요받지도 않고 안락하게, 건강하게, 규정대로 낮잠이 들었다.

그러고 나서?

그의 계획대로—그가 만든 살인 장치의 틀에 꿰어 맞춘 듯 그는 죽은 것이다!

이 무슨 앞뒤가 맞지 않는 이야기란 말인가.

그러다 퍼뜩—어떤 생각이 가가미의 뇌리를 스쳤다.

고헤이는 자살한 것이 아닐까?!

그렇다. 이는 저간의 사정을 설명하는 가장 완전한 발상이다.

예를 들어—그는 아들 고로를 극단적으로 증오했다. 자기 아내 이상으로 말이다. 자기 아내를 해치우기 위해 이 장치를 만들었다. 그런데 그녀가 감쪽같이 그 장치를 따돌리고 자살을 해 버렸다. 가능하다면 이번에는 이 장치로 고로를 죽게 만들고 싶다…….

하지만 고로는 도저히 예상대로 따라 주지 않았다. 좋아, 그렇다면 내가 이 침대에서 죽어서 녀석을 살인범으로 만들어 교수대에 보내주마!

그래서 그는 고로에게 온갖 불리한 조건을 만들기 시작했다. 첫 번째로 유언장을 바꿔 써 버리겠다, 이렇게 위협적으로 예고했다. 두 번째로 고로를 3시에 이리로 불러들이기 위한 편지를 썼다.

그다음 드디어 3시.

그는 침대 위에서 눈을 감고 자기가 장착한 권총 탄환을 펑하고 그 머리에 받아들였다……. 그 무렵 고로는 방문 앞에서 우물쭈물하고 있을 것이다. 아무도 장치에 관한 것은 모른다. 권총은 고로의 발밑에 떨어졌다. 고로가 아버지를 살해했다!

그러나—그러나 이 가정에서 가장 맞아떨어지지 않는 것은 발사 장치가 1시에 작동되기 시작했다는 사실이다. 그 시각 고헤이 역시 가쓰에, 노보루와 함께 불이 난 곳에 있었던 것이다. 설령 아무리 고헤이라고 해도 마당에 있으면서 침실 시계를 작동시킬 수는 없지 않은가?

고헤이는 단언컨대 자살이 아니다.

그렇다, 고헤이가 자살하는 일 따위는 심리적으로 보더라도 절대로 있을 수 없는 일이다.

그는 극단적인 이기주의자고 타인에게 고통을 주는 일 따위는 대수롭지 않게 생각하지만 자기 목숨은 무엇보다 소중히 여기던 남자였다. 삶에 대한 기력은 더더욱 왕성해져 사건 전날에는 유코에게마저 짐승 같은 마수를 뻗으려 해서 위태롭지 않았는가.

그런 고헤이가 자살하다니!

그는 분명 누군가에게 살해된 것이어야 한다.

그는 완전 범죄를 만들기 위해 그 범인에게 자기가 발명한 발사 장치를 제공하고 그다음 그것이 작동을 시작하는 것을 똑바로 응시한 채로 씩 웃으며—아니 적어도 어떠한 주저함이나 공포도 드러내지 않고, 침대 위에서 태연하게 죽어간 것이다.

아, 이 무슨 바보 같은 이야기란 말인가!

가가미는 벌떡 일어나 약이 오른 듯 침대의 혈흔을 노려보았다. 마치 거기에 아직 고헤이가 살아서 잠을 자고 있기라도 한 듯이…….

사건의 가장 난해한 수수께끼는 여기에 있는 듯했다.

고헤이는 살인 장치가 작동하기 시작한 것을 알고 있었으면서도 왜 한사코 이 죽음의 침대에서 태연히 잠든 것일까?

그렇다면—여기에서 가가미는 순간적인 발견을 했다.

특별히 새로운 발견이 아니다. 전부터 알아차린 것이기는 하지만 묘하게 바로 이때 특별히 새롭게 흥미를 느낀 것이다.

침대의 다리다. 아니, 정확히 말하자면 그 쇠로 된 다리 끝에 장착된 철제의 작은 바퀴였다.

이동용 바퀴가 달린 침대는 얼마든지 있지만, 그것은 보통 볼 수 있는 흔한 것이 아니었다. 딱딱한 고무로 만든 작은 바퀴에는 호사스럽게도 볼 베어링이 들어간 상태로 철제 다리에 단단히 장착되어 있다.

가가미는 흥미로운 듯 팔을 짚고 침대 다리를 들여다보았다.

바닥에는 멋스럽고 섬세하며 단단한 나무로 만들어진 모자이크가 깔려 있고, 중앙의 쑥 들어간 쇠 받침판이 그 바닥에 빡빡하게 박혀 있었다. 그리고 침대 바퀴는 그 받침판이 파인 데로 쏙 들어가 있고 철제 다리는 두꺼운 볼트로 쇠 받침판에 단단히 고정된 것이다.

이 침대에 무엇 때문에 이런 바퀴를 달았을까?

청소할 때 움직이기 가볍고 편리하게 하기 위해설까?

아니, 말도 안 되지! 그런 이유로 이런 바퀴를 일부러 장착할 필요는 전혀 없다.

어쩌면,―하고 가가미는 생각했다.

고헤이는 우선 선반의 발사 장치를 만들었다. 그다음 침대를 목적하는 위치에 정확히 두고자 했다. 그 때문에 이런 바퀴가 달린 침대를 주문해야 했다.

그는 어쩌면 몇 날 며칠 그 바퀴를 다는 일에 매달렸을 것이다. 침대를 고정하고는 장착된 총구와 서로 마주 보게 하고, 다시 움직여서는 정밀하게 탄도를 측정해 본다…….

그런 점에서도 이상하게 냉정하고 치밀한, 얄미울 정도의 계획 살인자적인 풍모를 느낄 수 있지 않은가.

그때 갑자기 시끌벅적하게 방으로 들어오는 요란한 발소리가 가가미의 명상을 깨버렸다.

도착한 감식과 무리였다.

세 명이 각각 큰 도구를 들고 있다.

"과장님, 늦었습니다. 아니 이제 저렇게 덜컹거리는 8호 차를 타고 오다가는…… 정말 못 해 먹겠습니다. 여기 올 때까지 다섯 번이나 고장 났습니다. 저건 제발 폐차시켜 주셨으면 좋겠어요……."

가가미는 그쪽으로 달려가 답변 대신 이렇게 소리를 질렀다.

"이봐, 담배 한 대 줘!"

그 감식과원은 뻐딱한 사내였다.

"비싼 담배라고요. 어쨌든 세 장정이 자동차를 타고 여기까지 운반해 온 물건이니까요."

그리고 두리번두리번 방 안을 둘러보면서,

"그런데, 과장님. 담배를 배급하러 온 김에 뭔가 저희 셋이 좀 도와드리고 갈 만한 일은 없습니까?"

가가미는 입에 문 담배에 불이 붙기까지 무슨 말을 할 여유도 없었다.

불이 붙고 한 모금 훅 들이마신 다음에야 겨우 그는 평소의 모습을 되찾았다.

"자, 저기 발사 장치를 철저히 파헤쳐 보자고. 거미가 한 마리 끼어서 죽어 있어. 특히 그 점을 주의하게. 맞아…… 그리고 그다음에 이 침대 사진을 한 장……."

고로는 무엇을 말하는가

한동안 감식과 사람들의 대대적인 활약이 이어졌다.

무려 열 장의 사진 촬영. 이어서 지문 검출이 다 끝난 다음에 그중 한 명이 가가미에게 보고했다.

"지문은 발견되지 않았습니다. 만약 이 장치를 경시청까지 운반해 가도록 해 주신다면, 다시 한번 철저히 해보기는 하겠습니다만……."

아마도 범인은 장갑을 끼었음이 틀림없다.

가가미는 지문에 관해서는 전부터 아무런 기대도 걸지 않았다.

"거미는 어떻게 되었지?"

그는 묘하게 그 점에 집착했다.

"끼어서 납작해져 있지? 그저 끼어서 납작해진 것뿐인지, 아니면 손이나 다른 거로 문지른 흔적이 있나?"

"무언가로 눌러 비빈 흔적이 있습니다. 납작 눌리면서 튀어나온 내장이 약간 문질러져서 없어졌습니다."

그렇지! 아마 그럴 것이라 생각하고 있었다.

"아마도 손가락 끝으로 만진 것이 틀림없어 보입니다. 범인 장갑에는 분명 거미 내장이 들러붙어 있을 것이라 추측됩니다."

"장갑에 들러붙은 것을 보고 이 죽은 거미에게서 나온 것이라고 증명할 수 있나?"

"물론이죠!"

젊은 감식과 직원은 흥이 나서 말했다.

"게다가 다리가 두 개, 오른쪽 앞의 두 다리가 첫 번째 관절에서 끝까지 떨어져서 없어졌습니다. 면밀하게 찾아보았지만 이 선반 안에서는 발견되지 않았습니다."

가가미는 손가락으로 딱 소리를 냈다.

"세키(關) 군, 맥주를 대접하지! 다만 사건이 해결된 다음에 말이야."

젊은 남자는 어깨를 슬쩍 움츠리고 아이처럼 밝은 미소를 가가미에게 보냈다.

"과장님, 맥주는 너무 쌉니다. 이 사건에 맥주는 너무 싸다고요."

젊은 감식과 직원은 기운차게 다시 일하던 곳으로 돌아가면서 누구에게랄 것도 없이 이렇게 중얼댔다.

"예전에는 범인이 문득 현장에 남기고 간 것을 추적하곤 했습니다. 예를 들면 발자국이라든가 지문이라든가…… 하지만 요즘 교활한 놈들은 우리에게 유리한 것은 아무것도 남겨 주지를 않아요. 그러니 이제는 놈들이 자기도 모르게 현장에서 가지고 간 것을 조사해야 합니다. 덕분에 우리 일이 이렇게 늘어나니 참! 그래도 가끔은 맥주를 얻어 마실 일도 있군요."

현관에 파수로 서 있던 순사가 급한 발걸음으로 들어왔다.

"과장님, 지금 빨간 오토바이가 이걸 두고 갔습니다. 긴급히 과장님께 전해달라고 했습니다. 경시청에서 이걸 드리려고 달려왔다고 했습니다."

가가미가 받아든 것은 한 통의 속달우편이었다.

구겨진 질긴 양지에 몹시도 아무렇게나 풀이 발라진 봉투.

한눈에 가가미는 그것이 어제부터 그렇게 기다리던 고로에게서 온 편지임을 알았다.

1시의 알리바이가 없는 유일한 사람. 자살을 시도하여 지금 빈사 상태로 병원 침대에 누워 있는 사람. 고로는 자살 직전에 가가미에게 무엇을 알려주려고 한 것일까?

가가미는 봉투를 뜯었다.

훌륭한 필체였다. 하지만—이것을 쓸 때 얼마나 그가 동요하고 있었는지는 썼다가 지우고, 지웠다가 다시 쓴 그 난삽한 필적으로 잘 알 수 있었다.

예를 들어 그 시작 부분처럼.

느닷없이 '나는'이라고 썼다가 지우고 '저는'이라고 고쳤다가, 또다시 그것을 지우고 '가가미 과장님께'라고 정정했다……

가가미 과장님께

아까 질문하신 내용, 아버지의 집을 나오고 나서 3시까지 어디에서 무엇을 했는가 하는 질문에 관해서 저는 답을 하지 않았습니다. 명백히 그것을 말씀드릴 수 없는 이유가 있었기 때문입니다. 하지만 그다음에 저는 곧바로 후회했습니다. 아무래도 말씀드렸어야 했다는 사실을 잘 알게 되었기 때문입니다. 제가 입을 다물고 있으면 틀림없이 의심은 저에게 쏠리겠지요. 아니, 저 같은 것은 어떻게 되어도 상관없습니다. 하지만 자칫하면 생각지 못한 다른 사람에게 심각한 의심이 덧씌워질지도 모른다고 느꼈기 때문입니다. 그것은 제 입장에서 치명적인 공포입니다. 저는 분명히 모든 것을 말씀드렸어야 했습니다. 아니 무조건 말씀을 드렸어야 했습니다.

저는 11시 40분경 아버지의 집을 나왔습니다. 그리고 조금 가서 길가에서 유코가 오는 것을 기다렸습니다. 아버지 집으로 간 하나의 목적은 그날 오후 유코와 즐거운 시간을 갖고 싶다는 희망이 있었기 때문이었습니다.

유코는 저의 연인입니다. 아니, 그녀는 이미 저의 아내입니다. 누가 뭐라고 하든 그녀는 저의 아내입니다. 아무에게도 이 이야기는 하지 않았습니다. 만약 정식으로 법률상 수속이 끝나기도 전에 아버지 귀에라도 들어가면 아버지가 얼마나 잔혹한 방법으로 우리 둘을 갈라놓을지 알 수 없으니, 그런 두려움 때문에 저는 극력 비밀로 했습니다. 과장님 질문을 받았을 때도 만약 우리 둘의 관계를 추궁당해 그것이 백일하에 드러난다면……하는 공포심에 본능적으로 저를 억눌러 버렸습니다. 하지만 생각해 보면 아버지는 이미 죽은 상태였습니다! 이 무슨 어리석은 두려움이었는지.

유코는 금방 왔습니다. 제 앞으로 보낸 아버지의 편지를 들고 있었습니다. 그리고 3시에 아버지 집으로 가는 것만은 제발 그만두라고 열심히 저에게 애원했습니다. 유코는 제가 함정에 빠질지도 모른다는 것을 계속 걱정했습니다.

아버지는 저를 미워했습니다. 그리고 어떻게든 저를 죽이거나 중죄를 지은 범인으로 몰아 버리려고 항상 계획하고 있었다는 것은 이미 분명하게 알고 있었습니다.

그건 그렇고, 그 편지에는 3시에 침실로 오라고 쓰여 있었습니다. 3시면 아버지가 낮잠 자는 시간입니다. 그 낮잠을 조금이라도 방해받으면 불처럼 화를 내는 아버지가 왜 3시에 일부러 저를 부른 것일까요? 이상한 일이었습니다. 뭔가 거기에 함정이 있는 것 같았습니다. 유코는 곧바로 그렇게 느껴서 저에게 충고한 것이었습니다. 3시에는 아버지가 있는 곳에 가지 말고 더 멀리 떨어진 곳으로 가서 분명한 알리바이를 만들어 달라고 그녀가 거듭 애원했습니다. 물론 저도 이의는 없었습니다.

그리고 우리는 여러 이야기를 나누면서 걸었습니다. 아버지, 유코의 언니, 두 사람의 불행했던 과거, 그리고 즐거운 미래!

길을 어떻게 갔었는지 그 순서는 분명히 기억나지 않지만, 어쨌든 세이부 전차 연선으로 나와 그 다음 선로를 따라 도심 방향으로 걸어갔습니다.

도중에 옥수수빵을 조금 사서 둘이서 서로 나누어 먹으며 점심식사를 대신했습니다. 우리 둘 다 거의 식욕이 없었거든요.

정신을 차리고 보니 노가타(野方)역 앞으로 나와 있었습니다. 유코가 문득 손목시계를 봤는데 12시 30분이 되려는 시각이었습니다. 유코는 신주쿠 병원에 입원 중인 언니를 문안하는 볼일이 있었으므로 그 이상 시간을 보낼 수는 없었습니다. 우리는 노가타역에서 전철을 탔습니다. 전철은 금방 왔습니다. 그런데 우리가 탄 전차는 이제 조금 후면 다카다노바바에 도착하겠다 싶은 곳까지 가더니 돌연 정지해 버렸습니다. 12시 40분쯤이었을까요? 금방 다시 움직일 것 같지 않아서 우리는 거기서부터 걸어서 다카다노바바까지 갔습니다. 5, 6분 만에 역에 도착했습니다.

그리고 성선(省線)*을 타고 유코는 신주쿠에서 내렸습니다. 처음에는 저도 함께 병원으로 갈 예정이었지만, 3시의 알리바이를 만들어야 했습니다. 신주쿠는 왠지 아버지 집에 너무 가까운 것 같아서 불안해 견딜 수가 없었습니다. 끔찍한 아버지가 어떤 계획으로 깊은 함정을 만들어 두었는지 도저히 상상할 수 없었기 때문입니다.

더욱더 멀리 가지 않으면 불안해서 못 견딜 심정이었습니다. 유코도 동감이었고요.

그래서 저만 그대로 성선을 타고 신바시까지 갔습니다. 그 근처를 어슬렁어슬렁 걸으면서 어떻게 알리바이를 만들어 둘지 계속 생각했습니다. 점점 시간이 경과했습니다. 3시 10분 전! 더 미룰 수 없었습니다. 그러다 전에 한 번 유코와 들른 적이 있는 리버럴이라는 찻집이 눈에 들어왔습니다. 정신없이 그리로 뛰어 들어갔지요.

3시까지 이제 5분. 거의 저는 제정신이 아니었습니다. 주머니 안의 성냥갑에 기르던 거미가 한 마리 있었습니다. 그 거미를 꺼내어 홍차 컵에 넣고 정신없이 소리를 질렀습니다. 여급이 얼굴이 벌게지도록 화를 냈던 것도 무리가 아니었지요. 정말 미안한 일이었지만 그래도 이로써 알리바이가 증명되었지요—저는 후 하고 한숨을 쉬었습니다.

* 1920년부터 1949년까지 지금의 JR선에 해당하는 철도성, 혹은 운수성 관할의 국유철도.

4시에 찻집을 나섰습니다. 곧바로 시바에 있는 아파트를 향해 귀 갓길에 올랐습니다만, 아버지 집이 신경 쓰여서 견딜 수가 없었습니다. 뭔가 무서운 일이 일어나고 있는 것은 아닐까?

저는 참을 수 없어서 도중에 공중전화로 들어갔습니다. 유코나 교코를 불러 상황을 물어보려고 생각했습니다. 그런데 전화를 받은 것은 들은 적 없는 남자의 목소리였습니다. 그 말투로 보아 분명 경관의 목소리구나 저는 직감했습니다. 그런 만큼 아버지의 집에 무슨 일이 정말 일어났다는 것을 분명히 알게 되었습니다.

이상으로 그날 저의 행동은 전부 말씀드린 셈입니다.

저는 지금 묘하게 유코가 신경 쓰입니다. 혹시 유코가 나 대신 아버지가 놓은 함정에 빠진 것은 아닐까? 그러고도 남을 아버지입니다. 제가 도망치면 유코를 함정에 빠뜨려 저를 괴롭히는 짓도 서슴지 않을 것이 확실하기 때문입니다.

만약 유코에게 혹시나 하는 일이 생겼다면? 만약 유코가 경찰에게 끌려가는 일이라도 생기면! 저는 이제 살아갈 수가 없습니다. 암흑이었던, 너무도 시커먼 암흑이었던 제 인생. 여기에 하나의 큰 빛을 준 것은 유코였습니다. 유코는 저의 희망, 제 삶의 전부입니다. 만약 유코에게 혹시나 일이 생겼다면!

저는 지금 그 생각을 하면서 미치광이가 된 것 같습니다.

과장님.

부디 이것만은 믿어 주십시오. 유코는 결백합니다. 눈처럼 순진하고 결백한 소녀입니다.

중앙우체국에서 다카기 고로.

또한 덧붙여 말씀드립니다.

제 아파트에 오셨을 때 제가 테이블 아래로 숨기려고 한 신문지 꾸러미를 알아차리지 못하셨나요?

어쩌면 벌써 알아차리시고 의심하셨을지도 모르겠군요. 그래서 설명을 부가합니다만, 그것은 제가 기르는 거미의 우리입니다. 저는 찻집에서 거미를 써서 알리바이를 만들었습니다. 그런데 제 아파트를 조사받았을 때 만약 그 거미가 든 우리가 나온다면 틀림없이 담당관이 기괴한 우연의 일치라고 생각할 것이고, 그러면 불필요한 의심이 나에게 쏠릴지도 모른다 — 하는 그 두려움 때문에 저는 어떻게든 빨리 그것을 처분해야겠다고 생각한 것입니다. 그런데 갑자기 과장님이 찾아오셨으므로 저는 두려움에 밀리다 못해 그것을 어디에 숨겨야 할지 꼼짝없이 궁지에 몰린 것이었습니다.

또한 제가 말씀드린 일이 거짓이 아니라는 증거의 하나로 아버지가 저에게 보낸 편지 — 3시 호출장을 동봉해 두겠습니다.

이 편지는 가가미에게 그 광기 어린 눈초리를 한 고로와 이 편지를 쓴 고로는 마치 정반대의 사람인 듯한 인상을 주었다. 글 전체에 순수함이 일관되게 흐르고, 또 이 점이 그의 진술에 거짓이 없다는 것을 도리어 강조하기조차 하는 듯했다.

유코라는 아가씨의 모습이 설핏 가가미의 뇌리에 스쳤다.

그렇다, 이 순수함을 고로의 편지에 담은 것은 유코라는 존재다. 유코의 순진함이 고로의 인격에까지 옮아간 것이다.

이로써 1시의 알리바이는 모두 갖추어졌다. 아이러니처럼 3시의 알리바이가 모든 인물에게 다 갖추어졌던 것과 마찬가지로, 1시의 알리바이 역시 모든 인물에게 제대로 갖추어진 것이다!

짓궂은 미치광이 단바 노보루는 이번에 가가미를 향해 뭐라고 할까?

'과장님, 이번에는 오전 0시의 알리바이를 찾아보시죠……. 그렇지 않으면 백년 전 알리바이라도—'라며 지껄일지도 모른다!

가가미는 봉투를 거꾸로 들고 흔들어 안에 남아 있던 문제의 고헤이가 쓴 편지—3시 호출장을 찾았다.

아주 얇은 B 모조지의 메모 용지. 거기에 연필로 분명하게 쓰여 있었다.

다시 한번 둘이서만 이야기하자. 3시에 이 방으로 오너라.

메모를 한 번 훑어보고 가가미는 기묘한 표정을 지었다.

정말 3시라고 적혀 있다. 하지만 그것은 앞서 5시라고 썼던 것에서 5라는 글자를 지우고 옆에 3시로 다시 쓰여 있었기 때문이었다. 더구나 전체적으로 검정 연필로 썼는데, 다시 쓰면서 특별히 주의하라고 하기 위해서였을까? 빨강 연필이 사용되었다. 점점 더 수상하다.

5시라고 쓴 것을 왜 3시로 고쳐 다시 쓴 것일까?

5시—그것이 맨 처음 고헤이의 뇌리에 떠오른 가장 적합한 시간이었다. 하지만 바로 뒤에 무슨 생각이 고헤이로 하여금 그것을 3시로 정정했다. 더구나 일부러 빨강 연필까지 사용해서……

가가미는 옆 테이블에 가까이 갔다. 거기에는 하나로 묶인 메모 용지가 놓여 있다.

고헤이가 사용한 종이와 완전히 똑같은 종이다. 위에 올려 보니 한 치의 오차도 없이 딱 맞는다. 물론 그는 그 메모 용지에 이렇게 썼을 것이다.

이때 어떤 생각이 문득 가가미의 머릿속을 스쳤다.

그는 재빨리 방을 가로질러 감식과 직원들 옆으로 가서 지문검출용 흑연을 조금 집어 들고 테이블로 되돌아왔다. 그것을 메모 용지 표면에 뿌리고 손가락으로 살살 펴서 창가로 가지고 갔다.

거기에는 일련의 문자가 희게 분명히 드러나 있었다. 고헤이가 호출장을 썼을 때 연필의 압력으로 아래 종이에 글자의 형태가 쑥 파여 있었기 때문이다.

물론 그것은 호출장과 같은 문장이었다. 서체도 필적도 완전히 동일하다. 다만, 거기에는 호출장과 다른 점이 한 군데 있었다.

그것은 5시라고 쓴 채로 3시로 정정하지 않았다는 점이었다!

가가미는 테이블 위를 뒤졌다. 필통, 연필꽂이, 노트 사이, 문진의 아래―그리고 침대, 침대 근처에 있는 작은 책상까지―

마지막에는 일에 열중하고 있는 감식과원 옆으로까지 갔다.

"이 근처에서 빨강 연필을 못 봤나?"

"떨어뜨리셨어요? 아니요, 없었어요."

빨강 연필은 아무 데에도 없었다. 찾은 것은 검정과 파랑 두

가지 색뿐.

이상하다. 고헤이는 어디로 빨강 연필을 숨긴 것일까?

돌연 가가미의 신음하듯 굵은 목소리가 발사 장치와 씨름하고 있는 남자들을 깜짝 놀라게 했다.

"음. 이래야지!"

그는 세 걸음에 문 앞까지 갔다. 거기에서 현관에 서 있는 경관을 향해 소리쳤다.

"이봐, 오사와 다메조를 찾아서 데려와."

곧 경관이 빠른 발걸음으로 들어왔다.

"아무 데에서도 보이지 않습니다. 아까까지 마당을 어슬렁거리던 것 같습니다만…… 아무래도 자기 집으로 돌아가 버린 것 같다고 합니다."

보고하는 경관 뒤에서 가쓰에의 침착하고 차가운 목소리가 들렸다.

"지금 돌아오는 도중에 다메조 오빠를 보았습니다. 뭔가 안절부절못하면서 집 쪽으로 서둘러 가는 모습이었어요."

"여기 자전거가 있나?"

가가미는 드물게 빠른 말투로 물었다.

"자전거로 다메조 집으로 빨리 가. 거기에 있는 장갑을 모두 꺼내 가지고 오게. 함부로 휘저어 어지르면 안 돼. 신문지에 싸서 살짝 가지고 와야 해. 그리고 그 집에 있는 할머니—일하는 사람이 한 명 있을 거야. 그 할머니도 함께 이리로 데려와. 물론 다메조도 있으면 데려오고."

경관이 달려나가자 가가미는 비로소 가쓰에 쪽으로 시선을 돌렸다.

차가운 돌처럼 움직임 없는 표정. 가가미의 시선을 정면으로 받으며 눈도 깜빡이지 않는다.

"잠깐 한두 가지 묻고 싶은 게 있습니다만……."

땀범벅이 되어 일하는 세 남자의 모습도 전혀 가쓰에의 흥미를 끌지 못하는 것 같았다. 아니 그러기는커녕 그녀 앞에 폭로된 그 기묘한 발사 장치까지 보았는데도 가쓰에는 전혀…….

"사건 당일……."

하며 가가미는 약간 울적한 말투로 시작했다.

"창고의 화재가 마무리되고 나서 당신들은 다시 한번 이 침실에 돌아왔지요. 고헤이와 단바 노보루, 그리고 당신도…… 그 다음 단바가 이 집을 떠날 때까지 계속 세 사람이 이 방에 있었다는 것인데, 그 동안 단바 노보루 혼자만 이 방에 남아 있던 순간은 없었나요?"

가쓰에는 잠시 생각하더니 곧바로 명석한 목소리로 답했다.

"저는 이야기 도중 늘 먹는 위장약을 먹기 위해 잠깐 나갔다 왔습니다. 그리고 복용한 후 제 방에서 나오다 마침 화장실에서 나오는 오빠와 마주쳤지요. 그래서 둘이 같이 이 방으로 돌아왔는데 그때 단바가 혼자 창가에 멍하니 서 있었습니다."

가가미의 두 번째 질문이 곧바로 이어졌다.

"당신은 사건 당일에 저 장식 시계가 작동하는 것을 알았습니까?"

"알았습니다."

일순간의 망설임도 없이 흐르는 듯한 답변이었다.

"저 시계는 창고 화재가 시작되기 전까지는 멈춰 있었습니다. 그러다 화재 현장에서 돌아오니 움직이고 있더군요."

"평소 사용한 적이 없는 시계가 집에 사람이 없을 때 작동을 시작해서 이상하다고는 생각하지는 않았나요?"

"아뇨, 언젠가는 저 시계가 움직일 거라고 확신하고 있었기 때문에요."

"그렇다면?"

"저건 오빠가 만든 권총 발사 장치입니다. 오빠가 저것을 누군 가에게 사용하고 싶은 눈치더군요. 그래서 언젠가는 움직일 게 틀림없다고 믿고 있었습니다."

이 여자도 역시 분명 장치에 대한 것을 알고 있지 않은가!

"그렇다면 저것이 움직이기 시작하면 무슨 일이 일어날지 알고 있었다는 것인데…… 그러면 그것을 막으려고 하지는 않았습니까? 적어도 고헤이에게 주의를 주는 정도는 했나요?

"왜 그럴 필요가 있지요?"

가쓰에는 내던지듯 말했다. 그 눈에는 아무런 동요와 주저의 빛도 드러나지 않았다.

"오빠는 알고 있었을 거예요. 오빠야말로 누구보다 그 시계에 대해 잘 알고 있었을 겁니다. 그런데 왜 제가 주의를 줄 필요가 있을까요? 과장님, 모든 사람이 오빠가 죽기를 기다리고 있었다고요. 물론 저도…… 저는 잠자코 보고 있었습니다. 왜 그게 이상하지요? 오빠는 저 시계가 움직이기 시작한 것을 알고 있었을 겁니다……. 그리고 스스로 침대에서 잠들었고 죽은 거라고요……. 오빠는 자기 의지로 죽은 것이나 마찬가지 아닌가요? 오빠 자신도 자기가 죽기를 바랐을지도 몰라요."

가쓰에는 가가미의 눈을 보면서 이제 질문은 끝났음을 알고 조용히 묵례하고 그대로 채소가 든 장바구니를 한 손에 든 다음 아주 차분한 발걸음으로 조용히 복도 건너편으로 갔다.

거미 다리

가가미 앞에는 경관을 따라서 다메조 집에서 밥을 해주는 노파가 겁먹은 듯이 서 있었다. 정직해 보이는 여인이었다. 다만 그렇게 머리가 빨리 돌아가지는 않는 듯했다. 그렇기 때문에 다메조 집 같은 데에서 참고 지낼 수 있었던 것이라고도 할 수 있지만…….

테이블 위에 오래된 목장갑이 네 켤레.

모두 색이 바래도록 빨아 쓴 것이었고, 게다가 다메조의 그 크고 거친 손에 의해 오랫동안 꽤 많이 사용된 것인지 실매듭도 마구 늘어나 있어서 아주 볼품없는 모양이었다.

감식과 직원 한 명—세키라는 젊은 남자—이 확대경을 손에 들고 그것을 조사했다.

"다메조는 집에 없었습니다. 오늘 아침 나가서 아직 안 들어왔다고 합니다."

이것은 경관의 보고였다.

가가미는 장갑으로 시선을 떨구었다.

"다메조의 장갑은 이게 전부인가?"

"네, 저기…… 나리, 그렇습니다. 하지만 사실은……."

노파의 덜덜 떨리는 목소리에는 사람 좋은 느낌이 그대로 드러났다.

"사실은 손목 부분에 검은 줄무늬가 있는 목장갑이 한 켤레 더 있을 텐데…… 찾아도 안 보이는 거예요. 아마 우리 나리가 나가실 때 가지고 가신 것 같은데……."

그래서 가가미는 아까 현관 앞에서 만났을 때 다메조가 한 손에 쥐고 있던 장갑을 또렷이 떠올렸다.

"과장님, 잠시만……."

세키 감식과원이 옆에서 대화를 가로막았다.

그리고 말없이 확대경과 장갑 한 짝을 가가미 쪽에 들이댔다.

"과장님, 새끼손가락 중간 부분입니다. 조금 더 위…… 보이십니까? 그거요!"

젊은이는 아이처럼 얼굴에 웃음을 피웠다.

"그 검붉은 오점…… 그게 거미의 혈액과 내장의 일부라는 것을 당장이라도 단언할 수 있어요. 어쨌든 정식으로 분석하여 보고하겠습니다. 하지만…… 그보다 더 놀라운 게 발견되었습니다. 조금 더 위…… 그거요, 그걸 잘 보십시오. 검게 빛나는 가시 같은 것…… 거미 다리입니다. 정확히 말하자면 다리의 첫 번째 관절이지요. 더구나 두 개! 장치에 끼어 있는 녀석의 잘린 부분과 딱 맞아떨어집니다. 과장님, 제가 드디어 맥주를 얻어 먹게 되었네요!"

가가미는 확대경에서 눈을 떼고 그 장갑을 노파에게 내밀었다.

"그저게—그러니까 이 다카기 집에서 불행한 일이 있었던 그날, 다메조가 외출할 때 가지고 간 것이 이 장갑이 아니었소?"

"아, 아무래도 그게 저는…… 나리는 소지품을 뭐든 스스로 챙기시기 때문에…… 아무래도 저는 잘 모르겠어요……."

"잘 생각해 보시오. 뭔가 떠오르는 게 없는지. 우리는 아무래도 이 장갑을 가지고 나간 것으로 짚히는 바가 있는데……."

"아, 잠깐만요, 나리……."

노파가 갑자기 눈을 동그랗게 뜨고 나섰다.

"잠깐만, 그 장갑 좀 보여 주세요. 아, 만지면 안 되는 건가요? 아뇨, 잘 보여 주시기만 하면 되는데……."

노파는 몸을 앞으로 내밀어 가가미 손을 물기라도 할 듯 얼굴을 가까이 대고 보더니 마침내 다음과 같이 기묘한 증언을 했다.

"그저게 나리가 어느 장갑을 가지고 나가셨는지는 모르겠습니다만…… 그래도 이 장갑만은…… 가지고 나가시지 않은 게 분명해요. 네……."

과연 가가미의 눈썹이 약간 찡그려졌다. 노파가 말하는 의미는 상상 이상으로 중대한 내용을 포함하기 때문이다.

"왜 이렇게 말씀드리냐 하면……."

노파는 눈을 껌뻑거리면서 가가미와 그 장갑을 번갈아 쳐다보았다.

"지난번─6, 7일 전이었을까요? 빨래하고 있을 때 제가 힘을 너무 줘서 그랬는지 그 장갑이 찢어져 버렸거든요. 주인님이 아주 까다로우신 분이라 그런 실수라도 저지르면 아주 호되게 야단을 맞습니다. 그때도 반나절은 혼이 났을 거예요. 그래서 그저께 주인님이 외출하신 후에 갑자기 생각이 나서 그걸 꿰매 두었습니다. 바느질을 잘 못 해서 한 시간 정도 걸렸을까요? 정신을 차리니 벌써 1시를 조금 넘긴 게 아니겠습니까? 그래서 제가 서둘러 점심을 준비했었던 터라…… 장갑은 다 짝을 맞춰서 나리의 옷 서랍 위에 두었습니다만…… 어쨌든 나리가 나가신 다음에 그렇게 했으니까 어떤 장갑을 가지고 가셨는지는 몰라도 이장갑이 아닌 것만은 분명하다고 생각이 드네요……. 나리, 거기아시겠지요? 거기 그 엄지손가락 부분에 크게 휘갑치기를 했지요. 솜씨가 형편없어서 참 부끄럽기는 한데…… 보이시지요, 거기, 그 엄지손가락의……."

보여! 보인다고!

가가미는 자기도 모르게 마음속으로 신음했다.

겨우 앞뒤를 잘 맞췄다고 생각했던 이 사건은 이로써 다시 탈선해 버렸다!

그렇지 않은가. 오사와가 당일 가지고 나왔을 리가 없는 장갑에 발사 장치의 거미에서 떨어져 나온 다리가 붙어 있다니…….

오전 11시.

가가미는 세이부 전차의 와시노미야 역으로 들어갔다.

교외 전차의 이러한 중간역은 한마디로 형용하자면 빈약하다는 말로 요약될 것이다. 제대로 된 울타리도 둘러쳐 있지 않고 역이나 플랫폼 모두 소슬한 무사시노(武藏野)*의 늦가을 속에 드러나 있었다.

신분증명서를 제시한 가가미에게 역무원은 호기심 어린 눈을 빛내며, 그러나 충실하게 답변했다.

당일 12시 30분에 오사와 다메조는 분명히 이 역으로 들어섰다……

하지만 그의 주요한 목적은 그런 것을 조사하고자 함이 아니었다.

문제는 고로의 편지에 있던 12시 40분경의 정전사건이다. 만약 다메조가 12시 30분에 이리로 와서 전철을 탔다고 하면 대기 시간을 포함해서 다카다노바바까지 약 2, 30분―당연히 그 정전사건에 걸렸을 것이다.

가가미는 역무원이 가지고 온 기록부에서 당일의 정전사고에 관한 다음 기사를 발췌하여 기록했다.

원인 : ××송전소 변압기 고장

정전 구역 : 가미샤쿠지이(上石神井) ― 다카다노바바 사이

정전 시간 : 오후 0시 38분부터 58분까지 20분간

* 도쿄와 사이타마 현(埼玉県) 일부 지역 일대를 널리 일컫는 예로부터의 호칭.

다메조가 12시 30분에 이 역으로 들어왔던 것은 분명하다. 하지만 그 직후에 전차를 탔다고 해도 8분 후에는 정전에 걸렸을 것이다. 8분이라고 하면 여기에서 서너 정거장은 갔을 시간이다. 그런 다메조가 어떻게 1시에 다카다노바바에서 신발가게에 수선을 부탁할 수 있었을까!

다메조는 그 정전 사고를 알고 있었을까? 아니면 모르고 있었을까?

물론 몰랐을 것이다. 왜냐하면 그는 태연히 1시에 구두 수선을 맡겼다고 주장하고 평안한 얼굴을 하지 않았던가. 만약 그가 사고를 알고 있었다면 그렇게 속이 보이는 거짓말을 지어낼 수 없다.

그렇다면 그는 왜 정전 사고를 몰랐을까?

그야 물론 전차를 타지 않았기 때문이다. 그는 전차를 타는 것처럼 보이게 하고 어딘가로 튀었음이 틀림없다.

어딘가로—어쩌면 다카기 저택으로 다시 한번…….

가가미가 확실하게 다메조에게 의심의 눈길을 보내기 시작한 것은, 고로의 편지에 동봉되어 있던 고헤이가 고로에게 보낸 3시의 호출장—그 메모 용지에 쓴 편지를 본 순간부터였다.

고헤이는 5시라고 썼고 3시로 정정하지 않았다.

메모 용지에 남은 연필 자국이 그것을 말해주고 있다. 그리고 그 방에는 빨강 연필이 없다.

그런데 고헤이의 편지를 받아서 유코에게 준 것이 다메조이며, 고로의 손에 그것이 건네진 때에는 3시라고 고쳐져 있었다. 유코가 그런 짓을 할 리 없다고 보면 고쳐 쓴 것은 다메조 말고는 있을 수 없는 일이다.

어쩌면 그는 고헤이에게서 그 종이를 받아들고 유코에게 건네주기 전에 재빨리 고쳐 쓴 것이리라. 물론 그도 틀림없이 검정 연필을 사용하고 싶었을 것이다. 하지만 마침 빨강 연필밖에 가지고 있지 않았고 일은 순식간에 처리해야 했다.

그런데, 어떻게 되었는가!

발사 장치에 끼어 있던 거미의 다리가 다메조의 장갑에서 발견되었다. 이거야말로! 하고 생각했거늘 그 장갑은 그날 그가 가지고 나갔을 리가 없는 장갑이었다…….

더구나 이 모든 것을 아우른 것보다 더 큰 문제가 하나 남아 있었다.

피해자는—죽음을 무엇보다 두려워하던 피해자는 살인 장치가 스타트한 것을 너무도 잘 알고 있으면서도 태연히 죽음의 침대에 누워 잠이 든 것이다. 왜일까?

이 얼마나 기묘한 사건인가.

기묘—그리고 곤혹스럽다. 꽤나 곤혹스러운 사건이다!

가가미는 적잖이 우울했다. 하지만 만약 여기에 담배 한 개비만 있었더라면!

그렇다. 이 사건이 아무리 곤혹스럽다고 할지라도 지금의 가가미에게 담배가 없다는 사실만큼 중대한 곤혹스러움이 어디 있겠는가.

다메조 녀석! 그 인간이 내 담배케이스에서…….

11시 30분.

가가미는 다카다노바바에 나타났다.

역 앞의 구두 수선장이. 금방 알 수 있었다.

다메조처럼 생긴 인물이 1시에 구두 수선을 맡긴 것은 사실이었다. 그리고 약속한 2시에 그것을 가지러 온 것도⋯⋯.

다메조의 1시 알리바이는 지금 가가미 입장에서는 아이들 장난 비슷한 것이 되어 버렸다.

그는 위압적인 태도로 다음과 같이 질문했다.

"1시에 온 남자와 2시에 온 남자가 어딘가 다른 점은 없었나?"

"글쎄요, 아무래도 확실히는 모르겠네요. 낡아서 천을 대어 기운 듯한 외투를 입고 있었고, 언뜻 보아 똑같은 인물 같았는데⋯⋯ 어쨌든 보시다시피 이 동네 손님이었을 거예요. 그리고 뭐니 뭐니 해도 구두 보관증을 분명히 들고 오셨으니⋯⋯."

가가미는 이미 도로를 가로질러 순사 파출소 앞에 이르러 있었다.

"이 근처에서 이 사진 속 남자와 닮은 인물을 보지 못했나? 머리가 벗어지고 왠지 교활해 보이는 시선에 뚱뚱한 사내."

그 순사는 가가미를 알고 있었다. 과장님의 갑작스러운 출현에 그는 약간 경직되었다.

"아. 그러고 보니 이 사람과 좀 닮은 인물이 있는 것도 같습니다. 사이토 분스케(齋藤文助)라는 룸펜*인데 가끔 이리로도 와서

---

* Lumpen. 부랑자, 실업자를 일컫는 독일어.

청소 같은 걸 하고 갑니다만…… 뭔가 사건인가요? 사이토는 얌전하고 굳이 보자면 착한 사람 같아 보이는 사내입니다만……."

"어디로 가면 만날 수 있나? 그 남자……."

"아. 어쨌든 룸펜이니 어디라고 해야 할지…… 맞다, 왠지 요즘 돈이 좀 생겼는지 이 근처에 늘어선 식당가에 자주 얼굴을 내비치는 것 같습니다만…… 뭣하시면 제가 찾아올까요?"

가가미는 끝까지 듣지도 않고 발길을 휙 돌렸다.

역 앞에서 도로를 따라 속속들이 잘 아는 암시장과 바라크* 음식점들이 죽 늘어서 있었다. 가가미는 그곳을 이 잡듯 샅샅이 뒤졌다.

"사이토 분스케 있나?"

대답은 판에 박힌 듯하다.

"오늘은 아직 안 왔는데요."

혹은,

"요즘 이삼일 얼굴을 못 봤는데요."

열대여섯 번째 가게에서 겨우 가가미는 한숨 돌렸다.

"아, 분스케, 여기 와 있는데요."

햇빛 가리개 안쪽 공간에 값싸 보이는 테이블이 서너 개.

그중 하나에 다섯 남자가 모여 있었다.

가가미는 쑥 들어가더니 그 다섯 명을 아무 거리낌 없이 빤히 쳐다보았다.

---

* baraque. 막사를 일컫는 프랑스어. 일본에서는 간이식으로 지은 조악한 가옥을 말함.

"분스케가 누구지?"

다섯 명은 이야기를 딱 멈추고 불안한 듯한 눈빛을 일제히 가가미에게로 향했다. 암거래상의 풍모에 인상이 나쁜 사내들 뿐이다.

"이봐, 왜 대답을 안 하지? 분스케가 누구냐고?"

순간 뒤의 나무문 쪽에서 여주인 같아 보이는 터무니없이 살찐 여자가 얼굴을 들이밀었다.

"분스케요? 분스케라면 방금까지 있었는데⋯⋯."

가가미는 혀를 찼다.

"방금까지? 흐음⋯⋯ 어디로 갔지? 모르나?"

"아마 경찰서가 아닐까 싶은데요. 경찰 나리가 데리러 오셨거든요⋯⋯."

경찰? 수상하군.

"어떤 남자였지? 그 경찰이라는 남자는⋯⋯."

"글쎄요⋯⋯ 잘 기억이 나지는 않는데⋯⋯ 레인코트에 사냥모자를 쓰고 계셨던 것 같아요. 나이는 글쎄, 서른 정도 돼 보였나⋯⋯."

가가미는 외투 주머니에 양손을 찔러 넣은 채 아무 말 없이 밖으로 나왔다.

꽤나 입맛이 쓴 표정이었다.

사냥모자에 레인코트, 그 놈은 단바 노보루다!

두 장의 현장 사진

경시청으로 돌아온 가가미는 복도에서 만난 가타기리 형사에게 갑자기 퍼부어댔다.

"야마시로 유코를 데려와."

과장실로 뛰어들어 그 상태로 모자를 잡아 뜯듯이 의자 위로 내던진 다음 외투를 입은 상태로 조급하게 데스크로 갔다.

담배! 담배다! 무엇보다 담배!

그는 지금 온갖 체면을 내던지고 거의 미치광이처럼 안달하면서 재떨이를 휘저었다. 설령 눈앞에서 중죄를 지은 범인이 탈주하려 했더라도 그는 이렇게 초조하거나 불안해하지 않았을 것이다.

하지만 결국 어느 재떨이에도 꽁초 하나 남아 있지 않았다.

그렇다, 꽁초까지 다 털어간 것이다, 그 다메조라는 놈이…….

만약 그때 누군가 옆에 있었다면 틀림없이 벼락같은 과장의 호통 소리를 들었을 것이다.

어쩔 수 없이 가가미는 결국 담배를 단념했다. 하지만 그의 기분은 여전히 호전될 줄을 몰랐다. 그는 데스크 앞으로 와서 의자에 걸터앉았는데 눈빛이 매우 험악했다.

만약 지금의 그에게 담배를 잊게 하고 불쾌한 기분을 잊게 할 수 있는 무언가가 있다면 그것은 일하게 만드는 동기다.

그래, 일해야지.

데스크 위에는 일들이 가지런히 기다리고 있다.

열대여섯 장이 죽 겹쳐진 사진, 아까 다카기 저택에서 찍어 온 감식과 직원들 노력의 산물들이다. 마무리를 몹시도 서둘렀는지 그 인화된 사진에서는 건조용 알코올 냄새가 아직도 희미하게 풍기고 있다.

가가미는 그것을 들어 올려서 즉시 마음이라도 빼앗긴 듯한 장 한 장 차분히 둘러보았다. 이미 그의 얼굴에는 기분 나쁜 기색은 모조리 사라졌다!

발사 장치의 전경. 그 세부의 극명한 확대 사진. 장식 시계와 그 분추의 장치…….

그리고 마지막의 한 장은 침대의 전경이다.

가가미는 서랍을 열고 사건 당일 촬영한 것과 같은 침대 사진을 꺼내어 그것을 비교했다.

시체가 있고 없는 점을 제외하면 물론 두 사진은 완전히 똑같다.

잘 찍혀 있다. 사진기의 렌즈도 흠잡을 데 없었기 때문이었겠지만, 우리 경찰들의 사진 찍는 기술은 꽤나 훌륭하다.

침대의 구석구석부터 가가미의 주의를 끌던 특제 쇠로 된 다리와 그 끝에 달린 바퀴. 그 쇠다리가 바닥 판자에 쏙 들어가 있는 철제 판에 딱 들어가 있고 두꺼운 볼트로 조여진 상태. 그리고 바닥 판자에 깔린 하나하나의 모자이크부터 건너편 벽의 구석구석에 이르기까지…… 정말로 찍혀야 할 것은 철저히 다 찍혀 있다고 해도 좋았다.

그리고 두 사진은 완전히 똑같았다. 물론…….

그러나 여기에서 가가미의 눈썹이 일순간 찌푸려졌다.

그대로 2, 3분…… 그의 얼굴은 밝아지지 않는다. 그러기는커녕 오히려 점점 어둡고 험악해지는 느낌마저 들었다. 마침내 그는 두 장의 사진을 내던지고 입속으로 중얼거렸다.

"이거 이상하군. 침대가 움직이다니. 최소 눈으로 보기에도 한 자는 움직였어. 오늘 촬영한 사진이…… 다시 말해 시체가 없는 쪽 사진의 침대가 머리 쪽으로 한 자 정도 이동해 있어. 대체 어떻게 된 거지?"

순간 그는 전기를 맞은 듯 벌떡 의자에서 일어났다.

눈이 빛났다.

무언가를 노리듯이 차갑고 격렬한, 그리고 이상한 눈빛이다.

"그렇군. 뻔한 일이잖아. 그러니까 침대가 움직인 거겠지!"

하지만 그러한 격한 충격은 다시 금세 그의 전신에서 빠져나가는 듯했다.

그는 의자에 풀썩 소리를 내며 앉아 넋이 빠진 눈으로 바닥을 보았다. 뭔가 근심스러운 그늘이 베일처럼 그의 전신을 덮어왔다.

해가 가려지며 순간적으로 과장실을 어둡게 했다.

가가미의 모습은 마치 가구의 일부로 완전히 변해 버린 듯 그저 어두웠다.

거기에는 아무런 종류의 소리도 없었다. 그의 호흡 소리조차도…….

그대로 대체 얼마간의 시간이 흘렀을까.

곧 그는 느릿느릿 의자를 떠나 창을 열고 불어 들어오는 선선한 바람을 가슴 가득 들이마셨다. 바람 속에 그가 중얼거리는 소리가 들렸을 것이다.

"훌륭하고 주도면밀한 계획 범죄야. 그러면서 동시에 이렇게 엉터리에 우발적인 범죄가 있을 수 있을까……. 그건 그렇고, 우선 담배! 담배가 필요해!"

가타기리 형사가 유코를 데리고 들어왔다.

가가미는 창을 닫고 데스크 앞으로 되돌아와 유코에게 앉으라고 권했다.

"자, 앉아요……."

유코는 야위었다. 그 가냘픈 양어깨에 다 짊어질 수 없는 고뇌가 그녀의 전신에서 절절하게 주변 공기로 스며 나오고 있는 듯했다.

가가미는 잠시 아무 말 없이 가만히 그 모습을 보고 있었는데,

"당신이 침실로 뛰어 들어왔을 때 권총은 정리 선반 앞바닥에 떨어져 있었지요."

가가미의 나지막한 그 목소리는 반쯤 혼잣말처럼도 들렸다.

"당신은 그것을 집어 들어 품에 감췄습니다. 그러고 나서 의사를 데리러 달려나가는 도중 덤불 속에 버렸고…… 당신은 고로가 범인이라고 직감했어요. 그래서 범인을 감싸기 위해 허위 자백을 한 거지요?"

유코는 눈을 들었다. 입술은 약간 떨리는 상태로, 아직 아무 말도 하려 하지 않았다.

유코가 무엇보다 듣고 싶은 것. 가가미는 그것을 잘 알고 있었다.

"당신은 무죄입니다. 그리고 고로 군도 마찬가지고……."

유코는 두세 걸음 자기도 모르게 가가미 쪽으로 비틀거리며 다가왔다. 뭔가 소리를 내려고 했지만…… 그러나 그 소리는 돌연 두 눈에서 주룩주룩 흘러넘치는 눈물의 샘으로 사라져 버렸다.

가가미는 멍하니 생각했다.

여기에 인생의 진지한 무언가가 존재한다. 그것은 어떤 고난이나 압박에도 무너지지 않는다. 아니 역경을 겪으면 겪을수록 점점 강한 힘을 보이는 것이다. 애정이란 얼마나 이상한 인생의 보물이던가…….

곧 유코는 눈물을 흘리면서 가는 목소리로 말했다.

"말씀하신 대로예요. 저는 도련님이 범인임에 틀림없다고만 생각해서 그만, 죄송합니다. 일을 번거롭게 만들어서 정말 송구합니다."

"미안한 일을 만든 건 오히려 이쪽입니다. 이제 돌아가시지요……."

가가미는 이렇게 말한 다음 덧붙여 질문했다.

"한 가지 더…… 고로 군은 왜 거미 따위를 기른 걸까요?"

"도련님은 가여운 분입니다. 정말 저렇게 불쌍한 분도 없습니다. 아버지로부터는 어릴 적부터 심한 대접을 계속 받아 오셨지요. 어머니와 함께 사는 것조차 주인님은 허락하지 않으셨습니다. 도련님은 어릴 적부터 사람의 애정에 굶주려 있었습니다. 도련님에게는 애정을 쏟아 주시는 분도, 또한 애정을 베풀어 주시는 분조차 없었으니까요. 자연히 도련님은 무심한 작은 벌레들과 노는 법을 배우셨어요. 특히 거미…… 그 아름다운 그물을 열심히 만들어 보이는 거미는 도련님과 이 세상에서 가장 친한 친구였습니다. 그분은 어릴 적부터 거미를 기르며…… 매일매일을 지내 오셨다고 저에게 내밀히 말씀하셨어요. 그뿐입니다."

사실이란 언제나 이렇게 단순한 것이다.

문 쪽으로 사라져 가는 유코의 뒷모습을 눈으로 좇으면서 가가미는 가타기리 형사에게 귓속말했다.

"고로가 있는 병원을 알려주게……. 그렇군, 자네가 함께 가주면 좋겠네. 고로 용태가 아주 안 좋아. 일각을 다투지. 자동차로 가자고……. 뭐? 차가 다 나가 있다고? 못 참겠군. 한 사람의 목숨이 걸린 일이야. 부장님 것이든 총감님 것이든 상관없으니 타고 가자고. 내가 책임을 질 테니……."

유코를 쫓아나가는 가타기리와 어긋나면서 접수처에 있던 경관이 한 명 들어왔다.

"과장님, 언제 돌아오셨습니까. 몰랐습니다. 면회를 원하는 분이 기다리고 있습니다만……."

"안 만나! 오늘은 아무도 안 만나!"

"그게……."

경관은 우물쭈물하면서,

"하지만 다카기 저택 사건에 관한 중대한 증인이라고 하는데요……."

그 말이 끝나기도 전에 문에서 거리낌 없이 성큼성큼 들어오는 사람이 있었다.

"그렇습니다. 과장님, 고헤이 살해에 가장 중요한 발언을 할 중대한 증인입니다."

목소리 주인은 레인코트를 입고 한 손에 사냥모자를 들고 있는—단바 노보루였다. 그 뒤에 룸펜 같은 남자가 한 사람 겁먹은 듯이 서 있었다.

단바는 돌아보며 그 남자를 쿡쿡 찌르듯 가가미 쪽으로 밀었다.

"소개하겠습니다. 이 자는 다카다노바바의 노숙자, 땅딸보 분스케 공(公), 사이토 분스케 씨입니다. …… 부디, 잘 부탁합니다."

단바의 도전

"저는 예, 옛날부터 정직한 사람으로 통하고 있는데…… 옛날부터, 집이 없기는 하지만, 사람 됨됨이로 치면 아주 작은 물건도 훔친 적이 한 번도 없어서…… 정직한 분스케 공, 바보스러울 정도로 정직하다고 모든 사람이 저를 그렇게 부를 정도라서…… 바보라는 것은 예, 바보처럼 정직하다는 말이고……."

구차하게 말을 시작한 그 사내의 옆구리를 단바는 매몰차게 주먹을 쥐며 꼬집어 올렸다.

"뭘 장황하게 잠꼬대를 하는 거야. 과장님은 성미가 급하시다고. 쓸데없는 말을 중얼중얼하면 컴컴한 데 처넣을 테니…… 자, 다 말해. 아까 나에게 이야기한 대로."

분스케는 몸을 움츠리며 조금 뒤로 물러섰다. 가엾게도 손끝이 떨리고 있었다.

"예, 저기…… 열흘 정도 전의 일입니다. 다카다노바바의 에치고야(越後屋)라는 가게 앞에서 남은 밥을 얻어가고 있었는데 어느 집 나리가…… 그래요, 그래, 그 나리가 말입니다…….'라며 단바가 들이민 다메조의 사진을 보고 끄덕여 보였다.

"그 나리가 와서 돈을 10엔 주셨습니다. 알고 보니 대단한 자선가라고 하는데 앞으로 가끔 이렇게 돈을 베풀어 줄 테니 사는 곳을 알려 달라고 하셔서, 항상 찾아가는 방공호를 알려 드렸습니다. 그리고 가끔 그 나리가 와서는 5엔, 10엔씩 주셔서 정말 좋은 나리라고 생각하고 있었는데……."

가가미는 그 남자가 들어왔을 때부터 알고 있었다. 어디라고 딱 집어서 닮았다고 하기는 어렵지만, 그래도 언뜻 본 인상이 몹시도 다메조와 닮았다. 어쩌면 다메조의 외투를 입히고 모자를 씌우기라도 한다면 가가미조차 멀리서 보면 오사와라고 착각할 것이다.

"…… 그런데 오늘부터 치자면 그저께가 되나요? 아침 일찍 또다시 그 나리가 오셔서 검고 오래된 외투와 같은 색 모자를 하나 주셨습니다. 오늘은 특별히 돈벌이를 시켜주겠다, 그 전에 수염을 잘 깎아 둬라 하고 안전 면도칼까지 하나 주셨거든요……. 그리고 오래된 구두를 한 켤레 내밀고 이것을 역 앞의 구둣가게에 가서 고쳐 오라고 부탁하셨습니다. 그런데 딱 1시에 가야 한다, 그리고 갈 때는 그 검정 외투를 입고 모자를 쓰고 가는 거야…… 이렇게 말씀하시길래…… '제가 그 구둣가게를 처음 가서 제 얼굴을 모르기 때문에 안 되겠지만, 다른 곳에 아는 구둣 가게에 부탁해 드릴까요? 그럼 훨씬 싸게 해줄 테니까요' 이렇 게 말했습니다. 하지만 나리는 '네가 알고 있는 구둣가게는 안 돼. 무조건 저 구둣가게라야 한다'고 하셔서, 그럼 저도 알았다 고 했습니다. 그래서 수선 주문이 끝나면 다시 여기 방공호로 와 서 기다려라, 그러면 30엔을 주겠다고 하시길래 저야 그대로 하 기는 했습니다. 그랬더니 2시 조금 전이었을까요? 그 나리가 와 서 30엔을 주셔서…… 제가 구두는 2시에 찾기로 약속했다고 하 고 구두 보관증이라는 것을 건네 드렸습니다. 그랬더니 저에게 준 외투와 모자와 면도칼까지 다 돌려 달라고 하는 게 아니겠습 니까. 일단 받은 것이니 싫다고 했습니다. 그랬더니 나리가 그렇 게 말하면 이제 더 이상 돈을 주지 않겠다며 협박을 해서요. 어 쩔 수 없이 다 돌려주었습니다. 나리는 다시 20엔을 주셨습니다. 그뿐이에요, 예…… 정말로 제가 알고 있는 것은 그뿐이라…… 예? 그다음이요? 아니요, 그 나리는 한 번도 돈을 주러 오지 않 았습니다. 완전히 한 방 먹은 거지요……. 그럴 거면 외투나 모 자를 돌려주는 게 아니었습니다. 아무리 낡아도 요즘 2, 3백 냥 은 틀림없이 할 테니까요. 아무래도 제가 너무 정직해서 항상 손 해만 보기 때문에……."

단바의 야유하는 눈은 구멍이 뚫릴 정도로 말똥말똥 가가미 를 응시하고 있었다.

"어떻습니까? 과장님. 이해가 가셨습니까?"

그는 시작했다.

득의만면—그리고 그 눈에는 이전의 그 조롱과 비아냥의 빛이 노골적으로 드러나 있었다.

"당신은 온갖 인물에게 1시의 알리바이가 갖추어져 있다는 사실로 고심하셨겠지요. 꼼짝도 못 하게 되었습니다. 하지만 어떤가요! 다메조의 알리바이가 이렇게 거짓이었습니다. 브라보! 어떻습니까? 아직도 확실히 모르겠습니까? 그럼 소생의 어리석은 견해를 말씀드리는 영광을 얻어도 될는지요? 다메조 그 인간이—이렇게 1시의 알리바이를 만들었습니다…… 아시겠어요? 그는 12시 15분 다카기 저택을 나와서 30분에 와시노미야 역에 나타났지요. 그리고 시계를 맞추어 시간을 확인시켰습니다—낡은 수법이지요. 그 다음 그는 어떻게 했을까요? 일단 플랫폼에는 들어갔다가 틈을 보아 밖으로 뛰었습니다. 교외에 있는 그런 역들은 그렇게 하기가 식은 죽 먹기거든요. 그러고 나서 다카기 저택으로 되돌아온 거지요. 12시 50분경에 이 집에 도착했고, 창고에 방화를 저지릅니다. 모두 화재 현장으로 뛰어나간 것을 보고 숨어 있다가 살짝 침실에 들어갔지요. 그리고 발사 장치…… 기억을 떠올렸지요. 고헤이가 권총을 테이블 오른쪽 서랍에 넣어둔다는 것을. 그리고 그 열쇠를 침대 베개맡에 넣어 두는 습관이 있다는 것은 누구나 아는 일입니다……. 그래서 정각 1시에 그는 시계를 감아서 장치를 작동시킵니다. 이것으로 만사가 끝! 그는 다카기 저택을 빠져 나와 곧장 역으로…… 하지만 이번에는 한두 정거장 앞의 역까지 가서 탔을 것입니다. 역에 도착한 것이 1시 20분이나 25분, 다카다노바바에 도착한 것이 45분쯤.

곧바로 룸펜의 집을 찾아가 외투와 기타를 스스로 착용했습니다. 2시! 역 앞의 구둣가게에 나타납니다. 손님이 붐비는 구둣가게 사람은 철석 같이 동일 인물인 줄 알았겠지요. 이제 다 끝났다 싶어 변호사 집으로 간 거지요……. 과장님 어떠십니까? 침묵이시군요. 평소와 다름없는 예의 그 침묵이십니다. 가가미 과장님이 입을 다물고 말하지 않는다……. 하하하, 저는 늘 이렇게 당국에 협력합니다. 수고 많다고 한 말씀해 주십시오. 최소한 고맙다는 한마디 정도…… 아, 그렇지 않으면 별것도 아닌 단바 노보루 같은 인간에게 한발 늦어 당했다! 그것이 싫어서, 아니면 그것이 왠지 부아가 치밀어 창피하신 건가요? 아니, 그것은 괜한 걱정이지요. 과장님도 훌륭한 발견을 하시지 않으셨습니까? 당신의 발견이야말로 실로 대단한 수확입니다. 당신은 발사 장치를 발견하고 거기에 남아 있는 한 마리 거미를 발견하고, 그리고 그 거미에게서 떨어져 나온 다리의 일부가 다메조 장갑에 붙어 있던 것을 발견했습니다. 이것은 다메조 입장에서 치명적입니다. 이야말로 그를 교수대에 보낼 수 있는 유일한 물적 증거입니다. 실로 위대한 발견을 하신 것 아닌가요……. 그러니…… 하하하하, 그런 무서운 눈으로 보지 마십시오. 제가 그걸 어디에서 듣고 온 것인지, 당신은 깜짝 놀라고 또 분개도 하실 테지만, 아니 이건 지극히 간단하고 사소한 방법을 통해 듣게 된 것일 뿐입니다. 복도에서 다카기 저택에서 돌아오던 감식과 직원들을 만났습니다. 그 어깨를 가볍게 두드려 주기만 했어요. 이야, 자네들 수고했어……. 그런데 수확은? 감시과 직원들은 저를 새로

전임해 온 동료 형사라고 생각했나 봅니다. 간단하게 다 말해 주더군요……."

가가미는 퉁명스럽게 상대방 말을 끊었다.

"자네는 마당 장미 나무에서 잡은 거미를 침실에 혼자 있게되었을 때 발사 장치에 고의로 끼워 두었지. 그리고 그 일부와내장을 오사와 집에 몰래 숨어 들어가 그의 장갑에 묻혔어. 왜그런 짓을 했지?"

이 말은 분명 강력한 일격이었다.

단바는 잠깐 얼굴을 찌푸렸다. 하지만 다음 순간에 그는 크게입을 벌리고 깔깔 웃기 시작했다.

"그것이 당신이 내민 카드입니까? 하지만 아무래도 약간 잘못짚으신 것 같습니다. 왜, 어째서 내가 그런 짓을 할 필요가 있었겠습니까? 저와 가쓰에 고모는 다메조와 마찬가지로 고헤이 삼촌이 죽기를 바랐습니다. 그런데 현재 발사 장치가 작동 중인 겁니다. 사실 그 장치는 1시에 스타트하여 3시에 고헤이를 쏘게 되지요. 범인은 1시에 그것을 작동시킨 놈입니다. 저는 그것이 스타트한 것을 보았습니다. 3시에는 고헤이가 죽겠지……. 제 손을쓸 것도 없이 기다리고 기다리던 고헤이의 죽음이 다가온 것입니다. 그 직전에 왜, 그렇게 위험한 짓을 할 필요가 있겠습니까?이봐요, 과장님. 그런 묘한 생각을 하다니 너무 헛된 노력을 하신 것 아닙니까? 아니, 오히려 어리석다고 하는 편이 적절하겠어요."

가가미의 눈이 이때 조금 심술궂게 겨우 웃었다.

"자네는 약간의 실수를 저질렀어. 어떤 교묘한 범인이라도 그런 실수는 하기 쉬운 법이지. 그러니 특별히 자네만의 불명예라고 할 수는 없지만 말이야. 그건 자네가 거미 다리를 묻힌 장갑이 공교롭게 그날 다메조가 절대로 가지고 나갔을 리가 없다는 증명이 붙은 물건이었다는 것이지. 다메조는 외출한 다음 한 번도 집에 돌아오지 않았어. 그러니 묻히고 싶어도 그 장갑에 거미 다리 같은 것을 묻히는 일은 사실 절대로 불가능했어."

이때의 단바의 태도가 볼 만했다.

그는 잠깐 침묵한 채로 물끄러미 가가미의 얼굴을 응시했다. 그리고 갑자기 얼굴을 찌푸리고 혀를 한 번 찼다.

"아, 멍청한 놈!"

물론 자조하는 말이었다.

"이걸로 다 틀렸어! 모처럼 잘 짜인 이야기가 이제, 곧……."

하고 말하더니 갑자기 입을 크게 벌리고 깔깔 웃기 시작했다. 마치 미친 것처럼…… 하지만, 그것도 정말 2, 3초였다.

웃음이 사라지더니 그 얼굴에 교활한 도전자의 조소가 쓱 떠올랐다.

"과장님, 그럼 이제 진지하게 가 봅시다."

"언제고 진지하지, 나는!"

가가미가 일갈했다.

"좋아, 됐어!"

단바의 입술이 휙 비뚤어졌다.

"자, 과장님. 저를 체포하시지요."

그의 눈은 지금 불처럼 타오르면서 다그치듯 가가미를 응시했다.

하지만 가가미는 외면하고 천천히 손톱을 깎기 시작했다.

"저를 체포하세요! 단, 할 수 있다면 말이지요. 할 수 있겠습니까? 과장님. 하하하…… 당신은 그게 불가능하다는 것을 잘 알고 있지요. 그건 완전히 불가능합니다. 여기 단바라는 사내가 있다고 합시다. 그는 살인 장치가 스타트한 것을 보고 고의로 거미를 끼워 넣었다. 이상한 이야기 아닙니까? 무엇 때문에 그런 짓을 했을까요? 다메조의 범행에 확증을 주기 위해서일까요? 그렇다면 왜 그런 짓까지 해서 다메조의 죄를 확정시킬 필요가 있었을까요? 과장님, 조심하세요. 설령 확증이 없어 다메조가 교수대로 올라가지 않게 되더라도, 발사 장치를 작동시켰을지도 모른다는 그 혐의만으로 그는 유언장의 권리에서 제외되는 것입니다. 그것 말고 제가 무엇을 더 바랍니까? 또한 설령 저와 다메조가 공범이었다고 칩시다. 그리고 동료를 배반한 나는 그를 혼자만 교수대로 보내려고 이런 짓을 했다……. 하지만, 잠깐 기다려 보십시오. 그런 짓을 해서 다메조와의 죄를 확정시키면 다메조가 가만히 있지는 않겠지요. 제가 공범자라는 것을 폭로할 것입니다. 그리고 저는 유언장에서 제외되고 긁어 부스럼을 만든 셈이 됩니다. 그런 바보 같은 짓을 할 리 없지요……. 어쨌든 저는 법정에서도 그런 말도 안 되는 일은 절대로 부정할 것입니다. 제가 했다는 아무런 증거도 없습니다. 있는 것은 오로지 당신의 추측뿐 아닙니까? 그런데 과장님…… 이것만큼은 잘 기억해 주세

요. 그건 형사소송법이 최근에 개정되었다는 점입니다. 지금까지 일본 형사소송법에서는 범죄 확정에는 자백이 최고였습니다. 자백만 있으면 그 인물을 처형할 수가 있었지요. 그러니 무엇을 하든 자백, 자백, 자백이었어요. 그것이 후려치기를 낳았지요. 후려쳐서 모든 것을 자백시켜 버리면 그것으로 만사는 끝납니다. 도쿠가와(德川) 시대의 오캇피키(岡っ引)* 제도와 똑같습니다. 그런데 고맙게도 이제 일본은 민주화되어 가고 있지요. 형소법 개정도 당연히 조만간 이루어질 것입니다. 어떻게 개정될까요? 우선 미국이나 영국의 것을 채용하게 되겠지요. 과장님, 미국 형소법을 아십니까? 약간 공부해 두셔야 할 겁니다. 그쪽에서는 이렇게 규정합니다. 설령 자백이라고 해도 그것을 뒷받침할 확실한 물적 증거가 없으면 단죄의 기초가 될 수 없다…… 알겠습니까? 물적 증거 말입니다. 물적 증거가 없으면 당사자의 자백조차 무효지요. 설령 당신이 나를 때려 눕혀도 이 공판은 길게 갈겁니다. 그렇게 되면 조만간 형소법이 개정되겠지요. 증거도 없으니 무죄방면. 천하의 가가미 과장님도 이 한 번으로 얼굴에 먹칠을 하게 되겠지요. 아아, 불운하군요. 정말 운도 없어요."

기묘하게도 단바의 요설은 점차 속도가 느려지더니 이쯤에 이르러 뚝 끊겼다.

그의 주의가 데스크 쪽으로 끌린 모양이다. 사실은 아까부터 그는 힐끗힐끗 곁눈질로 그쪽을 보고 있었는데, 지금 그는 입을

---

* 도쿠가와 시대, 즉 에도(江戸) 시대에 포졸 등의 수하로 범인 수색이나 체포의 앞잡이 노릇을 하던 사람.

다물고 분명하게 그 시선을 데스크의 한구석에 고정시켰다.

거기에 있는 것은 아까 가가미가 던져 버린 채 놓여 있던 다카기 집안의 현장 사진―그리고 지금 단바의 시선을 끌고 있는 것은 사건 당일 촬영해 온 시체가 누워 있는 침대가 찍힌 한 장이었다.

그는 2분 정도 아무 말도 하지 않고 충분히 그것을 응시했다.

그 얼굴에는 점차 일종의 두려움과 경악, 그리고 약간의 공포가 숨길 수 없이 또렷하게 드러났다.

그가 가가미 앞에서 이런 노골적인 표정의 움직임을 보인 것은 전무후무 이것이 처음이었다.

하지만 그는 금세 아무렇지 않은 체했다. 온갖 표정을 한 번에 불러들이더니 다시 원래의 그 빈정대는 도전자 모습으로 바뀌었다.

"그런데 과장님, 답변을 듣고 싶습니다. 제가 갈 곳은 구치소인가요? 아니면 밖인가요?"

가가미는 그 잘난 척하는 어조의 뒤에 지금까지 없던 그의 초조함을 읽어냈다.

녀석은 이 사진에서 뭔가 심한 충격을 받은 게 틀림없겠지?

"자, 부디 마음대로……."

가가미는 그 뒤에 약간의 비아냥을 덧붙였다.

"조만간 또 때가 되면 자네도 구치소로 오겠지만."

단바는 곧바로 그에 응했다.

문까지 가고 나서 잠시 돌아보더니,

"조만간 누군가에게 미행을 시키겠군요? 오래된 상투적인 수법이지만 말입니다. 당신이 준비될 때까지 여기에서 기다릴까요?"

형사의 분노

모자를 붙들고 현관까지 뛰어나갔던 이리에 형사가 거기에 멍하니 서 있던 경관 한 명에게 숨을 헐떡이며 물었다.

"지금 이리로 레인코트를 입은 남자가 나오지 않았나? 모르겠어? 어디로 간 거지?"

"글쎄요……."

경관은 고개를 갸우뚱했다.

"못 봤는데요, 전혀……."

형사는 혀를 찼다. 일대를 둘러보니 바깥 어디에도 그럴 만해 보이는 사람은 보이지 않았다.

"이런 젠장! 어디로 숨어 버린 거야. 번거롭게 하는 놈이군."

형사의 혼잣말이 끝나기도 전에 뒤에서 에헴! 하고 크게 헛기침하는 소리가 들렸다.

안쪽 현관의 기둥 옆이다. 아래를 보며 담배에 불을 붙이고 있는 레인코트의 뒷모습.

형사는 그쪽을 보고 자기도 모르게 두세 걸음 터덜터덜 다가갔다.

"여어……."

단바가 얼굴을 들었다. 씩 웃고 있다.

"당신입니까, 저를 미행하시는 사람이? 수고 많으십니다. 안녕하세요……. 저는 여기에서 기다리고 있었습니다. 어떠십니까? 담배 한 대. 아, 가지고 계시는군요. 그럼 함께 슬슬 나가 볼까요……."

형사는 떫은 표정이었다.

"그런데 가까워진 표시로 어떻습니까, 맥주라도? 싫으신가요? 하하아, 가가미 씨가 걱정되시는군요. 청렴결백, 모범 경찰관. 그게 그분의 내세울 점이지요."

조금 거리를 두려고 형사가 멈춰 서니 단바도 발을 멈추고 기다리고 있다.

다시 시작했다.

"그분은 좋은 사람입니다. 저는 가가미 씨를 아주 좋아합니다. 그분은 일본 경찰계의 이색적인 존재지요. 적어도 절대적으로 후려치기를 하지 않는 경찰관이라면 그분 정도밖에 없습니다. 그리고 공정하고 강직하며 그 때문에 예전에는 특무기관과 크게 충돌한 적도 있지요. 그게 아마 그 분이 경부보 시절 이야기지요. 그리고 그 사이에 유망한 지위를 날려 버리고 삼사 년은 좌천되어 탄광 같은 곳에서 생활을 했었지요. 그러나 정말 유능한 인물은 언제까지고 묻혀 있을 수는 없는 법. 곧 복귀하여 활약합니다. 그리고 이례적인 진급을 하지요. 더구나 이제는 앞으로의 경찰계가 가가미 과장이라는 존재를 필요로 한다는 것이 지극히 당연해졌으니까요. 그래도 과장님은 으스대지 않으시지요. 변함없이 과장실을 담배 연기로 채우고 씁쓸한 얼굴을 하고 있을 뿐입니다. 존경할 만한 사법 경찰관…… 하지만 아쉽게도 호한(好漢)이거나 천재는 아니지요. 그분은 천재가 아닙니다. 철두철미한 노력형 인간이지요. 아깝습니다, 그분에게 정말 조금만 더 천재 기질이 있었더라면……."

유라쿠초(有樂町) 역 앞으로 왔다.

"이제 지금부터 저는 신주쿠까지 가려고 하는데…… 거기에서 친구가 꽤나 멋들어진 술집을 하고 있거든요. 형사님, 괜찮으시겠습니까? …… 그렇다면 좀 기다려 주십시오. 아무 데도 가지 마시고…… 표를 사 올 테니까……. 당신은? 아아, 버스를 타실 겁니까……."

표를 사 오더니 그는 더더욱 기분이 좋은 모양이었다.

"많이 기다리셨습니다. 아무래도 이 표 사기 행렬은 매번 느끼는 거지만 신경이 참 쓰입니다. 자, 먼저 가시죠……. 하하하, 이거 안 되겠군요. 내가 먼저 가야 하는 건데. 놓칠 위험이 있다는 거지요? 역시…… 야, 안녕하신가 ……."

그는 개찰구 옆 안내양에게까지 인사를 건넸다.

플랫폼에 들어서서도 말을 멈추지 않는다.

"형사님, 당신이 가장 존경하고 또 동경하는 영웅은 누굽니까? 설마 도요토미 히데요시(豊臣秀吉)나 나폴레옹은 아니겠지요. 하하하……. 그런데 저라면 해리 후디니(Harry Houdini)*를

---

* 해리 후디니 (Harry Houdini, 1874~1926년). 헝가리계 미국 마술사로 탈출의 명수.

들겠습니다. 그는 전쟁가도 아니고 대통령도 아니고 부자도 아니었습니다. 물론 학자 같은 시시한 것도 아니지요. 그는 미국의 일개 마술사였습니다. 세계적인 마술사였습니다. 아니, 인류가 가질 수 있었던, 그리고 앞으로 두 번 다시 절대로 가질 수 없을 대천재였습니다. 그는 사라지는 마술이라는 마술계의 분야를 개척한 남자였습니다. 사라지는 것에 관한 한 그의 기술은 정말 대단합니다! 물론 장치가 들어가는 대대적인 마술도 했지만 그밖에 아무런 장치도 없는 생각 하지도 못한 도전에도 멋지게 응했습니다. 어떤 전문가가 만든 어떤 수갑이라도, 어떤 밀실도, 어떤 자물쇠도, 어떤 문도, 그 앞에서는 완전히 절대 무력했지요. 그리고 그의 신비한 기술은 오늘에 이르기까지 모든 것이 수수께끼 저편에 깊이 묻힌 채 있습니다. 예를 들면 그때 그는⋯⋯."

단바가 입을 다문 것은 전차를 중앙선으로 갈아탔기 때문이었다. 과연 입도 지쳤을 것이다. 그렇지 않으면 인파 속에 형사와의 간격이 벌어졌기 때문에 어쩔 수 없이 이야기를 중단한 것일지도 모른다.

어쨌든 전차는 붐볐다. 두 사람은 자연스럽게 입구 쪽에 섰다. 형사는 팔만 뻗으면 언제든 단바를 제압할 수 있는 위치에 있으려고 노력했다.

이놈, 도망치려고만 해 봐라!

단바는 심심한 듯이 주머니에서 책을 꺼내어 펼쳤다. 표지에 사진학회 회지라고 인쇄되어 있었다.

역에 설 때마다 타고 내리는 승객으로 잠깐씩 밀고 밀리는 실랑이를 해야 했다.

오차노미즈(お茶の水)

이쪽으로는 소부선(總武線)이 들어오므로 특히 더 혼잡하다.

겨우 실랑이를 마치고 문이 닫혔다.

단바는 인파에 밀리면서도 여전히 열심히 사진학회 회지를 들여다보고 있었다.

—그러다가……

자주 있는 일이지만 한 번 닫힌 문이 다시 아무런 예고 없이 반 정도 획 열렸다.

그 순간. 단바가 바람 같은 속도로 그 문틈으로 밖으로 빠져나갔다…….

앗!

소리를 낸 것과 형사의 팔이 뻗어 나간 것은 거의 동시였다.

형사의 손에 회지만이 허무하게 남았다.

"비켜! 잠깐 비켜!"

형사는 성난 눈으로 막무가내로 문 쪽으로 가려고 했다. 공교롭게 그사이에 두세 명이 있었다.

그러는 사이 열린 문이 다시 탁하고 소리 내며 닫혀 버렸다.

형사는 내뱉었다.

"이놈!"

문 건너편에서 단바의 조롱하는 듯한 웃음이 안을 들여다보았다.

"형사님, 당신이 사진에 흥미를 가지고 있는 줄은 뜻밖이라 몰랐네요. 회지는 부디 천천히 보십시오. 다음번 만날 때 돌려주시면 되니까요……."

전차는 분노에 불타는 형사의 얼굴을 싣고 그대로 움직이기 시작했다.

"아무래도 후디니보다 약간 솜씨가 없기는 하지만, 뭐…… 그럼, 또 언젠가 만나지요."

단바는 모자를 벗어 지나치게 정중히 고개를 숙여 인사하는 것이었다.

제2의 살인

"그러고 나서 다음 역에서 내려 곧바로 뒤쫓아가 봤습니다. 하지만 이미 녀석의 모습은 보이지 않았습니다. 역 개찰구에서 물어보았지만 아무래도 놈은 역에서 밖으로 나간 흔적이 없습니다. 지금 역 앞 파출소에서 전화 거는 것인데…… 과장님, 어떻게 할까요? 이제부터."

곤란하기 짝이 없는 듯 말하는 이리에 형사의 보고를 들으면서 가가미는 특별히 소리를 지르지도 않았다.

"그러고 나서 시간이 어느 정도 흘렀지?"

"글쎄요, 이럭저럭 20분 정도 될까요?"

"좋아, 곧바로 녀석의 뒤를 쫓게."

"녀석의 뒤라니…… 그게 어딘지……."

"뻔하지 않나. 녀석이 갈 곳은 다카기 저택이라고."

"아! 그렇습니까?"

"최대한 서두르게. 1분이라도 시간을 줄이라고. 하지만 녀석의 모습을 봐도 모르는 척하고 있어. 그냥 몰래 보고 있으라고. 녀석이 어디에서 무엇을 하는지…… 물론 비상 상황이라면 몰라도. 알겠나?"

"네, 알겠습니다. 그럼 금방 그리로 가겠습니다."

형사는 급히 기운차게 전화를 끊었다.

가가미는 그대로 곧장 교환원을 불러 다카기 저택을 호출했다. 받은 것은 보초를 서고 있는 경관의 목소리였다.

"곧 그쪽으로 단바 노보루가 갈지도 모르네. 레인코트를 입은 서른 살 정도의 남자야. 물론 정면이 아니라 어딘가에서 눈을 가늘게 뜨고 틈을 노리다 숨어 들어갈 거네. 조심하고 있게. 문을 걸어 두었다든가 그런 거로 안심하고 있으면 안 돼. 그리고 들어간 걸 알게 되면 녀석의 행동을 계속 지켜보고 있으라고. 무엇을 하는지…… 만일의 경우에는 곧바로 뛰어나가고. 다메조는 나타났나? 모습을 드러내지 않았다고? 좋아, 나타나면 즉시 붙들어 두게. 그리고 가쓰에는 방에 있나? 뭐, 방금 나갔어?"

가가미는 잠깐 왠지 모르게 안심한 듯이 숨을 내쉬었다.

"좋아, 가쓰에가 돌아오면 응접실로 들이고 밖으로 나오지 않도록 해 두게. 하녀들도 마찬가지야. 아무래도 자네에게 지우는 책임이 너무 무거울 것 같군. 음, 정신 똑바로 차리고 해 주게. 아, 그 전에 두세 명 원조를 부탁해 두면 되겠군. 이쪽에서도 한 사람 갈 테니······."

하지만 괜찮을까? 순사 한 명에게만 맡겨 두는 것으로······ 아니, 너무 과중한 일일 것이다. 이거 어쩌면······.

전화를 끊은 가가미의 얼굴에는 다시 막연히 불안한 기색이 감돌기 시작했다.

"곤란해······ 단바가 혼자 다카기 저택으로 들어가다니······."

무슨 일인가 일어날 것 같다! 그렇다. 필연적으로 무슨 일이 일어날 것이 틀림없다!

그저 막연한 예감이 아니다. 거기에는 가가미가 도달한 논리적 이유가 있었다.

그것이 그를 공포스럽게 했다······.

지금 가가미의 표정은 불안과 초조로 노골적으로 뒤덮였다.

그는 전화기에 대고 소리쳤다.

"자동차!"

그리고 모자를 집어 들고 돌풍처럼 방에서 나갔다.

복도에서 만난 미네 형사가 놀라서

"아! 과장님, 어디로?"

하지만 대답도 하지 않는다.

가가미가 탄 자동차는 와시노미야 역에서 다카기 저택으로 향하는 도중에 이리에 형사를 태웠다.

오후 2시 50분.

자동차는 풀풀 모래 먼지를 피어올리면서 파고들 듯이 다카기 저택의 문을 빠져들어 갔다.

차가 서자마자 가가미는 뛰어내렸다.

점심 식사도 아직 못했는데 그런 것 따위는 완전히 잊고 있었다.

마중을 나온 보초 경관에게,

"단바는?"

"아니요. 아직 아무도 모습을 드러내지 않았습니다. 오사와도……."

"가쓰에는 집으로 왔나?"

"아니요, 아직입니다. 하녀들은 명령대로 응접실에 가만히 있으라고 했습니다만……."

저택 안은 조용했다. 원조해 줄 경관도 아직 도착하지 않은 모양이다.

현관으로 한 발 들어서자 갑자기 가가미의 얼굴에 또렷하게 의혹의 빛이 떠올랐다.

아무도 안 왔다고? 아무도 안 오다니? 그럴 리가 있는가!

그는 분명 뭔가 눈치를 챘다. 적어도 그의 귀에는 이 넓은 저택 어딘가에서 조용히 살짝 문 닫는 소리가 들린 것이다.

"뒤쪽으로 돌아!"

가가미의 말에 순식간에 뛰어나간 이리에 형사는 마치 사냥개처럼 재빨랐다.

가가미는 경관을 앞세워 침실 문 앞에 섰다.

경관이 보관하고 있던 열쇠 꾸러미에서 열쇠를 골라 문에 꽂는 동안 가가미가 초조한 듯 안절부절못하는 그 눈빛이라니!

문이 열린다. 경관이 한 걸음 안으로—

동시에 비명이 시끄럽게 온 방 안에 울려 퍼졌다.

"아! 누군가 쓰러져 있다. …… 피투성이입니다."

그 뒤에서 가가미의 신음하는 듯한 낮은 목소리가 이어졌다.

"죽었나? 단바지!"

그 말대로 죽은 것은 단바 노보루였다.

고헤이가 죽어 있던 침대 아래에 단바가 그 상반신이 빨려 들어간 듯한 자세로 피바다의 한가운데에 엎드려 쓰러져 있었다.

배후에서 심장을 노리고 결정적인 일격을 당한 것이다. 오른쪽으로 돌아간 그 목덜미에도 깊은 칼날로 그어진 상처가 두 줄기. 입에 타월을 쑤셔 넣은 것은 목소리를 내지 못하게 하기 위해서였을 것이다.

어쩌면, 바닥을—아니면 침대 다리를 들여다보려고 구부렸을 때 뒤에서 갑자기 습격당한 것임이 틀림없었다.

범행이 이루어지고 얼마 되지 않은 것은 그 상처에서 흘러넘치는 피가 가가미가 보고 있는 앞에서 점차 바닥에 퍼지고 있는 것에서도 알 수 있었다. 만져 보니 아직 심장이 움직이는 듯한 느낌마저 들었다.

가장자리 바닥 위에는 튼튼하고 예리한 날을 가진 잭나이프가 날과 자루에 피가 흥건히 묻은 채 떨어져 있었다. 가가미도 본 기억이 있는 테이블 위에 있던 고헤이의 나이프다.

얼굴을 가까이 대보니 피 냄새에 섞여 강한 바이올렛 향료의 방향제가 강하게 코를 찔렀다. 보니 칼날을 접어 넣는 손잡이 홈

안에 비눗물 같은 것이 고여 있는 것이다.

조금 떨어진 테이블 위에 팽개친 듯 놓인 단바의 레인코트와 사냥모자.

그밖에는 아무것도 없다.

단바와 범인은 현관에 보초를 선 경관의 눈에 띄지도 않고 어디를 통해 이 방으로 출입을 한 것일까?

물론 침대 밑자락과 닿아 있는 안쪽 문을 통해 옆 식당으로 빠져나가고 또 거기에서 하녀들 방 앞으로 나가는 문이 있으니—그곳을 지난 것이다.

그 침대 밑자락에 붙어 있는 안쪽 문은 반쯤 열려 있었다.

가가미는 묵묵히 그곳을 빠져나가 옆 식당으로 들어갔다.

그 순간 코를 찌르는 강한 바이올렛 향기!

여기에 피 냄새를 압도하며 그 향기가 방 구석구석에까지 충만해 있었다.

가가미는 그 향기의 근원을 곧바로 발견했다.

방구석에 붙박이로 된 도자기로 된 양식 세면기가 있었다. 그 옆에 놓여 있는 사용 중인 비누—정체는 그것이었다.

비누 표면에 글자가 아직 약간 남아 있다.

프랑스, 코티 특제(特製)…….

고헤이가 사용하던 비누일 것이다. 그는 온 나라가 곤궁한 이 시대에 여전히 이렇게 사치스러운 제품을 유유히 항상 쓰고 있었다.

그런데 범인은 이 비누로 세면기에서 손을 씻은 모양이다. 세면기 안은 피로 검붉게 더러워진 비눗물이 한가득이었다.

이어서 가가미는 이 방에서 또 하나를 발견했다.

조금 떨어진 곳에 휴지통이 있다. 그 안에 던져진 한 켤레의 목장갑.

장갑의 손목 부분에 검은 줄무늬가 있다. 어지간히 거칠고 큰 손으로 계속 사용한 듯 보이며, 흐물흐물 늘어지고 흉하게 형태가 망가져 있다. 가가미는 당연히 오늘 아침에 만났을 때 오사와가 가지고 있던 그 장갑을 떠올릴 수밖에 없었다.

그런데 그 장갑은 마치 피로 빤 것처럼 새빨갛다.

가가미는 주의 깊게 코를 가까이 대 보았다.

그러자 여기에도 그 바이올렛의 강렬한 향이 깊이 배어 있는 것이다.

이리에 형사가 급한 발걸음으로 들어왔다.

"과장님, 이 집에는 아무도 없습니다. 집 안팎을 다 철저히 찾아보았습니다만……."

가가미는 입을 다문 채 아무 말도 하지 않았다.

그리고 근심 어린 눈으로 칼과 세면기, 장갑 등을 들여다보고 순찰하는 형사 모습을 멍하니 바라보고 있었는데, 이윽고 형사가 그의 앞으로 오자 이렇게 말했다.

"오늘 이 사건은 사법경찰관 양성 연습문제로 딱 적합하군. 이리에 군, 자네는 어떻게 해석하나?"

가가미가 부하에게 이런 질문을 하는 것은 드문 일이었다.

형사는 그가 존경해 마지않는 과장님 앞에 서서 적잖이 긴장했다.

"글쎄요. 우선 단바가 침실에 숨어들어 왔습니다. 그리고 침대를 조사했고요. 그런데 범인이 다가왔습니다. 그는 우선 단바가 몸을 구부리고 있는데 뒤에서 일격을 가했습니다. 그리고 입에 타올을 쑤셔 넣고 목을 두 번 그은 다음…… 물론 지문을 남길까 봐 조심하며 장갑을 사용했지요. 그리고 장갑을 버리고 손을 씻었다……. 잠깐만요. 칼자루에 고여 있는 비눗물은 어떻게 된 거지! 아, 알겠다. 장갑을 벗고 나서 어떻게 하다 자기도 모르게 손가락을 대 버린 거지요. 그러니 그 지문을 지우기 위해 칼자루를 씻은 겁니다. 하지만…… 좀 이상하네요. 그렇다고 하기에는 칼자루까지 피범벅이 되어 있다는 것이…… 이게 어떻게 된 일일까요? 그리고 장갑에 묻어 있는 비누 냄새? 그게 좀 어렵네요. 뭐, 이런 거 아닐까요? 벗은 장갑을 일단 세면기 쪽에 두었다. 나중에 여기에 두면 안 되겠다고 생각하고 휴지통에 다시 버린 거지요. 그때 비누가 묻은 손가락 끝으로 잡았기 때문인지, 아니면 손을 씻고 있을 때 비눗물이 튀었기 때문인지…… 그런 것 치고는 장갑에 묻은 향이 꽤나 강해서 아무래도 묘하다고는 보입니다만, 그것밖에는 아무래도 해석할 방도가……."

가가미는 그에 대답하는 대신 문지방에 서서 묵묵히 단바의 시체를 내려다보았다.

그리고 마지막으로 한마디 이렇게 중얼거렸다.

"가엾은, 하지만 어리석은 사내야……."

지금부터는 평범한, 그러면서도 중요하고 꼭 해야 하는 일이

줄줄이 남아 있었다.

관할서에 통지한다. 경시청에 전화를 걸어 경찰의를 불러야 한다. 그리고 감식과도 힘들겠지만 한 번 더⋯⋯.

하지만―그러는 동안에도 가가미는 적지 않은 기대를 가지고 누군가를 기다렸다. 그렇다. 그는 분명 누군가의 출현을 가만히 참으면서 기다리고 있다.

이것이 범인이다

마당 쪽에서 시끄러운 말소리가 들린 것은 그로부터 4, 50분 후의 일이었다.

저런! 하며 이리에 형사가 뛰어나갔다.

곧 미친 사람처럼 난동을 부리는 오사와를 앞세우고 경관과 이리에 형사가 돌아왔다. 그 뒤에는 그 돌처럼 차가운 표정의 가쓰에가 따라서⋯⋯.

"이 사람이⋯⋯."

경관이 가쓰에를 가리키며 보고했다.

"저쪽 덤불 안에 수상한 사람이 숨어 있다고 알려 주어서 가보니, 이 작자가 갑자기 뛰쳐나와 도망치려고 했습니다. 하도 난폭하게 굴고 날뛰고 하다 보니⋯⋯."

가가미는 오사와에게서 가쓰에에게로 시선을 옮겼다.

"당신에게 좀 묻고 싶은 게 있습니다만⋯⋯."

가쓰에는 가볍게 묵례했다.

"그 전에 잠시 이 외투를 방에 벗어두고 왔으면 합니다만……."

가쓰에는 꽤나 유행이 지난 검정 겨울 외투를 꼭 눌러 입고 있었다.

"그러시지요……."

가쓰에는 묵례하고 방으로 갔다.

가가미는 새삼스럽게 탐색하는 눈으로 오사와의 모습에 눈길을 주었다.

이 사내는 말도 못 할 만큼 대단히 흥분해 있지 않은가…….

저 냉혹하기 짝이 없는 발사 장치를 장착한 장본인. 그리고 세심한 주의를 기울여 냉정하게 알리바이를 위조한 사내―그 사내가 지금 이렇게 광란해서 날뛰고 있다…….

"자네, 장갑은 어떻게 했지?"

갑작스러운 이 질문은 마치 쇠망치로 일격을 가한 듯 오사와를 펄쩍 뛰게 했다.

"장갑? 장갑이라고요? 잃어버렸어요. 어딘가에 떨어뜨렸다고요."

잠깐 가가미의 입술에 비웃는 기색이 떠올랐다.

"설마 저 휴지통에 떨어뜨렸다고 하는 건 아니겠지?"

오사와는 가가미의 시선을 따라 휴지통 안에서 얼굴을 내밀고 있는 피투성이 장갑을 보더니 그와 동시에 목소리가 비명으로 바뀌었다.

"마, 말도 안 돼. 사실은, 사실은…… 숨겨 뒀어요. 저쪽 숲에 숨겨 두었어요. 저 장갑을 가지고 있으면 뭔가 되지도 않는 혐의를 뒤집어쓰지나 않을까 싶어서 저쪽 숲 안에 숨겨 두었어요. 정말 이고말고요! 과장님⋯⋯."

가쓰에가 들어왔다. 외투를 벗고 이전의 그 검은 원피스를 입은 모습이었다.

그러자 그때 이리에 형사가 아무렇지 않은 모습으로 방에서 스쳐 나갔다. 사실 그는 가가미로부터 살짝 귓속말로 지령을 받은 것이었다⋯⋯.

"아오시마 가쓰에 씨. 그럼 묻겠습니다⋯⋯."

가가미의 굵은 목소리가 느릿한 어조로 시작됐다.

"외출하셨다고 하던데 가셨던 곳은요?"

"오사와의 집입니다."

가쓰에의 무표정한 목소리에는 변함없이 막힘이 없었다.

"오늘 아침 만났을 때 약속이 되어 있었기 때문입니다. 고로의 입원 비용을 대기 위해 둘이서 얼마씩 내고 그것을 제가 가지고 병원으로 가야 했습니다. 그런데 노파만 밭일을 하고 있고, 오사와는 집에 없더군요. 아침에 나가서 아직 돌아오지 않았다는 것입니다. 그래서 집 안으로 들어가 조금 기다렸습니다. 하지만 아무리 기다려도 돌아올 기색이 없더군요. 할 수 없어서 노파에게 다시 올 테니 오사와가 집에 오거든 그렇게 전해 달라고 말해 두고 집으로 왔습니다. 그리고 여기까지 왔더니 나무 그늘에 수상한 사람이 보이는 겁니다. 오사와인 줄은 몰랐습니다. 경찰분에게 알려서 잡고서야 비로소 오사와인 것을 알았습니다."

그뿐, 가가미는 잠자코 서 있었다. 자연히 다른 사람들도 입을 다물어 버렸다.

그것은 영원히 지속할 것처럼 오랜 침묵이었다.

하지만 사실을 말하자면 가가미는 눈꼬리로 두 사람의 거동을 자세히 관찰하고 있었다.

두 사람 모두 단바의 시체를 보고 아무런 놀라움의 감정을 드러내지 않았다. 마치 거기에 한 장의 휴짓조각이 떨어져 있기라도 한 듯이…….

이리에 형사가 발소리를 죽이고 돌아와서 손에 든 것을 아무 말 없이 과장에게 건넸다.

그것은 가쓰에의 짙은 감색 바탕의 원피스였다.

가가미가 펼쳤다. 오른쪽 소매가 어깨죽지부터 뜯어져 없었다.

가가미는 천천히 가쓰에를 보았다.

"이 뜯어낸 한쪽 소매를 어디에 두었습니까?"

"……."

가쓰에는 대답 대신 차가운 눈초리로 가가미와 그 옷을 조용히 보았다.

"당신은 외투와 함께 이 외출복을 방에 벗어 놓고 왔습니다. 지금 형사가 당신의 옷장 아래에서 이것을 찾아온 것입니다. 아까 당신이 검정이 아닌 감색 바탕 옷을 입고 있는 것을 외투 자락 아래로 나는 분명히 보았습니다. 그런데 그 뜯어낸 소매는 어떻게 하신 거지요? 피가 묻어서 찢어내 어딘가에 버린 거군요."

"……."

그것은 조용한—정말 조용한 순간이었다.

그리고 그 정숙함 속에 원피스의 어디에선가 감돌아 나오는 희미한 바이올렛의 향기가 퍼져간다…….

가가미가 마침내 말했다.

"이리에 군, 다카기 고헤이 및 단바 노보루 살해 범인으로서 저 여인—아오시마 가쓰에를 포박하게. 그리고 고헤이 살해 미수 범인으로 오사와 다메조를…….”

그 말에 극단적인 대조가 보였다.

미친 듯이 날뛰는 오사와와 돌처럼 냉정한 가쓰에—정말 가쓰에는 아무런 말 한마디도 하지 않았다. 그저—그저 그 차갑고 무표정한 눈으로 물끄러미 가가미를 응시할 뿐이다.

일은 끝났다! 순간 가가미는 그때까지 참고 또 참았던 맹렬한 흡연에 대한 기아감에 순식간에 휩싸였다. 그것은 형용할 수 없는 격렬함이었다.

거의 제정신이 아닌 상태로 주머니에 손을 찔러 넣고 담배 케이스를 들고 꺼냈다.

비었다! 자기도 모르게 신음하듯 실망하는 탄식이 그의 목을 타고 나왔다.

그러자 그때였다. 문 쪽에서 아주 침착하고 차가운 목소리가 조용히 들려 온 것은…….

"담배라면 테이블 오른쪽 서랍을 열어 보세요. 오빠 담배가 들어 있을 겁니다. 그걸 실컷 피우세요…….”

그것은 형사들에게 연행되어 방을 나가던 가쓰에의 목소리였다.

아무리 통렬한 야유를 받았다고 해도 가가미가 이렇게 씁쓸한 얼굴을 보인 것은 이전에도 이후에도 절대 없을 것이다…….

한 갑의 담배

형사 부장실의 문이 열리며 가가미가 들어왔다.

대단히 기분이 좋지 않은 표정이었다.

그는 아무 말도 하지 않고 터벅터벅 방을 가로질러 갑자기 도다(戶田) 부장 앞에 버티고 섰다.

"담배 한 개비 주십시오!"

부장은 잠시 눈을 껌벅이고 나서 그 유능한 부하의 얼굴을 바라보고 그다음 말없이 '히카루(光)' 담뱃갑을 꺼내 주었다.

가가미는 빼앗듯이 한 개비 꺼내더니 난로 안으로 똑바로 얼굴을 들이밀었다. 정말 들이민 것이라고 형용하는 것이 어울리는 거친 태도였다.

불이 붙었다. 마치 허겁지겁 먹을 듯한 기세로 심호흡과 함께 한 모금, 두 모금…….

그는 비틀비틀 살짝 비척거리더니 그대로 의자에 주저앉았다.

겨우—그 얼굴에 평소 그의 표정이 되돌아왔다.

하지만 그가 처음 말문을 연 것은 그 한 개비가 거의 7부 정도 재가 된 때였을 것이다.

"부장님, 고헤이 사건이 겨우 정리되었습니다……."

"가쓰에가 범인이라는 것은 언제 알게 되었나?"

도다 부장의 질문에 대해 그는 깔끔하게 대답했다.

"침대가 이동한 것을 발견했을 때입니다."

"듣기만 해서는 무슨 말인지 잘 이해가 안 되는데……."

그래서 가가미는 설명했다.

"침대의 이동—즉, 사건 당시의 침대 위치와 비교해서 삼 일째 제가 다시 한번 침대를 조사했을 때 그것이 약 한 자, 머리 쪽으로 이동해 있다는 것…… 다시 말하자면 사건 당시의 침대 위치가 원래 위치에서 약 한 자, 다리 쪽으로 내려와 있다는 것…… 이 사실의 발견이야말로 모든 수수께끼를 푸는 가장 중요한 사항이었다고 할 수 있습니다. 왜냐하면—삼 일째 제가 발사 장치를 발견했습니다. 그리고 그 장치에 권총을 장착했을 때 그것이 그때 침대에 누운 사람의 머리를 정확히 노리고 있었다는 사실을 알았습니다. 즉 그때의 침대 위치야말로 정식대로였다고 할 수 있지요. 그런데 사건 당시에는 그 침대가 한 자, 다리 쪽으로 내려와 있었다……. 이것은 무엇을 이야기하는 것일까요? 간단합니다. 그 침대에 누워 있던 고헤이를 발사 장치에 장착한 권총으로 쏘기란 절대로 불가능했다는 것입니다. 요컨대 고헤이는 발사 장치에 의해 살해당한 것이 아니라 인간이, 눈으로 겨냥하여 손가락으로 방아쇠를 당겨 쏜 것이라는 결론이 되는 셈입니다.

여기에서 1시의 알리바이로부터 다시 3시의 알리바이로 되돌아가야 합니다. 3시의 알리바이—온갖 용의자가 모두 가지고 있습니다. 하지만 적어도 한 사람, 거짓 알리바이의 그늘에 숨어 있던 자가 있는 것입니다. 누구일까요? 고로는 찻집 리버럴에 있었다. 단바는 료고쿠의 술집에 있었다. 오사와는 메지로의 변호사 집에 있었다……. 그리고 각각 현장과는 상당히 먼 거리에 떨어져 있습니다. 이 사람들에게는 아마도 아무런 수단을 쓸 여지가 없었을 것입니다. 그런데 가쓰에는? 그녀는 창고에 있었다는 알리바이가 있습니다. 하지만 창고에서 침실은 바로 코앞입니다. 저는 거리상으로 보아 그녀의 알리바이가 가장 취약하고 따라서 그녀야말로 범인이라고 우선은 단정했습니다.

그런데 처음부터 다시 한번 쭉 사건의 경과를 말씀드리겠습니다만…… 이 사건에서 가장 주목해야 할 것은 고헤이라는 인물의 존재입니다. 이 미치광이—미치광이 집단인 다카기 일족 중에서도 가장 무서워해야 할 간악한 미치광이 고헤이는 이 사건에서 어떤 역할을 한 걸까요?

그는 적어도 8년 전, 그의 아내를 살해할 목적으로 교묘하기 짝이 없는 저 발사 장치를 만들어냈습니다. 그것을 사용할 때에도 어쩌면 그는 크나큰 범죄적 흥분—광적인 환희에 사로잡히면서 열중했을 것입니다. 그 장치는 결국 사용되지 않은 채 오늘날에 이르렀습니다만, 왜 그는 아내의 사후에도 그것을 그 상태대로 보관했을까요? 누군가를 두 번째 희생양으로 삼기 위해서였을지도 모르지요. 하지만 저는 어쩌면 또 하나의 다른 이유가 있었기 때문은 아닐까 생각했습니다. 왜냐하면 그는 일족들이 자기 목숨을 노리고 있다는 것을 잘 알고 있었습니다. 그래서 그는 생각했지요. 좋아, 녀석들에게 이것을 사용하게 하자.

왜 그가 그런 생각을 했을까요? 그것은 그가 일련의 훌륭한 호신법을 생각해냈기 때문입니다. 그리고 그것은 단순히 호신법일 뿐 아니라 그의 범죄벽을 극도로 만족시켜 주는 것이었지요. 가장 먼저 그가 한 일은 발사 장치를 근친자들에게 각각 알려준 것이었습니다. 아마도 그는 그들 하나하나가 자기만 우연히 그 비밀을 발견했다고 철석같이 믿게 할 자연스럽고 교묘한 방법으로 그렇게 알려 줬을 게 틀림없습니다.

그 섬세한 발사 장치를 발견한 살인 계획자들은 아마 큰 욕구가 생겼을 것입니다. 그 장치만 사용하면 완전 범죄가 아주 간단히 이루어질 수 있다. ─그래서 이제 다른 수단 따위는 돌아보지도 않게 된 것입니다. 그것이 바로 고헤이가 노리던 바였지요!

다음으로 그가 한 것은 권총의 소재와 그 테이블 열쇠가 있는 장소를 모두 살짝 드러낸 것입니다. 이어서 2시부터 4시까지 낮잠 자는 습관까지 만들었습니다. 자, 죽여 달라! 그렇게 말하는 듯한 방법 아닙니까? 그리고 그 기묘한 유언장…… 이것은 고헤이가 내민 일동에 대한 도전장이라고 하기에 적합하겠지요. 자, 죽여 봐라. 그 대신 잘못하면 본전도 없을 줄 알아라. 많이 생각하고 교묘한 방법으로 하지 않으면 잘 안 될 테니까. 이봐 모두들, 자 죽여 보라고…… 고헤이가 그렇게 독기를 품은 모습이 선명하게 눈에 보이는 듯한 기분이 듭니다. 그리고 그 유언장의 단서 조항─그것은 모두를 서로 서로 견제시킬 목적이 있는 것이었습니다. 누군가 살인을 기획하거나 또는 잘못을 저지른다─

그러면 그 인물은 유언장에서 제거됩니다. 남은 사람들이 받을 몫이 늘어나는 것입니다―그래서 사람들은 번득이는 매의 눈초리로 서로 감시한다……. 모두 고헤이가 예상한 바 아니겠습니까…….

그리고 고헤이는 온갖 수단으로 발사 장치를 사용하고 싶게끔 부추긴 다음 마지막으로 약간의 손을 써두었습니다. 정말 말도 안 되는 방법이었지요. 그것은 침대에서 잠들 때 그 침대를 한 자 다리 쪽으로 내려 두는 것이었습니다. 이로써―이제 발사 장치는 절대 무효해진 겁니다. 그 정확하기 짝이 없는 기계는 결국 종이 총보다 못한 무해한 것이 되고 마는 것이지요. 고헤이가 두려워하던 것, 그것은 해머나 끌이나 가슴에 대고 쏘는 총이었지, 절대 발사 장치 자체가 아니었던 것입니다. 얼마나 간단명료한 호신법입니까…….

처음에 제가 풀기 어려웠던 가장 큰 수수께끼는 이렇게 조심성 많은 고헤이가 왜 권총의 소재와 열쇠가 놓인 장소도 반쯤 공개된 채로 두었는가, 낮잠을 오랫동안 잘 수 있었는가, 그리고 사건 당일 그 발사 장치가 작동되기 시작된 것을 너무도 잘 알면서도 쉽게 숙면을 취했는가 하는 문제였습니다.―하지만 모든 것은 침대의 이동 사실이 한번에 해결해 주었습니다. 모든 것이 고헤이의 호신법 일부였던 셈이지요.

나중에 저는 그 침대와 바닥 사이의 관계를 자세히 조사해 보았습니다. 그 침대차는 바닥에 박힌 철제 판자의 구멍에 탁 들어 맞춘 후에 굵은 볼트로 판자에 단단히 고정되고, 백 년이라도 그대로 움직이지 않을 것 같은 인상을 받게 되지만, 사실 볼트만 빼면 철판까지 그대로 바닥에서 분리되는 구조로 되어 있습니다. 그 철제의 탄탄한 판자는 일견 바닥에 꽁꽁 박혀 있는 것으로 보여도, 사실은 하나의 자릿쇠*나 마찬가지였지요. 볼트는 마룻바닥에 박혀 있는 너트에 들어가 조여집니다. 그러니 볼트를 빼고 판자를 떼어낸 다음에 판자 조각을 잘 끼우면 일견 그냥 바닥과 똑같아 보입니다. 바닥이 세세하게 모자이크로 깔린 점에 주의해 보십시오. 그리고 평소 위치에서 한 자 정도 내려간 곳의 바닥 판자가 이번에는 제대로 철판의 크기만큼 자유롭게 떼어질 수 있게 되어 있습니다. 거기에 철로 된 판을 박아 놓고 침대를 고정합니다. 침대는 한 자 정도 내려간 셈이지만 그 한끝이 벽에서 두 칸 가까이 떨어져 있으니 그렇게 생각하고 주목하지 않는 이상은 도저히 그 이동을 알아차릴 수 없습니다. 하물며 저 두꺼운 볼트로 철판 위에 네 다리가 고정되어 있는 그 묵직한 모습을 보면 누가 이동할 수 있을 것이라고 상상이나 했겠습니까……. 바퀴는 물론 그 침대의 이동을 편하게 하려고 장착한 것일 겁니다. 저도 침대를 움직여 보았는데 한 번 이동하는 데에 3, 4분이면 충분했습니다. 익숙해지면 아마 더 빨리 되겠지요.

어쨌든 고헤이는 8년간 저 침대에서 잘 때마다 이동을 시키고 일어나서는 원래대로 되돌리기를 반복해 온 것이지요. 아무도 알아차리지 못하게 말입니다……. 대단히 수고스러웠겠다고요?

* 볼트를 죌 때 잘 풀리지 않도록 너트 밑에 대는 얇은 금속판.

천만에요. 그는 어쩌면 엄청난 자부심과 흥분과 열의를 가지고 그렇게 계속해 왔을 게 틀림없습니다. 그리고 점차 마지막 도전장을 던질 단계가 가까워진 것이었지요. 다시 말해 유언장을 고치는 문제 말입니다.

여기에서 이야기는 사건 당일로 넘어갑니다만, 그 전에 고헤이에게 도발된 사람들 심리상태를 생각해 보는 것도 상당히 흥미로운 문제라고 생각합니다. 그들이 근친 상쟁하는 무시무시한 범죄 본능은 다카기 가문에 전해 내려오는 핏속에 이미 존재하는 것이었지요. 그들은 모두 고헤이를 증오하고 있었습니다. 거기에 욕심이 보태졌지요. 목구멍에서 손이 튀어나올 정도로 갖고 싶은 어마어마한 돈이 눈앞에 있는 겁니다. 그들은 맹목적으로 고헤이 살해의 꿈을 계속 꾸었겠지요.

하지만 그중에 단바와 가쓰에 두 사람—이들은 전혀 정반대의 성격을 가지고 있으면서도 무시무시한 계획적 범죄자로서의 소질을 가지고 있다는 점에서는 또한 완전히 공통됩니다. 이 냉정하고 교활한 두 사람도 처음에는 틀림없이 발사 장치를 발견하고 열광했으며, 그것을 써서 고헤이를 살해할 계획에 몰두했을 게 틀림없습니다. 하지만 곧 그들의 냉정함과 교활함은 거기에 어떤 함정이 드리워져 있을지도 모른다는 것을 눈치 채기 시작했지요. 뭔지는 몰라도, 하지만 뭔가 묘하다! 그래서 그들은 갑자기 뻗었던 손을 거둬들이고 형세를 관망하는 태도로 바뀐 겁니다. 하지만 그들이 결코 고헤이를 살해하려는 생각을 단념한 것이 아니었습니다. 그들은 고로와 특히 오사와에게 큰 기대를 걸었습니다. '그렇다, 그들이 언젠가는 틀림없이 기다리다 참을 수 없어지면 행동으로 나설 것이다…… 그들이 하게 하자.'

이렇게 오랜 세월이 흘렀겠지요. 단바는 기다리다 지쳐 오사와와 고로의 옆구리를 교묘히 쿡쿡 찔러 댔을지도 모릅니다. 하지만 가쓰에는 손가락 하나도 움직이지 않고 가만히 기다렸습니다. 그렇습니다. 어쩌면 그녀는 백 년 동안이라도 가만히 참고 기다렸을 여인이지요.

그런데 오사와…… 그 인색 덩어리 같은 불쾌한 사내가 이 사건에서 가장 어리석은 광대가 되었던 것입니다. 그는 그 욕심 때문에 이미 완전히 눈이 멀었던 것입니다. 천만 엔의 유산! 그가 생각한 것은 잠이 드나 잠이 깨나 그것뿐이었겠지요. 하지만 딱한 가지, 그의 결의를 방해하는 것이 있었습니다. 바로 공포였지요. 아니, 그것은 자기 손을 고헤이의 피로 물들인다는 공포가 아닙니다. 만에 하나 잘못되었을 경우에 자신이 교수대에 올라야 한다는 공포였습니다. 그 소심하고 겁 많은 바보는 극단적인 두려움 때문에 8년간 결행을 주저했습니다.

하지만 결국 그는 그 깊고 깊은 욕망에 패배해 버렸습니다. 그는 그 나름대로 둔한 머리를 굴려서 완전 범죄로의 길을—안전하고도 안전한 살인 방법을 오랜 시간에 걸쳐 계속 궁리한 것이지요. 그의 계획은 양초가 아까워 대신 자기 손톱에 불을 붙이는 구두쇠의 방식과 같아서 오랜 세월을 소모하며 초조하게 생각에 생각을 거듭한 것이라 할 수 있습니다. 그리고 그에게 마지막 용기를 불어넣은 것이 바로 고헤이가 유언장을 바꿔 쓰겠다고 한 선언, 그리고 그와 꼭 닮은 사이토 분스케라는 부랑자를 발견했다는 두 가지 사실입니다.

이렇게 미치광이 일족인 다카기 가문에 종언의 날이 온 거지요. 오사와는 아침 일찍 집을 나서서 일단 다카다노바바로 가서 알리바이 작성을 위한 물밑 공작을 하고 되돌아옵니다. 이어서 다카기 저택에 나타나서 12시 15분까지 그곳에서 이야기를 나누지요. 다카기 저택을 나선 그는 일단 역까지 가서 시간을 확인한 다음 전차를 탄 것처럼 보이게 하고 홈에서 빠져나갔습니다. 다카기 저택으로 되돌아가 창고에 불을 지른 겁니다. 그리고 틈을 노려 침실로 숨어든 다음 발사 장치에 권총을 장착했지요. 어쩌면 그는 반쯤 공포에 떨면서 했을 겁니다. 목장갑을 낀 그 둔한 손끝에서 권총이 몇 번이고 떨어질 뻔했을지도 모르지요. 하지만 어쨌든 만사는 끝났습니다. 그는 달아나는 토끼처럼 다카기 저택을 빠져나와 이제 알리바이 증명만 완성하려고 노력하면 되는 거였지요. 마지막으로…… 아마 그는 이런 말을 중얼거렸을지도 모릅니다. ―아아, 무서웠어! 하지만 이로써 고헤이 형의 유산을 얻을 수 있다면…… 돈도 상당히 들이부었지만, 그럭저럭 수지가 맞겠군―

이 계획 중에서 가장 잘못된 문제는 고헤이가 고로 앞으로 쓴 5시 호출장을 순간의 생각으로 3시로 바꿔 썼다는 사실입니다. 인색한 점에 관해서는 별도의 얘기지만―그 밖의 경우에 그다지 예민하지 않았던 그는 그때 오로지 자기에게만 사정이 들어맞으면 된다고 생각했음이 틀림없습니다. 3시에 고로를 이곳으로 불러내면 범인은 빼도 박도 못 하고 고로가 될 것이라 생각한 것이지요. 이렇게 한꺼번에 고로까지 유언장 권리자에서 빼버릴 수가 있다—그는 낮잠 시간에는 절대 아무도 만나지 않는 습관을 지닌 고헤이가 왜 일부러 3시에 자신을 불렀을까 고로가 우선 그 점에 의혹을 품어 도리어 경계했을지도 모른다는 사실, 그리고 또한 제삼자 역시 이 점에 중대한 의혹을 품을 것이라는 사실을 전혀 예상도 못 했던 것 같습니다.

그리고 다음은 단바입니다만—이 엄청난 과대망상증 환자는 고헤이의 유언장 수정 선언을 듣고 오늘 안으로 반드시 무슨 일인가 일어나야 하리라 예측하였을 것입니다. 그래서 창고 방화 사건을 보았을 때 즉시 발사 장치가 바야흐로 작동을 시작하려는 것을 알았습니다. 그리고 어쩌면 그것이 오사와의 손에 의한 것이라는 사실도…… 왜냐하면 가쓰에는 자기와 함께 화재 현장에 있었고, 또한 연애에 푹 빠진 고로는 잠시 피비린내 나는 살인 사건에서 떼어 놓고 봐야 한다고 생각했기 때문이겠지요.

그리고 다시 침실로 되돌아와 정말로 장식 시계가 움직이는 것을 보았을 때, 그의 그 이상한 환희와 흥분이 얼마나 대단했겠습니까! 8년간 기다리고 기다리던 상황이 결국 온 것입니다.

그래서 그는 정말 잠깐 자기 혼자만 그 침실에 남게 되었을 때 미리 마당 장미 나무로부터 잡아 두었던 거미를 장치 사이에 끼웠습니다. 그 거미의 다리와 내장을 조심조심 떼어 내서 나중에 오사와 집에 숨어들어 선반 위에 나와 있던 장갑에 묻혀 두었지요. 그가 왜 그런 짓을 했을까요? 오사와에게 치명적인 물적 증거를 뒤집어씌우기 위해서였을까요?—하지만 저는 이렇게 생각합니다. 스스로 천재인 양 잘난 체하던 미치광이 단바는 스스로의 손으로 작위적인 일을 벌이고 자기 혼자밖에 모르는 비밀을 만들어 기뻐하고 싶었던 겁니다. 그리고 그것으로 경찰관을 조롱할 도구로 삼는다면 그의 입장에서 얼마나 유쾌하기 짝이 없는 이야기이겠습니까? 그렇다면—그렇게 하기 위해 그는 왜 거미를 선택했을까요? 그것은 지금 단계에서는 잘 모르겠습니다. 선반 안에서 가장 흔하게 발견되는 곤충의 하나가 거미이기 때문인 이유인지, 고로가 거미를 기르고 있다는 사실을 끌어와서 수수께끼를 더 어렵게 만들어 당국을 우롱하기 위해서인지, 아니면 마당에 있을 때 가장 가까이 있어서 손에 넣기 쉬웠기 때문인지…… 그는 아마 그 모든 의미를 생각했을지도 모르겠습니다만…… 요컨대 그는 이 사건에 도취하였고 그것을 즐긴 겁니다. 필요 없는 일인 줄 충분히 알면서도 일부러 형사를 끌어내어서 3시의 알리바이를 만들어 두고, 고의로 오사와와 꼭 닮은 사이토 분스케를 찾아내거나 해서 보란 듯이 당국을 조롱했던 것이지요.

그와 반대로 가쓰에는 냉정함 그 자체였습니다. 이야말로 가장 두려워해야 할 계획 살인자의 전형이라고 해야 할 것입니다. 그녀도 창고 방화 사건을 보았을 때 마찬가지로 발사 장치가 스타트 된 것을 알았지요. 그리고 그녀가 무엇을 했을까요? 아니, 아무것도 하지 않았습니다. 냉정 그 자체와 같은 눈초리로 움직이는 장식 시계를 보고는 태연히 3시가 되기를 기다렸던 거지요. 그녀는 3시의 알리바이를 만드는 것이 불필요하다는 것을 잘 알고 있었기 때문에 아무런 행동도 하려고 하지 않았습니다. 그녀가 한 일이라고는 그저 발사 장치 앞에서 죽음에 직면하면서 잠들어 있는 오빠와 한집 안에서 차분히 바느질을 했다는 사실이었습니다!

그런데—3시 10분 전. 어쩌면 5분 전이었을 지도 모르지요. 가쓰에의 뇌리를 갑자기 어떤 의혹이 휙 스쳐 지납니다. 오빠는 장식 시계가 작동한 것을 과연 모르고 있었을까? 이것은 당연히 누구에게라도 일어날 수 있는 의문이었을 것입니다. 가쓰에는 자신이 금방 알아챘다는 것을 새삼 인식했습니다. 그리고 생각했지요. 그런데도 오빠는 몰랐을까? 아니. 오빠는 분명히 그것을 알고 있었을 것이다! 그렇다면?!

아무리 냉철한 가쓰에라도 그때는 자기도 모르게 바느질감을 내던지고 벌떡 일어섰을 것입니다. 그리고 복도로 나와 살짝 문틈으로 안을 들여다보았습니다. 그랬더니 놀랍게도 고헤이는 침대에 반듯하게 누워 편안히 잠을 자고 있는 것이 아닙니까!

가쓰에의 의혹은 여기에서 점차 정점에 이릅니다. 그녀는 발소리를 죽이고 안으로 들어갔습니다. 그리고 가만히 침대에서 오빠가 자는 모습을 바라보다가—마침내 발견했습니다! 침대가 한 자 정도 발 쪽으로 나와 있다는 사실을…… 침대는 평소와 똑같이 바닥에 고정되어 있고 어디에도 아무런 이상한 점은 보이지 않았지요. 그러나 분명 침대는 한 자 정도 나와 있다!

가쓰에는 일순간 지금까지 오빠가 취한 이상한 태도를 모두 알아 버렸을 겁니다. 그래서 그녀는 무엇을 했을까요? 가장 바람직한 것은 침대를 한 자 다시 머리 쪽으로 밀어 놓아 보통의 위치로 되돌리는 일이었습니다. 그렇게 해야 발사 장치가 완전히 살인 목적을 완수해 주기 때문입니다. 하지만 그것은 전혀 불가능했지요. 그렇게 되니 이제 남은 수단은 단 하나였을 뿐입니다.

가쓰에는 일순간의 망설임도 없이 행동으로 옮겼습니다. 냉정히—돌처럼 냉혹하게…… 지금이라도 발사될지 모르는 장치를 열고 권총을 꺼냈습니다. 물론 장갑을 사용했겠지요. 그리고 고헤이를 노립니다……. 저는 어쩌면 여기에서 가쓰에가 뭔가 총을 기대는 받침 같은 것을 사용했을 것이 틀림없다고 추측하고 있습니다. 총을 기대는 받침—거창한 것은 아니었습니다. 넉자 정도의 두꺼운 봉 같은 것이 있으면 충분했지요. 가쓰에는 등을 딱 선반에 밀착시키고 봉을 왼쪽 손에 쥔 채 똑바로 마루에서 직립시켰습니다. 그리고 그 봉의 머리에 권총 총신을 올리고 침착하게 침대 쪽으로 겨냥합니다.

저로서는 그 냉혹 자체와도 같은 가쓰에의 모습이 또렷이 눈앞에 보이는 듯한 심정이 듭니다. 곧 3시…… 시계가 때를 알리기 시작합니다. 가쓰에는 조용히 방아쇠를 당깁니다. 그리고 그 권총을 정리 선반 앞바닥에 떨어뜨립니다…….

그런데 그다음에 가쓰에가 해야 하는 중대한 일이 하나 있었습니다. 그것은 침대를 정상적인 위치로 되돌려 놓는 것입니다. 그렇지 않으면 즉시 발사 장치의 효력이 부정되기 때문입니다. 그리고 자신이 중대한 혐의에 노출되게 되지요. 그래서 곧바로 그 일을 하려고 했습니다. 하지만…… 타이밍 좋지 않게 그때 뒷문을 열고 황망하게 뛰어 들어오는 유코의 모습을 커튼 사이로 보게 된 것이지요.

침대를 어떻게 이동할 것인가? 그것을 궁리하고 그 일을 완전히 마치려면 1분이나 2분으로는 부족하다. 이미 유코는 마당을 가로질러 오기 시작했습니다. 가쓰에는 순간 생각했을 것입니다. 이 침대의 위치가 문제가 되는 것은 발사 장치가 발견되고 나서의 일일 것이다, 그때까지는 충분히 시간이 있다, 침대 이동은 그때까지면 할 수 있을 것이다. 그에 비해 지금 필요한 것은 뭔가의 이유로 발사 장치의 효력에 의문이 생겼을 때 당연히 문제가 될 3시의 알리바이를 만들어 두는 일이다…….

가쓰에는 순간 현관에서 창고 가는 길에 있는 깊은 풀숲으로 뛰어 들어갑니다. 위험한 순간이었습니다! 간발의 차이로 총성을 듣고 달려온 경관이 문에서 안을 들여다보는 모습을 보았기 때문입니다. 풀숲 안에서 가쓰에는 곧장 오른쪽을 향해—다시 현관을 향해 달려갔습니다……. 이것이 가쓰에의 알리바이의 모든 것이었습니다. 아니 사실은 여기에 보태서 그녀는 교묘하기 짝이 없는 심리적 알리바이를 강화하고자 열심히 노력했습니다.

첫 번째 심문 때였습니다. 권총이 발견되고 그에 부착된 유코의 지문이 검출되었습니다. 유코는 고로를 보호하려고 허위 자백을 합니다. 그러나 그때였지요, 가쓰에가 그 단호한 태도로 유코의 무죄를 주장한 것은. 유코의 무죄를 주장할 때에만 그 강철같이 차가운 가쓰에의 표정에 드물게도 열기 같은 것이 드러나는 것을 저는 매우 이상하다고 여기며 보았습니다만…… 그녀는 주장한 것입니다. 자신은 창고에 있고 유코가 외출에서 돌아와 울타리를 따라 와서 뒷문을 열려고 한 것을 계속 보고 있었다. 그때 권총 소리가 들렸기 때문에 유코가 범인일 리는 절대로 없다고 말이지요…….

이는 교묘하게 자기의 알리바이를 주장한 것이 틀림없었지요. 자기에 대해서는 한마디도 하지 않으면서 그저 유코에 대해서만 열심히 주장했고, 동시에 이것이 그동안 자신이 창고에 있었다는 사실을 증명해 주는 것이나 마찬가지였으니까요. 아니, 자기가 자기에게 일어난 일을 말하면 사실 듣는 사람의 인상이 흐려지게 마련입니다. 하지만 가쓰에처럼 말을 하면 사람들은 어느샌가 자연스럽게 가쓰에가 창고에 있었다는 것을 기정사실처럼 받아들이게 되는 것이지요. 그 증거의 일례로 가쓰에가 창고에 있었다는 유일한 목격 증인인 경관의 진술입니다만, 그는 그때 가쓰에가 창고 쪽에서 달려와 덤불 속을 빠져나가 현관으로 뛰어 올라갔다고 말했습니다. 하지만 현장에 가 보니 그것이 틀렸다는 것은 한눈에 보아도 알 수 있었지요. 왜냐하면 그 풀숲은 아주 초목이 무성해서 문에서 창고 쪽은 절대로 보이지 않았기 때문입니다.

저는 여기에서 한 경관이 이 사건 해결에 혁혁한 공적을 세웠음을 이야기해야 할 것 같습니다. 그것은 맨 처음 가쓰에와 함께 현장으로 달려가서 불을 끄러 갈 사람들이 모일 때까지 그곳에서 보초를 서던 경관입니다만…… 어쩌면 가쓰에는 무슨 방법으로든 경관을 그 자리에서 떠나게끔 해서 그사이에 침대를 이동시키려고 팔방으로 손을 썼을 게 틀림없습니다. 하지만 그는 단연코 그 자리에 계속 버티고 있었습니다. 이것은 사실 결과적으로 보아 아주 중대한 일이었습니다. 만약 그가 5, 6분이나 침실을 비웠다면 침대의 이동은 그때 이루어졌을 것이니까요. 그리고 이 사건의 진범은 영원히 적발되지 않고 끝나 버렸을 것이 틀림없습니다. 저는 그렇게 단언해도 좋다고 봅니다…… 그저 자기 직무를 충실히 실행했을 뿐…… 평소의 지령대로 그것을 충실히 지키기만 한 경관의 행동이 이 어려운 사건 해결에 중대한 열쇠가 된 것입니다. 그야말로 이 사건의 최대 수훈감이었다고 해야 할 것입니다.

그래서—여기에서 두 번째 살인 사건으로 이야기를 옮겨보겠습니다. 그것은 침대 이동에서 시작됩니다. 가쓰에는 그 후에 보초를 선 경관이 보이는 빈틈을 노려 침실로 숨어들어 그렇게 하려고 애썼던 침대의 이동을 완료했습니다. 어쩌면 이로써 자기 범죄는 영원히 들킬 일이 없을 것이라고 가쓰에는 그때 생각했을지도 모릅니다. 하지만 그녀도 여기에서 중대한 실수를 하나 저지릅니다. 그것은 근대의 검사법에서는 현장 사진이 실로 극명하게 온갖 사물에 대해 정확히 촬영되고 보고된다는 사실과 관련됩니다…….

저는 두 장의 침대 사진을 비교해 보고 즉시 이동된 것을 알아차렸습니다. 그 사실을 이어서 알게 된 것이 바로 단바였습니다. 그는 저의 데스크 위에 있던 사진을 보고 그것을 알아차렸지요. 그리고 그의 그 대단한 성격 때문에 다시 저를 따돌리고 그 사실을 밝혀내고자 했을 겁니다. 저는 그가 미행하던 형사를 따돌렸다고 들었을 때 그가 갈 곳은 다카기 저택의 침실밖에 없다는 것을 깨달았습니다. 동시에 그곳에서 가쓰에와의 사이에서 무슨 일이 일어날 것이라 직감했지요. 과연 그 직감대로였습니다. 그 어리석은 미치광이는 일부러 침대 아래로 자기 시체를 눕히러 간 것이나 마찬가지였지요.

그런데 단바를 죽인 현장은 분명 그 범인이 가쓰에라는 것을 이야기해 주었습니다. 저는 그것을 칼자루 홈에 비눗물이 고여 있는 피투성이 나이프와 피로 엄청나게 더러워진 세면기의 물, 비누 냄새가 강렬히 배어 있는 피투성이 장갑—이 세 가지 물건에서 알게 되었습니다. 나이프의 손잡이 홈에 비눗물이 고여 있는 것은 한 번 이것을 씻었다는 증거입니다. 하지만 그렇게 했는데 나이프 전면에 피가 가득 묻어 있는 것은 어떻게 된 일일까요? 결국 이것은 한 번 나이프를 비누로 씻고 나서 그다음 단바를 찌른 것이거나, 또는 핏속에 떨어뜨린 것 둘 중의 하나입니다. 세면기를 더럽힌 굉장한 핏물은 범인의 손이 피에 몹시도 물들어 있었다는 것을 말합니다. 그리고 장갑에 그렇게 강한 향기가 남아 있는 것은 한 번 비누로 씻었던 손에 그것을 낀 것이 틀림없다고 생각했습니다.

이상의 사실로 저는 그 범인의 모습을 재현할 수 있습니다. 우선 단바가 침실로 숨어들어 침대 다리를 들여다보고 있습니다. 그곳에 범인이 들어왔습니다. 필경 단바는 예의 그 조롱과 독설로 범인을 조롱하면서 득의양양하게 그 증거를 지적하기 위해 침대 쪽으로 몸을 구부렸을 것입니다. 이것이 범인에게는 절호의 기회였습니다. 범인은 테이블 위에 있던 나이프를 집어 단바의 배후에서 온몸의 힘을 실어 일격을 가합니다.

어쩌면 범인은 그때 장갑을 사용하고 싶었을 것이 틀림없습니다. 하지만 단바의 눈앞에서 수상한 목장갑이라도 끼려고 했다면 그 단바가 범인이 무슨 꿍꿍이인지 간파하지 못할 리가 없었지요. 그래서 범인은 어쩔 수 없이 맨손으로 나이프를 들고 범행을 저질렀습니다.

범행 후에 범인은 손을 씻었습니다. 만약 처음부터 장갑을 끼고 했더라면 그렇게 물이 붉어질 만큼 손에 피가 묻을 리가 없지요. 동시에 나이프 손잡이에 묻은 지문을 지우기 위해 그것을 씻습니다. 다음으로 범인은 준비한 장갑을 꺼내 그것을 손에 끼고 나이프를 잡아 필경 시체에서 뿜어 나오는 핏속에 담갔을 것입니다. 그다음 나이프를 그곳에 내던지고 장갑은 휴지통으로— 그리고 다시 한번 손을 깨끗이 닦습니다.

왜 범인은 이렇게 했을까요? 그것은 그 장갑 주인에게 이 범행을 뒤집어씌우기 위해서였던 것입니다. 장갑은 오사와의 것이었지요. 가쓰에는 아직 자신에게 고헤이 살해의 혐의가 쏠려 있을 것이라고는 전혀 생각하지 않았을 겁니다. 그리고 당국이 오로지 오사와만을 뒤쫓는다고 생각하고 이 범행도 간단히 그에게 뒤집어씌울 수 있다고 생각한 게 틀림없지요.

오사와는 제가 발사 장치를 발견했을 때 옆에 있었습니다. 그리고 장치에 끼워진 죽은 거미를 보자마자 갑자기 예기치 못한 공포에 휩싸이기 시작하더군요. 어쩌면 자기 장갑에 뭔가 묻어 있지는 않았을까? 그래서 그는 살짝 밖으로 빠져나와 장갑을 조사해 보았습니다. 뭔가 작은 얼룩이라도 있었을지도 모릅니다. 그는 머리가 쭈뼛해져서 그것을 숲속으로 던졌습니다. 그것을 보고 있던 것이 가쓰에였지요. 그녀는 뭔가 이용할 방도를 생각하다 그것을 주워둔 것입니다. 그다음에도 오사와는 불안감 때문에 다카기 저택의 주위를 어슬렁대고 있었던 것이지요. 하녀라도 나왔더라면 경찰들이 무엇을 발견했는지 물어봐야겠다— 아마 그는 그런 목적으로 떨면서 그 주위에 몸을 숨기고 있었을 것입니다……. 아아, 가쓰에의 감색 외출복 한쪽 소매 말입니까? 그것은 이리에 형사의 노력으로, 말도 안 되지만 풀숲에서 발견했습니다. 거기에는 피가 튄 자국이 전체에 묻어 있었습니다. 피가 튀었기 때문에 찢어서 버린 것이겠지요. 중대한 물적 증거의 하나입니다.

참 희한한 사건이었습니다. 그리고 실로 증오할 만한 범죄입니다. 이는 가난에 몰려서 저지른 범죄나 일시적인 격분에 의해 살인하는 것과는 전혀 취향이 다른 것입니다. 가쓰에도 물론 오사와도…… 그리고 단바, 특히…… 특히 그 고헤이 말입니다. 그들이 만약 살아 있었다고 해도 대체 누가 그들을 처벌할 수 있겠습니까? 그리고 사회에 미칠 해악이라는 무엇보다 무서운 영향이 깃들어 있는 것입니다.”

“법률의 결함이지.”

부장은 한숨을 내쉬듯 말했다.

"아니, 사회 조직의 결함입니다."

가가미가 울적한 듯 정정했다.

"특권과 어마어마한 부를 축적하고 안일과 나태와 음탕함을 다 하던 오랜 세월이 이렇게 무서운 유혈 사건을 낳아 버린 것입니다. 그것이 다카기 일족과 같은 사람들을 만들어낸 근본적 원인이 되었지요."

가가미는 잠시 고로를 생각하고 유코의 배 속에 있는 새 생명을 생각했다.

바라건대 다카기 가문의 나쁜 피가 그 아이에게까지는 전해지지 않기를…….

가가미는 무슨 생각을 했는지 문득 부장님 앞의 탁상 전화기를 들어 올렸다.

호출한 것은 고로가 입원한 병원이었다. 그는 고로의 용태를 물었다.

"고맙습니다. 덕분에…… 이 상태로 이제 하루이틀만 더 지나면 회복이 될지도 모른다고 오늘 처음으로 의사 선생님이 말씀해 주셨습니다."

전화기 저쪽은 유코의 목소리였다.

"…… 아, 실례했습니다……. 친절하시게도…… 누구신지요?"

"네, 잘 회복하기를…… 그냥 고로 군을 좀 아는 사람일 뿐입니다. 그럼 부디 회복을 바라며……."

전화를 끊고 나서 지친 듯이 난롯불에 물끄러미 시선을 주던 가가미에게 부장은 친밀한 어조로 말했다.

"힘든 사건이었네. 실로 이상하고 어려운 사건이었어. 하지만 그중에서 특히 자네가 어려움을 느낀 것은 어떤 점이었지?"

"담배가 없었다는 점이지요……."

가가미는 대답하면서 천천히 일어섰다.

자, 그럼 철야작업이다. 빨리 보고서를 정리해서 올려야 하니까…….

부장은 '히카리' 담뱃갑을 가가미에게 내밀었다.

"아직 두세 개비 남아 있을 거네. 가지고 가."

가가미는 조금 생각하더니 순순히 받아들고 주머니에 넣었다.

"감사합니다. 그럼 받겠습니다."

이것이 그가 받아든 이 사건 해결에 대한 유일한 보수였다. 하지만 그 이상의 무엇을 그가 바라겠는가.

그는 넓은 어깨를 똑바로 일으키며 큰 발걸음으로 방에서 나갔다.

『소설(小說)』1947년 5월 발표

과학과 심리에 의한 다양한 현대적 반전

1. 쇼와(昭和) 시대 초반 일본의 추리 소설계와《신청년(新靑年)》

1926년은 다이쇼(大正) 연간의 마지막 해이자 쇼와(昭和) 연간이 시작되는 해였다. 그 해에 유명한 평론가 히라바야시 하쓰노스케(平林初之輔)는 일본의 추리 문단을 논하여 말하기를 "정신병리적이고 변태심리적인 측면에 흥미를 집중시킨 나머지 인공적이고 기괴한, 그리고 부자연스러운 세계를 쫓고 있다"고 지적하고 "건전파, 다시 말해 본격파가 발달하기를 희망한다"고 했다. 당시 일본의 탐정소설은 이러한 비판이나 기대를 논할 수 있을 만큼 성숙해 있었다고 볼 수 있다. 단편 탐정물이 압도적으로 많았고 신문이나 잡지의 연재물이 점차 늘어가고 있었으며 그 중심에는《신청년》이라는 잡지가 있었다.

《신청년》은 하쿠분칸(博文館)에서 1920년 1월 창간된 잡지로,

초창기에는 종래에 일본에서 유행하는 강담(講談)풍 읽을거리에 싫증이 난 독자들에게 신선한 자극을 주려는 취지로 번역 추리소설을 채용하여 당시 젊은이들에게 크게 환영받아 평균 3만 부 이상이 발행되는 인기를 누렸다. 물론 에도가와 란포(江戸川亂步)나 요코미조 세이시(橫溝正史)와 같은 유명 추리작가의 활약 무대이기도 했으며, 전전(戰前) 시대 일본 추리소설의 메카였다고 할 수 있다. 초반에는 서양의 단편 추리물 번역이 인기를 얻었고, 모집에 입선되는 작가도 증가했으며, 고사카이 후보쿠(小酒井不木)와 같은 의학 전문가는 탐정소설을 연구한 수필도 발표했다.

1923년 란포의 「동전 두 닢(二錢銅貨)」이라는 창작 추리소설의 출현으로 일본 근대 추리소설계는 새로운 국면을 맞게 되고, 이에 자극을 받아 기성 작가들을 물론 고가 사부로(甲賀三郞), 오시타 우다루(大下宇陀兒) 등 신진 작가들도 창작의 가능성에 도전하게 되었다. 이후 1950년 종간에 이르기까지 편집진의 변화나 시대상의 변천에 따라《신청년》의 특색은 변화하게 된다.

이 책에는 주로《신청년》이라는 잡지를 무대로 쇼와 시대 초기에 창작 분야에서 활발히 활약한 추리소설 작가 네 명의 여섯 작품을 수록하였다. 란포의 데뷔를 전후하여 본격파로 일컬어진 고가 사부로, 쓰노다 기쿠오, 불건전파 혹은 변격파라고 할 수 있는 병리물의 고사카이 후보쿠, 범죄물의 오시타 우다루 등의 작품 등을 번역 소개하였다. 작품 발표 시기는 1924년부터 1947년에 이른다. 치밀한 과학을 우선시하는 작품은 물론, 추리소설의 과학적 성격과 대조된다고 할 수 있는 기괴성, 변태 심리성, 비애나 기지의 정서에 초점을 맞춘 작품도 있어서 일본 추리소설계가 어떻게 쇼와 시대 초반을 땅 고르기 하여 오늘날과 같은 추리물 왕국을 이루게 되었는지 소재와 문체의 다양성 측면에서 가늠하며 읽어낼 수 있을 것이다.

2. 의학박사 고사카이 후보쿠(小酒井不木)의 병리물

고사카이 후보쿠(1890~1929년)는 본명 고사카이 미쓰지(小酒井光次)로 도쿄대학 의학부 출신이며 생리학자이자 법의학자로 명망이 높은 의학자였고, 또한 범죄 문학의 연구자이자 탐정소설 작가이기도 했다. 그에 관한 수식어로는 인텔리로서 예민한 재치, 신경질적인 듯한 감성, 냉철해 보이는 외모에 숨겨진 정열과 같은 말들이 자주 거론된다. 후보쿠는 서양과 동양을 넘나드는 폭넓은 범죄 문헌을 연구하고 이론적이고 실제적인 의학적 배경 위에 범죄의 과학적 연구와 살인이나 독살 등에 관한 연구를 내놓아 일본 탐정 취미의 보급에 공헌한 바도 높이 평가되고 있다. 「연애 곡선」을 발표한 이후 탐정소설가로서 후보쿠의 지위는 최고에 오른다. 아울러 과학적 이성의 냉철함과 분방한 상상력으로 이어지는 정열이 겸비된 작가로 인정받기에 이른다.

다방면의 연구와 저술 활동으로 주위의 기대치가 높았던 후보쿠였으나 병약했던 탓에 더 이상의 작품 활동을 하지 못하고 39세의 젊은 나이로 세상을 떠났다.

「연애 곡선(戀愛曲線)」은 《신청년》에 1926년 1월 발표되었으며 후보쿠의 출세작으로 손꼽히는 작품으로, 후보쿠가 추구한 냉철함과 열정이 어우러진 인물의 심리가 돋보이는 내용이다. 전체적으로는 과학과 미스터리, 호러가 섞인 분위기가 느껴지며, 연애의 심벌인 심장을 그 소재로 삼고 있다.

작가 후보쿠가 구현된 듯한 냉혈과 열혈의 측면이 겸비된 주인공 '나'의 심리가 연적인 '자네'에게 보내는 편지에 고스란히 담겨 있다. 연애라는 감정에 투박하다는 스스로에 대한 골계와 자조를 보이며 '나'는 냉혈한 모습을 보이지만, 자신이 종사하는 과학에 대한 자부심이 드러날 때는 열혈의 어조를 띤다. 지금껏 아무도 시도한 적 없는 연애의 극치를 심장의 혈류를 통해 곡선으로 만들어 보인다는 기상천외한 설정, 그 하나하나의 철저한 과정을 차분하고 치밀하게 설명하는 '나'의 서술 태도, 실연의 비통함이 극에 달한 과학자가 마지막으로 선택한 실험의 내용 등은 당시 독자들에게는 매우 생경했을 것이다.

「투쟁(鬪爭)」은《신청년》에 1929년 5월에 발표된 작품으로 후보쿠 만년의 대표작이자 사망 직전에 쓴 작품으로 알려져 있다. 일본 정신의학계의 쌍두마차 격인 모리와 가리오 박사의 논쟁과 몇 군데에 수수께끼처럼 뿌려진 암호 장치의 의미를 어느 후학의 편지로 풀어내는 방식을 취한 소설이다. 과학자가 인간을 실험 대상으로 한다는 착상이 냉정한 필치로 그려지는데 그 점이 후보쿠 작품에 반감을 낳기도 하고, 반대로 시인적이며 대담한 스케일로 받아들여지기도 했다.

작품 내에서 주목할 만한 부분은 모리 박사가 감정을 의뢰받

은 어느 자살자의 유서 내용인데, 이 유서 내용에서 "그저 막연한 불안"(p.39)이라는 말이 나오고 있다는 사실이다. 「투쟁」에 약 2년 앞선 1927년 7월 "내 장래에 대한 그저 막연한 불안(僕の將來に對する唯ぼんやりした不安)"이라는 말을 유서에 남긴 천재작가 아쿠타가와 류노스케(芥川龍之介)에 대한 오마주로도 볼 수 있는 부분이자, 추리소설이 갖는 패러디적 특권을 엿볼 수 있는 부분이기도 하다. 또한 "평범한 몇만 명이 있어도 한 사람의 천재에 미치지 못한다는 사실"(p.56)과 같은 부분에서는 과학적 천재에 대한 관대함이 그대로 드러나 후보쿠가 사망 직전까지 과학에 종사하는 자부심을 얼마나 드러내고 싶었는지 알 수 있다.

3. 전전(戰前) 본격파의 대표 고가 사부로(甲賀三郞)

고가 사부로(1893~1945년)는 시가현(滋賀縣) 출신으로 본명은 하루타 요시타메(春田能爲)이다. 도쿄대학 화학과를 졸업했다. 졸업 후 지방의 염료회사에서 엔지니어로 근무하다 연구소에서 질소비료 연구에 종사하였고 이때 탐정소설가 동료가 되는 오시타 우다루와도 만났다고 한다. 잡지의 현상 응모에 당선되어 문단에 데뷔하였으며, 고향 시가현에 예부터 전해 내려오는 맹수 퇴치로 유명한 전설의 주인공 고가 사부로가네이에(甲賀三郞兼家)에서 이름을 따 필명으로 삼았다. 작품 활동뿐 아니라 본격 탐정소설의 중요성을 논하며 이른바 '탐정소설 예술논쟁'을 전개한 것으로도 잘 알려져 있어, 본격 탐정소설의 입장에 선 이론가로 높이 평가할 수 있다. 그의 창작 소설은 과학적 트릭을 사용한 본격 미스터리, 법률적 탐정소설, 유머 범죄소설, 통속 장편소설 등 다양한 영역에 걸친다. 본격물의 우위를 논하는 이론가적 면모를 발휘했지만 자기 작품 내에서는 이론에 부합하고 만족할 만한 장편을 낳지 못했는데, 범죄 실화를 다룬 1927년 발표작 『하세쿠라 사건(支倉事件)』을 통해 일본 범죄 문학사에 큰 족적을 남겼다고 평가받는다.

「호박 파이프(琥珀のパイプ)」는 1924년 6월에 《신청년》에 발표된 작품으로 고가 사부로의 출세작이다. 일본, 즉 제국의 수도 도쿄가 1923년 9월에 겪은 관동대지진을 직후를 시대적 배경으로 하고 있으며 그 불안한 공황 상태 속에 급거 마련된 야간경비단, 즉 야경단을 소재로 삼았다. 수도 도쿄를 강타한 대지진에 도시 전체가 혼란과 흉흉함 속에 잠겨 있을 때 벌어진 방화와 일가족 살인 사건을 둘러싸고 누가 범인인가를 추리해가는 과정이 그려진다. 사건은 단순하지 않아서 그 이전에 있었던 미해결 대낮 강도 사건과도 얽혀 있고, 액자 안의 또 다른 액자, 즉 이와미 사건 내의 대낮 강도 사건까지 이중 삼중의 사건이 들어 있는 복잡한 구성이 돋보인다. 또한 그러한 구성이 뤼팽을 떠오르게 하는 기민한 추리력의 소유자로 사건의 경위를 직접 '탐정'하는 주인공의 언변, 헐리웃 영화 「미션 임파서블(Mission Impossible)」식의 복면 괴한의 활약과 더불어 이 작품을 매우 현대적인 것으로 느끼게 한다.

「꾀꼬리의 탄식(黃鳥の嘆き)」은 앞의 「호박 파이프」와 10년 이상의 차이를 두고 탄생한 만큼 고가 사부로의 변화와 성장을 느

낄 수 있는 작품으로, 1935년 8월과 9월에 걸쳐《신청년》에 연재되었다. 진상이 밝혀지는 형태의 추리물인 점은 같지만, 사람과 사람 사이의 신뢰나 유대감, 애정, 우정을 진중하게 그려낸 점에서 그러하다. 연재 시기를 고려한다면 더운 시기에 발표하여 일본 북알프스의 만년설 쌓인 계곡을 배경으로 하여 납량을 꾀한 작품으로 볼 수도 있다. 위의「호박 파이프」가 제국의 수도 도쿄를 배경으로 평민이라는 계급의식을 가진 사람들을 등장인물로 삼은 것에 비해, 「꾀꼬리의 탄식」에서는 스케일이 일변하여 구습에 얽매여 살면서 그의 터전에서 왕처럼 군림했지만 비극에 둘러싸인 화족 주인공이 등장한다. 선대로부터 밀접한 친분관계에 놓인 자작 청년과 변호사 견습생의 관계는 생전에 우정과 신뢰가 넘치는 것이었다고는 할 수 없지만, 젊은 자작의 자살 사건을 통해 상심하던 변호사 견습생이 전대로부터 내려오는 자작 가문의 비밀 전체를 감당하게 되는 내용이다. 등장하는 여인들에 관한 묘사나 작품 말미의 처리 등에서는 오히려 고전미가 느껴지는 이색작이다.

4. 사회파 추리의 원조 오시타 우다루(大下宇陀兒)

오시타 우다루(1896~1966년)는 나가노현(長野縣) 출신으로 본명은 기노시타 다쓰오(木下龍夫)이다. 규슈대학(九州大學) 공학부에서 응용화학을 전공한 공학도로 질소연구소에서 고가 사부로와 동료가 되었다는 것은 위에서 언급했다. 고가 사부로의 창작 활동에 영향을 받아 1925년 데뷔한 후《신청년》을 무대로 탐

정소설 인기작가로 활약한다. 에도가와 란포, 기기 다카타로(木々高太郎)와 더불어 전전의 삼대가(三大家)로 꼽히기도 한다. 오시타의 작풍은 논리와 트릭을 구사한 본격 추리물이 아니라, 명문장으로 써 내려간 범죄 사회소설 혹은 범죄심리 소설이라고 부를 만하다. 트릭과 장치가 현란한 탐정소설을 쓰기보다는 인간의 움직임과 그 움직임을 낳게 된 심리를 그리려는 욕구가 강했다. 그의 작품에 나오는 주인공들의 모습에서는 마쓰모토 세이초(松本清張)와 같은 사회파 추리소설의 거장이나 현대의 인기 추리작가 미야베 미유키(宮部みゆき)의 작품 속 주인공들과 중첩되는 측면이 보인다. 오로지 악으로 치닫는 인물, 그러한 인물의 뒷면에 그려지는 구원에 대한 희구, 인간 심리의 분석에 탁월한 필력을 드러낸 점에서 오시타를 사회파 추리물의 원조격이라고도 할 수 있지 않을까? 오시타는 전후에도 활발히 활동하여 1951년 탐정작가클럽상을 수상하였고, 이후 SF소설에도 관심을 보였다. 천 편 이상의 초단편 SF소설을 쓴 '쇼트쇼트의 신(ショートショートの神様)' 호시 신이치(星新一)의 재능을 일찌감치 알아보고 인정한 인물이기도 하다.

「연(凧)」 또한 잡지 《신청년》에 게재된 작품으로 1936년 8월 발표되었다. 현대에 와서는 흔한 소재로 다루어지는 가정 내 폭력 등을 둘러싼 가정극을 그려내었고, 아버지의 폭력성에 의해 정신적 외상, 즉 트라우마를 간직한 채 사는 어머니와 아들이 이야기의 주인공이다. 이 소설에서는 아버지 살인사건을 규명하는 아들의 추리 과정과 논리력보다는, 아들이 천재에서 수재, 문제아로 전락하는 과정과 어머니와 새아버지에게 품게 되는 애증을 심리적으로 따라가는 과정이 더욱 설득력을 갖는다. 또한 근대학문인 수학과 물리학, 대수학의 수재였던 아버지와 "스물일곱에 소위 근대적인 명랑함과 발랄함은 없지만 비할 바 없이 우아하고 품위가 있으며 투명한 듯한 아름다움을 가진 여인"(p.214)인 어머니의 대비는 매우 극명하다. 근대와 전근대의 이러한 대립은 곳곳에 장치되어 있어서 그것을 읽어내는 재미도 상당하다. 예를 들어 어머니는 근대 문물의 상징들을 전시하는 '박람회'에 간다고 아버지에게 외출 허락을 받아낸 다음, 아들 야이치를 데리고 고전 연극인 가부키(歌舞伎)를 보러 간다. 이 작품에서 가부키의 유명 작품들과 그 명장면 소개가 사건 전개와 해결의 중요한 부분에 배치되는 것은 결코 우연이 아니다. 야이치가 성장 과정에서 엇나가게 되는 과정과 어머니를 증오하게 된 요인, 그리고 용서와 화해를 위해 마지막 결단의 행동을 하게 된 부분에서, 오시타 우다루가 사회적 분위기와 인물 심리의 상관관계를 그려내는 데에 주력했음을 알 수 있다.

5. 추리소설과 시대소설을 넘나든 쓰노다 기쿠오(角田喜久雄)

쓰노다 기쿠오(1906~1994)는 요코스카(横須賀)에서 태어났는데, 앞에서 살펴본 작가들에 비해 10년 이상 어린 작가다. 도쿄고등공예학교를 졸업했고 어릴 적부터 뤼팽에 매료되어 16세 때 이미 추리소설을 발표했으며 20대 초반에는 잡지《신청년》의 활발한 추리소설 기고자였다. 그러나 1930년대 후반부터『요기전(妖棋傳)』, 『풍운장기곡(風雲將棋谷)』과 같은 시대소설에서 두각을 나타내며 추리소설의 수법을 십분 활용하면서도 기상천외한 전기소설을 써서 오히려 이쪽에서 크게 명성을 얻었다. 그러다 종전 후에 다시 추리소설로 복귀하였고, 요코미조 세이시(橫溝正史)와 더불어 본격 장편 시대의 선구로 일컬어졌다. 특히 「어느 가문의 비극(高木家の慘劇)」은 본격 미스터리의 첫 번째 파도의 역할을 담당한 작품으로 평가받는다. 1957년 일본탐정작가클럽상을 수상했는데, 그 후에 다시 시대소설로 돌아갔는데 그가 이렇게 분방한 공상력과 낭만적인 환상성을 구사하여 전기적 시대소설과 추리소설을 넘나든 것은 시대의 요구였다고도 할 수 있을 것이다.

그의 「어느 가문의 비극(高木家の慘劇)」은 잡지 《소설(小說)》에 1947년 5월 「총구를 마주하고 웃는 남자(銃口に笑ふ男)」라는 제목으로 실렸고, 「거미를 기르는 사내(蜘蛛を飼ふ男)」라는 제목으로도 알려졌다가 나중에 「다카기 가문의 비극」으로 개제(改題)된 본격 추리소설이다. 주인공 가가미 게이스케 과장은 '셜록 홈스를 실천하고자' 한 '철두철미한 증거주의' 인물이며 '민주적 인도적 선각자'이자, '청렴결백'한 '모범경찰관'인데, 이는 가가미와 라이벌 격으로 두뇌 싸움을 벌이는 단바 노보루로부터 받는 작품 내의 평가다. 큰 키와 떡 벌어진 어깨의 훌륭한 체격을 하고 민첩하게 움직이는 가가미는, 이러한 등장인물의 평가와는 달리 작가 쓰노다가 벨기에 출신 작가 심농(Simenon)이 창조한 쥘 메그레(Jules Maigret) 경관을 모델로 한 것이라 한다. 가가미

는 어쨌거나 그러한 모범적 인물이면서도, 소설 마지막에서 이 사건 해결에 가장 어려웠던 점에 담배가 없었던 것이라며 담배 한 개피에 집요하게 집착하는 캐릭터이기도 하다.

홈스나 메그레가 등장하는 서양 탐정소설과 구별되는 이 작품의 특이점이라면 일본 문학 전통의 가타리테(語り手)라는 내레이터가 등장하는 점이다. 가타리테는 작품에 불쑥불쑥 등장하여 단바 노보루를 '범죄기획자로서 가장 두려워할 만한 부류의 인물'이라 평가하기도 하고, '인생의 진지한 무언가, 어떤 고난이나 압박에도 무너지지 않는, 역경을 겪으면 겪을수록 점점 강한 힘을 보이는 것, 애정이란 얼마나 이상한 인생의 보물인가'라는 애정 지상주의적인 발언을 내뱉기도 한다. 긴 스토리와 여러 등장인물 간의 복잡한 관계와 독특한 개성을 읽어 내려가면서 과연 누가 범인일지 추측하는 과정에 이러한 가타리테의 발언에 방해를 받으면서 사건은 더욱 오리무중으로 느껴진다. 본격 추리물의 걸작이라고 일컬어지는 이 작품에서는 '법률의 결함'과 '사회조직의 결함'마저 논하고 있어, 종전 직후 붐이 일어난 탐정소설의 발전과 더불어 급격히 현대화에 시동을 건 일본 사회에 품어진 다양한 인간 군상을 엿볼 수 있는 측면도 있다.

고사카이 후보쿠(小酒井不木 1890.10.8.~1929.4.1.)

본명은 고사카이 미쓰지(小酒井光次)

1890년 (0세) 아이치현(愛知縣) 가이후군(海部郡) 신카니에초(新蟹江町)에서
출생.

1911년 (21세)도쿄제국대학(東京帝國大學) 의학부에 입학.

1921년 (31세)『학자기질(學者氣質)』을 연재.

1922년 (32세)『독과 독살의 연구(毒及毒殺の研究)』를 연재.

1923년 (33세)『살인론(殺人論)』,『서양범죄탐정담(西洋犯罪探偵譚)』,『밤의
모험(夜の冒險)』을 번역.『범죄와 탐정(犯罪と探偵)』간행.

1924년 (34세) 소년탐정소설『붉은 색 다이아(紅色ダイヤ)』를 연재,『서양의
담(西洋醫談)』,『과학탐정(科學探偵)』,『살인론(殺人論)』등을 간행.

1925년 (35세)「저주받은 집(呪はれた家)」,「안마사(按摩)」,「허실의 증거(虛實
の證據)」,「유전(遺傳)」,「수술(手術)」등을 발표,『범죄문학연구(犯罪
文學研究)』를 연재,『삼면좌담(三面座談)』,『근대범죄연구(近代犯罪研
究)』,『취미의 탐정담(趣味の探偵談)』을 간행.

1926년 (36세)「인공심장(人工心臟)」,「연애 곡선(戀愛曲線)」,「메두사의 목(メ
デュ_サの首)」등을 발표,『투병술(鬪病術)』,『소년과학탐정(少年科學
探偵)』,『범죄문학연구(犯罪文學研究)』를 간행.

1927년 (37세)『의문의 부고(疑問の黒枠)』를 연재.

1928년 (38세)『연애괴곡(戀魔怪曲)』,『호색 파사현정(好色破邪顯正)』을 연재.

1929년 (39세) 급성폐렴으로 사망. 5월「투쟁(鬪爭)」이 발표된 이후 이듬해
       10월까지『고사카이 후보쿠 전집(小酒井不木全集)』17권이 간행됨.

고가 사부로(甲賀三郎 1893.10.5.~1945.2.14.)

본명은 하루타 요시타메(春田能爲)

1893년 (0세) 시가현(滋賀縣) 가모군(蒲生郡) 히노초(日野町)에서 출생.

1918년 (25세) 도쿄제국대학(東京帝國大學) 공과대학 화학과 졸업. 하루타
       미치코(春田道子)와 결혼.

1923년 (30세)「진주탑의 비밀(眞珠塔の秘密)」을《신취미(新趣味)》의 현상모
       집에 투고, 1등 입선.

1924년 (31세)「호박 파이프(琥珀のパイプ)」를 발표,『구미 돌아다니기(歐米
       飛びある記)』를 연재.

1926년 (33세)「니켈의 문진(ニッケルの文鎭)」,「나쁜 장난(惡戲)」,「성미 급한
       소타의 경험(氣早の總太の經驗)」,「급행 13시간(急行十三時間)」등을
       발표.

1927년 (34세)『하세쿠라 사건(支倉事件)』,『아수라지옥(阿修羅地獄)』을 연재,
       「마의 연못 사건(魔の池事件)」,「황야(荒野)」,「주운 옛날 엽전(拾った
       和銅開珍)」,「고모다무라 사건(菰田村事件)」등을 발표.

1928년 (35세)『신목의 구멍(神木の空洞)』,『공원의 살인(公園の殺人)』을 연
       재,「빛이 들지 않는 집(日の射しない家)」,「눈이 움직이는 인형(眼の
       動く人形)」,「각진 수정 구슬(水晶の角玉)」등을 발표.

1929년 (36세)『지스이소 기담(池水莊綺譚)』,『유령범인(幽靈犯人)』,『지옥화
       (地獄禍)』를 연재,「기성의 산(奇聲山)」,「발성 필름(發聲フィルム)」등
       을 발표.

1930년 (37세)「거미(蜘蛛)」,「망령의 지문(亡靈の指紋)」,「환영의 숲(幻の森)」
       등을 발표. 한 달간 조선과 만주 여행.

1931년 (38세)『황야의 비밀(荒野の秘密)』,『요마의 큰 웃음(妖魔の哄笑)』,『산
       장의 살인사건(山莊の殺人事件)』을 연재,「장님 목격자(盲目の目擊

者)」, 「타지 않는 성서(焦げない聖書)」 등을 발표. 오시타 우다루(大下宇陀兒)와 탐정소설관 논쟁.

1932년 (39세) 『가슴이 없는 여자(乳のない女)』, 『피로 물든 파이프(血染のパイプ)』를 연재, 『모습 없는 괴도(姿なき怪盗)』를 간행, 「요괴빛 살인사건(妖光殺人事件)」, 「가와나미 가문의 비밀(川波家の秘密)」 등을 발표.

1933년 (40세) 『범죄발명자(犯罪發明者)』, 『암흑신사(暗黑紳士)』를 연재, 「체온계 사건(體溫計事件)」, 「정황증거(情況證據)」 등을 발표.

1934년 (41세) 『누가 단죄했는가(誰が裁いたか)』, 『백만장자 살인사건(百万長者殺人事件)』을 연재, 「혈액형 살인사건(血液型殺人事件)」, 「마신의 노래(魔神の歌)」, 「구로키 교코 살인사건(黒木京子殺害事件)」 등을 발표.

1935년 (42세) 『죽은 머리 나방의 공포(死頭蛾の恐怖)』를 연재, 「월광마곡(月光魔曲)」, 『꾀꼬리의 탄식(黃鳥の嘆き)』, 「위력의 패(ものいふ牌)」 등을 발표. 《프로필(ぷろふいる)》 지상에 연재한 「탐정소설강화(探偵小說講話)」를 둘러싸고 탐정 문단에 논쟁을 일으킴.

1936년 (43세) 『시체 화장하는 여자(死化粧する女)』를 간행, 『오미인의 눈물(虞美人の淚)』을 연재, 「사차원의 단편(四次元の斷片)」, 「기우치가의 살인사건(木內家殺人事件)」 등을 발표.

1937년 (44세) 「어둠과 다이아몬드(闇とダイヤモンド)」, 「공포의 집(恐怖の家)」 등이 신국극(新國劇)으로 상연됨. 『기괴한 연판장(怪奇連判狀)』, 『현자의 돌(賢者の石)』을 연재, 「뱀집의 살인(蛇屋敷の殺人)」, 「월마장군(月魔將軍)」 등을 발표.

1938년 (45세) 『고가·오시타 대대걸작선집(甲賀、大下 木々傑作選集)』을 간행, 「유월정변(六月政變)」, 「오후 2시 30분(午後二時三十分)」 등을 발표, 《중앙연극(中央演劇)》, 《무대(舞台)》 등에 희곡을 발표. 중국 남부와 타이완 시찰.

1939년 (46세) 「요시찰인(要視察人)」, 「카시노의 흥분(カシノの昂奮)」 등을 발표.

1940년 (47세) 「바다사자호의 진주(海獅子丸の眞珠)」, 「바다의 인의(海の仁義)」 등을 발표, 희곡 「70년의 꿈(七十年の夢)」, 「흑귀장군(黑鬼將軍)」을 탈고하였지만 미발표.

1941년 (48세) 「오야코정(親子錠)」이 아사쿠사공원극장(淺草公園劇場)에서 상연됨.

1945년 (52세) 급성폐렴으로 사망.

사후 1947년『고가 사부로 전집(甲賀三郎全集)』10권이 간행되었고, 1949년에는 유작「바다가 없는 항구(海のない港)」가《보석(寶石)》에 발표됨.

오시타 우다루(大下宇陀兒 1896.11.15.~1966.8.11.)

본명은 기노시타 다쓰오(木下龍夫), 별명은 XYZ.

1896년　(0세) 나가노현(長野縣) 가미이나군(上伊那郡) 미노와마치(箕輪町)에서 출생.

1920년?　(24세) 규슈제국대학(九州帝國大學) 공학부 응용화학과 졸업.

1925년　(29세) 《신청년(新靑年)》에 원고를 보내 4월에「금박의 권련초(金口の卷煙草)」로 데뷔.

1926년　(30세)「비밀결사(秘密結社)」,「야마노 선생의 죽음(山野先生の死)」 등을 발표.

1927년　(31세)「망명자 사건(亡命客事件)」,「송이산 털기(なば山荒し)」,「장님 지옥(盲地獄)」 등을 발표,『시가 자동차(市街自動車)』,『어둠 속의 죽음(闇の中の死)』을 연재.

1929년　(33세)「민달팽이 기담(蛞蝓綺談)」,「죽음의 물그림자(死の倒影)」,「기괴한 박제사(奇怪な剝製師)」 등을 발표,『아편부인(阿片夫人)』,『히루카와 박사(蛭川博士)』를 연재.

1930년　(34세)「정옥(情獄)」,「열네 번째 승객(十四人目の乘客)」 등을 발표,『허공에 뜬 목(宙に浮く首)』,『공포의 잇자국(恐怖の齒型)』,『황혼의 괴인(黃昏の怪人)』을 연재.

1931년　(35세)「독(毒)」,「구레나이좌의 부엌(紅座の庖廚)」,「무시무시한 교사(恐るべき敎師)」,「아귀도(餓鬼道)」 등을 발표,『마인(魔人)』을 연재.

1932년　(36세)『기적의 문(奇蹟の扉)』을 간행,「마법가(魔法街)」,「살인범(殺人犯)」 등을 발표,『금색조(金色藻)』,『거리의 독초(街の毒草)』,『백마(白魔)』를 연재.

1933년　(37세)「회인(灰人)」 등을 발표,『지옥화(地獄華)』를 연재.

1934년　(38세)「살인기사(殺人技師)」 등을 발표,『기적의 처녀(奇蹟の處女)』,『노래하는 백골(唄う白骨)』을 연재.

1935년　(39세)「정귀(情鬼)」,「낙인(烙印)」 등을 발표,『미치광이 악사(狂樂

師)』,『나방 무늬(蛾紋)』를 연재.

1936년 (40세) 「가짜 악질환자(僞惡病患者)」, 「가장정사(假裝情死)」, 「연(凧)」
등을 발표, 『호텔 구레나이관(ホテル紅館)』 등을 연재.

1937년 (41세) 「악녀(惡女)」, 「부정한 성모(不貞聖母)」 등을 발표, 『화성미인
(火星美人)』, 『쇠로 된 혀(鐵の舌)』 등을 연재.

1938년 (42세) 「덴구 가면(天狗の面)」, 「이치타로와 혹부리(市太郎とたん瘤)」
등을 발표, 『유령약국(幽靈藥局)』을 연재. 8월부터 『오시타 걸작선집
(大下傑作選集)』 7권을 춘추사(春秋社)에서 간행.

1939년 (43세) 「가와나미 이야기(川波譚)」, 「하품하는 악마(欠伸する惡魔)」 등
을 발표.

1940년 (44세) 「우주선의 정열(宇宙線の情熱)」, 「라켄 씨의 아내(ラケン氏の
妻)」 등을 발표, 『아시아의 도깨비(亞細亞の鬼)』를 연재.

1941년 (45세) 「사마귀(疣)」, 「사모의 나무(思慕の樹)」 등을 발표, 『지구의 지
붕(地球の屋根)』을 연재.

1942년 (46세) 「정보열차(情報列車)」, 「백년병 기담(百年病奇譚)」 등을 발표.

1945년 (49세) 「부랑아(浮浪兒)」 등을 발표.

1946년 (50세) 「가발(鬘)」 등을 발표.

1947년 (51세) 「실종소녀(失踪少女)」, 「이상한 엄마(不思議な母)」, 「야나시타
가문의 진리(柳下家の眞理)」, 「광녀(狂女)」 등을 발표.

1948년 (52세) 「게 다리(蟹の足)」, 「위험한 자매(危險なる姉妹)」 등을 발표,
『돌 밑의 기록(石の下の記錄)』을 연재.

1951년 (55세) 4월 『돌 밑의 기록(石の下の記錄)』으로 제4회 탐정작가그룹상
수상, 『진흙 아가씨(どろんこ令孃)』, 『바위덩어리(岩塊)』를 연재.

1952년 (56세) 『초록의 신사(綠の紳士)』, 『누구에게도 말할 수 없다(誰にも言
えない)』 등을 연재.

1953년 (57세) 「할머니(祖母)」 등을 발표, 『사악한 일요일(邪惡な日曜)』을 연재.

1954년 (58세) 「나는 살해된다(私は殺される)」, 「납 벌레(鉛の蟲)」 등을 발표.

1955년 (59세) 「방화지대(放火地帶)」 등을 발표, 『허상(虛像)』을 연재, 장편소
설 『본 것은 누구냐(見たのは誰だ)』를 간행.

1956년 (60세) 「바람이 불면(風が吹くと)」 등을 발표, 『재액의 나무(災厄の
樹)』를 연재.

1957년 (61세) 「오시타 우다루 독본(大下宇陀兒讀本)」을 간행, 「때까치(百舌)」

등을 발표.

1958년 (62세) 「하스 박사의 연구(巴須博士の研究)」를 발표, 『자살을 판 남자 (自殺を賣った男)』를 연재.

1959년 (63세) 『사육인간(飼育人間)』을 연재. 『악인 지원(惡人志願)』을 간행.

1960년 (64세) 『여성궤도(女性軌道)』를 연재, 「반딧불(螢)」를 간행.

1964년 (68세) 장편소설 『일본이 유적(ニッポンの遺跡)』을 탈고.

1966년 (70세) 수필 「심성 나 아이(子どもの惡性)」를 집필, 심장경색으로 사망.

1967년 (71세) 『일본의 유적(ニッポンの遺跡)』, 수필집 『낚시, 꽃, 맛(釣, 花, 味)』을 간행.

쓰노다 기쿠오(角田喜久雄, 1906.5.25.~1994.3.26.)

1906년 (0세) 요코스카(橫須賀)에서 태어남.

1921년 (15세) 《현대(現代)》의 스포츠 소설모집에 응모하여, 2등으로 입선.

1922년 (16세) 처녀작 「모피 외투를 입은 남자(毛皮の外套を着た男)」를 발표.

1926년 (20세) 「홍싸리의 엄지 지문(あかはぎの拇指紋)」, 「끝없는 늪(底無沼)」, 「발광(發狂)」 등을 발표.

1927년 (21세) 「눈보라의 밤(吹雪の夜)」, 「데이지(豆菊)」 등을 발표.

1928년 (22세) 도쿄 고등공예학교를 졸업. 「공수병 환자(恐水病患者)」, 「가을의 망령(秋の亡靈)」 등을 발표.

1929년 (23세) 「시체 승천(死體昇天)」 등을 발표, 시대소설 『일본화 은산도(倭繪銀山圖)』(후에 『백은비첩(白銀秘帖)』으로 제목이 바뀜)을 연재.

1930년 (24세) 「달리아(ダリヤ)」, 「구원(救ひ)」 등을 발표.

1931년 (25세) 「늑대 덫(狼縄)」, 「밀고자(密告者)」 등을 발표.

1933년 (27세) 「도적Q(怪盜Q)」 등을 발표.

1935년 (29세) 「뱀 사내(蛇男)」를 발표, 시대장편 『요기전(妖棋傳)』을 연재.

1936년 (30세) 『유령꼬마 괴도록(幽靈小僧怪盜錄)』, 『둔갑 여래(變化如來)』를 연재.

1937년 (31세) 『검협 일대남(劍俠一代男)』, 『촉루전(髑髏錢)』을 연재.

1938년 (32세) 『신묘한 야타가라스(神變八咫烏)』, 『풍운장기곡(風雲將棋谷)』을 연재.

1939년   (33세)『변화무쌍한 종이학(をり鶴七變化)』,『검술 낭인(鍔鳴浪人)』,
        『낭인 거리(浪人街道)』를 연재.

1940년   (34세)『구로시오 도깨비(黑潮鬼)』,『오사요의 비원(お小夜悲願)』,『야
        마다 나가마사(山田長政)』를 연재.

1941년   (35세) 현대장편소설『아내이기에(妻なれば)』를 연재.

1942년   (36세)『주인선 계도(朱印船系圖)』연재 도중 징용되어 연재가 중단됨.

1943년   (37세)『격풍의 바람(颶風の海)』연재 도중 잡지사 지면 축소로 인하
        여 연재가 중단됨.

1945년   (39세)「괴기를 품은 벽(怪奇を抱く壁)」을 발표.『위성(衛星)』연재 도
        중 종전으로 인하여 연재가 중단됨.

1947년   (41세)『총구를 마주하고 웃는 남자(銃口に笑ふ男)』(후에『다카기 가문
        의 비극(高木家の慘劇)』으로 제목이 바뀜)을 한 번에 게재함.『기적의
        볼레로(奇蹟のボレロ)』,『무지개 남자(虹男)』를 연재.

1948년   (42세)『요미관(妖美館)』,『괴탑전(怪塔傳)』을 연재.

1949년   (43세) 추리물『황혼의 악마(黃昏の惡魔)』, 시대물『붉은 모란 도적
        (緋牧丹盜賊)』을 연재.

1950년   (44세) 시대물『전설 사인곡(傳說死人谷)』을 연재.

1952년   (46세) 시대물『요괴 주신구라(妖異忠臣藏)』,『후네히메 시오히메(舟
        姬潮姬)』를 연재.

1953년   (47세) 시대물『백랍 고마치(白蠟小町)』를 연재.

1954년   (48세) 시대물『장기 다이묘(將棋大名)』,『야미타로 변신(闇太郎變化)』
        를 연재.

1955년   (49세) 시대물『아카히메 비밀편지(赤姬秘文)』,『후리소데 지옥(振袖
        地獄)』,『흠뻑 취한 모란(醉いどれ牡丹)』,『겐로쿠 태평기(元祿太平記)』
        를 연재.

1956년   (50세) 시대물『환영의 젊은이(まぼろし若衆)』를 연재, 단편 추리소설
        「악마 같은 여자(惡魔のような女)」를 발표.

1957년   (51세) 추리물로는「네 가지 살인(四つの殺人)」,「피리를 불면 사람이
        죽는다(笛吹けば人が死ぬ)」를 발표, 시대물로는『붉은 사슴 전법(緋鹿
        子傳法)』,『에도의 하나타로(江戶の花太郎)』를 연재.

1958년   (52세) 3월「피리를 불면 사람이 죽는다(笛吹けば人が死ぬ)」로 제
        11회 일본탐정작가그룹상을 수상,「쓰노다 기쿠오 독본(角田喜久雄

讀本)」을 간행, 시대물『연모 봉행(戀慕奉行)』,『미인야차 행장기(姬夜
叉行狀記)』를 연재, 추리물로는「벼랑 위의 집(崖上の家)」,「나는 누구
인가(私は誰だ)」를 발표.

1959년 　(53세) 추리물「더러워진 손수건(汚れたハンカチ)」,「차가운 입술(冷
たい脣)」을 발표, 시대물『요화전(妖花傳)』,『한쿠로의 비밀일기(半九
郎闇日記)』를 연재.

1960년 　(54세) 추리물「기묘한 아르바이트(奇妙なアルバイト)」를 발표, 시대
물『춘풍 부는 환영의 계곡(春風まぼろし谷)』,『기리마루 안개 속에
숨다(霧丸霧がくれ)』,『악령의 성(惡靈の城)』을 연재.

1961년 　(55세) 추리물「얼굴 없는 알몸(顏のない裸)」,「그림자가 있는 이(翳の
ある齒)」를 발표, 시대물『미미히메 삼십오야(耳姬三十五夜)』,『헤이
노스케 비밀 문답(兵之助闇問答)』을 연재.

1962년 　(56세) 추리물「파란 암술(靑い雌蘂)」를 발표, 시대물『옷매무새 흐트
러진 야차(寢みだれ夜叉)』를 연재.

1963년 　(57세) 추리물「쓰르라미(ひぐらし蟬)」,「상복 입은 여인(喪服の女)」,
「연륜(年輪)」을 발표, 시대물『가게마루 방탕기(影丸極道帖)』를 연재.

1964년 　(58세) 추리물로는「어떤 실종(ある失踪)」을 발표.

1966년 　(60세)『쓰노다 기쿠오 회갑기념문집(角田喜久雄華甲記念文集)』이 편
집위원회에 의해 간행.

1968년 　(62세) 시대물『도둑 봉행(盜っ人奉行)』을 연재.

1970년 　(64세) 8월부터 이듬해 8월까지『쓰노다 기쿠오 전집(角田喜久雄全
集)』13권을 간행.

1994년 　(88세) 3월 26일 사망.

⊙ 옮긴이 **엄인경(嚴仁卿)**

고려대학교 일어일문학과 졸업, 동 대학원 석사 및 박사 과정 졸업(문학박사). 고려대학교 글로벌일본연구원 부교수.

주요 저서에 『일본 은자문학과 사상』(역사공간, 2013), 『일본추리소설사전』(공저, 학고방, 2014), 『문학잡지 『國民詩歌』와 한반도의 일본어 시가문학』(역락, 2015), 『조선의 미를 찾다 - 아사카와 노리타카의 재발견』(공저, 아연출판부, 2018), 『한반도와 일본어 시가 문학』(고려대학교 출판문화원, 2018) 등이 있다. 또한 『이즈미 교카의 검은 고양이』(문, 2010), 『일본의 탐정소설』(공역, 문, 2011), 『몽중문답』(학고방, 2013), 『단카(短歌)로 보는 경성 풍경』(공편역, 세종도서선정, 역락, 2016), 이시카와 다쿠보쿠(石川啄木)의 『한 줌의 모래』(필요한책, 2017)와 『슬픈 장난감』(필요한책, 2018), 다니자키 준이치로(谷崎潤一郎)의 『요시노 구즈』(민음사, 2018) 등 일본 문학작품 및 관련 연구서를 우리말로 옮기는 작업도 병행하고 있다.

어느 가문의 비극

초판 1쇄 인쇄 2019년 6월 3일
초판 1쇄 발행 2019년 6월 10일

지은이 고사카이 후보쿠·고가 사부로
        오시타 우다루·쓰노다 기쿠오
옮긴이 엄인경
펴낸이 이상규
편집인 주승연
디자인 엄혜리
마케팅 임형오

펴낸곳 이상미디어
출판신고 제307-2008-40호(2008년 9월 29일)
주소 (우)02708 서울시 성북구 길음동 165 고려중앙빌딩 4층
전화 02-913-8888
팩스 02-913-7711
이메일 lesangbooks@naver.com

ISBN 979-11-5893-087-5 04830
      979-11-5893-073-8 (세트)

⊙ 일본 추리소설 시리즈를 펴내며 ──────

현재 한국 출판계에서 일본 문학이 차지하는 비중이 압도적으로 높다. 추리소설 또한 예외가 아니어서 폭넓은 연령의 독자층을 형성하고 있다. 그러나 아직 일본 추리소설이나 일본 미스터리물을 전체적으로 조망할 수 있는 전집은 간행된 적이 없다. 독자층이 폭넓게 형성되어 있는 상황에 비해, 일본 추리소설의 번역·출판과 연구는 미비하여 독서 인구의 욕구를 충족하는 데 역부족인 것이 현실이다.

이에 고려대학교 글로벌일본연구원 〈추리소설연구회〉에서는 3년간 관련 연구자들의 논의 과정을 거쳐, 일본 미스터리 총서의 일환으로 〈일본 추리소설 시리즈〉를 출간하고자 한다. 이 시리즈에 참여한 일본 추리소설 연구자들은 작품의 번역에 심혈을 기울이는 한편 수록 작품의 문학사적 의의, 한국 문학과의 관계, 추리소설사에서 작가가 차지하는 위치 등을 작품 해설에 상세하게 담았다. 이로써 독자들은 추리소설 자체의 재미를 즐길 수 있을 뿐만 아니라 일본 추리소설을 좀 더 깊이 이해하고 그 흐름을 파악할 수 있을 것이다.

— 고려대학교 〈일본추리소설연구회〉